CAUCES
DE MALDAD

Michael Connelly

EDICIONES B
GRUPO ZETA

Barcelona • Bogotá • Buenos Aires • Caracas • Madrid • México D.F. • Montevideo • Quito • Santiago de Chile

Título original: *The Narrows*

Traducción: Javier Guerrero

1.ª edición: noviembre 2009

© 2004 by Hieronymus, Inc.
© Ediciones B, S. A., 2009
    Bailén, 84 - 08009 Barcelona (España)
    www.edicionesb.com

Publicado por acuerdo con Little, Brown and Company (Inc.)

Printed in Spain
ISBN: 978-84-666-4297-2
Depósito legal: B. 36.336-2007

Impreso por LIBERDÚPLEX, S.L.U.
Ctra. BV 2249 Km 7,4 Polígono Torrentfondo
08791 - Sant Llorenç d'Hortons (Barcelona)

CAUCES DE MALDAD

Michael Connelly

Traducción de Javier Guerrero

En memoria de Mary McEvoy Connelly Lavelle,
que mantuvo a seis de nosotros a salvo del rabión.

Lo único que hicieron fue cambiar un monstruo por otro. En lugar de un dragón, ahora tienen una serpiente. Una serpiente gigante que duerme en el rabión y aguarda el momento oportuno para abrir sus fauces y devorar a alguien.

JOHN KINSEY, padre de un niño
muerto en el rabión,
Los Angeles Times,
21 de julio de 1956

Posiblemente sólo sé una cosa en este mundo. De una cosa estoy seguro. La verdad no te hace libre. No como lo he oído decir ni como lo he dicho yo en innumerables ocasiones, sentado en pequeñas salas de interrogatorios y calabozos, instando a hombres desastrados a confesarme sus pecados. Les mentí, les engañé. La verdad no te salva ni te devuelve la integridad. No te permite alzarte por encima de toda la carga de mentiras, de secretos y heridas en el corazón. Las verdades que he aprendido me sujetan como cadenas en una sala oscura, en un inframundo de fantasmas y víctimas que se deslizan en torno a mí como serpientes. Es un lugar donde la verdad no es algo que mirar o contemplar. Es el lugar donde acecha el mal. Donde te echa su aliento, cada aliento, en la boca y en la nariz hasta que ya no puedes escapar de él. Eso es lo que yo sé. La única cosa.

Lo sabía el día que acepté el caso que me llevaría al rabión. Sabía que la misión de mi vida siempre me conduce a lugares donde aguarda el mal, a los lugares donde la verdad que puedo encontrar es una realidad horrible y espantosa. Y aun así no lo dudo. Y aun así voy, sin estar preparado para el momento en que el mal saldrá de su guarida. Cuando me atrapará como una fiera y me arrastrará al agua negra.

1

Estaba en la oscuridad, flotando en un mar negro, bajo un cielo sin estrellas. No podía oír nada ni ver nada. Era un momento de tinieblas, hasta que Rachel Walling abrió los ojos y se despertó.

Miró al techo. Escuchó el viento y oyó las ramas de las azaleas que rascaban la ventana. Se preguntó si había sido el arañazo en el vidrio o algún otro sonido del interior de la casa lo que la había despertado. Sonó su móvil. No estaba sobresaltada. Extendió el brazo con calma hacia la mesita de noche. Se llevó el teléfono a la oreja y respondió con voz completamente alerta, sin el menor atisbo de sueño.

—Agente Walling —se identificó.

—¿Rachel? Soy Cherie Dei.

Rachel supo al instante que la llamada no tenía nada que ver con las reservas indias. Cherie Dei significaba Quantico. Habían pasado cuatro años desde la última vez. Rachel había estado esperando.

—¿Dónde estás, Rachel?

—Estoy en casa. ¿Dónde esperabas encontrarme?

—Sé que ahora cubres mucho territorio. Pensé que tal vez...

—Estoy en Rapid City, Cherie. ¿Qué pasa?

Cherie Dei contestó después de un largo silencio.

—Ha reaparecido. Ha vuelto.

Rachel sintió que un puño invisible la golpeaba en el pecho y mantenía la presión. Su mente evocó recuerdos e imágenes. Malos. Cerró los ojos. Cherie Dei no tenía que decir a quién se refería. Rachel sabía que hablaba de Backus. El Poeta había resurgido. Nadie dudaba de que iba a hacerlo. Como una infección virulenta que se extiende por el organismo, oculta del exterior durante años para después romper la piel y recordar su fealdad.

—Dime.

—Hace tres días recibimos algo en Quantico. Un paquete por correo. Contenía...

—¿Tres días? Habéis esperado tres...

—No hemos esperado nada. Nos hemos tomado nuestro tiempo. Estaba dirigido a ti. En Ciencias del Comportamiento. La sección de correo nos lo bajó y lo abrimos después de pasarlo por el escáner. Cuidadosamente.

—¿Qué había?

—Un lector GPS.

Un lector del sistema de posicionamiento global. Coordenadas de longitud y latitud. Rachel se había encontrado con uno en un caso, el año anterior. Un secuestro en las Badlands donde la campista desaparecida había marcado su ruta con un GPS de mano. Lo encontraron en su mochila y rastrearon sus pasos hasta un campamento donde se había encontrado con un hombre que la había seguido. Llegaron demasiado tarde para salvarla, pero no habrían llegado nunca de no haber sido por el GPS.

—¿Qué había en el GPS?

Rachel se incorporó y se sentó en el borde de la cama. Se llevó la mano libre al estómago y la cerró como una flor marchita. Esperó y Cherie Dei no tardó en continuar. Rachel la recordó cuando estaba muy verde, cuando era una observadora aprendiza en el equipo, asignada a ella en virtud del programa de formación del FBI. Diez años y los casos, todos los casos, habían grabado profundos surcos en su voz. Cherie Dei ya no estaba verde, y no necesitaba de ningún mentor.

—Había un *waypoint*. El Mojave. Justo del lado de California de la frontera con Nevada. Salimos ayer y llegamos al marcador. Hemos utilizado imágenes térmicas y sondas de gas. Ayer a última hora encontramos el primer cadáver, Rachel.

—¿Quién es?

—Todavía no lo sabemos. Llevaba mucho tiempo. Estamos empezando. El trabajo de excavación es lento.

—Has dicho el primer cadáver. ¿Cuántos más hay?

—La última vez que me fui de la escena llevaban cuatro. Creemos que habrá más.

—¿Causa de la muerte?

—Aún es pronto para decirlo.

Rachel se quedó pensando en silencio. Los primeros interrogantes que se le plantearon fueron por qué allí y por qué en ese momento.

—Rachel, no te llamo sólo para contártelo. La cuestión es que el Poeta vuelve a estar en activo y te queremos aquí.

Rachel asintió. Por descontado que iría.

—¿Cherie?

—¿Qué?

—¿Por qué creéis que fue él quien envió el paquete?

—No lo creemos. Lo sabemos. Obtuvimos una coincidencia hace un rato en una huella del GPS. Cambió las pilas y sacamos un pulgar de una de ellas. Robert Backus. Es él. Ha vuelto.

Rachel abrió lentamente el puño y se examinó la mano. Estaba tan quieta como la de una estatua. El pánico que había sentido sólo un momento antes estaba mutando. Podía admitírselo a ella misma, pero a nadie más. Sentía la adrenalina circulando de nuevo en su sangre, tiñéndola de un rojo más oscuro. Casi negro. Había estado esperando esa llamada. Dormía todas las noches con el móvil cerca del oído. Sí, las llamadas formaban parte del trabajo. Pero ésta era la única llamada que verdaderamente había estado esperando.

—Puedes poner nombre a los *waypoints* —dijo Dei en el silencio—. En el GPS. Hasta doce caracteres y espacios. A este sitio lo ha llamado «Hola Rachel». Supongo que todavía prepara algo para ti. Es como si te estuviera llamando, tiene alguna clase de plan.

La memoria de Rachel desenterró la imagen de un hombre cayendo hacia atrás a través de un vidrio y desapareciendo en el oscuro vacío que se abría debajo.

—Voy en camino —dijo.

—Lo estamos trabajando desde la oficina de campo de Las Vegas. Será más fácil mantenerlo oculto desde allí. Ten cuidado, Rachel. No sabemos qué tiene en mente con esto, pero ten cuidado.

—Lo tendré. Siempre lo tengo.

—Llámame para darme los datos y pasaré a recogerte.

—Lo haré.

Rachel pulsó el botón de desconexión de la llamada. Se estiró hacia la mesilla de noche y encendió la luz. Durante un momento recordó el sueño: la calma del agua negra y el cielo, como dos espejos enfrentados. Y ella en medio, simplemente flotando.

2

Graciela McCaleb me estaba esperando junto a su coche en mi casa de Los Ángeles cuando llegué. Ella se había presentado a tiempo a nuestra cita, pero yo no. Aparqué rápidamente en la cochera y salí del Mercedes para saludarla. Graciela no parecía disgustada conmigo. Pareció tomárselo con calma.

—Graciela, siento mucho llegar tarde. Me retrasé en la Diez con todo el tráfico de la mañana.

—No se preocupe. Casi lo estaba disfrutando. Hay mucha tranquilidad por la mañana.

Abrí la puerta con mi llave, pero cuando la empujé se encalló con el correo acumulado en el suelo, en la parte de dentro. Tuve que agacharme y meter la mano por detrás para apartar los sobres y abrir.

Me levanté y, al volverme hacia Graciela, extendí el brazo hacia la casa. Ella pasó a mi lado y entró. Yo no sonreí, dadas las circunstancias. No la había vuelto a ver desde el funeral. En esta ocasión parecía apenas un poco mejor, pero el dolor de la pérdida todavía se aferraba a sus ojos y a las comisuras de la boca.

Cuando pasó junto a mí en la estrecha entrada del vestíbulo olí una fragancia a naranja dulce que recordaba del funeral, del momento en que le había sujetado una mano con las mías, le había dicho cuánto lo lamentaba y le había ofrecido mi ayuda si de algún modo la necesitaba. En aquella ocasión ella vestía de negro. Esta vez llevaba un vestido suelto con estampado de flores que combinaba mejor con el perfume. Le señalé la sala de estar y la invité a sentarse en el sofá. Le pregunté si quería tomar algo, aunque sabía que no tenía nada en la casa con lo que responder, salvo probablemente un par de botellas de cerveza y agua del grifo.

—No, gracias, señor Bosch.

—Por favor, llámeme Harry. Nadie me llama señor Bosch.

Esta vez traté de sonreír, pero no dio resultado con ella. Y no sé por qué esperaba que lo diera. Había pasado mucho en la vida. Recordé la película. Y ahora esta última tragedia. Me senté en la silla de enfrente del sofá y esperé. Ella se aclaró la garganta antes de hablar.

—Supongo que se estará preguntando por qué necesitaba hablar con usted. No fui muy comunicativa por teléfono.

—No importa —dije—, pero sentí curiosidad. ¿Hay algún problema? ¿Qué puedo hacer por usted?

Ella asintió con la cabeza y se miró las manos, que sostenían un bolsito bordado con cuentas negras. Parecía algo comprado para el funeral.

—Algo va muy mal y no sé a quién recurrir. Conozco lo suficiente por Terry, me refiero a que sé cómo trabajan, para saber que no puedo acudir a la policía. Todavía no. Además, ya vendrán ellos a verme. Pronto, supongo. Pero hasta entonces, necesito alguien en quien pueda confiar, que me ayude. Puedo pagarle.

Inclinándome hacia delante, puse los codos en las rodillas y junté las manos. Sólo la había visto en esa ocasión, en el funeral. Su marido y yo habíamos estado próximos en una ocasión, pero no en los últimos años, y ya era demasiado tarde. No sabía de dónde provenía la confianza de la que hablaba.

—¿Qué le contó Terry para que confíe en mí? Para que me haya elegido. Usted y yo ni siquiera nos conocemos, Graciela.

Ella asintió con la cabeza como si se tratara de una buena pregunta y una apreciación justa.

—En un momento de nuestro matrimonio Terry me contó todo de todo. Me habló del último caso que investigaron juntos. Me contó lo que ocurrió y cómo se salvaron la vida mutuamente. En el barco. Eso me hace pensar que puedo confiar en usted.

Asentí.

—En una ocasión me contó algo que recordaré siempre —agregó—. Me dijo que había cosas de usted que no le gustaban y con las que no estaba de acuerdo. Creo que se refería a su forma de actuar. Pero añadió que si de entre todos los policías y agentes que había conocido y con los que había trabajado tenía que elegir a alguien para investigar un asesinato, lo elegiría a usted. Con los ojos cerrados. Dijo que lo elegiría porque no se rendiría.

Sentí una tirantez en torno a los ojos. Era casi como si pudiera oír a Terry McCaleb diciéndolo. Le hice una pregunta, a pesar de que ya conocía la respuesta.

—¿Qué quiere que haga?

—Quiero que investigue su muerte.

3

Por más que ya sabía qué era lo que ella me iba a pedir, las palabras de Graciela McCaleb me intrigaron. Terry McCaleb había muerto en su barco un mes antes. Había leído la noticia en el *Las Vegas Sun*. Se publicó en los periódicos por la película: un agente del FBI recibe un trasplante de corazón y después descubre al asesino de su donante. Era una historia para Hollywood y Clint Eastwood fue el protagonista, aunque era un par de décadas mayor que Terry.

La película cosechó a lo sumo un éxito modesto, pero aun así dio a Terry la clase de notoriedad que garantizaba un obituario en los periódicos de todo el país. Yo acababa de volver a mi apartamento cerca del Strip una mañana y cogí el *Sun*. La muerte de Terry era un breve en la parte de atrás de la sección A.

Me sacudió un profundo temblor al leerlo. Me sorprendió, pero tampoco tanto. Terry siempre me había parecido un hombre que disfrutaba de un tiempo prestado. No había nada sospechoso en lo que leí entonces ni en lo que oí después cuando asistí al funeral en la isla de Catalina. Había sido su corazón —su nuevo corazón— el que había fallado. Le había dado seis buenos años, más que el promedio nacional para un paciente trasplantado de corazón, pero finalmente había sucumbido a los mismos factores que habían destruido el original.

—No lo entiendo —le dije a Graciela—. Estaba en el barco, en una excursión de pesca, y se derrumbó. Dijeron que... fue su corazón...

—Sí, fue su corazón —dijo ella—, pero han surgido novedades. Quiero que lo investigue. Sé que está retirado de la policía, pero Terry y yo vimos en las noticias lo que pasó aquí el año pasado.

Graciela paseó la mirada por la sala e hizo un gesto con las manos. Se refería a lo que había ocurrido en mi casa un año antes, cuando mi primera investigación tras mi retiro había terminado en un baño de sangre.

—Sé que todavía está investigando cosas —dijo—. Terry era igual. No podía dejarlo. Algunos son así. Cuando vimos en las noticias lo que pasó aquí, fue cuando Terry dijo que le escogería si tuviera que elegir a alguien. Creo que lo que me estaba diciendo era que si alguna vez le ocurría algo a él, debería acudir a usted.

Asentí y miré al suelo.

—Dígame cuáles son esas novedades que han surgido y le diré lo que puedo hacer.

—¿Tenía un vínculo con él?

Asentí de nuevo.

—Cuénteme.

Ella se aclaró la garganta, se acercó hasta el borde del sofá y empezó a explicarse.

—Soy enfermera. No sé si vio la película, pero me convirtieron en camarera en el cine. Eso no está bien. Soy enfermera. Sé de medicina y conozco el funcionamiento de los hospitales.

No dije nada para detenerla.

—La oficina del forense hizo una autopsia a Terry. No

había signos de nada inusual, pero decidieron proceder con la autopsia a petición del doctor Hansen, el cardiólogo de Terry, porque él quería ver si podía descubrir qué había fallado.

—Entiendo —dije—. ¿Qué encontraron?

—Nada. Me refiero a que no encontraron nada criminal. El corazón simplemente dejó de latir... y él murió. Ocurre. La autopsia reveló que los músculos de las paredes cardiacas estaban haciéndose más delgados. Cardiomiopatía. El organismo de Terry estaba rechazando el corazón. Tomaron las muestras de sangre habituales y eso fue todo. Me entregaron el cuerpo. Terry no quería ser enterrado, siempre me dijo eso. Así que lo cremaron en Griffin y Reeves, y después del servicio fúnebre Buddy nos llevó a los niños y a mí en el barco e hicimos lo que Terry nos había pedido. Soltamos las cenizas en el océano. Fue muy privado. Fue bonito.

—¿Quién es Buddy?

—Ah, es el hombre con el que trabajaba Terry en el negocio de las excursiones. Su compañero.

—Sí. Recuerdo.

Asentí y traté de retrazar la historia en busca de la razón por la que Graciela McCaleb había acudido a verme.

—¿Qué encontraron en la muestra de sangre de la autopsia? —pregunté.

Ella negó con la cabeza.

—Se trata de lo que no encontraron.

—¿Qué?

—Ha de recordar que Terry tomaba una tonelada de fármacos. Cada día, pastilla tras pastilla, líquido tras líquido. Lo mantenía vivo, bueno... hasta el final. Así que el análisis de sangre tenía como una página y media de largo.

—¿Se lo mandaron a usted?

—No, lo recibió el doctor Hansen. Me habló de él. Y me llamó porque había cosas que faltaban en el análisis que deberían haber estado presentes, pero que no estaban. CellCept y Prograf. No estaban en su sangre cuando murió.

—Y son importantes.

Ella asintió.

—Exactamente. Tomaba siete cápsulas de Prograf cada día. CellCept, dos veces al día. Eran sus medicamentos clave. Mantenían su corazón a salvo.

—¿Y sin ellos moriría?

—No sobreviviría más de tres o cuatro días. El fallo cardiaco congestivo sobrevendría rápidamente. Y eso es exactamente lo que ocurrió.

—¿Por qué dejó de tomarlas?

—No dejó de tomarlas y por eso le necesito. Alguien manipuló sus medicamentos y lo mató.

Pasé otra vez por el tamiz toda la información que ella me había dado.

—En primer lugar, ¿cómo sabe que él se estaba tomando su medicina?

—Porque lo vi, y también lo vio Buddy, e incluso en la salida de pesca, el hombre con el que estaban en su último crucero dijo que lo vio tomar sus medicinas. Yo se lo pregunté a ellos. Mire, ya le he dicho que soy enfermera. Si no se hubiera estado tomando sus medicinas, yo lo habría notado.

—De acuerdo, o sea que está diciendo que se estaba tomando sus píldoras, pero que en realidad no eran sus píldoras. Alguien las manipuló. ¿Qué le hace pensar eso?

Su lenguaje corporal indicaba frustración. Yo no estaba dando los saltos en mi razonamiento que ella esperaba.

—Déjeme recapitular —dijo ella—. Una semana después del funeral, antes de que yo supiera nada de esto, empecé a tratar de que las cosas volvieran a la normalidad. Vacié el botiquín donde Terry guardaba todas las medicinas. Verá, las medicinas son muy, muy caras. No quería que se echaran a perder. Hay gente que apenas puede costeárselas; nosotros mismos apenas podíamos costeárnoslas. El seguro de Terry se había agotado y necesitábamos MediCal y Medicaid sólo para pagar su medicación.

—¿Así que donó las medicinas?

—Sí, es una tradición con los trasplantes. Cuando alguien... —Bajó la mirada a sus manos.

—Entiendo —dije—. Lo devolvió todo.

—Sí, para ayudar a otros. Todo es muy caro. Y Terry tenía reservas para al menos nueve semanas. Valdría miles de dólares para alguien.

—Entendido.

—Así que llevé los medicamentos al hospital. Me dieron las gracias y pensé que eso era todo. Tengo dos hijos, señor Bosch. Por duro que fuera, tenía que seguir adelante, por ellos.

Pensé en la hija. Nunca la había visto, pero Terry me había hablado de ella. Me había dicho su nombre. Me pregunté si Graciela conocía la historia.

—¿Le contó esto al doctor Hansen? —pregunté—. Si alguien los había manipulado tenía que avisarles de que...

Ella negó con la cabeza.

—Hubo un protocolo de integridad. Todos los envases fueron examinados. Los sellos de los frascos se comprobaron, las fechas de caducidad se verificaron, se cotejaron muchos números, etcétera. No surgió nada. No se había manipulado nada. Al menos nada de lo que yo les di.

—¿Entonces qué?

Graciela se acercó aún más al borde del sofá. Ahora iría al grano.

—En el barco... No había donado los envases abiertos porque no iban a aceptarlos por protocolo hospitalario.

—Descubrió manipulación.

—Quedaba una dosis diaria de Prograf, y CellCept para dos días más en los frascos. Los puse en una bolsa de plástico y los llevé a la clínica de Avalon. Yo trabajaba allí. Me inventé una historia. Les dije que una amiga mía encontró las cápsulas en el bolsillo de su hijo al hacer la colada. Quería saber qué se estaba tomando. Hicieron pruebas y todas las cápsulas eran placebos. Estaban llenas de un polvo blanco. Cartílago de tiburón en polvo, concretamente. Lo venden en tiendas especializadas y en Internet. Se supone que es algún tipo de tratamiento homeopático contra el cáncer. Es fácilmente digerible y suave. Contenidas en una cápsula tendrían el mismo gusto para Terry. No habría notado ninguna diferencia.

Graciela sacó del bolsito un sobre doblado y me lo tendió. Contenía dos cápsulas: ambas blancas, con pequeñas letras impresas en rosa en los lados.

—¿Son del frasco?

—Sí, me guardé dos y llevé cuatro a mi amiga de la clínica.

Usé el sobre para recoger el contenido y abrí una de las cápsulas. Ésta se separó fácilmente sin causar daño en las dos piezas del envase. El polvo blanco que habían contenido se vertió en el sobre.

Comprendí que no habría sido un proceso difícil vaciar el contenido original de las cápsulas y sustituirlo por un polvo inútil.

—Lo que me está diciendo, Graciela, es que en su última excursión Terry se estuvo tomando las pastillas que creía que lo mantenían vivo, pero éstas no estaban haciendo nada por él. En cierto modo, lo estaban matando.

—Exactamente.

—¿De dónde salieron esas píldoras?

—Los frascos eran de la farmacia del hospital, pero podrían haberlos manipulado en cualquier parte.

Se detuvo y me dio tiempo para que asimilara la información.

—¿Qué va a hacer el doctor Hansen? —pregunté.

—Dijo que no tenía alternativa. Si la manipulación se había producido en el hospital, entonces él tenía que saberlo. Podría haber otros pacientes en riesgo.

—Eso no es probable. Ha dicho que se habían manipulado dos medicamentos, por tanto lo más probable es que ocurriera fuera del hospital, después de que estuvieran en posesión de Terry.

—Lo sé. Él lo dijo. Me dijo que iba a derivarlo a las autoridades. Tiene que hacerlo. Pero no sé quiénes serán esas autoridades ni qué harán. El hospital está en Los Ángeles y Terry murió en su barco a unas veinticinco millas de la costa de San Diego. No sé quién...

—Probablemente irá a la Guardia Costera en primer lugar y después lo cederán al FBI. Al final. Pero pasarán varios días. Podría moverlo si llamara ahora mismo al FBI. No entiendo por qué está hablando conmigo en lugar de con ellos.

—No puedo, al menos todavía no.

—¿Por qué no? Por supuesto que puede. No debería acudir a mí. Vaya al FBI con esto. Dígaselo a la gente que trabajaba con él. Se ocuparán de inmediato, Graciela. Sé que lo harán.

Ella se levantó, se acercó a la puerta corredera y miró al otro lado del desfiladero. Era uno de esos días en que la capa de contaminación parecía que podía incendiarse de tan espesa.

—Usted era detective. Piénselo. Alguien mató a Terry. No pudo haber sido una manipulación casual, no con dos medicamentos diferentes de dos envases diferentes. Fue intencionado. Así que la siguiente pregunta es ¿quién tiene acceso a los medicamentos? ¿Quién tiene motivo? Van a fijarse primero en mí y puede que no miren más allá. Tengo dos hijos. No puedo arriesgarme a eso. —Se volvió y me miró—. Y yo no lo hice.

—¿Qué motivo?

—Dinero, para empezar. Hay una póliza de seguro de vida de cuando él estuvo en el FBI.

—¿Para empezar? ¿Significa eso que hay otra cosa?

Graciela miró al suelo.

—Yo amaba a mi marido, pero estábamos pasando por dificultades. Las últimas semanas él estuvo durmiendo en el barco. Probablemente por eso aceptó esa salida de pesca larga. La mayoría de las veces eran excursiones de un día.

—¿Cuál era el problema, Graciela? Si voy a meterme en esto, tengo que saberlo.

Ella se encogió de hombros como si no supiera la respuesta, pero finalmente respondió.

—Vivíamos en una isla, y a mí ya no me gustaba. No creo que fuera un gran secreto que yo quería que nos trasladáramos al continente. El problema era que su trabajo en el FBI le había hecho temer por nuestros hijos. Tenía miedo. Quería proteger a los niños del mundo. Yo no. Yo quería que vieran el mundo y estuvieran preparados para él.

—¿Y eso era todo?

—Había otras cosas. A mí no me gustaba que él siguiera investigando casos.

Me levanté y me puse a su lado, junto a la puerta. La abrí para que saliera parte del aire viciado. Me di cuenta de que debería haberla abierto en cuanto habíamos entrado. El lugar olía a agrio. Llevaba fuera dos semanas.

—¿Qué casos?

—Él era como usted. Estaba atormentado por los que se escaparon. Tenía archivos, cajas de archivos, abajo en el barco.

Yo había estado en el barco mucho tiempo atrás. McCaleb había convertido un camarote de proa en un despacho. Recordaba haber visto las cajas con los archivos en la litera superior.

—Durante mucho tiempo trató de ocultármelo, pero se convirtió en algo obvio y olvidamos el pretexto. En los últimos meses viajaba mucho al continente. Cuando no tenía excursiones de pesca. Discutimos sobre eso, y él simplemente dijo que era algo que no podía dejar.

—¿Era sólo un caso o más de uno?

—No lo sé. Nunca me dijo exactamente en qué estaba trabajando y yo no se lo pregunté. No me importaba. Sólo quería que parara. Quería que pasara tiempo con sus hijos. No con esa gente.

—¿Esa gente?

—La gente con la que estaba fascinado: los asesinos y sus víctimas. Sus familias. Estaba obsesionado. A veces creo que eran más importantes para él que nosotros.

Graciela miró al otro lado del paso de Sepúlveda mientras decía esto. Al abrir la puerta había dejado que entrara el sonido del tráfico. La autovía sonaba como una distante ovación en algún tipo de estadio donde los partidos no terminaban nunca. Abrí la puerta del todo y salí a la terraza. Miré a los matorrales y pensé en la lucha a vida o muerte que se había desarrollado allí el año anterior.

Había sobrevivido para descubrir que, como Terry McCaleb, yo era padre. En los meses transcurridos desde entonces había aprendido a descubrir en los ojos de mi hija lo que Terry me había dicho en una ocasión que él había descubierto en los ojos de la suya. Yo supe buscarlo porque él me lo había dicho. Estaba en deuda con él por eso.

Graciela salió detrás de mí.

—¿Hará esto por mí? Creo lo que mi marido dijo de usted. Creo que puede ayudarme y ayudarle a él.

Y tal vez ayudarme a mí mismo, pensé, pero no lo dije. En lugar de eso, bajé la mirada a la autovía y vi que el sol se reflejaba en los parabrisas de los coches que avanzaban por el paso de Sepúlveda. Era como un millar de ojos brillantes y plateados observándome.

—Sí —dije—. Lo haré.

4

Mi primera entrevista fue en los muelles del puerto deportivo de Cabrillo, en San Pedro. Siempre me había gustado ir allí, aunque rara vez lo hacía. No sé por qué. Es una de esas cosas de las que te olvidas hasta que vuelves a hacerla y entonces recuerdas que te gusta. La primera vez que estuve era un fugitivo de dieciséis años. Fui hasta los muelles de San Pedro y pasé mis días haciéndome un tatuaje y observando los barcos de atún que llegaban. Pasé las noches durmiendo en un remolcador que no estaba cerrado con llave, el *Rosebud*. Hasta que un capitán de puerto me pilló y me devolvió a la casa de acogida con las palabras *Hold Fast* tatuadas en los nudillos.

El puerto de Cabrillo era más nuevo que en mi recuerdo. Aquéllos no eran los muelles de pesca donde yo había ido a parar tantos años antes. Cabrillo Marina proporcionaba amarres para la flota de placer. Los mástiles de un centenar de veleros asomaban, detrás de unas verjas cerradas, como un bosque después de un incendio devastador. Más atrás había filas de yates de motor, de muchos millones de dólares.

Otros no. El barco de Buddy Lockridge no era un castillo flotante. Lockridge, de quien Graciela McCaleb me había dicho que era el compañero de su marido en el negocio de las excursiones de pesca y su amigo más cercano al final, vivía en un velero de diez metros de eslora que daba la impresión de que tenía en cubierta todo lo que podía contener uno de veinte. Era un basurero, no por culpa del barco en sí, sino por cómo lo cuidaban. Si Lockridge hubiera vivido en una casa habría tenido coches amontonados en el patio y paredes de periódicos apilados en el interior.

Me había abierto la verja desde el barco y había salido del camarote con unos *shorts*, sandalias y una camiseta gastada y lavada tantas veces que la inscripción que lucía en el pecho resultaba ilegible. Graciela había llamado para avisarlo. Lockridge sabía que quería hablar con él, pero no la razón exacta por la que deseaba hacerlo.

—Bueno —dijo al bajar del barco y pisar el muelle—. Graciela dijo que está investigando la muerte de Terry. ¿Es una cuestión del seguro?

—Sí, podría decirse.

—¿Es usted detective privado o algo así?

—Algo así, sí.

Me pidió la identificación y yo le mostré la cartera con la copia laminada de mi licencia que me habían enviado desde Sacramento. Levantó una ceja en un gesto de perplejidad ante mi nombre formal.

—Hieronymus Bosch. Como ese pintor loco, ¿eh?

Era raro que alguien reconociera mi nombre. Eso me explicaba algo de Buddy Lockridge.

—Algunos dicen que estaba loco. Otros dicen que predijo el futuro con precisión.

La licencia pareció calmarlo y dijo que podíamos hablar en su barco o dar un paseo hasta la tienda de artículos náuticos para tomar un café. Me habría gustado echar un vistazo a su hogar y barco —era una estrategia básica de investigación—, pero no quería resultar demasiado obvio al respecto, así que le respondí que no me vendría mal un poco de cafeína.

La tienda de náutica estaba a cinco minutos paseando del muelle. Charlamos por el camino y yo sobre todo escuché la queja de Buddy acerca de su retrato en la película inspirada en el trasplante de corazón de McCaleb y en su búsqueda del asesino de su donante.

—Le pagaron, ¿no? —pregunté cuando hubo terminado.

—Sí, pero ésa no es la cuestión.

—Sí lo es. Ponga el dinero en el banco y olvídese de lo demás. Es sólo una película.

Había algunas mesas y bancos en el exterior de la tienda y nos tomamos el café allí. Lockridge comenzó a formular preguntas antes de que yo tuviera ocasión de empezar. Dejé que echara la caña. Lo consideraba una parte muy importante de mi investigación, puesto que conocía a Terry McCaleb y era uno de los dos testigos de su muerte.

Quería que se sintiera cómodo conmigo, así que le permití que preguntara.

—¿Cuál es su currículum? —preguntó—. ¿Fue poli?

—Casi treinta años. En el Departamento de Policía de Los Ángeles. La mitad del tiempo trabajé en homicidios.

—Homicidios, ¿eh? ¿Conocía a Terror?

—¿Qué?

—Me refiero a Terry. Yo lo llamaba Terror.

—¿Cómo es eso?

—No lo sé. Simplemente lo hacía. Le pongo mote a todos. Terry había sido testigo presencial del terror en el mundo, así que lo llamaba Terror.

—¿Y yo? ¿Cuál va a ser mi mote?

—Usted... —Me miró como un escultor sopesando un bloque de granito—. Um..., *Maleta* Harry.

—¿Por qué?

—Porque lleva la ropa bastante arrugada, como si la guardara en una maleta.

Asentí.

—Muy bien.

—Así que ¿conocía a Terry?

—Sí, lo conocía. Coincidimos en algunos casos cuando él estaba en el FBI. Y después en otro más después de que recibió su nuevo corazón.

Lockridge chascó los dedos y me señaló.

—Ahora lo recuerdo, usted era el poli. Usted es el que estuvo aquella noche en su barco cuando aparecieron dos matones para liquidarlo. Salvó a Terry y después él lo salvo a usted.

Dije que sí con la cabeza.

—Exacto. ¿Puedo hacerle unas preguntas, Buddy?

Él abrió las manos, dando a entender que estaba preparado y que no tenía nada que ocultar.

—Oh, claro, tío. No pretendía acaparar el micrófono, en serio.

Saqué mi libreta y la puse sobre la mesa.

—Gracias. Empecemos con la última salida en barco. Cuénteme.

—Bueno, ¿qué quiere saber?

—Todo.

Lockridge resopló.

—Es mucho pedir —dijo.

Sin embargo, empezó a contarme la historia. Lo que inicialmente me explicó coincidía con los escuetos relatos que había leído en los periódicos de Las Vegas y con lo que había oído cuando asistí al funeral de McCaleb.

McCaleb y Lockridge habían salido en una excursión de pesca de cuatro días y tres noches, llevando a una partida de un solo hombre a las aguas de Baja California para pescar marlines. El cuarto día, cuando regresaban al puerto de Avalon, en la isla de Catalina, McCaleb se desplomó en el timón. Estaban a veintidós millas de la costa, a medio camino entre San Diego y Los Ángeles. Se emitió una llamada de auxilio por radio a la Guardia Costera y enviaron un helicóptero de rescate. McCaleb fue aerotransportado a un hospital de Long Beach, donde ingresó cadáver.

Cuando hubo terminado su relato asentí como si todo coincidiera con lo que ya había oído.

—¿Lo vio derrumbarse?

—No, aunque lo noté.

—¿Qué quiere decir?

—Bueno, él estaba arriba, al timón. Yo estaba en cubierta con el cliente. Navegábamos hacia el norte, rumbo a casa. El cliente ya había tenido bastante pesca por entonces, o sea que ni siquiera teníamos las cañas en el agua. Terry iba al máximo, probablemente a veinticinco nudos. Así que Otto, el cliente, y yo estábamos en el puente de mando y el barco de repente hizo un giro de noventa grados hacia el oeste. A mar abierto, tío. Sabía que eso no estaba planeado, así que subí por la escalera y en cuanto asomé la cabeza vi a Terry doblado sobre el timón. Se había desplomado. Llegué hasta él y estaba vivo, pero completamente en las nubes.

—¿Qué hizo?

—Fui socorrista. En Venice Beach. Todavía sé hacer una reanimación. Llamé a Otto para que se ocupara del timón y me puse a atender a Terry mientras Otto tomaba el control del barco y sacaba la radio para llamar a la Guardia Costera. No conseguí reanimar a Terry, pero no paré de echar aire en sus pulmones hasta que apareció el helicóptero. Tardaron mucho.

Tomé una nota en mi libreta. No porque fuera importante, sino porque quería que Lockridge supiera que lo tomaba en serio y que lo que él considerara importante también era importante para mí.

—¿Cuánto tardaron?

—Veinte, veinticinco minutos. No estoy seguro de cuánto fue, pero parece una eternidad cuando estás tratando de que alguien siga respirando.

—Sí, toda la gente con la que he hablado dijo que hizo todo lo posible. Así que Terry nunca pronunció ni una palabra. Sólo se desplomó sobre el timón.

—Exactamente.

—¿Entonces qué fue lo último que le dijo?

Lockridge empezó a morderse la uña de uno de sus pulgares mientras intentaba recordarlo.

—Buena pregunta. Supongo que fue cuando volvió a la barandilla que da al puente de mando y gritó que estaríamos en casa al anochecer.

—¿Y cuánto tiempo pasó entre que dijo eso y se desplomó?

—Una media hora, o un poco más.

—¿Y tenía buen aspecto?

—Sí, parecía el Terror de siempre. Nadie habría adivinado lo que iba a pasar.

—Por entonces llevaban cuatro días en el barco, ¿no?

—Eso es. Bastante apretados porque el cliente ocupó el camarote principal. Terry y yo dormíamos en el camarote de proa.

—¿Durante ese tiempo vio si Terry se tomaba sus medicinas todos los días? Todas las pastillas que tenía que tomarse.

Lockridge asintió con énfasis.

—Ah, sí, no paraba de tomar pastillas. Cada mañana y cada noche. Hemos estado juntos en muchas excursiones de pesca. Era su ritual, era como un reloj. Nunca fallaba. Y en este viaje tampoco.

Tomé un par de apuntes más, sólo para mantenerme en silencio e incitar a Lockridge a seguir hablando. Pero no lo hizo.

—¿Mencionó que tenían un gusto diferente o que se sentía diferente después de tomarlas?

—¿De eso se trata? ¿Están tratando de decir que Terry se tomó las pastillas equivocadas para no tener que pagar el seguro? De haberlo sabido, nunca habría aceptado hablar con usted.

Empezó a levantarse. Yo me estiré y lo agarré por el brazo.

—Siéntese, Buddy. No sé trata de eso. Y yo no trabajo para la compañía de seguros.

Él se dejó caer pesadamente en el banco y se miró el brazo en el lugar donde lo había agarrado.

—¿Entonces de qué se trata?

—Ya sabe de qué se trata. Sólo me estoy asegurando de que la muerte de Terry fue como se supone que fue.

—¿Se supone que fue?

Me di cuenta de que no había elegido bien mis palabras.

—Lo que estoy tratando de decir es que quiero asegurarme de que no le ayudaron.

Lockridge me estudió durante varios segundos y asintió lentamente.

—¿Se refiere a que las pastillas estaban contaminadas o manipuladas?

—Quizá.

Lockridge cerró la mandíbula con fuerza y resolución. No me pareció que estuviera actuando.

—¿Necesita alguna ayuda?

—Podría necesitarla, sí. Mañana por la mañana voy a ir a Catalina. Voy a mirar en el barco. ¿Puede reunirse conmigo allí?

—Por supuesto.

Parecía entusiasmado y sabía que al final tendría que poner coto a eso, pero por el momento quería su cooperación plena.

—Bien. Ahora deje que le haga unas pocas preguntas más. Hábleme del cliente de la excursión. ¿Conocían a ese tipo Otto de antes?

—Ah, sí, llevamos a Otto un par de veces al año. Vive en la isla, y ésa es la única razón por la que hicimos la excursión de varios días. Ése era el problema con el negocio, pero a Terror nunca le importó. Él era feliz quedándose en aquel puertecito y esperando la mitad de los días.

—Pare un momento, Buddy. ¿De qué está hablando?

—Estoy hablando de que Terry mantenía el barco en la isla. Lo que conseguíamos allí era gente que estaba visitando Catalina y que quería salir unas horas a pescar. No conseguíamos las excursiones importantes. En los trabajos de tres, cuatro o cinco días es donde se saca buen dinero. Otto era la excepción porque vive allí y le gustaba ir a pescar a México un par de veces al año y de paso echar una cana al aire.

Lockridge me estaba dando más información y vías de interrogatorio de las que podía manejar de una vez. Me quedé con McCaleb, pero sin duda iba a volver a Otto, el cliente de la excursión.

—¿Está diciendo que Terry se conformaba con un negocio de poca monta?

—Exactamente, yo no paraba de decirle: «Traslada el negocio al continente, pon unos anuncios y consigue trabajo de verdad.» Pero él no quería.

—¿Alguna vez le preguntó por qué?

—Claro, él quería quedarse en la isla. No quería estar siempre separado de la familia. Y quería tener tiempo para trabajar en sus archivos.

—¿Se refiere a sus viejos casos?

—Sí, y también a algunos nuevos.

—¿Cuáles?

—No lo sé. Siempre estaba recortando artículos del periódico y guardándolos en carpetas, haciendo llamadas telefónicas, cosas así.

—¿En el barco?

—Sí, en el barco. Graciela no se lo habría permitido en la casa. Terry me contó que a ella no le gustaba que lo hiciera. A veces llegaba al punto de quedarse a dormir en el barco por la noche. Al final. Creo que era por los archivos. Se había obsesionado con algo y ella había terminado diciéndole que se quedara en el barco hasta que lo superara.

—¿Le contó eso?

—No tenía que hacerlo.

—¿Algún caso o archivo en el que recuerde que estuviera interesado últimamente?

—No, él ya no me incluía en eso. Yo le ayudé en el caso de su corazón y después más o menos me dio con la puerta en las narices.

—¿Eso le molestaba?

—De hecho, no. O sea, yo estaba dispuesto a ayudar. Pescar a tipos malos es más interesante que pescar atunes, pero sabía que ése era su mundo y no el mío.

Me sonó a respuesta ensayada, como si estuviera repitiendo una explicación que McCaleb le hubiera dado a él en alguna ocasión. Decidí dejarlo estar, aunque sabía que era una cuestión sobre la que regresaría.

—De acuerdo, volvamos a Otto. ¿Cuántas veces pescaron con él?

—Éste era nuestro tercer, no, nuestro cuarto viaje.

—¿Siempre a México?

—Más o menos.

—¿A qué se dedica que puede permitirse eso?

—Está jubilado. Cree que es Zane Grey y quiere ir a hacer pesca deportiva, coger un marlín negro y colgarlo en la pared del salón. Se lo puede permitir. Me dijo que era comercial, pero nunca le pregunté qué vendía.

—¿Jubilado? ¿Qué edad tiene?

—No lo sé, unos sesenta y cinco.

—¿Jubilado de dónde?

—Creo que de Long Beach.

—¿Qué quería decir hace un minuto con eso de que le gustaba ir a pescar y echar una cana al aire?

—Quería decir exactamente eso. Lo llevábamos a pescar y cuando parábamos en Cabo, siempre tenía algo aparte.

—Así que cada noche en este último viaje llevaron el barco a puerto siempre en Cabo.

—Las dos primeras noches en Cabo y después la tercera noche llegamos a San Diego.

—¿Quién eligió esos sitios?

—Bueno, Otto quería ir a Cabo, y San Diego estaba a mitad de camino en el trayecto de vuelta. Siempre nos lo tomamos con calma a la vuelta.

—¿Qué pasó con Otto en Cabo?

—Ya se lo he dicho, tenía algo aparte allí. Las dos noches se puso guapo y se fue a la ciudad. Creo que iba a encontrarse con una señorita. Había hecho algunas llamadas desde el móvil.

—¿Está casado?

—Por lo que yo sé. Creo que por eso le gustaban las excursiones de cuatro días. Su mujer pensaba que estaba pescando. Ella probablemente no sepa que parábamos en Cabo por Margarita, y no me refiero al cóctel.

—Y Terry, ¿él también fue a la ciudad?

Respondió sin dudarlo.

—No, Terry no tenía nada en ese sentido, y nunca abandonaría el barco. Ni siquiera puso el pie en el muelle.

—¿En qué sentido?

—No lo sé. Solamente dijo que no necesitaba hacerlo. Creo que era supersticioso.

—¿Cómo es eso?

—Bueno, el capitán no abandona el barco, ese tipo de cosas.

—¿Y usted?

—La mayor parte del tiempo me quedaba con Terry en el barco. De cuando en cuando iba a uno de los bares de la ciudad y eso.

—¿Y en ese último viaje?

—No, me quedé en el barco. Iba un poco corto de pasta.

—¿Así que en ese último viaje Terry nunca salió del barco?

—Exacto.

—Y nadie más que usted y Otto estuvo nunca en el barco, ¿verdad?

—Sí..., bueno, no exactamente.

—¿A qué se refiere? ¿Quién estuvo en el barco?

—La segunda noche que fuimos a Cabo nos pararon los federales, la Guardia Costera mexicana. Dos tipos subieron a bordo y miraron durante unos minutos.

—¿Por qué?

—Es una especie de rutina. De cuando en cuando te paran, tú pagas una pequeña tarifa y te dejan ir.

—¿Un soborno?

—Un soborno, una mordida, como quiera llamarlo.

—Y eso ocurrió esta vez.

—Sí, Terry les dio cincuenta pavos cuando estaban en el salón y se fueron. Fue bastante rápido.

—¿Registraron el barco? ¿Miraron los medicamentos de Terry?

—No, no llegaron a tanto. Para eso es el soborno, para ahorrarte todo eso.

Me di cuenta de que había dejado de tomar notas. Mucha información era nueva y merecía la pena seguir explorándola, pero sentí que ya había tenido suficiente por el momento. Digeriría lo que poseía y volvería a la carga. Tenía la sensación de que Buddy Lockridge me daría todo lo que necesitara, siempre y cuando lo hiciera sentirse parte de la investigación. Le pregunté los nombres exactos y las localizaciones de los puertos en los que habían amarrado por las noches en el viaje con Otto y anoté esta información en mi libreta. Después reconfirmé nuestra cita en el barco de McCaleb para el día siguiente. Le dije que iba a tomar el primer *ferry* y comentó que él tomaría el mismo. Lo dejé allí porque dijo que quería volver a entrar en la tienda de náutica para comprar algunos suministros.

Cuando tiramos las tazas de café de plástico en la papelera, me deseó buena suerte con la investigación.

—No sé qué es lo que va a encontrar. No sé si hay algo que encontrar, pero si a Terry lo ayudaron con esto, quiero que encuentre al que lo hizo. ¿Sabe a qué me refiero?

—Sí, Buddy, creo que sé a qué se refiere. Hasta mañana.

—Allí estaré.

5

Esa noche, por teléfono desde Las Vegas, mi hija me pidió que le contara un cuento. Sólo tenía cinco años y siempre quería que le cantara o que le explicara un cuento. Yo conocía más historias que canciones. Maddie tenía un gato negro y desaliñado al que llamaba *Sin Nombre* y le gustaba que me inventara historias en las que se corriera un gran peligro y se demostrara mucho valor y que terminaran con *Sin Nombre* resolviendo el misterio o encontrando al animal doméstico perdido o al niño extraviado o dándole una lección a un hombre malo.

Le conté una historia rápida en la que *Sin Nombre* encontraba a un gato perdido llamado *Cielo Azul*. Le gustó y me pidió que le contara otra, pero le dije que era tarde y que tenía que colgar. Después, sin que viniera a cuento, me preguntó si el Rey de la Selva y la Reina de los Mares estaban casados. Yo sonreí y me maravillé por la forma en que trabajaba su mente. Le dije que estaban casados y me preguntó si eran felices.

Uno puede trastornarse y separarse del mundo. Uno puede creer que es un *outsider* permanente. Pero la inocencia de un niño te devuelve a la realidad y te da el escudo de alegría con el cual protegerte. He aprendido esto tarde, pero no demasiado tarde. Nunca es demasiado tarde. Me duele pensar en las cosas que ella aprenderá del mundo. Lo único que sabía era que no quería enseñarle nada. Me sentía contaminado por los caminos que había tomado en la vida y por las cosas que sabía. No quería transmitirle nada de eso, sólo quería que ella me enseñara.

Así que le dije que sí, que el Rey de la Selva y la Reina de los Mares eran felices y que disfrutaban de una maravillosa vida juntos. No quería dejarla sin sus historias y sus cuentos de hadas mientras todavía pudiera creerlos. Porque sabía que muy pronto se quedaría sin ellos.

Al decirle buenas noches a mi hija por teléfono me sentí solitario y fuera de lugar. Acababa de pasar dos semanas allí y Maddie se había acostumbrado a verme y yo me había acostumbrado a verla a ella. La había ido a recoger a la escuela, la veía nadar, le preparé la cena varias veces en el pequeño apartamento amueblado que había alquilado cerca del aeropuerto. Por la noche, cuando su madre jugaba al póquer en los casinos, yo la llevaba a casa y la acostaba, dejándola al cuidado de la niñera que vivía con ellas.

Yo era una novedad en su vida. Durante sus primeros cuatro años nunca había oído hablar de mí, ni yo de ella. Ahí residía la belleza y la dificultad de nuestra relación. A mí me sorprendió mi paternidad repentina. Me deleitaba en ella y me esforzaba al máximo. Maddie, sin previo aviso, tenía otro protector que entraba y salía de su vida. Un abrazo y un beso extra en el pelo. Pero también sabía que ese hombre que de pronto se había incorporado a su vida le estaba provocando a su madre mucho dolor y lágrimas. Eleanor y yo habíamos tratado de evitar las discusiones y las palabras duras delante de nuestra hija, pero muchas veces los tabiques son estrechos y los niños, tal y como yo estaba aprendiendo, son los mejores detectives. Son maestros en la interpretación de la vibración emocional.

Eleanor Wish me había ocultado el secreto definitivo: una hija. El día que finalmente me presentó a Maddie, pensé que todo estaba bien en el mundo. Al menos en mi mundo. Vi la salvación en los ojos oscuros de mi hija, mis propios ojos. Lo que no vi ese día fueron las fisuras. Las grietas debajo de la superficie. Y eran profundas. El día más feliz de mi vida iba a conducir a algunos de los más desagradables. Días en los que no podía olvidar el secreto y lo que me había sido vedado durante tantos años. Si bien en un momento pensé que tenía todo lo que podía desear en mi vida, pronto aprendí que era un hombre demasiado débil para mantenerlo, para aceptar la traición oculta en ello a cambio de lo que me había sido dado.

Otros, mejores personas, podrían hacerlo. Pero yo no. Abandoné la casa de Eleanor y Maddie. Mi hogar en Las Vegas es un apartamento amueblado de una habitación al que sólo un aparcamiento separa de los hangares donde jugadores millonarios y multimillonarios aparcan sus *jets* privados y se dirigen a los casinos en rumorosas limusinas. Tengo un pie en Las Vegas y el otro permanece en Los Ángeles, un lugar que sé que nunca podré abandonar de manera permanente mientras esté vivo.

Después de decirme buenas noches, mi hija le pasó el teléfono a su madre, porque era una de esas raras noches en que ella estaba en casa. Nuestra relación era más tensa de lo que lo había sido nunca. Estábamos enfrentados por nuestra hija. Yo no quería que se educara con una madre que trabajaba en los casinos por las noches. No quería que cenara en Burger King. Y no quería que aprendiera la vida en una ciudad que llevaba sus pecados como estandarte.

Pero no estaba en posición de cambiar las cosas. Sabía que corría el riesgo de parecer ridículo, porque vivo en un lugar donde el crimen y el caos siempre acechan, y donde el veneno literalmente está suspendido en el aire, pero no me seduce la idea de que mi hija crezca donde está. Lo veo como la sutil diferencia entre la esperanza y el deseo. Los Ángeles es una ciudad que funciona en la esperanza, y todavía hay algo puro en ello. Te ayuda a ver a través del aire sucio. Las Vegas es diferente. Para mí opera sobre el deseo, y en esa senda está el desengaño definitivo. No es eso lo que quiero para mi hija. Ni siquiera quiero eso para su madre. Estoy dispuesto a esperar, pero no demasiado. A medida que paso tiempo con mi hija y la conozco mejor y la quiero más, mi buena voluntad se deshilacha como un puente de cuerda que atraviesa un profundo abismo.

Cuando Maddie le pasó el teléfono a su madre ninguno de los dos tenía mucho que decir, así que no lo hicimos. Yo sólo dije que iría a ver a Maddie en cuanto pudiera y colgamos. Al soltar el teléfono, sentí un dolor interior al que no estaba acostumbrado. No era el dolor de la soledad o el vacío. Conocía esos dolores y había aprendido a convivir con ellos. Era el dolor que acompaña al miedo por lo que el futuro depara para alguien tan preciado, alguien por quien darías tu propia vida sin pensarlo dos veces.

6

El primer *ferry* me llevó a Catalina a las nueve y media de la mañana siguiente. Había llamado a Graciela McCaleb desde el móvil mientras estaba cruzando, así que ella me estaba esperando en el muelle. Era un día frío y despejado, y se podía saborear la diferencia en el aire sin contaminar. Graciela me sonrió cuando yo me aproximé a la verja donde la gente esperaba a los viajeros de los barcos.

—Buenos días. Gracias por venir.

—No hay de qué. Gracias por venir a recibirme.

Medio había esperado que Buddy Lockridge estuviera con ella. No lo había visto en el transbordador y había supuesto que tal vez había tomado el de la noche anterior.

—¿Todavía no ha llegado Buddy?

—No, ¿va a venir?

—Quería revisar con él las cosas del barco. Dijo que estaría en el primer *ferry*, pero no apareció.

—Bueno, hay dos. El siguiente llegará dentro de cuarenta y cinco minutos. Probablemente irá en ése. ¿Qué quiere hacer primero?

—Quiero ir al barco, empezaré por ahí.

Caminamos hasta el muelle de las embarcaciones pequeñas y tomamos una Zodiac con un motor de un caballo hasta la dársena donde estaban los yates alineados en filas, amarrados a boyas y moviéndose con la corriente de manera sincronizada. El barco de Terry, el *Following Sea*, era el penúltimo de la segunda fila. Tuve una sensación ominosa al aproximarnos, y ésta se incrementó al golpear en el casco por la popa. Terry había muerto en ese barco. Mi amigo y marido de Graciela. Para mí era un truco del oficio fabricarme una conexión emocional con el caso. Me ayudaba a atizar el fuego y me daba el impulso necesario para ir a donde necesitaba ir, y hacer lo que tenía que hacer. Sabía que en este caso no tendría que buscarlo. No tenía que fabricarme nada. Ya era parte del trato. La parte más importante.

Miré el nombre del barco pintado en letras negras en la popa, y recordé que Terry me había explicado en una ocasión que se refería a la ola que tenías que vigilar, la que te llegaba por tu punto ciego y te golpeaba por detrás. Una buena filosofía. No pude evitar preguntarme por qué Terry no había visto qué ni quién le venía por detrás.

Con precario equilibrio, bajé de la embarcación hinchable y subí al espejo de popa del barco. Me volví para buscar la soga con la que atarlo, pero Graciela me detuvo.

—Yo no voy a subir a bordo —dijo.

Sacudió la cabeza como para desalentar cualquier intento de coerción por mi parte y me pasó un juego de llaves. Yo las cogí.

—No quiero subir —repitió—. Con la vez que fui a recoger sus medicamentos tuve bastante.

—Entiendo.

—Así la Zodiac estará en el muelle para Buddy si aparece.

—¿Si aparece?

—No siempre es tan cumplidor. Al menos es lo que decía Terry.

—Y si no aparece, ¿qué hago yo?

—Ah, pare un taxi acuático. Pasan cada quince minutos. No tendrá problema. Cóbremelo. Lo que me recuerda que no hemos hablado de dinero.

Era algo que Graciela tenía que sacar a relucir para asegurarse, pero tanto ella como yo sabíamos que ese trabajo no era por dinero.

—No será necesario —dije—. Sólo hay una cosa que quiero a cambio de esto.

—¿Qué?

—Terry me habló una vez de su hija. Me dijo que la llamaron Cielo Azul.

—Exacto. Él eligió el nombre.

—¿Le dijo alguna vez por qué?

—Dijo que le gustaba. Me explicó que una vez conoció a una niña llamada Cielo Azul.

Asentí.

—Lo que quiero como pago por hacer esto es verla algún día, me refiero a cuando todo esto haya terminado.

Graciela reflexionó un momento, pero enseguida dijo que sí con la cabeza.

—Es un encanto. Le gustará.

—Estoy seguro.

—¿Harry, usted la conocía? ¿A la chica por la que Terry le puso el nombre a nuestra hija?

Yo la miré y bajé la cabeza.

—Sí, podría decirse que la conocía. Algún día, si quiere, le hablaré de ella.

Graciela asintió de nuevo y empezó a empujar la Zodiac para apartarse de la popa. Yo la ayudé con los pies.

—La llave pequeña abre la puerta del salón —dijo—. El resto ya se lo imaginará. Espero que encuentre algo que ayude.

Sostuve las llaves en alto como si fueran a abrir todas las puertas que pudiera hallar en adelante. Observé que ella se dirigía de nuevo al muelle y subí al puente de mando.

Alguna clase de sentido del deber me hizo trepar por la escalera que conducía al timón de la cubierta superior antes de entrar en el barco. Tiré de la lona para destapar el panel de mandos y me quedé por un momento de pie junto al timón y el asiento. Me representé la historia que Buddy Lockridge me había explicado de Terry desplomándose ahí. De algún modo parecía apropiado para él desplomarse al timón, aunque con lo que ahora sabía, también parecía muy equivocado. Puse la mano encima de la silla como si me apoyara en el hombro de alguien. Decidí que encontraría las respuestas a todas las preguntas antes de darme por vencido.

La pequeña llave cromada del llavero que Graciela me había dado abría la puerta corredera de espejo que conducía al interior del barco. La dejé abierta para airear el ambiente. Dentro había un olor salobre y peculiar. Lo rastreé hasta las cañas y los carretes almacenados en estanterías de techo, con los cebos artificiales todavía colocados. Supuse que no los habían limpiado y cuidado apropiadamente después de la última salida de pesca. No había habido tiempo. No había habido motivo.

Quería bajar por la escalera al camarote de proa donde sabía que Terry guardaba todos los archivos de sus investigaciones, pero decidí dejarlo para el final. Resolví empezar en el salón e ir bajando.

El salón tenía una distribución funcional, con un sofá, una silla y una mesita de café en el lado derecho antes de llegar a una mesa de navegación instalada detrás del asiento del timón interior. El lado opuesto era como el reservado de un restaurante, con acolchado de piel roja. Había una televisión encerrada en una partición que separaba el salón de la cocina y, por último, una escalera corta que sabía que conducía a los camarotes de proa de abajo y a un lavabo.

El salón estaba ordenado y limpio. Me quedé de pie en medio de la estancia y me limité a observarla durante medio minuto antes de acercarme a la mesa de navegación y abrir los cajones. McCaleb guardaba allí los archivos de su pequeño negocio. Encontré listados de clientes y un calendario con reservas. También había registros relacionados con comprobantes de tarjetas Visa y MasterCard que evidentemente aceptaba como forma de pago. La sociedad tenía una cuenta bancaria y en el cajón había asimismo un talonario de cheques. Comprobé los resguardos y vi que prácticamente lo mismo que entraba salía para cubrir los gastos de combustible y amarre, así como artículos de pesca y otros necesarios para las excursiones. No había registro de depósitos en efectivo, con lo cual concluí que si el negocio era rentable lo era por los pagos en efectivo de clientes, y siempre dependiendo de cuántos de ellos hubiera.

En el cajón de abajo había una carpeta de cheques impagados. No eran muchos y estaban repartidos en el tiempo; ninguno era tan cuantioso como para dañar seriamente el negocio.

Me fijé en que tanto en el talonario de cheques como en la mayoría de los registros aparecían los nombres de Buddy Lockridge y Graciela como operadores del negocio de las salidas de pesca. Sabía que era porque, como me había contado Graciela, Terry estaba severamente limitado en lo que podía ganar como ingreso oficial. Si superaba determinada cifra —que era sorprendentemente baja— no podía recibir la asistencia médica estatal y federal. Si perdía eso, terminaría costeándose él mismo los gastos médicos: una vía rápida a la bancarrota personal para el receptor de un trasplante.

En la carpeta de cheques impagados también encontré copia de una denuncia al sheriff que no estaba relacionada con un cheque sin fondos. Era un informe de un incidente de hacía dos meses referido a un presunto robo en el *Following Sea*. El demandante era Buddy Lockridge y el informe indicaba que sólo se habían llevado del barco una cosa, un lector manual de GPS. Su valor se establecía en 300 dólares y el modelo era un Gulliver 100. Una adenda informaba de que el demandante no podía proporcionar el número de serie del dispositivo faltante, porque lo había ganado en una partida de póquer a una persona a la que no podía identificar y nunca se había preocupado por anotar el número de serie.

Después de llevar a cabo una rápida inspección de los cajones de la mesa de navegación, volví a los archivos de clientes y empecé a repasarlos de manera más concienzuda, estudiando cuidadosamente cada persona que McCaleb y Lockridge habían subido a bordo en las seis semanas anteriores a la muerte de Terry. Ninguno de los nombres me llamó la atención por resultarme curioso o sospechoso, y no había anotaciones de Terry ni de Buddy que suscitaran ninguna de estas sensaciones. Aun así, saqué una libreta del bolsillo de atrás de mis vaqueros y elaboré una lista en la que constaba el nombre del cliente, el número de participantes en la excursión y la fecha de ésta. Una vez elaborada la lista advertí que las excursiones no eran en modo alguno regulares. Tres o cuatro excursiones de medio día representaban una buena semana para el negocio. Hubo una semana en la que no hubo ninguna salida y otra en la que sólo hubo una. Estaba empezando a entender la opinión de Buddy de la necesidad de trasladar el negocio al continente para incrementar la frecuencia y la duración de los cruceros. McCaleb cuidaba del negocio como un *hobby*, y ésa no era la manera de hacerlo prosperar.

Por supuesto, sabía por qué lo hacía de esta forma. Tenía otro *hobby* —si se lo puede llamar así— y necesitaba consagrarle tiempo. Estaba volviendo a poner los documentos en el cajón de la mesa de navegación, con la intención de dirigirme a la proa a explorar el otro *hobby* de Terry cuando oí que la puerta del salón se abría detrás de mí.

Era Buddy Lockridge. Había subido a bordo sin que yo oyera el pequeño motor de la Zodiac o sintiera su empujón contra el casco de la embarcación. Tampoco había notado el considerable peso de Buddy al subir al barco.

—Buenas —dijo—. Siento llegar tarde.

—No importa. Tenía mucho que mirar por aquí.

—¿Ha encontrado ya algo interesante?

—La verdad es que no. Estoy a punto de bajar a revisar sus archivos.

—Genial. Le ayudaré.

—De hecho, Buddy, en lo que podría ayudarme es llamando al hombre que vino en el último crucero. —Miré el apellido escrito en la página de mi libreta—. Otto Woodall. ¿Podría llamarlo para decirle que responde de mí y preguntarle si puedo pasar a verlo esta tarde?

—¿Nada más? ¿Quería que viniera hasta aquí sólo para hacer una llamada de teléfono?

—No, tengo que hacerle preguntas. Le necesito aquí, pero creo que no debería revisar los archivos de allí abajo. Al menos todavía no.

Tenía la sensación de que Buddy Lockridge ya había leído detenidamente todos los archivos del camarote de proa, pero estaba manejando la situación de esta manera a propósito. Tenía que mantenerlo cercano y al mismo tiempo distante. Hasta que lo hubiera descartado a mi satisfacción. Él era el socio de McCaleb y había sido alabado por sus esfuerzos en salvar la vida de su amigo caído, pero había visto muchas cosas extrañas en mi profesión. En ese momento no tenía sospechosos, y eso significaba que tenía que sospechar de todo el mundo.

—Haga la llamada y después baje a verme.

Lo dejé allí y bajé el breve tramo de escaleras que conducía a la parte inferior del barco. Había estado allí antes y conocía la distribución. Las dos puertas del lado izquierdo del pasillo conducían al lavabo y a un trastero. Enfrente había una puerta que daba al pequeño camarote de proa. La puerta de la derecha conducía al camarote principal, el lugar donde me habrían matado cuatro años antes si McCaleb no hubiera levantado una pistola y disparado a un hombre que estaba a punto de sorprenderme. Eso había ocurrido momentos después de que yo salvara a McCaleb de un final similar.

Comprobé los paneles del pasillo donde recordaba que dos de los disparos de McCaleb habían astillado la madera. La superficie tenía una gruesa capa de barniz, pero no me cabía duda de que era madera nueva.

Los estantes del cuarto trastero estaban vacíos y el lavabo, limpio, con la ventilación del techo abierta a la cubierta superior. Abrí la puerta del camarote principal y miré en su interior, pero decidí dejarlo para después. Me acerqué a la puerta del camarote de proa y tuve que usar una llave de las que me había proporcionado Graciela para abrir.

La estancia era como yo la recordaba. Dos pares de literas en V en cada lado, siguiendo la forma de la proa. Las literas de la izquierda, con sus finos colchones enrollados y sostenidos por pulpos, todavía se utilizaban para dormir en ellas. En cambio, en la derecha, la cama inferior no tenía colchón y había sido convertida en escritorio. En la superior había cuatro grandes archivos de cartón, uno al lado del otro.

Los casos de McCaleb. Los miré prolongada y solemnemente. Si alguien lo había matado, creía que encontraría al sospechoso allí.

—Puede pasar hoy en cualquier momento.

Casi salté. Era Lockridge que estaba de pie detrás de mí. Una vez más no lo había oído ni había notado que se aproximara.

Él estaba sonriendo porque le gustaba acercarse a mí sigilosamente, como una serpiente.

—Bueno —dije—, podemos pasarnos después de comer. Para entonces necesitaré tomarme un descanso.

Miré el escritorio y vi el portátil blanco con la reconocible silueta de una manzana con un trozo mordido. Me agaché y lo abrí, aunque no sabía cómo proceder.

—La última vez que estuve aquí tenía otro.

—Sí —dijo Lockridge—. Se compró éste por los gráficos. Estaba empezando a interesarse en fotografía digital y eso.

Sin mi invitación ni aprobación, Lockridge se acercó y pulsó un botón blanco del ordenador. Éste empezó a zumbar y la pantalla negra se llenó de luz.

—¿Qué clase de fotografía? —pregunté.

—Oh, bueno, cosas de aficionado sobre todo. Sus hijos, puestas de sol y chorradas. Comenzó con los clientes. Empezamos a hacerles fotos con su pez trofeo, ¿sabe? Y Terry simplemente tenía que bajar aquí para imprimir fotos de veinte por veinticinco al momento. Hay una caja de marcos baratos por algún sitio. El cliente pescaba y se llevaba una foto enmarcada. Incluida en el precio. Funcionaba muy bien. Nuestras propinas subieron mucho.

El ordenador terminó la ejecución de la rutina de arranque. La pantalla era un cielo azul claro que me hizo pensar en la hija de McCaleb. Había varios iconos esparcidos en el cielo. Enseguida me fijé en uno que era un fichero en miniatura bajo el cual se leía la palabra «Perfiles». Sabía que era una carpeta que quería abrir. Examinando la parte inferior de la pantalla, vi un icono que mostraba una cámara de fotos delante de la instantánea de una palmera. Puesto que estábamos hablando de fotografía lo señalé.

—¿Es aquí donde están las fotos?

—Sí —dijo Lockridge.

Otra vez procedió sin mi permiso. Puso el dedo en un pequeño cuadrado que había delante del teclado, que a su vez movió una flecha en la pantalla hasta el icono de la cámara y la palmera. Lockridge pulsó con el pulgar un botón situado debajo del cuadrado y rápidamente la pantalla adoptó otra imagen. Lockridge parecía familiarizado con el ordenador y este hecho me suscitó las preguntas de por qué y cómo. ¿Terry McCaleb le había permitido acceder al ordenador —al fin y al cabo eran socios— o era eso algo en lo que Lockridge se había hecho experto sin el conocimiento de su socio?

En la pantalla se abrió un marco bajo el encabezamiento de iPhoto. Había una lista con varias carpetas. La mayoría tenía por nombre una fecha, normalmente unas semanas o un mes. Había una carpeta que simplemente se llamaba «Recibido».

—Allá vamos —dijo Lockridge—. ¿Quiere ver algo de esto? Son clientes y peces.

—Sí, enséñeme las más recientes.

Lockridge hizo clic en una carpeta que estaba etiquetada por fechas que terminaban justo una semana antes de la muerte de McCaleb. La carpeta se abrió y surgieron varias decenas de fotos ordenadas cronológicamente. Lockridge hizo clic en la más reciente. Al cabo de un instante apareció una foto en la pantalla. Mostraba a un hombre y una mujer, ambos muy quemados por el sol y sonriendo mientras sostenían un espantoso pez marrón.

—Halibut de la bahía de Santa Mónica —dijo Buddy—. Ése fue bueno.

—¿Quiénes son?

—Um, eran de... Minnesota, creo. Sí, de St. Paul. Y no creo que estuvieran casados. O sea, estaban casados, pero no el uno con la otra. Estaban alojados en la isla. Fue la última salida antes del viaje a Baja. Las fotos de ese viaje probablemente siguen en la cámara.

—¿Dónde está la cámara?

—Debería estar aquí. Si no, probablemente, la tendrá Graciela.

Hizo clic en una flecha situada encima de la foto que señalaba a la izquierda. Pronto apareció la siguiente imagen: la misma pareja y el mismo pez. Lockridge continuó manejando el ratón del ordenador y al final llegó a un nuevo cliente con su trofeo, una criatura blanca rosada de unos treinta y cinco centímetros.

—Barramundi —dijo Lockridge—. Bonito ejemplar.

Continuó pasando imágenes, mostrándome una procesión de pescadores y sus capturas. Todos parecían felices, algunos incluso tenían el delator brillo del alcohol en los ojos. Lockridge conocía los nombres de todos los peces, pero no el de todos los clientes. No los recordaba a todos por el nombre. Algunos de ellos simplemente se clasificaban como tipos que daban buenas o malas propinas, y punto.

Finalmente, llegó a un hombre con una sonrisa de satisfacción en el rostro que sostenía un pequeño barramundi. Lockridge maldijo.

—¿Qué pasa? —pregunté.

—Es el capullo que se fue con mi maldita caja de pesca.

—¿Qué caja de pesca?

—Mi GPS. Es el tipo que se lo llevó.

7

Backus permaneció a al menos treinta metros de distancia de ella. Incluso en el atestado aeropuerto de Chicago, sabía que ella estaría en lo que siempre llamaban «alerta seis» cuando estaba en el FBI. Vigilando su espalda y siempre comprobando si la seguían. Ya había resultado bastante comprometido viajar con ella hasta entonces. El avión de Dakota del Sur era pequeño y había menos de cuarenta personas a bordo. La distribución aleatoria de los asientos lo había colocado sólo dos filas detrás de ella. Tan cerca que pensaba que podía oler su aroma, el que subyacía al perfume y el maquillaje. El que podían seguir los perros.

Era embriagador estar tan cerca y a la vez a tanta distancia. Todo el tiempo quería que se volviera y captar un atisbo de su rostro entre los asientos, ver lo que estaba haciendo. Pero no se atrevió. Tenía que esperar su oportunidad. Sabía que las cosas buenas recompensaban a aquellos que las planeaban cuidadosamente y después esperaban. Ése era el quid de la cuestión, el secreto. La oscuridad espera. Todo va a parar a la oscuridad.

La siguió a través de media terminal de American Airlines hasta que ella tomó asiento en la puerta de embarque K9. Estaba vacía. No había viajeros allí. No había empleados de American detrás del mostrador, esperando para ponerse al ordenador y verificar los billetes. Sin embargo, Backus sabía que el único motivo era que era temprano. Los dos habían llegado temprano. El vuelo a Las Vegas no partiría de la puerta K9 hasta al cabo de dos horas. Lo sabía porque él también iba en el vuelo a Las Vegas. En cierto modo era el ángel guardián de Rachel Walling, un escolta silencioso que la acompañaría hasta que ella llegara a su destino final.

Pasó de largo junto a la puerta, con cuidado de no resultar obvio al mirarla, pero con la curiosidad de ver cómo iba a pasar ella el tiempo esperando el siguiente vuelo. Se colgó la cinta de su gran bolsa de cuero con ruedas del hombro derecho para que si por casualidad ella levantaba la vista se fijara en la bolsa y no en su rostro. No le preocupaba que lo reconociera por quién era. Todo el dolor y las cirugías se habían ocupado de eso. Pero ella podría reconocerle del vuelo de Rapid City. Y prefería evitarlo. No quería que empezara a sospechar.

El corazón le saltó en el pecho como un bebé dando pataditas debajo de una manta al echar la única mirada furtiva al pasar a su lado. Ella tenía la cabeza baja y estaba leyendo un libro. Era viejo y se notaba gastado por las muchas lecturas. Había numerosos Post-it asomando en las páginas. Pero reconoció el diseño de la cubierta y el título. *El Poeta*. ¡Estaba leyendo su historia!

Se apresuró a alejarse antes de que ella pudiera sentir que tenía un observador y levantara la mirada. Pasó de largo junto a dos puertas de embarque más y se metió en el cuarto de baño. Entró en una cabina y la cerró cuidadosamente. Colgó la bolsa en el pomo y se puso rápidamente manos a la obra. Se quitó el sombrero de vaquero y el chaleco. Se sentó en el lavabo y también se quitó las botas.

En cinco minutos, Backus se trasformó de vaquero de Dakota en jugador de Las Vegas. Se puso la ropa de seda. Se puso el oro. Se puso el anillo y las gafas de sol. Se enganchó el teléfono móvil cromado chillón en el cinturón, aunque no iba a llamar a nadie y nadie iba a llamarlo a él. De la bolsa con ruedas sacó otra bolsa, mucho más pequeña, que llevaba estampado el conocido logo del león del hotel y casino MGM.

Backus metió los componentes de su primera piel en la bolsa del MGM, se colgó ésta del hombro y salió de la cabina.

Se acercó al lavabo y se lavó las manos. Se admiró a sí mismo por la cuidadosa preparación. Eran la planificación y la atención a los pequeños detalles como aquél lo que lo hacían quien era, lo que lo hacían tener éxito en su oficio.

Durante un momento pensó en lo que lo esperaba. Iba a llevarse de viaje a Rachel Walling. Al final de ese viaje, ella conocería las profundidades de la oscuridad. Su oscuridad. Pagaría por lo que le había hecho.

Sintió que tenía una erección. Se alejó del lavabo y volvió a una de las cabinas. Trató de pensar en otra cosa. Escuchó a los compañeros viajeros que entraban y salían del cuarto de baño, aliviándose, lavándose. Un hombre habló desde un teléfono móvil mientras defecaba en la cabina contigua. El lugar en conjunto parecía horrible, pero no importaba. Olía como el túnel donde él había renacido en sangre y oscuridad tanto tiempo atrás. ¡Si supieran quién estaba en su presencia allí!

Momentáneamente tuvo una visión de un cielo oscuro y sin estrellas. Estaba cayendo de espaldas, agitando los brazos igual que un polluelo empujado desde lo alto del nido agita inútilmente las alas.

Pero había sobrevivido y había aprendido a volar.

Empezó a reír y utilizó el pie para accionar la cisterna y cubrir su sonido.

—Que os den por culo a todos —susurró.

Esperó a que su erección se aplacara, considerando su causa y sonriendo. Conocía muy bien su propio perfil. Al final siempre se trataba de lo mismo. Sólo había un nanómetro de diferencia entre el poder, el sexo y la satisfacción cuando se trataba de los estrechos espacios sinápticos de los pliegues grises del cerebro. En esos espacios todo se reducía a lo mismo.

Cuando estuvo listo accionó de nuevo la cisterna, con cuidado de hacerlo con el zapato, y salió de la cabina. Se lavó otra vez las manos y comprobó su aspecto en el espejo. Sonrió. Era un hombre nuevo. Rachel no lo reconocería. Nadie lo haría. Se sentía seguro. Abrió la cremallera de la bolsa del MGM y verificó que llevaba su cámara digital. Decidió que correría el riesgo y le haría algunas fotos a Rachel. Sólo unos recuerdos, unas pequeñas instantáneas secretas que podría admirar y disfrutar después de que todo hubiera concluido.

8

La caja de pesca. La mención de Buddy me recordó el informe del sheriff que había en el cajón de la mesa.

—Quería preguntarle por eso. ¿Dice que este tipo se llevó el GPS?

—Cabrón impostor, estoy seguro de que fue él. Salió con nosotros y la siguiente noticia que tuvimos fue que mi GPS había desaparecido y que él había puesto un negocio de excursiones de pesca en el istmo. Sumo dos y dos y me da gilipollas. He estado pensando en ir allí y hacerle una pequeña visita.

Me costaba seguir el hilo argumental de su relato. Le pedí que me lo explicara con claridad, como si no distinguiera una salida de pesca de una sopa de pescado.

—La cuestión —dijo— es que esa cajita negra contenía nuestros mejores sitios. Nuestros bancos de peces, tío. No sólo eso, tenía los puntos marcados por el tipo que lo perdió. Se lo gané en una partida de póquer a otro guía de pesca. El valor no está en la caja, sino en lo que contenía. El tipo se estaba jugando los doce mejores sitios y yo se los gané con un puto *full*.

—Muy bien —dije—. Ahora lo entiendo. Su valor estaba en las coordenadas de los lugares de pesca registrados en él, no en el dispositivo en sí.

—Exactamente. Esos chismes cuestan un par de cientos de pavos. Pero los lugares de pesca requieren años de trabajo, habilidad y experiencia.

Señalé la foto de la pantalla del ordenador.

—Y este tipo se lo llevó y después puso su propio negocio de cruceros de pesca jugando con ventaja, usando su experiencia además de la del guía al que usted le ganó el GPS.

—Mucha ventaja. Como le digo voy a ir a hacerle una visita uno de estos días.

—¿Dónde está el istmo?

—En el otro lado, donde la isla se pellizca como la figura de un ocho.

—¿Le dijo al departamento del sheriff que creía que se lo había robado él?

—Al principio no, porque no lo sabíamos. El chisme desapareció y pensamos que quizás algunos chicos habían subido al barco por la noche y habían cogido lo primero que habían visto. Por lo que he oído, la isla es un puto aburrimiento para los chavales. Sólo pregúntele a Graciela por Raymond; el chico se está volviendo loco. Bueno, el caso es que hicimos la denuncia y ya está. Después, al cabo de un par de semanas, vi ese anuncio del *Fish Tales* que decía que había una nueva empresa de salidas de pesca en el istmo y vi la foto de aquel tipo y dije: «Eh, yo conozco a ese tío.» Y sumé dos y dos. Él me robó el GPS.

—¿Llamó al sheriff entonces?

—Sí, llamé y les dije que era ese tipo. No se entusiasmaron mucho. Volví a llamar la semana siguiente y dijeron que habían hablado con el tipo... ¡por teléfono! Ni siquiera se molestaron en ir a verlo cara a cara. Él lo negó, claro, y eso fue todo por lo que a ellos respecta.

—¿Cómo se llama el tipo?

—Robert Finder. Su empresa se llama Isthmus Charters. En el anuncio se hace llamar Robert *Fish* Finder. Su puta madre.

Miré la foto de la pantalla y me pregunté si tenía algún significado para mi investigación. ¿Podía ser que el GPS desaparecido estuviera relacionado con la muerte de Terry McCaleb? No parecía probable. La idea de que alguien hubiera robado los lugares de pesca de un competidor era comprensible. Pero enredar eso en una complicada trama para matar también al competidor parecía más allá de los límites de lo creíble. Requeriría un plan endiablado por parte de Finder, eso para empezar. Requeriría un plan endiablado por parte de quien fuera.

Lockridge pareció leer mis pensamientos.

—Eh, ¿cree que este cabrón pudo tener algo que ver con la muerte de Terror?

Levanté la cabeza y me quedé mirando a Buddy Lockridge, dándome cuenta de que la idea de que éste estuviera involucrado en la muerte de McCaleb como un medio de obtener el control de la sociedad de las excursiones de pesca y del *Following Sea* era una teoría más creíble.

—No lo sé —dije—, pero probablemente lo comprobaré.

—Dígamelo si quiere que le acompañe alguien.

—Claro. Pero escuche, me he fijado en que en el informe del sheriff el GPS es el único objeto robado. ¿Eso se mantiene? ¿No echaron nada más en falta después?

—Eso fue todo. Por eso Terry y yo pensamos al principio que era muy extraño. Hasta que imaginamos que había sido Finder.

—¿Terry también pensaba que había sido él?

—Estaba empezando a pensarlo. O sea, vamos, ¿quién si no?

Era una pregunta que merecía respuesta, pero no pensaba que necesitara centrarme en ella en ese momento. Señalé la pantalla del portátil y le pedí a Lockridge que siguiera retrocediendo en las fotos. Lo hizo y continuó la procesión de pescadores felices.

Llegamos a otra curiosidad en la serie de fotografías. Lockridge retrocedió hasta un conjunto de seis instantáneas que mostraban a un hombre cuyo rostro al principio no se veía con claridad. En las tres imágenes iniciales posaba sosteniendo un pez de colores brillantes ante la cámara. Pero en cada una de ellas sostenía su captura demasiado alta, oscureciendo la mayor parte de la cara. En todas las imágenes sus gafas de sol oscuras asomaban por encima del caballón de la aleta dorsal del pez. El pez parecía el mismo en las tres instantáneas, lo cual me llevó a pensar que el fotógrafo trató repetidamente de obtener una imagen en la que se viera el rostro del pescador. Pero sin éxito.

—¿Quién hizo éstas?

—Terror. Yo no fui en esa salida.

Algo en el hombre, o tal vez la forma en que había evitado la cámara en la foto del trofeo, había hecho que McCaleb sospechara. Eso parecía obvio. Las tres fotos siguientes eran imágenes del hombre tomadas sin su conocimiento. Las dos primeras fueron sacadas desde el interior del salón, cuando el pescador se inclinaba contra la borda de estribor. Como el vidrio del salón tenía una película reflectora, el hombre no habría tenido forma de ver a McCaleb ni de saber que le había hecho esas fotos.

En la primera de esas dos fotos estaba de perfil. La siguiente era una directa al rostro. Encuadre aparte, McCaleb había sacado fotos de ficha policial, otra confirmación de sus sospechas. Incluso en esas imágenes el hombre aparecía oscurecido. Tenía una espesa barba marrón grisácea y llevaba gafas de sol oscuras con lentes grandes y una gorra azul de los Dodgers de Los Ángeles. Por lo poco que podía verse, el hombre parecía llevar el pelo corto, y éste coincidía con la coloración de la barba. Llevaba un aro dorado en el lóbulo derecho.

En la foto de perfil, tenía los ojos arrugados y los párpados caídos, ocultos de manera natural incluso con las gafas oscuras. Llevaba vaqueros y una camiseta blanca debajo de un chaleco Levi's.

La sexta foto, la última de la serie, estaba tomada después de que terminara la excursión. Era una foto desde larga distancia del hombre caminando por el muelle de Avalon, aparentemente después de dejar el *Following Sea*. Tenía el rostro ligeramente vuelto hacia la cámara, aunque aun así era poco más que un perfil. No obstante, me pregunté si el hombre había continuado girando el cuello después de la foto y si quizás entonces había visto a McCaleb con la cámara.

—¿Y este tipo? —pregunté—. Hábleme de él.

—No puedo —respondió Lockridge—. Ya se lo he dicho, yo no estaba allí. Ése fue uno que Terry recogió al vuelo. Sin reserva. El tipo simplemente apareció en el taxi acuático mientras Terry estaba en el barco y le preguntó si podía hacer una excursión. Pagó medio día, la salida mínima. Quería salir de inmediato y yo estaba en el continente. Terry no pudo esperarme, así que lo tomó sin mí. Ir solo es un incordio. Pero consiguieron un buen pez sierra. No estuvo mal.

—¿Después habló del tipo?

—No, la verdad es que no. Sólo dijo que no aprovechó el medio día. Quiso recoger después de sólo un par de horas. Y eso hicieron.

—Terry estaba alerta. Le hizo seis fotos, tres mientras

el tipo no estaba mirando. ¿Está seguro de que no dijo nada al respecto?

—Como he dicho, a mí, no. Pero Terry se guardaba muchas cosas para él.

—¿Conoce el nombre de este tipo?

—No, pero estoy seguro de que Terry puso algo en el libro. ¿Quiere que vaya a buscarlo?

—Sí. Y también quiero saber la fecha exacta y cómo lo pagó. Pero, primero, ¿puede imprimir estas fotos?

—¿Las seis? Tardará un rato.

—Sí, las seis, y una de Finder, ya que estamos. Tengo tiempo.

—Supongo que no las querrá también enmarcadas.

—No, Buddy, eso no hace falta. Sólo las fotos.

Retrocedí mientras Buddy se sentaba en el taburete acolchado, enfrente del ordenador. Encendió una impresora, cargó papel de calidad fotográfica, y expertamente procedió con las órdenes para imprimir las siete fotos. Una vez más me fijé en su soltura con el equipo. Tenía la sensación de que no había nada en el portátil con lo que no estuviera familiarizado. Y probablemente tampoco en las cajas de archivos de la litera que teníamos encima de nuestras cabezas.

—Listo —dijo al levantarse—. Tarda un minuto con cada una. Y salen un poco pegajosas. Es mejor extenderlas hasta que se sequen del todo. Subiré y veré qué pone el libro de registro de nuestro hombre misterioso.

Después de que el socio de McCaleb se hubo marchado, me senté en el taburete. Había observado a Lockridge con el archivo de fotos y aprendía deprisa. Volví al listado principal e hice doble clic en la carpeta de fotos llamada «Recibido». Se abrió un marco que contenía un mosaico con treinta y seis fotos en miniatura. Hice clic en la primera y la foto se amplió. Mostraba a Graciela empujando un carrito con una niña pequeña dormida en él: Cielo Azul. La hija de Terry. El entorno parecía un centro comercial. La foto era similar a las que Terry había sacado al hombre misterioso en cuanto parecía que Graciela no sabía que estaba siendo fotografiada.

Me volví y miré atrás a través del umbral hacia los escalones del salón. No había signo de Lockridge. Me levanté, me desplacé silenciosamente al pasillo y me deslicé al cuarto de baño. Me apoyé contra la pared y esperé. Enseguida, Lockridge apareció en el pasillo llevando el libro de registro. Estaba avanzando muy despacio para no hacer ruido. Lo dejé pasar y salí al pasillo detrás de él. Lo observé mientras él entraba en el camarote de proa, dispuesto a sobresaltarme otra vez con su repentina aparición.

Pero fue Lockridge quien se sobresaltó al no verme en la sala. Cuando se volvió, yo estaba justo detrás de él.

—Le gusta aparecer de repente, ¿no, Buddy?

—Oh, no, en realidad... Yo sólo...

—No lo haga conmigo, ¿vale? ¿Qué pone en el libro?

Su rostro adoptó una tonalidad rosada bajo el bronceado permanente de pescador. Pero le había proporcionado una vía de escape y enseguida la tomó.

—Terry anotó su nombre en el libro, pero nada más. Dice: «Jordan Shandy, medio día.» Nada más.

Abrió el libro y lo giró para mostrarme la anotación.

—¿Y la forma de pago? ¿Cuánto es medio día?

—Trescientos por medio día, quinientos, uno entero. He comprobado el registro de la tarjeta de crédito y no había nada. También los depósitos de cheques. Nada. Eso significa que pagó en efectivo.

—¿Cuándo fue eso? Supongo que está ordenado por fecha.

—Sí. Salieron el trece de febrero, eh, era viernes trece. ¿Cree que fue a propósito?

—¿Quién sabe? ¿Fue antes o después del crucero con Finder?

Lockridge dejó el libro de registro en la mesa para que los dos pudiéramos verlo. Pasó el dedo por la lista de clientes y lo detuvo en Finder.

—Él vino una semana después. Salió el diecinueve de febrero.

—¿Y cuál es la fecha de la denuncia al sheriff del robo en el barco?

—Mierda, he de volver a subir.

Se fue y yo oí que subía los escalones. Cogí la primera foto de la impresora y la puse en el escritorio. Era la imagen de Jordan Shandy ocultando el rostro con gafas de sol con el pez sierra. Lo miré hasta que Lockridge entró en la sala. Esta vez no trató de hacerlo a hurtadillas.

—Hicimos la denuncia el veintidós de febrero.

Asentí con la cabeza. Cinco semanas antes de la muerte de McCaleb. Anoté las fechas a las que nos habíamos referido en mi libreta. No estaba seguro del significado de nada de ello.

—Perfecto —dije—. ¿Quiere hacer otra cosa más por mí ahora, Buddy?

—Claro. ¿Qué?

—Vaya a cubierta, baje esas cañas del estante y lávelas. No creo que lo hiciera nadie después del último crucero. Están haciendo que este lugar huela agrio y creo que voy a quedarme un par de días por aquí. Me ayudaría mucho.

—Quiere que suba y lave las cañas.

Lo dijo como una afirmación, una muestra de que se sentía insultado y decepcionado. Yo levanté la mirada de la foto para observar su rostro.

—Sí, eso es. Me ayudaría mucho. Acabaré con las fotos y después podemos ir a visitar a Otto Woodall.

—Como quiera.

Salió del camarote desencantado y oí que subía pesadamente los escalones, tan ruidoso como antes había sido silencioso. Coloqué la segunda foto de la impresora junto a la primera. Cogí un rotulador negro de una taza de café del escritorio y anoté en el borde blanco de debajo de la foto el nombre de Jordan Shandy.

De regreso en el taburete centré otra vez mi atención en el ordenador y en la foto de Graciela y su hija. Hice clic en la flecha de avance y apareció la siguiente foto. De nuevo era una foto en el interior de un centro comercial. Ésta había sido tomada desde más lejos y tenía mucho grano. En esta imagen había un niño detrás de Graciela. El hijo, concluí, el hijo adoptado.

En la foto estaban todos los miembros de la familia menos Terry. ¿Era él el fotógrafo? En ese caso, ¿por qué tomar la foto desde tanta distancia? Volví a pulsar en la flecha y continué viendo fotos. Casi todas ellas habían sido tomadas desde el interior del centro comercial y todas estaban sacadas desde cierta distancia. En ninguna de las fotos había ningún miembro de la familia mirando a la cámara. Después de veintiocho imágenes similares, el escenario cambió y la familia apareció en el *ferry* a Catalina. Se dirigían a casa y el fotógrafo continuaba con ellos todo el tiempo.

Sólo había cuatro fotos en esta serie. En cada una de ellas Graciela estaba sentada en la mitad trasera de la cabina principal del *ferry*, con el niño a un lado y la niña al otro. El fotógrafo se había situado en la parte delantera de la cabina, disparando a través de varias filas de asientos. Si Graciela se fijó, probablemente no se dio cuenta de que ella era el centro del foco de la cámara y pensaría que el fotógrafo era un turista más camino de Catalina.

Las últimas dos fotos de las treinta y seis parecían fuera de lugar con las otras, como si formaran parte de un proyecto completamente diferente. La primera era de un cartel de carretera de color verde. La amplié y vi que había sido tomada a través del parabrisas de un coche. Veía el marco del parabrisas, parte del salpicadero y algún tipo de pegatina en la esquina del cristal. Parte de la mano del fotógrafo, descansando en el volante en la posición de las once en punto, también aparecía en la imagen.

El cartel se alzaba contra un paisaje de desierto árido. Decía:

ZZYZX ROAD
1 MILLA

Conocía la carretera. O, para ser más exactos, conocía el cartel. Cualquier persona de Los Ángeles que hiciera el trayecto de ida y vuelta a Las Vegas con tanta frecuencia como lo había hecho yo en el último año tenía que conocerlo. Aproximadamente a mitad de camino en la interestatal 15 estaba la salida de Zzyzx Road, reconocible cuando menos por su peculiar nombre. Estaba en el Mojave y parecía una carretera a ninguna parte. No había gasolinera, ni área de descanso. Al final del alfabeto. Al final del mundo.

La última foto era igual de desconcertante. La amplié y vi que era una extraña naturaleza muerta. En el centro de la imagen había un viejo barco, con los remaches de las planchas de madera abiertas y la pintura amarillenta pelándose bajo el sol abrasador. Se hallaba en el terreno rocoso del desierto, aparentemente a kilómetros de cualquier agua en la que pudiera flotar. Un barco a la deriva en un mar de arena. Si tenía algún significado específico, no lo había visto.

Siguiendo el procedimiento que había observado a Lockridge, imprimí las dos fotos del desierto y después volví a revisar las otras fotos para elegir una muestra de imágenes a imprimir. Envié dos fotos del *ferry* y dos fotos del centro comercial a la impresora. Mientras esperaba, amplié varias de las fotos del centro comercial en la pantalla con la esperanza de ver algo en segundo plano que identificara en qué centro comercial estaban Graciela y los niños. Sabía que simplemente podía preguntárselo a ella, pero no estaba seguro de querer hacer eso.

En las fotos logré identificar las bolsas que llevaban varios compradores como procedentes de Nordstrom, Saks Fifth Avenue y Barnes & Noble. En una de las fotos la familia pasaba a través de una especie de terraza en la que había concesiones de Cinnabon y Hot Dog on a Stick. Anoté todos esos nombres en mi libreta y sabía que con esos cinco establecimientos probablemente podría determinar en qué centro comercial se habían sacado las fotos, si decidía que era necesario disponer de esa información y no quería preguntar a Graciela al respecto. Eso seguía siendo una cuestión abierta. No quería alarmarla si no era necesario. Contarle que probablemente la habían estado vigilando mientras paseaba con su familia —y que probablemente lo había hecho alguien con una extraña relación con su marido— no parecía el mejor camino. Al menos al principio.

Esa relación se tornó más extraña y más alarmante cuando la impresora escupió por fin una de las fotos que había elegido de la secuencia del centro comercial. En la imagen, la familia pasaba caminando por delante de la librería Barnes & Noble. La foto se había sacado desde el otro lado del centro comercial, pero el ángulo era casi perpendicular al escaparate. El escaparate principal de la librería captó un tenue reflejo del fotógrafo. No lo había visto en la pantalla del ordenador, pero allí estaba en el papel.

La imagen del fotógrafo era demasiado pequeña y demasiado tenue contra el expositor del interior: una foto de tamaño real de un hombre vestido con un *kilt*. El cartel estaba rodeado de pilas de libros y al lado había un letrero que decía: «Ian Rankin aquí esta noche.» Me di cuenta entonces de que podía usar el expositor para determinar el día exacto en que se habían tomado las fotos de Graciela y sus hijos. Lo único que tenía que hacer era llamar a la librería y descubrir cuándo había estado allí Ian Rankin. En cambio, el expositor también contribuyó a ocultarme el fotógrafo.

Volví al ordenador, localicé la foto entre las miniaturas y la amplié. La miré, dándome cuenta de que no sabía qué hacer.

Buddy estaba en cubierta, rociando las ocho cañas y carretes apoyados contra la popa con una manguera conectada a un grifo de la borda. Le dije que cerrara el grifo y bajara al despacho. Él obedeció sin decir palabra. Cuando estuvimos de nuevo en el camarote le hice una señal para que se sentara en el taburete. Me incliné por encima de él y destaqué la zona del reflejo del fotógrafo en la pantalla.

—¿Puede ampliarse esto? Quiero ver mejor esta zona.

—Puedo ampliarlo, pero perderá definición. Es digital, ¿sabe? Hay lo que hay.

No sabía de qué estaba hablando. Sólo le dije que lo hiciera. Él jugó con algunos de los botones cuadrados dispuestos en la parte superior del marco y empezó a ampliar la fotografía y después la reposicionó de manera que el área ampliada permaneciera en pantalla. Enseguida dijo que había maximizado la ampliación. Me acerqué. La imagen era más borrosa todavía. Ni siquiera las líneas en el *kilt* del autor eran nítidas.

—¿Puede apretarlo un poco?

—Se refiere a hacerlo más pequeño. Claro, puedo...

—No, me refiero a enfocarlo más.

—No, tío, es todo. Lo que ve es lo que hay.

—Vale, imprímalo. Antes ha salido mejor cuando lo he sacado en papel. Quizás ahora también.

Lockridge introdujo las órdenes y yo pasé un minuto de intranquila espera.

—¿Qué es esto, por cierto? —preguntó Buddy.

—El reflejo del fotógrafo.

—Oh. ¿Quiere decir que no era Terry?

—No, no lo creo. Creo que alguien sacó fotografías de su familia y se las mandó. Era algún tipo de mensaje. ¿Lo mencionó alguna vez?

—No.

Hice un intento para ver si a Buddy se le escapaba algo.

—¿Cuándo vio por primera vez esta carpeta en el ordenador?

—No lo sé. Debió de ser..., en realidad, acabo de verla por primera vez con usted ahora.

—Buddy, no me tome el pelo. Esto puede ser importante. Le he visto trabajar con este chisme como si fuera suyo desde el instituto. Sé que usaba esta máquina cuando Terry no estaba por aquí. Él probablemente también lo sabía. A él no le importaba, y a mí tampoco. Sólo dígame, ¿cuándo vio este archivo por primera vez?

Dejó que pasaran unos segundos mientras se lo pensaba.

—La primera vez que los vi fue un mes antes de que muriera. Pero si su verdadera pregunta es cuando los vio

Terry, entonces lo único que ha de hacer es mirar la carpeta y ver cuándo se creó.

—Pues hágalo.

Lockridge volvió a hacerse cargo del teclado y consultó las propiedades de la carpeta de fotos. En unos segundos tenía la respuesta.

—El veintisiete de febrero —dijo—. Entonces se creó la carpeta.

—Bueno, bien —dije—. Ahora, suponiendo que Terry no las tomara, ¿cómo terminaron en su ordenador?

—Bueno, hay varias maneras. Una es que las recibió en un mensaje de correo y las descargó. Otra es que alguien le tomó prestada la cámara y las hizo. Después, él las encontró y las descargó. La tercera forma es que quizás alguien le mandó un chip de fotos de la cámara o un cedé con las fotos. Ésa sería la forma más difícil de rastrear.

—¿Terry podía acceder al correo electrónico desde aquí?

—No, desde la casa. No hay línea en el barco. Le dije que debería conseguir uno de esos módems celulares, ir sin cables como en ese anuncio en el que hay un tipo sentado en su escritorio en medio de un campo. Pero nunca llegó a eso.

La impresora expulsó la foto y yo la cogí y la puse lejos del alcance de Buddy. Después la coloqué en la mesa para que los dos pudiéramos mirarla. El reflejo era borroso y tenue, pero aun así resultaba más reconocible en la impresión de lo que lo era en la pantalla del ordenador. Vi que el fotógrafo sostenía la cámara enfrente de su cara, oscureciéndola por completo. Pero entonces pude identificar la L y la A sobrepuestas que configuraban el logo de los Dodgers de Los Ángeles. El fotógrafo llevaba una gorra de béisbol.

En un día cualquiera podría haber cincuenta mil personas que llevaran una gorra de los Dodgers en esta ciudad. No lo sabía a ciencia cierta. Lo que sí sabía era que no creía en las coincidencias. Nunca lo había hecho y nunca lo haría. Miré el reflejo borroso del fotógrafo y mi primera impresión fue que se trataba del hombre misterioso. Jordan Shandy.

Lockridge también lo vio.

—Maldición —dijo—. Es ese tipo, ¿no? Creo que es el de la excursión. Shandy.

—Sí —dije—. Yo también lo creo.

Dejé la imagen de Shandy sosteniendo el pez sierra junto a la ampliación. No había forma de identificarlos, pero no había nada que me hiciera pensar lo contrario. No había forma de estar seguro, pero lo estaba. Sabía que el mismo hombre que se había presentado sin anunciarse para una salida de pesca privada con Terry McCaleb también había acechado y fotografiado a su familia.

Lo que no sabía era dónde había obtenido McCaleb esas fotos ni si había hecho el mismo salto que yo.

Empecé a apilar todas las fotos que había impreso. Todo el tiempo estuve tratando de ordenar algo, de establecer alguna conexión lógica. Fue en vano. No disponía de suficiente información. Sólo unas pocas piezas. Mi instinto me decía que a McCaleb le habían lanzado el anzuelo de alguna manera. Recibió fotos de su familia a través de un mensaje de correo o de un chip o de un cedé. Y las últimas dos fotos eran la clave. Las primeras treinta y cuatro eran el cebo. Las últimas dos eran el anzuelo oculto en el cebo.

Creía que el mensaje era obvio. El fotógrafo quería atraer a McCaleb al desierto, a Zzyzx Road.

9

Rachel Walling bajó por la escalera mecánica hasta la cavernosa zona de recogida de equipaje del aeropuerto internacional McCarran. Había cargado con su bolsa de viaje durante el trayecto desde Dakota del Sur, pero el aeropuerto estaba diseñado de manera que todos los pasajeros tenían que pasar por ahí.

La zona que rodeaba la escalera mecánica estaba llena de gente que esperaba. Chóferes de limusinas sostenían carteles con los nombres de sus clientes; otros simplemente llevaban letreros que anunciaban los nombres de hoteles, casinos o agencias de viajes. La algarabía reinante en la sala la asaltó mientras descendía. No se parecía en nada al aeropuerto en el que había iniciado el viaje esa mañana.

Cherie Dei había ido a recibirla. Rachel no había visto a su compañera agente del FBI en cuatro años y entonces sólo tuvieron una breve interacción en Amsterdam. Habían pasado ocho años desde que había pasado un rato decente con ella y no estaba segura de que fuera a reconocerla ni de que Dei la reconociera a ella.

No importaba. En cuanto buscó en el mar de rostros y letreros, vio uno que captó su atención:

BOB BACKUS

La mujer que lo sostenía le estaba sonriendo. Su idea de una broma.

Rachel se acercó sin devolverle la sonrisa.

Cherie Dei llevaba el pelo castaño rojizo recogido en una cola de caballo. Era atractiva y delgada, lucía una bonita sonrisa, y sus ojos todavía conservaban mucha luz. Rachel pensó que tenía aspecto de madre de un par de niños de escuela católica y no de cazadora de asesinos en serie.

Dei extendió la mano. Ambas mujeres se saludaron y Dei le enseñó a Rachel el cartel.

—Ya sé que es un mal chiste, pero sabía que atraería tu atención.

—Pues sí.

—¿Has tenido una escala muy larga en Chicago?

—Varias horas. No hay mucha elección viniendo de Rapid City. Denver o Chicago. Me gusta más la comida de O'Hare.

—¿Llevas bolsas?

—No, sólo ésta. Podemos irnos.

Rachel llevaba un solo bulto, una bolsa de viaje de tamaño medio. Había metido únicamente unas pocas mudas de ropa.

Dei señaló hacia una de las series de puertas de cristal y se encaminaron en esa dirección.

—Te hemos reservado habitación en el Embassy Suites, donde estamos el resto. Casi no pudimos, pero hubo una cancelación. La ciudad está abarrotada por el combate.

—¿Qué combate?

—No lo sé. Uno de superpesados o de junior semipesados de boxeo en uno de los casinos. No presté atención. Sólo sé que es la razón de que la ciudad esté tan repleta.

Rachel sabía que Cherie estaba hablando porque estaba nerviosa, pero desconocía la razón. ¿El nerviosismo se debía a que había ocurrido algo o simplemente a que había que tratar a Rachel con cuidado dada la situación?

—Si quieres podemos ir al hotel, y te acomodas. Incluso puedes tomarte un rato para descansar si te apetece. Después hay una reunión en la OC. Puedes empezar allí si...

—No, quiero ir a la escena.

Pasaron a través de las puertas de cristal de apertura automática y Rachel sintió el aire seco de Nevada. No era ni mucho menos tan caliente como había esperado y según lo cual había preparado las maletas. Era frío y vigorizante, incluso bajo el sol directo. Se quitó las gafas de sol y supo que iba a necesitar la chaqueta que se había puesto para ir hasta el aeropuerto en Dakota del Sur. La tenía aplastada en la bolsa.

—Rachel, la escena está a dos horas de aquí. ¿Estás segura de que...?

—Sí, llévame. Quiero empezar por allí.

—¿Empezar qué?

—No lo sé. Lo que sea que él quiera que empiece.

La respuesta pareció dar que pensar a Dei. No respondió. Entraron en el garaje y encontró su coche, un Crown Victoria federal, tan sucio que daba la sensación de que estaba camuflado para el desierto.

Ya en marcha, Dei sacó un teléfono móvil e hizo una llamada. Rachel oyó que le decía a alguien —probablemente a su jefe o compañero, o bien el supervisor de la escena del crimen— que había recogido el paquete y que iba a llevarlo a la escena. Hubo una larga pausa mientras la persona a la que ella había llamado respondía en extenso. Después ella se despidió y colgó.

—Puedes ir a la escena, Rachel, pero tienes que distanciarte un poco. Estás aquí como observadora, ¿entendido?

—¿De qué estás hablando? Soy agente del FBI, igual que tú.

—Pero ya no estás en Comportamiento. Éste no es tu caso.

—Estás diciendo que estoy aquí porque Backus me quiere aquí, no vosotros.

—Rachel, será mejor que empecemos mejor que en Ams...

—¿Ha aparecido algo nuevo hoy?

—Ahora vamos por diez cadáveres. Creen que va a quedarse así. Al menos en este sitio.

—¿Identificaciones?

—Están en ello. Lo que tienen es tentativo, pero ya lo están poniendo en orden.

—¿Brass Doran está en la escena?

—No, está en Quantico. Ella traba...

—Debería estar aquí. ¿No sabéis lo que tenéis aquí? Ella...

—Uf, Rachel, frena, ¿vale? Vamos a dejar las cosas claras. Yo soy la agente en este caso, ¿de acuerdo? Tú no estás llevando esta investigación. No va a funcionar si tú te confundes.

—Pero Backus me está hablando a mí. Él me ha llamado.

—Y por eso estás aquí. Pero tú no manejas el cotarro, Rachel. Tienes que quedarte a un lado y observar. Y he de decirte que no me gusta cómo está empezando esto. Esto no es *Paseando a Miss Rachel*. Tú fuiste mi mentora, pero eso fue hace diez años. Ahora llevo en Comportamiento más tiempo del que estuviste tú y he investigado más casos de los que tú llevaste nunca. Así que no me seas condescendiente y no actúes como mi mentor o mi madre.

Rachel primero no respondió, y después simplemente

le pidió a Dei que parara para poder sacar la chaqueta de la bolsa, que estaba en el maletero. Dei se detuvo en el Travel America de Blue Diamond Road y abrió el maletero.

Cuando Rachel volvió a entrar en el coche llevaba una chaqueta suelta de entretiempo que parecía diseñada para un hombre. Dei no comentó nada al respecto.

—Gracias —dijo Rachel—. Y tienes razón. Lo siento. Supongo que uno se pone como yo cuando resulta que tu jefe, tu mentor, es el mismo diablo al que has estado persiguiendo toda la vida. Y te castigan a ti por eso.

—Lo entiendo, Rachel. Pero no fue sólo Backus. Fueron muchas cosas. El periodista, algunas de las decisiones que tomaste... Hay quien dice que tuviste suerte de que no te despidieran.

A Rachel se le subieron los colores. Le estaban recordando que ella fue uno de los motivos de sonrojo del FBI. Incluso entre sus filas. Incluso con la agente de quien ella había sido mentora. Se había acostado con un periodista que trabajaba en su caso. Ésa era la versión resumida. No importaba que fuera un periodista que de hecho formaba parte de la investigación, que estaba trabajando con Rachel hombro con hombro y hora tras hora. La versión resumida siempre sería la que los agentes oían y la que susurraban. Un periodista. ¿Podía haber una infracción más grave en el comportamiento de un agente? Quizás acostarse con un mafioso o un espía, pero nada más.

—Cinco años en Dakota del Norte seguidos de un ascenso a Dakota del Sur —dijo Rachel débilmente—. Sí, tuve suerte, claro.

—Mira, sé que pagaste el precio. A lo que me refiero es a que tienes que saber cuál es tu sitio aquí. Actúa con un poco de delicadeza. Hay un montón de gente observando este caso. Si lo haces bien puede ser tu billete de vuelta.

—Entendido.

—Bien.

Rachel buscó a tientas en el lateral del asiento y lo ajustó para poder reclinarse.

—¿Cuánto rato has dicho? —preguntó.

—Unas dos horas. Estamos usando sobre todo helicópteros de Nellis, ahorra mucho tiempo.

—¿No ha llamado la atención?

Rachel estaba preguntando si todavía no se habían filtrado noticias de la investigación a los medios de comunicación.

—Hemos tenido que apagar unos pocos incendios, pero por el momento se sostiene. La escena está en California y estamos trabajando desde Nevada. Creo que eso de algún modo mantiene la tapa puesta. Para serte sincera, ahora hay algunas personas preocupadas por ti.

Rachel pensó en Jack McEvoy, el periodista, por un instante.

—Nadie ha de preocuparse —dijo—. Ni siquiera sé dónde está.

—Bueno, si este asunto finalmente salta a la luz, puedes contar con verle. Escribió un *best seller* la primera vez. Te garantizo que volverá para la segunda parte.

Rachel pensó en el libro que había estado leyendo en el avión y que en ese momento se encontraba en su bolsa de viaje. No estaba segura de si era el tema o el autor lo que la había llevado a leerlo tantas veces.

—Probablemente.

Rachel zanjó la cuestión. Se echó la chaqueta sobre los hombros y cruzó los brazos. Estaba cansada, pues no había dormido desde que había recibido la llamada de Dei.

Reclinó la cabeza en la ventanilla y enseguida se durmió. Su sueño de oscuridad retornó. Sin embargo, esta vez ella no estaba sola. No podía ver a nadie porque todo era negro, pero sentía otra presencia. Alguien cercano, aunque no necesariamente alguien que iba con ella. Se movió y se volvió en la oscuridad, tratando de ver quién era. Estiró los brazos, pero sus manos no tocaron nada.

Oyó una especie de gemido y se dio cuenta de que era su propia voz desde lo más profundo de su garganta. Entonces la sujetaron. Algo la atrapó y la sacudió con fuerza.

Rachel abrió los ojos. Vio la interestatal que pasaba con velocidad a través del parabrisas. Cherie Dei soltó su chaqueta.

—¿Estás bien? Ésta es la salida.

Rachel levantó la mirada a un cartel verde que acababan de pasar.

ZZYZX ROAD
1 MILLA

Se enderezó en el asiento. Consultó su reloj y se dio cuenta de que había dormido más de noventa minutos. Tenía el cuello rígido y dolorido en el lado derecho de apoyarse tanto tiempo en la ventanilla. Empezó a masajearse con los dedos, hundiéndolos profundamente en el músculo.

—¿Estás bien? —preguntó otra vez Dei—. Parecía que estabas teniendo una pesadilla.

—Estoy bien. ¿Qué he dicho?

—Nada. Una especie de gemido. Creo que estabas huyendo de algo o que algo te sujetaba.

Dei puso el intermitente y se metió en el carril de salida. Zzyzx Road parecía estar en medio de ninguna parte. Allí no había nada, ni siquiera una gasolinera o una estructura abandonada. No había razón visible para la salida o la carretera.

—Es por aquí.

Dei giró a la izquierda y cruzó por encima de la interestatal. Tras el paso elevado, la ruta se degradaba en una senda sin pavimentar que serpenteaba cuesta abajo hacia el sur, hasta la cuenca plana del Mojave. El paisaje era agreste. La sosa blanca en la superficie de la llanura parecía nieve en la distancia. Había árboles de Josué que estiraban sus dedos huesudos hacia el cielo y plantas más pequeñas apretujadas entre las rocas. Era una naturaleza muerta. A Rachel no se le ocurría qué tipo de animal podría subsistir en un lugar tan inhóspito.

Pasaron un cartel que informaba de que se dirigían a Soda Springs. Enseguida la carretera se curvó y Rachel divisó de repente las tiendas blancas y las caravanas y furgonetas y otros vehículos. A la izquierda del campamento, vio un helicóptero militar con las hélices detenidas. Más allá del campamento había un complejo de pequeños edificios en la base de las colinas. Parecía un motel de carretera, pero no había carteles ni tampoco carretera.

—¿Qué es eso?

—Es Zzyzx —dijo Dei—. Por lo que yo sé, es el culo del universo. Un predicador de radio le puso el nombre y lo construyó hace sesenta años. Obtuvo el control del territorio prometiendo a las autoridades que haría prospecciones. Pagó a borrachines de los barrios bajos de Los Ángeles para que lo hicieran mientras él continuaba en antena y hacía un llamamiento a los que tenían fe para que vinieran aquí a bañarse en las aguas del manantial y beber el agua mineral que él embotellaba. La Oficina de Control de la Tierra tardó veinticinco años en deshacerse de él. Entonces se entregó el lugar al sistema universitario estatal para que hiciera estudios sobre el desierto.

—¿Por qué aquí? ¿Por qué Backus los enterró aquí?

—Por lo que podemos conjeturar la causa es que es terreno federal. Quería asegurarse de que nosotros, probablemente tú, trabajábamos en el caso. Si eso era lo que quería, lo ha conseguido. Es una gran excavación. Hemos tenido que traer suministro eléctrico, refugio, comida, agua, todo.

Rachel no dijo ni una palabra. Estaba examinándolo todo, desde la escena del crimen hasta el distante horizonte de crestas grises que encerraban la cuenca. No estaba de acuerdo con la opinión que Dei tenía del lugar. Había oído que describían la costa de Irlanda como un paraje de extraordinaria belleza. Pensaba que el desierto, con su paisaje lunar y agreste también era hermoso a su modo. Poseía una belleza áspera. Una belleza peligrosa. Nunca había pasado mucho tiempo en el desierto, pero sus años en las dos Dakotas le habían enseñado a apreciar los lugares ásperos, los paisajes vacíos donde el ser humano es un intruso. Ése era el secreto. Tenía lo que el FBI llamaba un destino en «condiciones rigurosas». Estaba concebido para que la gente se hartara y lo dejara. Pero ella había vencido en esta partida. Podía quedarse allí para siempre. No iba a renunciar.

Dei frenó cuando se acercaron a un puesto de control instalado a un centenar de metros de las tiendas. Un hombre con un mono azul con las letras FBI en blanco en el bolsillo del pecho estaba de pie bajo una tienda estilo playero con los laterales abiertos. El viento del desierto, que antes había jugado a revolver el pelo del agente, amenazaba con arrancarla de sus anclajes.

Dei bajó la ventanilla. No se molestó en decir su propio nombre ni en mostrar su identificación. La conocían. Le dijo al hombre el nombre de Rachel y la calificó de «agente de visita», significara eso lo que significase.

—¿La ha autorizado el agente Alpert? —preguntó él, con la voz seca y plana como la cuenca del desierto que tenía tras de sí.

—Sí, está autorizada.

—Muy bien, entonces sólo necesito sus credenciales.

Rachel le tendió su cartera de identificación. El agente anotó el número de serie y se la devolvió.

—¿De Quantico?

—No, de Dakota del Sur.

El agente la miró con esa expresión que decía que sabía que ella era un cero a la izquierda.

—Páselo bien —le dijo al tiempo que se volvía hacia su tienda.

Dei avanzó, subiendo la ventanilla, dejando al agente en medio de una nube de polvo.

—Es de la OC de Las Vegas —dijo ella—. No están muy contentos jugando de reservas.

—¡Qué novedad!

—Exacto.

—¿Alpert está al mando?

—Sí.

—¿Cómo es?

—Bueno, ¿recuerdas tu teoría de que los agentes eran morfos o empáticos?

—Sí.

—Es un morfo.

Rachel asintió con la cabeza.

Llegaron a un pequeño letrero de cartulina enganchado a una rama de un árbol de Josué. Decía «Vehículos» y tenía una flecha que señalaba a la derecha. Dei giró y aparcaron al final de una fila de cuatro Crown Vic igualmente sucios.

—¿Y tú? —preguntó Rachel—. ¿Al final tú qué eres?

Dei no respondió.

—¿Estás preparada para esto? —preguntó a Rachel en cambio.

—Absolutamente. He estado esperando cuatro años para tener otra oportunidad con él. Aquí empieza.

Rachel entreabrió la puerta y salió al brillante sol del desierto. Se sentía en casa.

10

Backus las siguió por la rampa de salida desde una distancia prudencial. Cruzó por encima de la interestatal y puso el intermitente para dar la vuelta. Si ellas lo estaban observando por el espejo, simplemente lo tomarían por alguien que estaba cambiando de sentido para dirigirse de nuevo a Las Vegas.

Antes de volver a incorporarse a la interestatal, observó el vehículo del FBI que salía de la carretera pavimentada y se dirigía al yacimiento a través del desierto. Su yacimiento. Una nube de polvo se levantó detrás del coche. Distinguió las tiendas blancas en la distancia y sintió una sobrecogedora sensación de éxito. La escena del crimen era una ciudad que él había construido. Una ciudad de huesos. Los agentes eran como hormigas entre paneles de cristal. Vivían y trabajaban en el mundo que él había creado, cumpliendo sin saberlo con su antojo.

Deseó poder acercarse más a aquel cristal, absorberlo todo y contemplar el horror que él había esculpido en sus rostros, pero sabía que el riesgo era demasiado grande.

Y tenía otras ocupaciones. Pisó a fondo el acelerador y se dirigió de nuevo hacia la ciudad del pecado. Tenía que asegurarse de que todo estaba preparado como era debido.

Mientras conducía sintió que una ligera sensación de

melancolía se deslizaba por debajo de sus costillas. Supuso que era por la decepción de haber dejado atrás a Rachel en el desierto. Tomó una profunda inspiración y trató de desembarazarse de esta sensación. Sabía que no pasaría mucho tiempo hasta que estuviera cerca de ella otra vez.

Al cabo de un momento, sonrió ante el recuerdo del letrero con su nombre que sostenía la mujer que había ido a buscar a Rachel al aeropuerto. Una broma interna entre agentes. Backus reconoció a la que había ido a recibirla. La agente Cherie Dei. Rachel había sido su mentora, del mismo modo que él había sido mentor de Rachel. Eso significaba que parte de la perspicacia que lo caracterizaba había pasado a través de Rachel a esta nueva generación. Eso le gustó. Se preguntó cuál habría sido la reacción de Cherie Dei si él se hubiera acercado a ella y a su estúpido letrero y le hubiera dicho: «Gracias por venir a recibirme.»

Contempló a través de la ventanilla del coche el terreno plano y agreste del desierto. Creía que era verdaderamente hermoso, más todavía por lo que él había plantado en la arena y las rocas.

Pensó en eso y pronto se alivió la presión en su pecho y se sintió de nuevo maravillosamente. Miró en el retrovisor en busca de perseguidores, pero no vio nada sospechoso. Entonces se miró en el espejo y admiró una vez más el trabajo del cirujano. Se sonrió a sí mismo.

11

A medida que se acercaban a las tiendas, Rachel Walling empezó a oler la escena. El inconfundible olor de la carne putrefacta transportado por el viento que arremetía contra el campamento, hinchaba las tiendas y salía de nuevo. Rachel empezó a respirar por la boca, obsesionada por el conocimiento, que hubiera preferido no tener, de que la sensación del olor se percibía cuando las pequeñas partículas golpeaban los receptores sensoriales de las fosas nasales. Eso significaba que si olías carne en descomposición era porque estabas respirando carne en descomposición.

Había tres pequeñas tiendas cuadradas en la entrada del emplazamiento. No eran de las de cámping, sino tiendas de campaña militares con laterales rectos de dos metros y medio. Detrás de estas tres, había una tienda rectangular más grande. Rachel se fijó en que todas las tiendas tenían solapas de ventilación en la parte superior. Sabía que en ellas se estaban llevando a cabo excavaciones en busca de cadáveres. Las ventilaciones eran para dejar que parte del calor y el olor hediondo escaparan.

Solapándose con todo ello estaba el ruido. Al menos dos generadores de gasolina proporcionaban electricidad a la escena. Había asimismo dos autocaravanas grandes aparcadas a la izquierda de las tiendas y sus dos aparatos de aire acondicionado del techo estaban zumbando.

—Vamos ahí primero —dijo Cherie Dei, señalando a una de las autocaravanas—. Randal suele estar ahí.

Las caravanas parecían como cualquier *motorhome* que Rachel había visto en la carretera. Ésta se llamaba Open Road y llevaba matrícula de Arizona. Dei llamó a la puerta y la abrió inmediatamente, sin esperar respuesta. Entraron. El interior del vehículo no estaba preparado para hacer cámping en la carretera. Las particiones y las comodidades del hogar habían sido retiradas. Era una larga sala dispuesta con cuatro mesas plegables y numerosas sillas. En la pared posterior había una encimera con toda la maquinaria habitual de oficina: ordenador, fax, fotocopiadora y cafetera. Dos de las mesas estaban cubiertas de papeles. En la tercera, de manera incongruente con el propósito y el entorno, había un gran bol de fruta. La mesa del almuerzo, supuso Rachel. Incluso junto a una enorme fosa común uno tenía que comer. En la cuarta mesa había un hombre con un teléfono móvil y un portátil abierto delante de él.

—Siéntate —dijo Dei—. Te presentaré en cuanto haya colgado.

Rachel se sentó junto a la mesa del almuerzo y olisqueó de manera cautelosa. El aire acondicionado de la caravana estaba reciclando. El olor de la excavación no se percibía. No era de extrañar que el jefe se quedara allí. Miró el bol de fruta y pensó en coger un puñado de uvas para mantener la energía, pero descartó la idea.

—Si quieres un poco de fruta, adelante —dijo Dei.

—No, gracias.

—Tú misma.

Dei se inclinó y cogió unas uvas, y Rachel se sintió estúpida. El hombre del móvil, que ella supuso que era el agente Alpert, estaba hablando en voz demasiado baja para ser oído, probablemente también para la persona con la que estaba hablando. Rachel se fijó en que la larga pared que se extendía en el lado izquierdo de la caravana estaba cubierta de fotografías de las excavaciones. Apartó la mirada. No quería examinar las fotografías hasta que hubiera estado en las tiendas. Se volvió y miró por la ventana contigua a la mesa. La caravana ofrecía la mejor vista del desierto. Podía mirar a la cuenca y toda la línea de riscos. Se preguntó por un momento si la vista tenía algún significado. Si Backus había elegido el emplazamiento por algún sentido y cuál era éste.

Cuando Dei volvió la espalda, Rachel cogió unas uvas y se puso tres en la boca de golpe. En el mismo momento, el hombre cerró el móvil de golpe, se levantó de la mesa y se aproximó a ella con la mano extendida.

—Randal Alpert, agente especial al mando. Nos alegra tenerla aquí con nosotros.

Rachel le estrechó la mano, pero tuvo que esperar hasta tragar las uvas antes de hablar.

—Me alegro de conocerle, aunque las circunstancias no sean las mejores.

—Sí, pero fíjese en esa vista. Seguro que es mejor que la pared de ladrillos que tengo detrás en Quantico, y al menos estamos aquí a últimos de abril y no en agosto. Eso habría sido mortal.

Era el nuevo Bob Backus. Dirigiendo el cotarro desde Quantico, saliendo en los casos más gordos, y por supuesto aquél era uno de ellos. Rachel concluyó que no le gustaba y que Cherie tenía razón en que era un morfo.

Rachel había llegado a la conclusión de que los agentes en Comportamiento eran de dos tipos. Al primer tipo ella los llamaba «morfos». Esos agentes eran muy parecidos a los hombres y mujeres a los que cazaban. Capaces de impedir que nada les afectara. Podían pasar de un caso a otro como un asesino en serie, sin verse arrastrados a todo el horror y la culpa y al conocimiento de la verdadera naturaleza del mal. Rachel los llamaba «morfos» porque esos agentes podían coger esa carga y de alguna manera metamorfosearla en algo distinto. El emplazamiento de una fosa común se convertía en una vista mejor que cualquiera de las que había en Quantico.

A los del segundo tipo, Rachel los llamaba «empáticos», porque engullían todo el horror de los casos y lo asimilaban. Éste se convertía en el fuego de campamento que los calentaba. Lo usaban para conectar y motivarse para hacer su trabajo. Para Rachel, éstos eran los mejores agentes porque iban hasta el límite y más allá de éste para capturar al criminal y resolver el caso.

Sin duda era más sano ser un morfo. Ser capaz de avanzar sin ninguna carga. En los pasillos de Comportamiento acechaban los fantasmas de los empáticos, los agentes que no lograron llegar al final, para los que el fardo fue demasiado pesado. Agentes como Janet Newcomb, que se puso la pistola en la boca, o Jon Fenton, que se estrelló contra el contrafuerte de un puente, o Terry McCaleb, que literalmente dio su corazón al trabajo. Rachel los recordaba a todos ellos y recordaba a Bob Backus, el morfo por excelencia, el agente que era a la vez cazador y presa.

—Era Brass Doran al teléfono —explicó Alpert—. Le manda saludos.

—¿Está en Quantico?

—Sí es agorafóbica con ese lugar. Nunca quiere salir. Está dirigiendo la investigación allí. En fin, agente Walling, sé que sabe de qué se trata. Tenemos aquí una situación delicada. Estamos contentos de que esté con nosotros, pero está aquí estrictamente como observadora y posible testigo.

A Rachel no le gustó que Alpert fuera tan formal con ella. Era una forma de mantenerla fuera del círculo.

—¿Una testigo? —preguntó.

—Podría darnos algunas ideas. Conocía a ese tipo. La mayoría de nosotros estábamos persiguiendo atracadores de bancos cuando se desató toda la historia con Backus. Yo llegué a la unidad justo después de que saltara lo suyo. Después de que la ORP pasara por allí. Cherie es una de las pocas que quedan de entonces.

—¿Lo mío?

—Ya sabe a qué me refiero. Usted y Backus...

—¿Puedo ir a la excavación ahora? Me gustaría ver qué tenemos.

—Bueno, Cherie la llevará dentro de un momento. No hay mucho que ver, más que los huesos de hoy.

Hablaba como un verdadero morfo, pensó Rachel. Miró a Dei y ésta se lo confirmó con la mirada.

—Pero antes hay algo de lo que quiero que hablemos.

Rachel sabía lo que se avecinaba, pero dejó que hablara Alpert. Éste caminó hasta la parte delantera de la caravana y señaló al desierto a través del parabrisas. Rachel siguió la dirección del dedo, pero no vio nada más que las colinas.

—Bueno, no puede verlo desde este ángulo —dijo Alpert—, pero allí en el suelo tenemos un gran cartel con letras grandes que pone: «Filmando. No sobrevolar. Ruido no.» Eso es por si alguien tiene curiosidad con tantas tiendas y vehículos. Buena idea, ¿eh? Creen que es el escenario de una película. Los mantiene alejados de nosotros.

—¿Y de qué quería hablar?

—¿De qué quería hablar? Quería hablar de que hemos

echado una buena manta encima de esto. Nadie lo sabe y queremos que siga así.

—¿Y está insinuando que soy un topo para los medios?

—No, no estoy insinuando eso. Le estoy dando la misma charla que al resto de los que vienen aquí. No quiero que esto llegue a los medios. Esta vez quiero controlarlo. ¿Entendido?

Más bien eran las autoridades del FBI o de la Oficina de Responsabilidad Profesional quienes querían controlarlo, pensó. Las revelaciones del caso Backus casi habían diezmado los mandos y la reputación de la unidad de Ciencias del Comportamiento la última vez, por no mencionar el colosal fiasco de relaciones públicas que supuso para el FBI en su conjunto. En el momento presente, con los fallos del 11-S y la competición del FBI con Seguridad Nacional por los dólares del presupuesto y los titulares, el foco de los medios en un asesino desquiciado que había sido agente no era lo que las autoridades del FBI o la Oficina de Responsabilidad Profesional tenían en mente. Especialmente cuando se había inducido a la opinión pública a pensar que el agente asesino había muerto hacía años.

—Entiendo —dijo Rachel tranquilamente—. No tiene que preocuparse por mí. ¿Puedo irme ahora?

—Otra cosa más.

Alpert vaciló un momento. Fuera lo que fuese, se trataba de algo delicado.

—No todos los implicados en esta investigación están al corriente de la relación con Robert Backus. Es *need to know* y quiero que siga así.

—¿Qué quiere decir? ¿La gente que está allí trabajando no sabe que fue Backus quien lo hizo? Deberían...

—Agente Walling, ésta no es su investigación. No trate de apropiársela. Ha venido aquí a observar y ayudar, limítese a eso. No sabremos con seguridad si fue Backus hasta que...

—Claro. Sus huellas dactilares sólo estaban en el GPS y su modus operandi en todas partes.

Alpert miró a Dei, lanzándole una mirada de enfado.

—Cherie no debería haberle hablado de las huellas y por lo que respecta al modus operandi, no sabemos nada a ciencia cierta.

—Sólo porque ella no debería habérmelo dicho no significa que no sea cierto. No va a poder tapar esto, agente Alpert.

Alpert se rió, frustrado.

—¿Quién ha hablado de tapar nada? Mire, lo único que estamos haciendo es controlar la información. Existe el momento adecuado para revelar datos. Eso es lo único que estoy diciendo, ¿está claro? Simplemente no quiero que usted decida qué se revela ni a quién se revela. Ése es mi trabajo. ¿Entendido?

Rachel asintió con la cabeza sin convicción. Miró a Dei al hacerlo.

—Perfectamente.

—Bien. Entonces, Cherie, acompáñala a la visita.

Salieron de la caravana y Dei condujo a Rachel Walling hacia la primera tienda pequeña.

—Ciertamente te lo has ganado —dijo Cherie Dei al salir.

—Tiene gracia. Algunas cosas nunca cambian. Creo que es imposible que una burocracia evolucione, que aprenda algo de sus errores. De todos modos, no importa. ¿Qué tenemos aquí?

—Hasta ahora tenemos ocho bolsas y gas en otros

dos. Sólo que todavía no hemos llegado a ellos. La clásica pirámide invertida.

Rachel entendió el resumen. Había inventado parte de esa jerga. Dei estaba explicándole que se habían recuperado ocho cadáveres y que los valores obtenidos por las sondas de gas indicaban que quedaban otras dos víctimas por exhumar.

La historia trágica creaba datos a partir de los cuales se elaboraban modelos de conducta similar. Se había visto antes: un asesino que retorna con las víctimas al mismo lugar de sepultura sigue un modelo: los enterramientos más nuevos irradian desde el primero en forma de pirámide invertida o de V. Ése era el caso en Zzyzx. Conscientemente o de manera no intencionada, Backus estaba siguiendo un modelo basado en datos que él había ayudado a recopilar como agente.

—Deja que te pregunte una cosa —dijo Rachel—. Estaba hablando por teléfono con Brass Doran. Ella conoce la conexión con Backus, ¿no?

—Sí, ella lo sabe. Brass encontró las huellas en el paquete.

Rachel asintió con la cabeza. Al menos tenía una colega en la que podía confiar y que estaba al corriente.

Llegaron a la tienda y Dei tiró de la solapa de entrada. Rachel fue la primera en entrar. Como la solapa de ventilación superior estaba abierta, la tienda no se hallaba a oscuras. Sólo en penumbra. Las pupilas de Rachel se adaptaron de inmediato y vio un gran agujero rectangular en el centro de la tienda. No había ningún montón con el material extraído. Supuso que la tierra, las rocas y la arena habrían sido enviadas a Quantico o al laboratorio de la oficina de campo para ser analizadas.

—En el primer emplazamiento es donde están las anomalías —dijo Dei—. Los otros son simples sepulturas. Muy limpios.

—¿Cuáles son las anomalías?

—La lectura del GPS nos llevó a este punto. Cuando llegaron aquí había un barco. Era...

—¿Un barco? ¿En el desierto?

—¿Recuerdas que te he dicho que este lugar lo fundó un predicador? Cavó un canal para que lo llenara el agua del manantial. Suponemos que el barco llegó entonces. Ha estado aquí durante décadas. El caso es que lo movimos, hundimos una sonda y empezamos a excavar. La anomalía número dos es que la tumba contenía las dos primeras víctimas. Todas las otras sepulturas son individuales.

—¿Estas dos fueron enterradas al mismo tiempo?

—Sí, un cadáver encima del otro. Pero una víctima estaba envuelta en plástico y llevaba mucho más tiempo muerta que la otra. Siete meses más, creemos.

—O sea que se guardó un cadáver durante cierto tiempo. Lo envolvió para conservarlo. Y cuando tuvo el segundo se dio cuenta de que tenía que hacer algo, por eso vino al desierto a enterrarlos. Utilizó el barco como marcador. Como una especie de lápida para sí mismo, porque sabía que volvería con más.

—Tal vez. Pero ¿para qué necesitaba el barco si tenía el GPS?

Rachel asintió con la cabeza y sintió que la adrenalina empezaba a latirle en la sangre. El *brainstorming* siempre había sido la mejor parte del trabajo.

—El GPS vino después. Recientemente. Eso era sólo para nosotros.

—¿Nosotros?

—Para ti. Para el FBI. Para mí.

Rachel se acercó al borde y miró al agujero. No era demasiado profundo, sobre todo para dos cadáveres. Dejó de respirar por la boca y el aire fétido se introdujo en sus fosas nasales. Quería recordarlo.

—¿Identificaciones?

—Nada oficial. No ha habido contacto con familiares todavía, pero sabemos quiénes eran algunos de ellos. Al menos cinco. El primero fue hace tres años. El segundo siete meses después.

—¿Habéis establecido un ciclo?

—Sí. Una reducción de aproximadamente un ocho por ciento. Creemos que los dos últimos nos llevan a noviembre.

Eso significaba que los intervalos entre los asesinatos se habían reducido en un ocho por ciento desde el periodo inicial de siete meses entre los asesinatos uno y dos. De nuevo, la información era familiar. El intervalo decreciente era común en la casuística, un síntoma del cada vez menor control de sus impulsos por parte del asesino al mismo tiempo que crecía su fe en su invulnerabilidad. Uno sale impune del primero y el segundo llega más fácil y más pronto. Y así sucesivamente.

—Según eso lleva retraso —dijo Rachel.

—Supuestamente.

—¿Supuestamente?

—Vamos, Rachel, es Backus. Sabe lo que nosotros sabemos. Sólo está jugando con nosotros. Como en Amsterdam. Se fue incluso antes de que reconociéramos que era él. Aquí lo mismo. Ha pasado a otra cosa. Venga, ¿por qué si no, nos envió el GPS? Ya se ha ido. No lleva retraso y no va a volver aquí. Está en alguna parte riéndose de nosotros, observando cómo seguimos nuestros modelos y rutinas, sabiendo que no nos acercaremos a él más de lo que lo hicimos la última vez.

Rachel asintió con la cabeza. Sabía que Dei tenía razón, pero decidió ser optimista.

—Tiene que cometer un error alguna vez. ¿Y el GPS? ¿Se sabe algo de eso?

—Estamos trabajando en ello, obviamente. Brass está en ello.

—¿Qué más?

—Estás tú, Rachel.

Rachel no dijo nada. De nuevo Cherie tenía razón. Backus tenía algo en juego. Su mensaje oscuro pero directo para Rachel parecía hacerlo obvio. La quería allí, quería que participara en la función. Pero ¿cuál era la función? ¿Qué quería el Poeta?

Como Rachel había sido mentora de Dei, Backus había sido mentor de Rachel. Era un buen maestro. En retrospectiva, mejor de lo que ella o ningún otro podían haber imaginado.

Rachel había tenido de mentor al agente y al asesino, al cazador y a la presa, una combinación única en los anales del crimen y el castigo. Rachel siempre recordaba un comentario que Backus había hecho de pasada una noche, cuando subían por la escalera del sótano de Quantico para abandonar la unidad hasta el día siguiente.

«Al final creo que todo es una mentira. No podemos predecir cómo actúa esta gente. Sólo podemos reaccionar. Y en última instancia, eso significa que básicamente somos inútiles. Generamos buenos titulares y Hollywood hace buenas películas sobre nosotros, pero nada más.»

Rachel era entonces novata en la unidad. Estaba cargada de ideales, planes y fe.

Pasó los siguientes treinta minutos tratando de convencer a Backus de lo contrario. Se sintió avergonzada por el recuerdo del esfuerzo y por las cosas que le había dicho a un hombre de quien más tarde sabría que era un asesino.

—¿Puedo ir ahora a las otras tiendas? —preguntó Rachel.

—Claro —dijo Dei—. Lo que quieras.

12

Era tarde y las baterías del barco estaban empezando a agotarse. Las luces en la litera del camarote de proa se iban atenuando progresivamente. O al menos eso me pareció. Quizás eran mis ojos los que comenzaban a apagarse. Había pasado siete horas leyendo los expedientes de casos que McCaleb guardaba en cajas en la litera superior. Había llenado mi libreta hasta la última página y después le había dado la vuelta y había empezado a estudiarla de atrás adelante.

La entrevista de la tarde había resultado tranquila, pero inútil. El último cliente de McCaleb había sido un hombre llamado Otto Woodall, que vivía en un lujoso condominio, detrás del fabuloso casino de Avalon. Hablé con él durante una hora, y me repitió más o menos la misma historia que ya conocía por Buddy Lockridge. Woodall, que tenía sesenta y seis años, confirmó todos los aspectos del viaje que me interesaban. Explicó que abandonó el barco durante la escala en México y que pasó tiempo con mujeres que conocía allí. No se mostró avergonzado en absoluto. Su esposa había ido todo el día de compras al continente y aparentemente no le importaba mostrarse franco. Me dijo que estaba jubilado del trabajo, pero no de la vida. Todavía tenía necesidades propias de un hombre. Abandoné esa línea de interrogatorio y me centré en los últimos momentos de la vida de Terry McCaleb.

Las observaciones y los recuerdos de Woodall coincidían con los de Buddy en todos los detalles importantes. Woodall también confirmó que al menos en dos momentos específicos del viaje había visto a McCaleb tomar sus medicamentos, tragando las pastillas y los líquidos acompañados de zumo de naranja.

Tomé notas, pero sabía que éstas no serían necesarias. Tras una hora le di las gracias a Woodall por dedicarme su tiempo y lo dejé con su vista de la bahía de Santa Mónica y la nube de contaminación que se alzaba en el continente.

Buddy Lockridge estaba esperándome enfrente en un coche de golf que yo había alquilado. Todavía le estaba dando vueltas a mi decisión de última hora de entrevistar a Woodall sin él. Me había acusado de utilizarlo para conseguir la entrevista con Woodall. En eso tenía razón, pero mi radar ni siquiera captaba sus quejas y preocupaciones.

Circulamos en silencio hasta el muelle y devolví el coche de golf. Le dije a Buddy que podía poner rumbo a casa, porque yo iba a estar ocupado el resto del día y por la noche leyendo los archivos. Él se ofreció a ayudar mansamente, pero le respondí que ya me había ayudado suficiente. Observé cómo se alejaba cabizbajo hacia el muelle del transbordador. Todavía no estaba seguro de Buddy Lockridge. Sabía que tenía que pensar en él.

Cogí un taxi acuático hasta el *Following Sea* porque no quería hacer el tonto con la Zodiac. Llevé a cabo una rápida inspección del camarote principal —sin encontrar nada destacable— y pasé al camarote de proa.

Me fijé en que Terry tenía un reproductor de discos compactos en el camarote reconvertido en oficina. Su pequeña colección de música era básicamente de blues y de rock and roll de la década de 1970. Puse un disco más reciente de Lucinda Williams titulado *World Without Tears* y me gustó tanto que dejé que se reprodujera una y otra vez durante las siguientes seis horas. La voz de la mujer tenía una cadencia prolongada y eso me gustaba. Para el momento en que la potencia eléctrica empezó a escasear en el barco y apagué la música, había memorizado inconscientemente las letras de al menos tres canciones que podría cantarle a mi hija la siguiente vez que la acostara.

En la oficina de McCaleb, lo primero que hice fue volver a su ordenador y abrir la carpeta llamada «Perfiles».

Apareció una lista de seis archivos cuyos nombres eran fechas correspondientes a los últimos dos años. Los abrí en orden cronológico y descubrí que cada uno de ellos era un perfil forense del sospechoso de un caso de asesinato. Cada perfil, escrito en el estilo clínico y sin adornos del profesional, arrojaba conclusiones acerca de un asesino basadas en detalles concretos de la escena del crimen. Esos detalles dejaban claro que McCaleb había hecho algo más que limitarse a leer artículos de diario. Resultaba obvio que había tenido acceso completo a las escenas de los crímenes, ya fuera en persona o, más probablemente, mediante fotos, vídeos y notas de los investigadores. Para mí estaba muy claro que éstos no eran trabajos de práctica realizados por un profesional que echaba de menos la profesión y quería mantenerse en forma. Eran la labor de un investigador invitado a participar. Todos los casos correspondían a jurisdicciones de pequeños departamentos de policía del oeste. Supuse que McCaleb había tenido noticia de los casos a través de los informativos y que simplemente se había ofrecido voluntario para colaborar con el departamento de policía que se ocupaba del caso. Aceptada la oferta, probablemente le enviaban la información de la escena del crimen y él se ponía a analizarla a fin de elaborar un perfil. Me pregunté si su notoriedad le había ayudado o bien le había entorpecido a la hora de ofrecer su talento. ¿Cuántas veces le habrían dicho que no para ser aceptado en estas seis ocasiones?

Cuando lo aceptaban, probablemente trabajaba en los casos desde el escritorio al que me hallaba sentado, sin dejar el barco en ningún momento. Y sin pensar que su mujer conocía al detalle lo que él estaba haciendo.

Sin lugar a dudas, cada perfil le había llevado una buena cantidad de tiempo y atención. Estaba empezando a entender cada vez más por qué Graciela había dicho que se había convertido en un problema en su matrimonio. Terry no podía trazar una línea. No podía renunciar. Este trabajo de elaboración de perfiles era un testamento no sólo de su dedicación a su misión como investigador, sino también de su punto ciego como marido y padre.

Los seis perfiles procedían de casos de Scottsdale, Arizona; Henderson, Nevada; y de las cuatro localidades californianas de La Jolla, Laguna Beach, Salinas y San Mateo. Dos eran asesinatos de niños y los otros cuatro muertes relacionadas con agresiones sexuales con tres mujeres y un hombre como víctimas. McCaleb no había establecido vínculos entre ellos. Estaba claro que se trataba simplemente de casos separados que habían captado su atención en los últimos dos años. No había indicación en ninguno de los archivos de que el trabajo de Terry hubiera resultado útil ni de que alguno de los casos se hubiera resuelto. Anoté los datos principales de cada uno de ellos en mi libreta con la idea de conectar con los departamentos para comprobar el estado de cada investigación.

Era una oportunidad remota, pero seguía siendo posible que alguno de esos perfiles hubiera desencadenado la muerte de McCaleb. No era una prioridad, pero necesitaría comprobarlo.

Habiendo concluido con el ordenador por el momento, dirigí mi atención a las cajas de archivos almacenadas en la litera superior. Una a una las fui bajando hasta que no quedó espacio en el suelo del camarote de proa. Descubrí que contenían una mezcla de casos tanto resueltos como sin resolver. Pasé la primera hora simplemente ordenándolos y apartando los abiertos sin resolver, pensando que si la muerte de Terry estaba relacionada con un caso, entonces sería con uno en el cual el sospechoso seguía en libertad. No había motivo para que estuviera trabajando o revisando un caso cerrado.

La lectura fue fascinante. Estaba familiarizado con muchos de los casos e incluso había participado en algunos de ellos. No eran archivos que hubieran acumulado polvo. Tuve la clara impresión de que los casos abiertos se hallaban en interminable rotación. De vez en cuando, McCaleb los sacaba y repensaba las investigaciones, los sospechosos, las escenas de los crímenes, las posibilidades. Telefoneaba a investigadores, personal de laboratorio e incluso testigos. Todo ello quedaba claro porque McCaleb tenía la costumbre de usar el interior de la solapa delantera para escribir notas sobre las acciones que había llevado a cabo, fechando meticulosamente cada una de ellas.

A partir de esas fechas pude determinar que McCaleb había estado trabajando en varios casos al mismo tiempo. Y quedaba claro que todavía tenía una fuente en la brigada de Ciencias del Comportamiento del FBI en Quantico. Pasé una hora entera leyendo el grueso archivo que había acumulado sobre el Poeta, uno de los más notorios y comprometidos casos de asesinos en serie en los anales del FBI. El Poeta era un asesino que, como finalmente se descubrió, era un agente del FBI que había dirigido la brigada esencialmente persiguiéndose a sí mismo. Fue un escándalo que había sacudido al FBI y su cacareada Sección de Ciencias del Comportamiento ocho años antes. El agente, Robert Backus, elegía como víctimas a detectives de homicidios. Preparaba las escenas de los crímenes como suicidios, dejando notas de despedida que contenían versos de poemas de Edgar Allan Poe. Mató a ocho hombres a lo largo y ancho del país en un periodo de tres años, antes de que un periodista descubriera los falsos suicidios y empezara la caza del hombre. Backus fue descubierto en Los Ángeles por otra agente, que le disparó cuando presuntamente perseguía a un detective de la mesa de homicidios de la División de Hollywood del Departamento de Policía de Los Ángeles. Ésa era mi mesa. El objetivo, Ed Thomas, era colega mío y mi conexión. Recuerdo que yo había tenido un gran interés personal en el Poeta.

Ahora estaba leyendo la historia interna. Oficialmente el FBI cerró el caso. Sin embargo, la versión no oficial siempre había sido que Backus había conseguido huir. Después de recibir el disparo, Backus inicialmente escapó en el sistema de túneles de alcantarillado que discurría por debajo de Los Ángeles. Al cabo de casi tres meses se descubrió un cadáver con un agujero de bala en el lugar adecuado, pero la descomposición impidió una identificación física, así como la comparación de huellas dactilares. Los animales —eso se dijo— habían arrancado partes del cuerpo, incluida la mandíbula inferior y los únicos dientes que podían haber servido para realizar una identificación a través de los registros dentales. Backus también había desaparecido convenientemente sin dejar rastros de ADN. Así que tenían el cadáver con el agujero de bala, pero nada con lo cual compararlo. O eso dijeron. El FBI anunció rápidamente que se daba por muerto a Backus y el caso se cerró, aunque sólo fuera para dar un rápido final a la humillación de la agencia federal a manos de uno de los suyos.

Sin embargo, los registros que McCaleb había acumulado desde entonces confirmaban que el rumor era cierto. Backus continuaba vivo y en libertad. Cuatro años antes había vuelto a aflorar en Holanda. Según boletines confidenciales del FBI proporcionados por fuentes del mismo a McCaleb, un asesino segó las vidas de cinco hombres en un periodo de dos años en Amsterdam. Todas las víctimas eran turistas extranjeros que habían desaparecido después de aventurarse en el distrito rojo de la ciudad. Los hombres habían sido hallados estrangulados y flotando en el río Amstel. Lo que conectaba los asesinatos con Backus fueron notas enviadas a las autoridades locales en las que el autor reivindicaba los asesinatos y pedía que llamaran al FBI. El autor, según los informes confidenciales, preguntaba específicamente por Rachel Walling, la agente que había disparado a Robert Backus cuatro años antes. La policía holandesa invitó al FBI a echar un vistazo al caso de manera no oficial. El remitente había firmado todos los mensajes simplemente como «el Poeta». Los análisis grafológicos del FBI indicaban —de manera no concluyente— que el autor no era un asesino que trataba de ganar fama a la sombra de Robert Backus, sino Backus en persona.

Por supuesto, en el momento en que el FBI, las autoridades locales e incluso Rachel Walling se desplegaron en Amsterdam, el asesino ya había huido. Y no se había vuelto a saber nada de Robert Backus, al menos hasta donde alcanzaban las fuentes de Terry McCaleb.

Volví a colocar el grueso archivo en una de las cajas y seguí adelante. De hecho, cualquier cosa que captaba la atención de Terry McCaleb era objeto de su atención y sus aptitudes. Había decenas de carpetas que contenían un único artículo de diario y unas pocas notas en la solapa. Algunos casos eran de los que acaparaban interés, otros oscuros. Había creado un archivo a partir de recortes de periódico sobre el caso de Laci Peterson: la desaparición en California de una mujer embarazada en la Nochebuena de dos años atrás. El caso había cosechado una prolongada atención de los medios y la opinión pública, particularmente después de que se hallara el cadáver desmembrado de la víctima en la bahía, donde antes su marido había asegurado a los investigadores que él había estado pescando cuando ella desapareció. Una anotación en la solapa de la carpeta, fechada antes del descubrimiento del cadáver de la mujer decía: «Indudablemente muerta, en el agua.» Otra nota fechada antes de la detención del marido decía: «Hay otra mujer.»

También había un archivo con notas aparentemente prescientes acerca de Elizabeth Smart, una chica secuestrada en Utah que fue encontrada y devuelta a casa después de casi un año. Correctamente escribió «viva» debajo de una foto de la joven aparecida en el periódico.

McCaleb también hizo un estudio no oficial del caso Robert Blake. La antigua estrella de cine y televisión fue acusada de asesinar a su esposa en otro caso que acaparó titulares. Las notas en el archivo eran intuitivas y precisas, y en última instancia se confirmaron como correctas cuando el caso llegó a los tribunales.

Tuve que preguntarme a mí mismo si era posible que McCaleb hubiera hecho las anotaciones y les hubiera puesto una fecha anterior, utilizando información de los relatos de los medios de comunicación para dar la impresión de que él estaba prediciendo aspectos del caso o rasgos del sospechoso a partir de su propio trabajo cuando en realidad no era así. A pesar de que todo era posible, me pareció completamente irrealista que McCaleb pudiera haber hecho eso. No veía razón para que él cometiera un fraude tan secreto como autodestructivo. Creía que el trabajo era real y era suyo.

Uno de los archivos que encontré contenía artículos de periódico acerca de la nueva brigada de casos no resueltos del Departamento de Policía de Los Ángeles. En la solapa habían anotado nombres y números de móvil de los cuatro detectives asignados a la unidad. Obviamente Terry había logrado salvar el abismo entre el departamento y el FBI si disponía de los números de móvil, pues yo sabía que los móviles de los detectives no se facilitaban a nadie.

Conocía a uno de los cuatro detectives. Tim Marcia había pasado tiempo en la División de Hollywood, incluso en la mesa de homicidios. Era tarde, pero los polis están acostumbrados a recibir llamadas a altas horas. Sabía que a Marcia no le importaría. Saqué el móvil y marqué el número que McCaleb había escrito junto a su nombre en la carpeta. Marcia contestó de inmediato. Me identifiqué, pasé por las cortesías del «cuanto tiempo sin verte» y expliqué que llamaba por Terry McCaleb. No mentí, aunque no le dije que estaba investigando un homicidio. Le conté que estaba ordenando las carpetas de McCaleb para su mujer y que me había topado con su nombre y su número. Simplemente tenía curiosidad por saber qué tipo de relación habían tenido.

—Harry, tú trabajaste algunos casos congelados en tu época, ¿no? Lo del año pasado en tu casa surgió de un caso sin resolver, ¿no?

—Sí.

—Entonces ya sabes de qué va. A veces te agarras de un clavo ardiendo, buscas cualquier ayuda que puedas conseguir. Terry llamó un día y ofreció sus servicios. No en un caso en concreto. Creo que había leído el artículo del *Times* sobre la unidad y básicamente dijo que si alguna vez necesitábamos que elaborara un perfil estaba dispuesto. Era uno de los buenos. Me dio mucha pena oír lo que le pasó. Quería ir a Catalina para el servicio, pero surgieron cosas y...

—Siempre pasa. ¿Alguna vez aceptasteis su oferta de hacer un perfil?

—Sí, yo lo hice y otro par de chicos de aquí también. Ya sabes cómo es esto. El departamento no tiene personal que haga perfiles, y a veces esperar al FBI y Quantico puede llevar meses. Aquí estaba este tipo que sabía lo que hacía y no pedía nada a cambio. Sólo quería trabajar. Así que lo usamos. Le pasamos algunas cosas.

—¿Y cómo lo hizo?

—Bien. Ahora estamos trabajando en un caso interesante. Cuando el nuevo jefe creó la brigada empezamos a revisar los casos abiertos. Relacionamos seis casos: cadáveres enterrados en el valle de San Fernando. Tenían similitudes, pero nunca los habíamos relacionado antes. Enviamos copia de los expedientes a Terry y él lo confirmó. Los relacionó por lo que llamó «afinidades psicológicas». Todavía estamos investigando, pero al menos ahora sabemos qué terreno pisamos. Vamos, que estamos sobre la pista. No sé si habríamos llegado a donde estamos ahora si Terry no nos hubiera ayudado.

—Bueno, me alegro de oír que resultó útil. Se lo contaré a su mujer y estoy seguro de que la ayudará saber eso.

—Bien. Bueno, Harry, ¿vas a volver?

Estaba esperando que me preguntara qué estaba haciendo realmente con los expedientes de McCaleb, no si iba a volver al departamento.

—¿De qué estás hablando?

—¿Has oído hablar de la moratoria de tres años que ha instituido el jefe?

—No, ¿qué es eso?

—Sabe que perdimos mucho talento en los últimos años. Con tantos escándalos y chismes, mucha gente buena dijo: «Qué diablos, me largo.» Así que ha abierto la puerta para que la gente vuelva. Si te presentas antes de que pasen tres años del retiro y te aceptan puedes volver sin tener que ir otra vez a la academia. Es perfecto para veteranos como tú.

Percibí en su voz que estaba sonriendo.

—Tres años, ¿eh?

—¿Cuánto llevas tú? ¿Dos y medio?

—Eso es.

—Bueno, ahí lo tienes. Piénsalo. Podríamos utilizarte aquí en los casos congelados. Tenemos siete mil abiertos sin resolver. Elige, tío.

No dije nada. De repente me sacudió la idea de volver. En ese momento estaba ciego a los aspectos negativos. Sólo pensé en cómo sería llevar placa otra vez.

—Claro que a lo mejor estás disfrutando de la jubilación. ¿Necesitas algo más, Harry?

—Eh, no, eso es todo. Gracias tío, te lo agradezco.

—Cuando quieras. Y piénsatelo. Seguro que nos serías útil, aquí o en Hollywood o donde fuera.

—Sí, gracias. Tal vez lo haga. Voy a pensarlo.

Cerré el teléfono y me quedé allí, rodeado por las obsesiones de otro hombre, pero meditando sobre las mías. Pensé en volver. Pensé en siete mil voces que se alzaban desde la tumba sin obtener respuesta. Eso era más que el número de estrellas que ves cuando miras al cielo por la noche.

Mi móvil sonó cuando todavía lo tenía en la mano. Me sacó del ensueño y lo abrí, esperando que fuera Tim Marcia llamando de nuevo y diciendo que lo de los tres años había sido una broma. Pero era Graciela quien llamaba.

—Veo luces encendidas en el barco —dijo—. ¿Sigue ahí?

—Sí, aquí estoy.

—¿Por qué tan tarde, Harry? Ha perdido el último *ferry*.

—No iba a volver esta noche. Pensaba quedarme aquí y terminar con esto. Ya volveré mañana. También me gustaría hablar con usted.

—Bueno. Mañana no trabajo. Estaré aquí empaquetando.

—¿Empaquetando?

—Vamos a mudarnos otra vez al continente. Viviremos en Northridge. He recuperado mi antiguo empleo en urgencias del Holy Cross.

—¿Raymond es una de las razones por las que vuelve?

—¿Raymond? ¿A qué se refiere?

—Me estaba preguntando si había algún problema con el chico. He oído que no le gusta vivir en la isla.

—Raymond no tiene muchos amigos. No encaja muy bien, pero la mudanza no es sólo por Raymond. Yo quiero volver. Ya quería antes de que Terry muriera, ya se lo dije.

—Sí, ya sé.

Graciela cambió de tema.

—¿Necesita alguna cosa? ¿Ha comido algo?

—He encontrado algunas cosas en la cocina del barco. Gracias.

Ella hizo un ruido de asco.

—Seguro que estaba pasado. Compruebe las fechas de caducidad antes de comerse nada más.

—Lo haré.

Ella dudó y después formuló la pregunta por la que había llamado.

—¿Ha encontrado algo ya?

—Bueno, he encontrado algunas cosas que me resultan curiosas, pero todavía nada que destaque particularmente.

Pensé en el hombre con la gorra de los Dodgers. Ciertamente destacaba, pero no quería sacárselo a relucir a Graciela todavía. Quería reunir más información antes de hablarlo con ella.

—Vale —dijo Graciela—. Pero manténgame al corriente, ¿de acuerdo?

—Ése es el trato.

—Vale, Harry. Hablaré con usted mañana. ¿Se queda en un hotel o en el barco?

—En el barco, creo. Si no le importa.

—No me importa. Haga lo que quiera.

—Bueno. ¿Puedo preguntarle algo?

—Claro, ¿qué?

—Estaba hablando de trasladarse y yo tenía curiosidad por algo. ¿Con cuánta frecuencia iban al continente? Ya sabe, al centro comercial o a restaurantes o a ver a la familia.

—Normalmente una vez al mes. A no ser que ocurriera algo específico y necesitara ir.

—¿Se llevaba a los niños?

—Normalmente. Quería que se acostumbraran. Creces en una isla donde tienen cochecitos de golf en lugar de coches de verdad y donde todo el mundo conoce a todo el mundo... Puede resultar extraño de repente mudarse al continente. Estoy intentando prepararme para eso.

—Supongo que es inteligente. ¿Qué centro comercial queda más cerca de los muelles del *ferry*?

—No sé cuál está más cerca, pero yo siempre iba al Promenade, en Pico. Cogía la Cuatrocientos cinco desde el puerto. Sé que hay centros comerciales más cercanos, Fox Hills, por ejemplo, pero me gusta el Promenade. Me gustan las tiendas que hay, y es cómodo. A veces me encuentro allí con amigas del Valle y es un buen punto medio para todas nosotras.

Y es fácil seguir a alguien allí, pensé, pero no lo dije.

—Bien —dije, sin saber qué era lo que estaba bien—. Otra cosa más. Me estoy quedando sin luz aquí. Supongo que serán las baterías. ¿Hay algún interruptor o algo que deba tocar para recargarlas, o cómo se hace?

—¿No se lo preguntó a Buddy?

—No, no sabía que iba a quedarme sin luz cuando estaba con Buddy.

—Oh, Harry, no estoy segura. Hay un generador. No estoy segura de dónde está.

—De acuerdo, bueno, no se preocupe. Puedo llamar a Buddy. Bueno, adiós, Graciela. Tengo que volver a trabajar mientras me queda algo de luz.

Colgué y anoté el nombre del centro comercial en mi libreta, después salí del camarote y recorrí el barco apagando todas las luces menos la del escritorio en un intento de conservar la energía. Llamé a Buddy al móvil y contestó con voz desorientada.

—Eh, Buddy, levántese. Soy Harry Bosch.

—¿Quién? Oh. ¿Qué quiere?

—Necesito su ayuda. ¿Hay algún generador o algo en el barco que pueda darme un poco de luz? Las baterías se están acabando.

—Joder, no deje que se agoten del todo. Se las cargará.

—Entonces, ¿qué hago?

—Ha de arrancar los Volvo, y después encender el generador. La cuestión es que es casi medianoche. A esos tíos que duermen en sus barcos allí al lado no les va a hacer ninguna gracia oírlo.

—Vale, olvídelo. Pero por la mañana debería hacerlo, así que ¿qué hago, hace falta llave?

—Sí, como un coche. Vaya al timón del salón, meta las llaves y gírelas a la posición de encendido. Encima de cada llave está el interruptor de contacto. Levántelos y debería ponerse en marcha, a no ser que haya gastado toda la potencia y no quede carga.

—Vale, lo haré. ¿Hay alguna linterna aquí?

—Sí, hay una en la cocina, otra encima de la mesa de navegación y una en el camarote principal, en el cajón empotrado de la izquierda de la cama. También hay una linterna en el armario de abajo de la cocina. Pero mejor que no la use en el camarote de proa. El olor a queroseno se acumula y podría dejarle tieso. Entonces habría otro misterio que resolver.

Dijo la última frase con una nota de desdén en la voz. No le hice caso.

—Gracias, Buddy. Ya hablaremos.

—Sí, buenas noches.

Colgué y fui a buscar las linternas. Volví a la litera de proa con una pequeña que cogí del camarote principal y una lámpara de la cocina. Puse la lámpara en el escritorio y la encendí, después apagué las luces de las literas. El brillo de la lámpara iluminaba el techo de la pequeña sala y se extendía. No estaba mal. Entre eso y la linterna de mano todavía podría trabajar un rato.

Me quedaba menos de la mitad de los expedientes de una caja y quería terminar antes de pensar en dónde iba a dormir. Eran todo carpetas pequeñas, las adiciones más recientes a la colección de McCaleb, y podía asegurar que la mayoría de ellas contenían poco más que un artículo de diario y quizás unas cuantas notas en la solapa.

Metí la mano y saqué una al azar. Debería haber estado en Las Vegas echando los dados porque la carpeta que había elegido resultó ser un ganador con las apuestas en contra. Era el archivo que centró mi investigación, el que me puso en camino.

13

La etiqueta de la carpeta decía simplemente: «6 desaparecidos.» Contenía un único recorte del *Los Angeles Times* y varias notas, nombres y números de teléfono manuscritos en la parte interior, como era costumbre en McCaleb. Sentí que la carpeta era importante antes incluso de leer la historia o de comprender el significado de algunas de las notas. Lo que desencadenó esta respuesta fue la fecha en la solapa. McCaleb había anotado sus ideas en la carpeta en cuatro ocasiones distintas, empezando el 7 de enero y terminando el 28 de febrero del presente año. Un mes más tarde, el 31 de marzo, estaría muerto. Aquellas notas y aquellas fechas eran las más recientes que había encontrado en ninguna de las carpetas que había revisado. Sabía que estaba contemplando la que probablemente había sido la última investigación de Terry. Su último caso, su última obsesión. Todavía quedaban carpetas por mirar, pero con ésta tuve una corazonada y empecé con ella.

El artículo lo había escrito una periodista que conocía. Keisha Russell llevaba al menos diez años trabajando en la sección de sucesos policiales del *Times*, y era buena. También era precisa y justa. Había estado a la altura de todos los tratos que había hecho con ella a lo largo de los años que estuve en el departamento, y se había arriesgado para hacerme un favor el año anterior, cuando yo ya no estaba en el departamento y las cosas se torcieron en mi primer caso privado.

En resumen, me sentía cómodo tomando todo lo que ella escribía como un hecho. Empecé a leer.

EN BUSCA DEL ESLABÓN PERDIDO

¿Están relacionadas las desapariciones en Nevada de dos hombres de Los Ángeles con otras cuatro?

por Keisha Russell,
de la redacción del Times

Las misteriosas desapariciones de al menos seis hombres —entre ellos dos ciudadanos de Los Ángeles— de centros de juego de Nevada ha llevado a los investigadores a buscar un eslabón perdido entre ellos.

Los detectives de la policía metropolitana de Las Vegas afirmaron el martes que pese a que los hombres no se conocían entre sí, procedían de lugares diversos y tenían historias dispares, no se descarta la existencia de un punto en común entre ellos que podría ser la clave del misterio.

Las desapariciones de los hombres, cuyas edades oscilaban entre los 29 y los 61 años, fueron denunciadas por sus familiares en el transcurso de los últimos tres años. Cuatro de ellos fueron vistos por última vez en Las Vegas, donde la policía dirige la investigación, y dos desaparecieron en viajes entre Laughlin y Primm. Ninguno de los hombres dejó indicación alguna en sus habitaciones de hotel, vehículos u hogares acerca de adónde iba ni pista alguna para saber qué fue de él.

«En este punto es un misterio —dijo el detective

Todd Ritz, de la unidad de personas desaparecidas de la policía de Las Vegas—. La gente desaparece de aquí y de todas partes en cualquier momento, pero por lo general aparece después, viva o muerta. Y suele haber una explicación. Con estos tipos no hay nada. Es como si se los hubiera tragado la tierra.»

No obstante, Ritz y otros detectives están seguros de que existe una explicación y apelan a la colaboración ciudadana para encontrarla. La semana pasada, los detectives de Las Vegas, Laughlin y Primm, se reunieron en las dependencias de la policía metropolitana para comparar notas y establecer una estrategia de investigación. También hicieron público el caso, con la esperanza de que las fotografías de los hombres y sus historias originaran información nueva de la ciudadanía. El martes, una semana después, Ritz señaló que apenas habían recibido información útil.

«Tiene que haber alguien que sepa algo o que viera u oyera algo —declaró Ritz en una entrevista telefónica—. Seis tipos no desaparecen sin que nadie sepa nada. Necesitamos que alguien dé un paso adelante.»

Como explicó Ritz, los casos de personas desaparecidas son numerosos. El hecho de que estos seis hombres fueran a Nevada por negocios o placer y que nunca regresaran a sus domicilios hace que el caso sea diferente.

La publicidad llega en un momento en que Las Vegas está redefiniendo una vez más su imagen. Ya ha pasado la estrategia de marketing que vendía la ciudad de neón como un destino familiar. El pecado ha vuelto. En los últimos tres años numerosos clubes donde actúan bailarinas desnudas o semidesnudas han recibido licencia, y muchos de los casinos del legendario Strip han producido espectáculos exclusivamente para adultos. Se han erigido vallas publicitarias con desnudos que han atraído la ira de algunos activistas de la comunidad. Todo ello ha contribuido a cambiar la fisonomía de la ciudad. Una vez más está siendo publicitada como un lugar de ocio para adultos al que acudir dejando a los niños en casa.

Como apuntan las recientes refriegas suscitadas por las vallas publicitarias, el cambio no ha sentado bien a todo el mundo y son muchos los que especulan con que la desaparición de estos seis viajeros podría de algún modo estar relacionada con el retorno de la ciudad a un clima de tolerancia absoluta.

«Afrontémoslo —dijo Ernie Gelson, columnista del *Las Vegas Sun*—, lo intentaron con la diversión para toda la familia y no funcionó. La ciudad ha vuelto a lo que funciona. Y lo que funciona es lo que da dinero. Ahora bien, ¿es ése el eslabón perdido que relaciona a estos seis individuos? No lo sé. Quizá nunca lo sabremos.»

Aun así, Gelson no se siente cómodo saltando a una conclusión que vincularía a los hombres desaparecidos con el cambio de imagen de Las Vegas.

«En primer lugar, hay que recordar que no todos ellos desaparecieron de Las Vegas —dijo—. En segundo lugar, en este momento no hay suficientes datos que sostengan ninguna hipótesis. Creo que hemos de sentarnos y esperar a que se resuelva el misterio antes de subirnos a ningún carro.»

Los hombres desaparecidos son:

– Gordon Stanley, 41, de Los Ángeles, desaparecido desde el 17 de mayo de 2001. Se registró en el hotel y casino Mandalay Bay de Las Vegas, pero no llegó a dormir en esa cama y su maleta no llegó a deshacerse. Está casado y tiene dos hijos.

– John Edward Dunn, 39, de Ottawa, Canadá, que viajaba desde su residencia a Los Ángeles en unas vacaciones. Nunca llegó a su pretendido destino, la casa de su hermano en Granada Hills. La autocaravana de nueve metros de Dunn fue hallada el 29 de diciembre de 2001 en un parque de caravanas de Laughlin, 20 días después de su prevista llegada a Granada Hills.

– Lloyd Rockland, 61, desapareció de Las Vegas el 17 de junio de 2002. Su vuelo de Atlanta llegó al aeropuerto internacional McCarran a las 11 de la mañana. Alquiló un coche en Hertz, pero no llegó a registrarse en el MGM Grand, donde tenía una reserva. Su coche fue devuelto al centro de alquiler de vehículos de Hertz en el aeropuerto a las 14 horas del día siguiente, pero nadie parece recordar que fuera el padre de cuatro hijos y abuelo de tres nietos quien lo devolvió.

– Fenton Weeks, 29, de Dallas, Tejas. Su desaparición se denunció el 25 de enero de 2003, después de que no regresara de un viaje de negocios a Las Vegas. La policía determinó que se registró en el Golden Nugget, en el centro de Las Vegas, y el primer día asistió a una exposición de electrónica que se celebraba en el centro de convenciones de la ciudad; sin embargo, no asistió ni el segundo ni el tercer día. Su mujer denunció su desaparición. No tiene hijos.

– Joseph O'Leary, 55, de Berwyn, Pensilvania, desapareció el 15 de mayo del año pasado del Bellagio, donde se hospedaba con su esposa. Alice O'Leary dejó a su marido en el casino jugando al *blackjack* mientras ella se fue a pasar el día al balneario del hotel. Varias horas después su marido no había regresado a la *suite*.

La desaparición de O'Leary, corredor de bolsa, se denunció al día siguiente.

– Rogers Eberle, 40, de Los Ángeles, desapareció el 1 de noviembre, cuando disfrutaba de un día libre de su trabajo como diseñador gráfico en los estudios Disney de Burbank. Su coche se encontró en el aparcamiento exterior del casino Buffalo Bill de Primm, Nevada, justo en el límite con la frontera de California, en la interestatal 15.

Los detectives reconocieron que hay pocos indicios en la investigación. Apuntan al coche alquilado por Rockland como posiblemente la mejor pista de la que disponen. El vehículo fue devuelto 27 horas después de que fuera alquilado por el hombre desaparecido. Había recorrido 528 kilómetros en ese periodo, según los registros de Hertz. La persona que lo dejó en el centro de devolución del aeropuerto lo hizo sin esperar recibo y sin hablar con ningún empleado de Hertz.

«Simplemente entraron, salieron del coche y se fueron —dijo Ritz—. Nadie recuerda nada. Procesan alrededor de un millar de coches al día en ese centro. No hay cámaras ni más registro que el recibo del alquiler.»

Y son esos 528 kilómetros los que interesan a Ritz y los otros detectives.

«Son muchos kilómetros —declaró el detective Peter Echerd, compañero de Ritz—. Ese coche podría haber ido a un montón de sitios. Imagine doscientos sesenta y cuatro kilómetros de ida y otros tantos de vuelta y tiene un enorme círculo para cubrir.»

No obstante, los investigadores están tratando de hacer justamente eso, con la esperanza de que sus esfuerzos permitan descubrir una pista que reduzca el círculo y posiblemente conduzca a la solución del caso de los seis hombres de familia desaparecidos.

«Es duro —dijo Ritz—. Estos tipos tenían familias y estamos haciendo todo lo posible por ellos, pero por el momento tenemos muchas preguntas y ninguna respuesta.»

El artículo estaba bien compuesto, con el característico método del *Times* de buscar un mayor significado en una historia que la historia en sí: en este caso, la especulación de que la desaparición de los seis hombres era sintomática de la última permutación de Las Vegas en patio de recreo para adultos. Me recordó una ocasión en la que estaba trabajando en un caso en el cual un hombre que era dueño de un garaje de automóviles desconectó el sistema hidráulico de un elevador y un Cadillac de tres toneladas cayó y aplastó a su compañero de muchos años que estaba debajo. Un periodista del *Times* llamó para interesarse por los detalles para un artículo y me preguntó si el asesinato era sintomático de los aprietos económicos que hacen que un socio se vuelva contra otro. Le dije que no, que creía que era sintomático de que a un tipo no le gustaba que su socio se tirara a su mujer.

Al margen de implicaciones más amplias, la historia era un anzuelo. Estaba claro. Yo había hecho lo mismo con la misma periodista en mi época en el departamento. Ritz estaba buscando información. Puesto que la mitad de los hombres desaparecidos o bien eran de Los Ángeles o bien se dirigían a Los Ángeles, por qué no llamar al *Times*, urdir un artículo con la periodista de sucesos y ver qué o quién surgía.

Uno de los que surgió fue Terry McCaleb. Obviamente leyó el artículo el 7 de enero, el día que se publicó, porque su primer conjunto de notas en la solapa de la carpeta estaban fechadas ese día. Las notas eran breves y crípticas. Encima de la solapa estaba el nombre de Ritz y un número de teléfono con el prefijo 702. Debajo de esto, McCaleb había escrito:

7-1
    44 prom.
    41 – 39 – 40
    encontrar intersección
    disrupción del ciclo – hay más
    coche – 528
    ¿teoría del triángulo?
    1 punto da 3
    IM – comprobar desierto

9-1
    devolver llamada – png

2-2
    Hinton – 702 259 – 4050
    n/c historia?

28-2
    Zzyzx – posible? cómo?
    km

Escrito a lo largo del borde lateral de la carpeta había otros dos números de teléfono con el prefijo 702. Éstos iban seguidos del nombre de William Bing.

Releí las notas y miré otra vez el recorte. Por primera vez me fijé en que McCaleb había marcado dos cosas del artículo de periódico, la mención de los 528 kilómetros y la palabra «círculo» en el comentario de Echerd acerca de que el círculo de la investigación tenía un radio de 264 kilómetros. No sabía por qué había marcado esos dos datos, pero conocía el significado de la mayoría de las notas de la solapa. Había pasado más de siete horas leyendo los archivos de McCaleb. Había visto anotación tras anotación en un archivo tras otro. El ex agente usaba unas siglas de su propia invención, pero resultaba descifrable porque en algunos archivos escribía por completo lo que decidía abreviar en otros.

Inmediatamente reconocible para mí era lo que quería decir con IM. Significaba «indudablemente muerto», una clasificación y conclusión que McCaleb hacía en una amplia mayoría de los casos de desaparecidos que revisó. También resultaba fácil de descifrar «png», que significaba «persona non grata», lo cual quería decir que la oferta de McCaleb para ayudar en la investigación no había sido bien recibida o no había sido escuchada en absoluto.

McCaleb también había visto algo significativo en las edades de los desaparecidos. Anotó una edad promedio y después escogió a tres de las víctimas porque se llevaban dos años y estaban muy próximos a la media. Me parecieron notas relacionadas con el perfil de la víctima, pero no había ningún perfil en la carpeta y no sabía si McCaleb había ido más allá de la etapa de toma de notas.

La referencia a «encontrar intersección» también parecía parte de este perfil. McCaleb se refería a la intersección geográfica y de estilo de vida de los seis hombres. Como había expuesto el artículo del *Times*, McCaleb trabajaba sobre la hipótesis de que tenía que haber algún nexo entre los hombres. Sí, eran de lugares tan distantes como Ottawa y Los Ángeles y no se conocían entre sí, pero tenía que haber un punto en el que de alguna manera se encontraran.

Sospechaba que la anotación «Disrupción del ciclo: hay más» era una referencia a la frecuencia de las desapariciones. Si alguien estaba secuestrando y matando a esos hombres, como McCaleb creía, lo normal era que existiera un ciclo temporal reconocible. Los asesinos en serie funcionan de esta manera en la mayoría de los casos, con violentos impulsos psicosexuales que van en aumento y después se mitigan tras un asesinato. McCaleb, al parecer, había establecido un ciclo y había encontrado agujeros en él: faltaban víctimas. Creía que había más de seis hombres desaparecidos.

Lo que más me desconcertaba de las notas era la referencia a la «teoría del triángulo» y la frase «1 punto da 3» escrita debajo. Era algo que no había visto en archivos anteriores y no sabía qué significaba. Estaba anotado en conjunción con referencias al coche y a los 528 kilómetros que se habían recorrido con él, pero cuantas más vueltas le daba, más desconcertado estaba. Era un código o un resumen de algo que desconocía. Me molestaba, pero no podía hacer nada al respecto con lo que sabía en ese momento.

La referencia del 9 de enero era de una llamada de Ritz. McCaleb probablemente había telefoneado y había dejado un mensaje y después el detective de Las Vegas le había devuelto la llamada, había escuchado su charla y tal vez su perfil y le había dicho que no le interesaba. No era ninguna sorpresa. Con frecuencia a los departamentos de policía locales no les gustaba el FBI. El choque de egos entre policías locales y FBI era una parte rutinaria del trabajo policial. Probablemente no iban a tratar de manera diferente a un agente federal retirado. Terry McCaleb era persona non grata.

Eso podría haber sido todo respecto a este archivo y este caso, pero después estaba la anotación del 2 de febrero. Un nombre y un número. Abrí el móvil y marqué el número, sin preocuparme por lo tarde que era. O temprano, según como se mirara. Me salió una grabación con una voz femenina.

«Soy Cindy Hinton, del *Las Vegas Sun*. No puedo atender su llamada ahora, pero es importante para mí. Por favor, deje su nombre y su número y le llamaré en cuanto pueda. Gracias.»

Sonó un pitido y vacilé un instante, pues no sabía si quería establecer contacto todavía. Seguí adelante de todos modos.

—Ah, sí, hola, soy Harry Bosch. Soy investigador de Los Ángeles y me gustaría hablar con usted sobre Terry McCaleb.

Dejé el número de mi móvil y cerré el aparato, inseguro todavía de si había hecho el movimiento adecuado, pero pensando que el hecho de haber dejado un mensaje escueto y críptico era la mejor forma de proceder. Quizá conseguiría que me devolviera la llamada.

La última referencia en las notas era la más intrigante de todas. McCaleb había escrito Zzyzx y después se había preguntado si era posible y cómo. Tenía que ser una referencia a Zzyzx Road. Eso era un salto. Un salto gigantesco. McCaleb había recibido fotos de alguien que había vigilado y fotografiado a su familia. Esa misma persona había tomado fotografías en Zzyzx Road, cerca de la frontera entre California y Nevada. De alguna manera McCaleb veía un posible vínculo y se estaba preguntando a sí mismo si un misterio podía estar relacionado con el otro. ¿Podía haber puesto algo en movimiento al llamar a la policía de Las Vegas y ofrecer ayuda en el caso de los hombres desaparecidos? Era imposible responder a esas preguntas. Eso significaba que me faltaba algo. Me faltaba el puente, el elemento de información que permitía ese salto. McCaleb tenía que haber sabido algo que no estaba anotado en el archivo, pero que hacía que la posibilidad del vínculo le pareciera real.

Las últimas anotaciones a comprobar eran dos números de teléfono de Las Vegas escritos en el margen de la carpeta junto con el nombre de William Bing. Abrí otra vez el móvil y marqué el primer número. La llamada fue recibida por una voz grabada que anunció que había llamado al hotel y casino Mandalay Bay. Colgué cuando la voz empezó a enumerar una serie de opciones entre las que podía elegir.

El segundo número iba seguido del nombre. Lo marqué en el teléfono y me preparé para despertar a William Bing y preguntarle cuál era su relación con Terry McCaleb, pero al cabo de varios tonos contestó una mujer.

—Las Vegas Memorial Medical Center, ¿cómo quiere que dirija su llamada?

No esperaba eso. Para ganar algo de tiempo mientras pensaba qué hacer, le pedí la dirección del hospital. Cuando terminó de darme la dirección en Blue Diamond Road se me había ocurrido una pregunta válida.

—¿Hay en el equipo médico un doctor llamado William Bing?

Después de un momento la respuesta fue negativa.

—¿Tienen algún empleado llamado William Bing?

—No, señor.

—¿Y un paciente?

Hubo una pausa mientras la mujer consultaba el ordenador.

—No, actualmente no.

—¿Con anterioridad tuvieron un paciente llamado William Bing?

—No tengo acceso a esa información, señor.

Le di las gracias y colgué el teléfono.

Pensé un momento en los dos últimos números de las notas de McCaleb. Mi conclusión era simple. Terry McCaleb era receptor de un trasplante de corazón. Si tenía que viajar a otra ciudad necesitaría saber adónde ir y por quién preguntar en caso de que tuviera una emergencia o un problema médico. Mi suposición era que McCaleb había llamado a información para obtener los dos números anotados en la carpeta. Después había hecho una reserva en el Mandalay Bay y había contactado con un hospital local como medida de precaución. El hecho de que no hubiera ningún William Bing en el equipo del Las Vegas Memorial Medical Center no impedía que pudiera haber un cardiólogo que atendiera a sus pacientes allí.

Abrí el teléfono, miré la hora en la pantallita y llamé a Graciela de todos modos. Ella respondió deprisa, con la voz alerta, aunque supe que la había despertado.

—Graciela, perdone que la llame tan tarde. Tengo unas preguntas más.

—¿Puedo responderlas mañana?

—Sólo dígame si Terry fue a Las Vegas en el mes antes de morir.

—¿A Las Vegas? No lo sé. ¿Por qué?

—¿Qué quiere decir con que no lo sabe? Era su marido.

—Le he dicho que estábamos... separados. Él se quedaba en el barco. Sé que fue varias veces al continente, pero no tendría forma de saber si fue a Las Vegas desde allí a no ser que él me lo dijera, y no me lo dijo.

—¿Y facturas de tarjeta de crédito, registros de llamadas telefónicas, retirada de fondos en cajeros, cosas así?

—Los pagué, pero no recuerdo nada de eso, ni un hotel ni nada por el estilo.

—¿Conserva esos registros?

—Claro. Los tengo por casa. Probablemente ya los he empaquetado.

—Encuéntrelos y pasaré a buscarlos por la mañana.

—Ya estoy en la cama.

—Pues búsquelos por la mañana. A primera hora. Es importante, Graciela.

—Muy bien, lo haré. Y mire, lo único que puedo decirle es que cuando Terry iba al continente se llevaba el barco para tener un sitio donde dormir mientras estaba allí. Si iba a cruzar, pero no iba a estar en Los Ángeles o iba a estar en el Cedars para hacerse pruebas o algo, tomaba el *ferry* porque de otro modo se gastaba demasiado en gasoil.

—Entiendo.

—Bueno, hizo un viaje en el último mes. Creo que se fue tres días. Tres días y dos noches. Fue en el *ferry*. Eso significa que o bien cruzó e iba a otro sitio o bien al hospital. Y estoy convencida de que no fue al hospital. Creo que me lo habría dicho y de todos modos conozco a todo el mundo en cardiología del Cedars. Me habrían contado que estaba allí y qué estaba pasando. Tengo espías en ese sitio.

—Vale, Graciela, eso está bien. Ayuda. ¿Recuerda cuándo fue eso exactamente?

—No exactamente. Fue a final de febrero, creo. Quizá los dos primeros días de marzo. Recuerdo que era época de facturas. Lo llamé al móvil para hablar de dinero y me dijo que estaba en el continente. No dijo dónde, sólo que estaba allí y que volvería en un par de días. Seguro que estaba conduciendo cuando hablamos. Y sabía que no había cogido el barco porque estaba viéndolo desde la terraza mientras hablábamos.

—¿Por qué lo llamó, recuerda?

—Sí, había facturas que pagar y no sabía si se había llevado algunas cosas al barco en febrero. Los cargos de la tarjeta de crédito los mandaban directamente aquí, pero Terry tenía la mala costumbre de andar con cheques nominativos y efectivo de los clientes en la cartera. Cuando murió y recuperé su billetera, llevaba tres cheques de novecientos dólares que no había ingresado en dos semanas. No era muy bueno en los negocios.

Lo dijo como si fuera una de las cualidades encantadoras y graciosas de su marido, aunque estaba convencido de que en vida de Terry ella no se reía de esos descuidos.

—Un par de cosas más —dije—. ¿Sabe si tenía la costumbre de llamar a un hospital en una ciudad que iba a visitar? En otras palabras, si iba a ir a Las Vegas habría llamado antes a un hospital local por si necesitaba algo?

Hubo una pausa antes de que ella respondiera.

—No, no me suena como algo que él pudiera hacer. ¿Está diciendo que lo hizo?

—No lo sé. Encontré un número de teléfono en una de esas carpetas. Y un nombre. El teléfono era del Vegas Memorial y estoy tratando de entender por qué iba a llamar allí.

—El Vegas Memorial tiene un programa de trasplantes, eso lo sé. Pero no sé por qué iba a llamar allí.

—Y el nombre de William Bing, ¿lo conoce? ¿Puede ser algún médico que le recomendaran?

—No lo sé... Me suena el nombre, pero no lo sitúo. Podría ser un médico. Puede que me suene de eso.

Esperé un momento para ver si lo recordaba, pero no lo hizo. Seguí insistiendo.

—Bueno, una última cosa, ¿dónde está el coche de Terry?

—Debería estar en el puerto de Cabrillo. Es un viejo Jeep Cherokee. En el llavero que le di hay una llave. Buddy también tiene una porque a veces lo usa. Lo cuida para nosotros, bueno, ahora para mí.

—Vale, voy a echarle un vistazo mañana por la mañana, así que tendré que quedarme la llave. ¿Sabe a qué hora sale el primer *ferry*?

—A las nueve y cuarto.

—¿Podemos vernos a las siete y media o las ocho en su casa? Quiero llevarme esos extractos y también mostrarle un par de cosas. No tardaré mucho, y después cogeré el primer *ferry*.

—Um, quedemos a las ocho. A esa hora ya debería haber vuelto. Normalmente llevo a Raymond a la escuela y a CiCi a la guardería.

—Perfecto. Hasta mañana a las ocho.

Terminamos la conversación e inmediatamente llamé a Buddy Lockridge. Lo desperté una vez más.

—Buddy, soy yo otra vez.

Refunfuñó.

—¿Terry fue a Las Vegas el mes antes de su muerte? ¿Alrededor del uno de marzo?

—No lo sé, tío —dijo con voz cansada y enfadada—. ¿Cómo iba a saberlo? No recuerdo ni lo que hice yo el uno de marzo.

—Piense, Buddy. Hizo un viaje en coche, alrededor de entonces. No se llevó el barco. ¿Adónde fue? ¿Le contó algo de eso?

—No me dijo nada. Pero ahora recuerdo ese viaje porque el Jeep volvió hecho un asco. Tenía sal o alguna mierda por todas partes. Y me tocó lavarlo a mí.

—¿Le preguntó por eso?

—Sí —dije—. «¿Dónde has estado, haciendo *rallys*?» Y él dijo: «Sí, algo así.»

—¿Y nada más?

—No dijo nada más. Yo lavé el coche.

—¿Y el interior? ¿También lo limpió?

—No, sólo por fuera. Lo llevé al túnel de lavado de Pedro y le echaron un detergente potente. No hice nada más.

Asentí con la cabeza al tiempo que concluía que había conseguido todo lo que necesitaba de Lockridge. Por el momento.

—¿Estará allí mañana?

—Sí, estos días siempre. No tengo adónde ir.

—Bueno, pues ya nos veremos.

Después de terminar la conversación hice una llamada más. Marqué el número que McCaleb había escrito encima de la solapa de la carpeta detrás del nombre de Ritz, el detective citado en el artículo del *Times*.

El contestador me informó de que la unidad de personas desaparecidas de la policía de Las Vegas estaba abierta de ocho de la mañana a cuatro de la tarde, de lunes a viernes. El mensaje avisaba a quien tuviera una emergencia que colgara y llamara al 911.

Cerré el teléfono. Era tarde y tenía que empezar pronto por la mañana, pero sabía que no iba a poder dormirme fácilmente. Tenía la adrenalina en la sangre y sabía por experiencia que dormir no era una opción. Todavía no.

Estaba aislado en un barco con dos linternas para ver, pero aun así había trabajo que hacer. Abrí la libreta y empecé a construir un registro cronológico de las fechas y horas de los eventos en las semanas y meses anteriores a la muerte de Terry McCaleb. Lo apunté todo en la hoja, lo importante y lo no importante, las conexiones reales y las imaginadas. Igual que la experiencia me había enseñado acerca del sueño y la capacidad de pasar largos periodos sin dormir, sabía que los detalles eran importantes. Lo que aparentemente carece de importancia en un momento puede tener toda la importancia más tarde. Lo que es críptico y desconectado se convierte en la lupa a través de la cual los misterios se aclaran.

14

Siempre puedes saber quiénes son los isleños. Son los que se sientan dentro y hacen pasatiempos durante los noventa minutos del trayecto del *ferry*. Los turistas normalmente están arriba o alineados en la proa o en la popa para captar con sus cámaras un último atisbo de la isla mientras ésta se encoge entre la niebla. En el primer barco de la mañana siguiente yo iba dentro con los isleños. Pero estaba resolviendo un pasatiempo diferente. Me senté con el archivo en el cual Terry McCaleb había hecho las anotaciones del caso abierto en mi regazo. También tenía la cronología que había elaborado la noche anterior. La estudié con la esperanza de memorizarla al máximo. Para cerrar con éxito una investigación es preciso poseer un dominio instantáneo del caso.

7 ene. McC lee artículo sobre los hombres desaparecidos en Nevada y llama a la policía de Las Vegas.
9 ene. La policía de Las Vegas no está interesada.
2 feb. Hinton, *Vegas Sun*. ¿Quién llamó a quién?
13 feb. Excursión de medio día con Jordan Shandy.
19 feb. Excursión con Finder.
22 feb. Denuncia al sheriff del robo del GPS.

27 feb. McC crea archivo de fotos.

1 mar? McC en el continente durante tres días.

28 mar. Último crucero de McC en el *Following Sea*
         con medicamentos.

31 mar. McC muere.

Ahora añadí lo que Graciela me había contado una hora antes. Los mismos extractos de la tarjeta de crédito que le había pedido que recopilara para controlar los movimientos de su marido contenían también sus propias compras. Había un cargo de Visa atribuido a los grandes almacenes Nordstrom del 21 de febrero. Cuando le pregunté, me dijo que había hecho la compra en el Promenade. Le pregunté si había vuelto allí desde entonces y me dijo que no.

Al añadir el dato en la cronología me fijé en que había sido el día anterior a la denuncia de robo del GPS del *Following Sea*. Eso significaba que probablemente fue el mismo día en que fue robado. El vigilante de las fotos había estado en el *ferry* con Graciela en el regreso a la isla. ¿Podía ser el mismo que se coló a bordo del *Following Sea* esa noche y se llevó el dispositivo? En tal caso, ¿por qué? Y en tal caso, ¿podía haber sido la noche en que manipularon las medicinas de Terry McCaleb y cambiaron las cápsulas reales por placebos?

Rodeé las letras GPS en la cronología. ¿Cuál era el significado de ese dispositivo y de su robo? Me pregunté si no estaba poniendo demasiado énfasis en eso. Quizá la teoría de Buddy Lockridge era la correcta y el dispositivo simplemente había sido robado por Finder, un competidor. Podría no tener mayor importancia, pero la proximidad con la vigilancia de Graciela en el centro comercial me hacía pensar lo contrario. Mi instinto me decía que existía una conexión. Simplemente todavía no la conocía.

A pesar de ello, sentía que me estaba acercando. La cronología era muy útil para permitirme ver las conexiones y la oportunidad de las cosas. Todavía había que añadir más, y recordé que había previsto llevar a cabo un seguimiento de las llamadas telefónicas a Las Vegas esa mañana. Abrí el móvil y comprobé el estado de la batería. No había podido recargarlo en el *Following Sea*. Me estaba quedando sin energía. Posiblemente tenía para una llamada más a lo sumo. Marqué el número de la unidad de personas desaparecidas de la policía de Las Vegas. Pasaron la llamada y pregunté por el detective Ritz. Me tuvieron casi tres minutos en espera, durante la cual el teléfono empezó a pitar cada minuto para avisarme de que se me acababa la batería.

—Soy el detective Ritz, ¿en qué puedo ayudarle?

—Detective, me llamo Bosch. Soy agente retirado del Departamento de Policía de Los Ángeles. Trabajaba en homicidios. Estoy haciendo un favor a una amiga. Su marido falleció el mes pasado y yo estoy ordenando sus cosas. Me he encontrado con una carpeta en la que estaba su nombre y su número y un artículo de periódico de uno de sus casos.

—¿Qué caso?

—Los seis hombres desaparecidos.

—¿Y cuál es el nombre del marido de su amiga?

—Terry McCaleb. Fue agente del FBI. Trabajaba...

—Ah, él.

—¿Lo conocía?

—Hablé con él por teléfono una vez. Eso no es conocerle.

—¿Hablaron de los hombres desaparecidos?

—Mire, ¿cómo me ha dicho que se llama?

—Harry Bosch.

—Bueno, escuche, Harry Bosch, no le conozco y no sé lo que está haciendo, pero no acostumbro a hablar de casos abiertos por teléfono con desconocidos.

—Puedo ir a verle.

—Eso no cambiaría las cosas.

—Sabe que ha muerto, ¿verdad?

—¿McCaleb? Oí que había tenido un ataque al corazón y que estaba en su barco y nadie llegó a tiempo. Suena estúpido. ¿Qué hace un tío con un corazón trasplantado a veinticinco millas, en medio de ninguna parte?

—Ganarse la vida, supongo. Mire, han surgido algunas cosas al respecto y estoy comprobando en qué andaba Terry en ese momento. Para ver si podía haber atraído el ojo de alguien, si me explico. Lo único que quiero...

—De hecho, no se explica. ¿Está hablando de vudú? ¿Alguien le echó una maldición y le dio un ataque al corazón? Estoy bastante ocupado, Bosch. Demasiado ocupado para chorradas. Los tipos retirados creen que estamos tan aburridos que tenemos todo el tiempo del mundo para dedicarlo a sus teorías de vudú. Pues, ¿sabe qué?, no es así.

—¿Es eso lo que le dijo a él cuando llamó? ¿No quiso escuchar su teoría o su perfil sobre el caso? ¿Lo llamó vudú?

—Mire, señor, ¿para qué sirve un perfil? Esas cosas no reducen nada. Son una estupidez y eso es lo que le dije y eso...

Su última palabra quedó cortada por el bip de advertencia de mi móvil.

—¿Qué ha sido ese pitido? —preguntó—. ¿Está grabando esto?

—No, es el aviso de batería baja de mi móvil. ¿Terry no fue allí a hablar con usted de esto?

—No. Creo que en lugar de hacerlo fue corriendo al periódico. Típica maniobra federal.

—¿Hubo un artículo sobre su opinión de esto en el *Sun*?

—Yo no lo llamaría así. Creo que ellos también pensaron que era descabellado.

La frase revelaba una falsedad. Si Ritz pensaba que la teoría de McCaleb era descabellada, tenía que haberla escuchado antes de hacer semejante juicio. Creo que revelaba que Ritz había discutido el caso con McCaleb, posiblemente a fondo.

—Permítame que le haga una última pregunta y le dejaré en paz. ¿Terry mencionó algo de una teoría del triángulo? ¿Algo de que un punto da tres? ¿Entiende algo de esto?

La risa que oí al otro lado del teléfono no era agradable. Ni siquiera era afable.

—Eso han sido tres preguntas, Bosch. Tres preguntas, tres lados de un triángulo, tres *strikes* y está...

El teléfono se quedó sin batería.

—Eliminado —dije, completando el símil de partido de béisbol de Ritz.

Sabía que eso significaba que no iba a responder a mi pregunta. Cerré el teléfono y me lo guardé otra vez en el bolsillo. Tenía un cargador en el coche. Pondría otra vez a punto el teléfono en cuanto llegara a la bahía de Santa Mónica. Todavía podía hablar con la periodista del *Sun*, pero seguramente no tendría ninguna otra conversación con Ritz.

Me levanté y caminé hasta la popa para refrescarme con el aire frío de la mañana. En la distancia, Catalina era ya sólo una roca dentada gris que sobresalía entre la niebla. Habíamos recorrido más de la mitad de la travesía. Oí que una niña le gritaba a su madre «¡Allí!», y yo seguí la dirección del dedo y vi un grupo de marsopas que emergían del agua en la estela del barco. Habría una veintena y la popa no tardó en llenarse de gente y de cámaras. Creo que incluso algunos de los isleños salieron a mirar. Las marsopas eran hermosas, con su piel gris brillando como plástico en la luz de la mañana. Me pregunté si sólo se estaban divirtiendo o habían confundido el transbordador con un pesquero y esperaban alimentarse con los desechos de la captura del día.

Pronto el espectáculo ya no bastó para mantener la atención general y los pasajeros regresaron a sus posiciones anteriores. La niña que había gritado la voz de alerta permaneció en la borda observando, y lo mismo hice yo, hasta que las marsopas finalmente abandonaron la estela y desaparecieron en el mar azul negruzco.

Entré y saqué otra vez la carpeta de McCaleb. Releí todo lo que él y yo habíamos escrito. No surgió ninguna idea nueva. Después miré las fotos que había impreso la noche anterior. Había mostrado a Graciela las instantáneas del hombre llamado Jordan Shandy, pero ella no lo reconoció y me lanzó más preguntas que respuestas sobre él, preguntas que todavía no quería intentar responder.

A continuación, repasé el extracto de la tarjeta de crédito y la factura del teléfono. Ya los había mirado en presencia de Graciela, pero quería revisarlos más concienzudamente. Presté una mayor atención al final de febrero y el principio de marzo, fechas de las que Graciela aseguraba que su marido había estado en el continente. Por desgracia, no había ninguna adquisición con tarjeta de crédito ni llamada de teléfono hecha desde su móvil que me revelara dónde había estado. Era casi como si no hubiera querido dejar ningún rastro.

Al cabo de media hora, el barco atracó en el puerto de Los Ángeles y fondeó junto al *Queen Mary*, un crucero permanentemente amarrado y convertido en hotel y centro de convenciones. Mientras recorría el aparcamiento hacia mi coche, oí un grito. Al volverme, vi a una mujer que rebotaba y se bamboleaba cabeza abajo en el extremo de una cuerda elástica que se extendía desde una plataforma de salto en la popa del *Queen Mary*. Tenía los brazos apretados al torso y me di cuenta de que no había gritado por miedo o por la descarga de adrenalina causada por la caída libre, sino porque al parecer su camiseta había amenazado con pasarle por los hombros y la cabeza, exponiéndola a la multitud que se agolpaba junto a la barandilla del crucero.

Di la espalda a la escena y me dirigí a mi coche. Conduzco un gran todoterreno Mercedes Benz, del tipo de los que alguna gente cree que ayudan a los terroristas en sus actividades.

No me meto en esos debates, pero sé que quienes van a argumentar tales cosas en los programas de entrevistas normalmente llegan en largas limusinas. En cuanto entré en el coche y arranqué, conecté el teléfono en el cargador y esperé a que volviera a la vida. Enseguida vi que había recibido dos mensajes en los cuarenta y cinco minutos que había permanecido desconectado.

El primero era de mi antigua compañera Kizmin Rider, que ahora se ocupaba de cuestiones administrativas y de planificación en la oficina del jefe de policía. No había dejado ningún mensaje más que la petición de que la llamara. Era curioso porque no habíamos hablado desde hacía casi un año y esa conversación no había sido muy agradable. Su habitual tarjeta de Navidad sólo llevaba su firma y no la habitual nota cordial y la promesa de reunirnos pronto. Anoté su número directo —al menos todavía merecía eso— y guardé el mensaje.

El siguiente mensaje era de Cindy Hinton, la periodista del *Sun*. Simplemente me devolvía la llamada. Arranqué el Mercedes y me dirigí hacia la autovía para acceder a los puertos deportivos de San Pedro y Cabrillo, donde me esperaba el Jeep de Terry McCaleb. Llamé a Hinton por el camino y ella respondió de inmediato.

—Sí, llamaba por Terry McCaleb —dije—. Estoy reconstruyendo sus movimientos en los últimos dos meses de su vida. Supongo que ha oído que falleció. Recuerdo que el *Sun* publicó un obituario.

—Sí, lo sabía. En su mensaje de anoche decía que es usted un investigador. ¿Investigador de qué agencia?

—De hecho tengo licencia estatal de detective privado, pero he sido policía durante treinta años.

—¿Está relacionado con el caso de las personas desaparecidas?

—¿En qué sentido?

—No lo sé. Usted me ha llamado. No entiendo qué es lo que quiere.

—Bueno, deje que le haga una pregunta. En primer lugar, sé por el detective Ritz de la policía metropolitana de Las Vegas que Terry se había interesado en el caso de los seis desaparecidos. Estudió los hechos de que disponía y llamó al detective Ritz para ofrecerle su tiempo y su experiencia para trabajar en el caso o proporcionar teorías de investigación. ¿Me sigue?

—Sí, todo eso lo sé.

—Bueno, bien. La oferta de Terry a Ritz de la policía de Las Vegas fue rechazada. Mi pregunta es: ¿qué ocurrió después? ¿La llamó? ¿Lo llamó usted a él? ¿Escribió un artículo en el que decía que él estaba investigando el caso?

—¿Y cómo es que quiere saber todo esto?

—Perdón, espere un segundo.

Me di cuenta de que no debería haber efectuado la llamada mientras conducía. Debería haber previsto que Hinton fuera cautelosa conmigo y debería haber sabido que la llamada requeriría toda mi atención.

Miré por los retrovisores y crucé dos carriles para enfilar una salida. Ni siquiera había visto la señal y no había visto adónde iba. Me encontré en una zona industrial donde las empresas de transporte y los almacenes se alineaban en la calle. Aparqué detrás de un camión con remolque, enfrente de las puertas abiertas del garaje de un almacén.

—Vale, lo siento, vuelvo a estar aquí. Me pregunta por qué quiero saber las respuestas a estas preguntas. Bueno, Terry McCaleb era mi amigo y estoy recogiendo algunas de las cosas en las que él estaba trabajando. Quiero acabar su trabajo.

—Suena como si hubiera algo más, algo que no dice.

Pensé un momento en cómo manejar la situación. Dar información a una periodista, sobre todo a una periodista a la que no conocía, era un asunto arriesgado. Podía salirme el tiro por la culata. Tenía que pensar una forma de darle lo que necesitaba para que me ayudara, pero después retirarlo todo.

—¿Hola? Sigue ahí.

—Ah, sí. Está bien, ¿podemos hablar *off the record*?

—¿*Off the record*? Ni siquiera estamos hablando de nada.

—Ya lo sé. Voy a decirle algo si puedo decírselo *off the record*. O sea que no puede usarlo.

—Claro, perfecto, estamos *off the record*. Puede ir al grano de esa información tan importante, porque tengo que escribir un artículo esta mañana.

—Terry McCaleb fue asesinado.

—Ah, no, de hecho no. Leí el artículo. Tuvo un ataque al corazón. Le hicieron un trasplante de corazón como seis años antes. Él...

—Sé lo que publicó la prensa y le estoy diciendo que está mal. Y se demostrará que está mal. Y yo estoy intentando encontrar al que lo mató. Ahora, ¿puede decirme si publicó o no un artículo en el que aparecía su nombre?

Ella parecía exasperada cuando respondió.

—Sí, escribí un artículo en el que salía él. En un párrafo o dos. ¿Contento?

—¿Sólo un párrafo? ¿Qué decía?

—Era un seguimiento de mi artículo sobre los seis desaparecidos. Hice un seguimiento para ver qué había surgido. Ya sabe, qué nuevas pistas, si es que había alguna. Se mencionaba a McCaleb, eso es todo. Dije que se había presentado y había ofrecido su ayuda y su hipótesis, pero que la policía metropolitana la había rechazado. Merecía la pena mencionarlo porque el artículo era aburrido y él era bastante famoso por la película y Clint Eastwood y demás. ¿Eso responde a su pregunta?

—O sea que él no la llamó.

—Técnicamente sí. Ritz me dio su número y yo lo llamé. Le dejé un mensaje y él me devolvió la llamada. Así que técnicamente me llamó, si es así como lo quiere. De todos modos, ¿qué cree que le pasó?

—¿Le dijo cuál era su hipótesis? ¿La hipótesis en la que Ritz no estaba interesado?

—No, dijo que no quería hacer ningún comentario y me pidió que no mencionara su nombre en el periódico. Hablé con mi redactor jefe y decidimos mantener su nombre. Como le he dicho, él era famoso.

—¿Terry supo que puso su nombre en el artículo?

—No lo sé, nunca volví a hablar con él.

—En esa única conversación que tuvieron, ¿dijo algo acerca de la teoría del triángulo?

—¿Teoría del triángulo? No, no dijo nada. Yo ya he respondido a sus preguntas, responda usted a las mías. ¿Quién dice que fue asesinado? ¿Es eso oficial?

Era el momento de retirarse. Tenía que detenerla en seco, asegurarme de que no empezaría a hacer llamadas para comprobar mi historia en cuanto colgara.

—Bueno, en realidad no.

—¿En realidad no? Está..., bueno, ¿qué es lo que le hace decir eso?

—Bueno, porque estaba en perfecta forma y tenía el corazón de una persona joven.

—Ya, ¿y el rechazo del órgano y la infección? Podían haber ocurrido mil cosas diferentes, ¿tiene algún hallazgo oficial o confirmación al respecto? ¿Hubo una investigación oficial?

—No, eso sería como pedirle a la CIA que investigara el asesinato de Kennedy. El tercero. Sólo sería una operación de maquillaje.

—¿De qué está hablando? ¿Qué tercero?

—El tercer Kennedy. El hijo. John-John. ¿Cree que simplemente el avión se estrelló en el agua como dicen? Hubo tres testigos en Nueva Jersey que vieron a hombres cargar sus cuerpos en ese avión antes de que despegara. Los testigos también han desaparecido. Era parte de la teoría del triángulo y...

—De acuerdo, señor, muchas gracias por su llamada. Pero ahora estoy muy ocupada y he de...

Hinton colgó antes de terminar su propia frase. Sonreí. Pensé que estaba a salvo y me sentía particularmente orgulloso de mi creatividad. Me estiré al asiento del pasajero para coger la carpeta. La abrí y miré la cronología. Terry había anotado la conversación con Hinton el 2 de febrero. El artículo probablemente se publicó uno o dos días después. En cuanto llegara a una biblioteca con ordenador podría conocer la fecha exacta y leer lo que se había escrito en referencia a McCaleb en el artículo.

Provisionalmente lo anoté en la cronología en el 3 de febrero. Estudié lo que tenía durante un momento y empecé a dar forma a mi teoría sobre el caso.

McCaleb ve el 7 de enero el artículo del *Los Angeles Times* sobre los hombres desaparecidos. Se interesa. Descubre en el relato algo que tal vez los detectives han pasado por alto o han interpretado mal. Elabora una teoría, pone en orden sus ideas y dos días después llama a Ritz a la policía metropolitana. Ritz le hace el vacío, pero resulta que menciona la llamada a Hinton cuando ella hace un seguimiento. Al fin y al cabo, a Ritz le sirve para mantener la historia circulando en la prensa y añadir el nombre de un investigador que es una «celebridad» podría ayudar.

El artículo de seguimiento de Hinton con la mención de McCaleb sale en el *Sun* la primera semana de febrero. Menos de dos semanas después —el 13 de febrero— McCaleb está solo en su barco cuando Jordan Shandy aparece en un taxi acuático y le pide una excursión de medio día. McCaleb cada vez sospecha más del hombre mientras están pescando y le saca fotos a escondidas. Una semana después, Shandy está en el centro comercial Promenade vigilando a la familia de McCaleb y sacándole fotos de incógnito, lo mismo que McCaleb había hecho con él. Esa misma noche alguien se lleva el dispositivo GPS del *Following Sea* y posiblemente manipula los medicamentos de McCaleb.

El 27 de febrero McCaleb ha recibido las fotos de su

familia en el centro comercial. El origen o método de entrega de las fotos se desconoce, pero la fecha está documentada por la creación de la carpeta en su ordenador. Sólo dos días después de poner las fotos en su ordenador se va de Catalina al continente.

Su destino se desconoce, pero su coche es devuelto sucio, como si hubiera estado haciendo conducción de *rallys*. También hay registro de que tenía números de teléfono de un hospital de Las Vegas y del Mandalay Bay, la última localización conocida de uno de los seis hombres desaparecidos.

Abundaban las posibilidades y las interpretaciones. Yo apostaba a que todo giraba en torno a las fotos. Creía que fue la visión de esas fotos lo que llevó a McCaleb a viajar al continente. Creía que su coche había vuelto sucio después de tres días porque se había metido en el desierto, por Zzyzx Road. Había mordido el anzuelo, conscientemente o no, y había ido al desierto.

Miré de nuevo mi cronología y concluí que la mención de McCaleb en el artículo de seguimiento del *Sun* había suscitado una respuesta. Shandy estaba de algún modo implicado en las desapariciones. En ese caso, probablemente habría mantenido un ojo en los medios en busca de actualizaciones referidas a la investigación. Cuando vio el nombre de McCaleb en el periódico, fue a Catalina para asegurarse.

Esa mañana, durante la excursión de pesca, podría haber visto que McCaleb se tomaba sus medicamentos, podría haber visto las cápsulas y concebido un plan para eliminar la amenaza.

Eso dejaba la cuestión del GPS y por qué lo habían robado del barco el 21 de febrero. Pensaba que simplemente se lo habían llevado como tapadera. Shandy no podía estar seguro de que su entrada en el barco para cambiar las medicinas de Terry había pasado inadvertida, de manera que se llevó el dispositivo para que McCaleb no siguiera preguntándose por las intenciones del intruso si descubría que se había producido un asalto.

La pregunta más amplia era por qué McCaleb era visto como una amenaza si su teoría del triángulo no había sido revelada en el artículo del *Sun*. No lo sabía. Creía que había una posibilidad de que no fuera visto en absoluto como una amenaza, que simplemente fuera para Shandy una celebridad a la que le gustaría asesinar. Era uno de los datos desconocidos.

También era una de las contradicciones. Mi teoría ciertamente tenía contradicciones. Si los seis primeros hombres desaparecieron sin dejar rastro, ¿por qué a McCaleb lo mataron de forma que hubo testigos y un cadáver que posiblemente podía revelar la verdad? Era incongruente. Mi única respuesta era que si McCaleb simplemente hubiera desaparecido, habría suscitado una investigación y tal vez una segunda mirada a su hipótesis y teoría acerca del caso de los hombres desaparecidos.

Y Shandy no podía permitirlo, por eso eliminó a McCaleb de manera que con un poco de fortuna podría parecer una muerte natural o accidental fuera de toda sospecha.

Mi teoría estaba construida sobre la especulación y eso me hacía sentir incómodo. Cuando llevaba placa, fiarse de la especulación era como echar arena en tu depósito de gasolina. Era el camino a la ruina.

Me sentía incómodo ante la facilidad con la que había caído en la construcción de teorías basadas en la interpretación y la especulación en lugar de cimentadas sólidamente en los hechos.

Decidí dejar de lado las teorías y volver a concentrarme en los hechos. Sabía que Zzyzx Road y el desierto eran parte real en la cadena de acontecimientos.

Tenía las fotos para demostrarlo. No sabía si Terry McCaleb había ido realmente allí o qué había encontrado si lo había hecho.

Lo que sí sabía sin ninguna duda era que yo iba a ir allí. Y eso también era un hecho.

15

Buddy Lockridge me estaba esperando en el aparcamiento del puerto deportivo de Cabrillo cuando yo llegué. Lo había llamado para decirle que estaba en camino y tenía prisa. Mi plan de conectar con él para seguir hablando iba a tener que esperar. Le dije que sólo quería revisar rápidamente el Cherokee de McCaleb antes de seguir adelante. Sabía cuál era mi destino, tanto si encontraba algo en el coche que me señalara al desierto y Las Vegas como si no.

—¿Por qué tanta prisa? —me preguntó cuando aparqué y salí del coche.

—Velocidad —le dije—. En una investigación es fundamental mantener la velocidad alta. Si frenas, te paras. Y no voy a parar.

Antes de devolverle las llaves del barco a Graciela, había quitado del llavero las que correspondían al Cherokee. Abrí la puerta del conductor, me incliné y empecé una observación general del coche antes de meterme dentro.

—¿Adónde va? —me preguntó Lockridge desde detrás.

—A San Francisco —mentí, sólo para ver si conseguía una reacción.

—¿San Francisco? ¿Qué pasa en San Francisco?

—No lo sé, pero creo que Terry fue allí en su último viaje.

—Debió de ir por el camino polvoriento.

—Puede ser.

No había nada inmediatamente perceptible en el Cherokee que me hiciera cambiar de opinión. El coche estaba limpio. Se percibía un olor levemente acre. Olía como si hubieran dejado las ventanillas bajadas durante una tormenta.

Abrí el compartimento entre los dos asientos delanteros y encontré dos pares de gafas de sol, un paquete de chicles y un muñequito de plástico. Se lo pasé a Lockridge a través de la puerta que tenía detrás.

—Se dejó aquí a su superhéroe, Buddy.

No lo cogió.

—Muy gracioso. Es del McDonald's. En la isla no hay ninguno, así que lo primero que hacen cuando vienen aquí es llevar a los chicos a un Mickey D's. Es como el *crack*, tío. Enganchan a los niños a esas patatas fritas y esa mierda antes de que estén enganchados a la vida.

—Hay cosas peores.

Puse el héroe de plástico en el compartimento y lo cerré. Me incliné más todavía para poder llegar al fondo de la guantera abierta.

—Eh, ¿quiere que le acompañe? Quizá pueda ayudar.

—No, gracias, Buddy. Me voy ahora mismo.

—Cielos, puedo estar listo en cinco minutos. Sólo he de poner algo de ropa en una bolsa.

En la guantera vi otro juguete de plástico y los manuales de funcionamiento del coche. También había una caja que contenía una cinta llamada *The Tin Collectors*. No había nada más. La parada se estaba convirtiendo en un retraso. Lo único que estaba consiguiendo era que Buddy insistiera en ser mi compañero. Me estiré para salir del coche y miré a Lockridge.

—No, gracias, Buddy. Trabajo solo.

—Eh, yo ayudé a Terry, tío. No fue como en la peli donde me convirtieron en el cerdo que...

—Sí, sí, ya lo sé, Buddy. Ya me lo contó. No tiene nada que ver con eso. Simplemente trabajo solo. Incluso con los polis. Así era entonces, y así soy ahora.

Pensé en algo y volví a inclinarme hacia el coche, comprobando el parabrisas del lado del pasajero en busca de la pegatina que había visto en la foto de Zzyzx Road en el ordenador de McCaleb.

No había pegatina ni nada semejante en la esquina inferior del parabrisas. Era otra confirmación de que McCaleb no había tomado la foto.

Salí del coche, lo rodeé y abrí el portón trasero. El maletero estaba vacío, salvo por una almohada con la forma de un personaje de dibujos llamado Bob Esponja. Lo reconocí porque mi hija era fan de Bob Esponja y a mí también me gustaba ver la serie con ella. Supuse que también era una de las favoritas en la casa de McCaleb.

Abrí una de las puertas traseras y miré en el interior. No había nada en los asientos ni en el suelo, pero reparé en que en el bolsillo de detrás del asiento del pasajero había un mapa que podía alcanzarse desde la posición del conductor. Lo saqué y pasé las páginas con cuidado de que Buddy no viera lo que estaba mirando.

En la página del sur de Nevada me fijé en que el mapa incluía parte de los estados contiguos. En California, cerca de la esquina suroeste de Nevada, alguien había trazado un círculo en la zona de la reserva del Mojave. Y en el borde derecho del mapa alguien había anotado varios números en boli, uno encima de otro, y después los había sumado. La suma era 138. Debajo de esto estaba escrito: «Real: 148.»

—¿Qué es eso? —preguntó Lockridge, mirándome desde la otra puerta de atrás.

Cerré el libro de mapas y lo dejé en el asiento del coche.

—Nada. Parece que anotó algunas direcciones para uno de sus viajes.

Me agaché para poder mirar debajo del asiento del pasajero. Vi más juguetes de McDonald's y algunos envoltorios de comida y otras basuras. Nada con aspecto de merecer la pena. Salí, rodeé el coche y le pedí a Buddy que retrocediera para poder ver lo mismo en el asiento del conductor.

Debajo del asiento del conductor había más basura, pero me fijé en varias bolas de papel. Me estiré y las cogí para examinarlas con detenimiento. Abrí una y la alisé. Era un recibo de tarjeta de crédito de una compra de gasolina en Long Beach. Estaba fechada casi un año antes.

—¿No mira debajo de los asientos cuando limpia el coche, Buddy?

—Nunca me lo han pedido —dijo a la defensiva—. Además, en realidad sólo me ocupo del exterior.

—Ah, ya veo.

Empecé a deshacer el resto de las bolas de papel. No esperaba encontrar nada que pudiera ayudarme. Ya había recibido los recibos de la tarjeta de crédito y sabía que no había compras que pudiera utilizar para señalar la ubicación de McCaleb en su viaje de tres días. Pero la regla de oro era ser siempre concienzudo.

Había diversos recibos de compras en establecimientos locales. Entre ellas artículos alimentarios de Safeway y equipo de pesca de la tienda de aparejos de San Pedro. Había un recibo de extracto de ginseng de una tienda de salud llamada BetterFit, y otro de una librería de West-wood de un libro en audio llamado *Looking for Chet Baker*. Nunca había oído hablar del libro, pero conocía a Chet Baker. Decidí que le echaría un vistazo cuando tuviera tiempo de leer o de escuchar un libro.

La regla de oro dio sus frutos en la quinta bola de papel. La alisé y vi que era un recibo de un área de descanso Travel America de Las Vegas. El establecimiento estaba en Blue Diamond Road, en la misma calle que el Vegas Memorial. La compra de sesenta litros de gasolina, medio litro de Gatorade y el libro en cinta de *The Tin Collectors* correspondía al 2 de marzo.

El recibo situaba a McCaleb en Las Vegas durante su viaje de tres días. Era otra confirmación de lo que pensaba que ya sabía. Sin embargo, mi adrenalina subió otro peldaño. Quería ponerme otra vez en movimiento, mantener la velocidad del caso.

—¿Ha encontrado algo? —preguntó Lockridge.

Arrugué el recibo y lo tiré en el suelo del coche con los otros.

—De hecho, no —dije—. Resulta que Terry era un gran aficionado a los libros en audio. No lo sabía.

—Sí, escuchaba muchos. En el barco cuando estaba al timón. Normalmente llevaba los auriculares puestos.

Me estiré otra vez en el coche y saqué del asiento el libro de mapas.

—Voy a llevarme esto —dije—. No creo que Graciela vaya a ir a ningún sitio donde lo necesite.

No esperé la aprobación de Buddy. Cerré la puerta del pasajero, con la esperanza de que se tragara mi actuación. Cerré con llave el Cherokee.

—Ya está, Buddy. Me voy. ¿Va a estar cerca del teléfono por si surge algo y le necesito?

—Claro, estaré por aquí. Además es un móvil.

—Bueno, pues, cuídese.

Le estreché la mano y me dirigí a mi Mercedes Benz negro, medio esperando que me siguiera. Pero me dejó ir. Mientras salía del aparcamiento, miré por el espejo y vi que todavía estaba junto al Cherokee, observándome.

Cogí la 710 hasta la 10 y continué por ésta hasta la interestatal 15. Desde allí era una larga recta para salir de la nube de contaminación y meterme en el desierto del Mojave hacia Las Vegas. Había hecho ese recorrido dos o tres veces al mes durante el último año. Siempre disfrutaba del trayecto. Me gustaba la crudeza del desierto. Quizás obtenía de ello lo que Terry McCaleb obtenía de vivir en una isla: una sensación de distancia de toda la maldad. Conduciendo sentía que me liberaba de las opresiones, como si las moléculas de mi cuerpo se expandieran y se hicieran con un poco más de espacio entre ellas. Quizá no era nada más que un nanómetro, pero ese minúsculo espacio bastaba para establecer una diferencia.

Sin embargo, en esta ocasión me sentía diferente. Me sentía como si esta vez tuviera la maldad delante, como si me estuviera esperando en el desierto.

Me estaba acostumbrando a la conducción, dejando que los hechos del caso rodaran en mi mente, cuando sonó mi móvil. Supuse que sería Buddy Lockridge, haciendo un último ruego para ser incluido, pero era Kiz Rider. Había olvidado llamarla.

—Bueno, Harry, parece que no merezco ni siquiera una llamada tuya.

—Lo siento, Kiz, iba a llamarte. He tenido una mañana ocupada y me había olvidado.

—¿Mañana ocupada? Se supone que estás retirado. ¿No estarás metido en otro caso?

—De hecho, estoy conduciendo hacia Las Vegas. Y seguramente estoy a punto de perder la señal. ¿Qué pasa?

—Bueno, he visto a Tim Marcia esta mañana cuando tomaba café. Me dijo que habías hablado con él.

—Sí, ayer. ¿Es sobre ese asunto de los tres años de que me habló?

—Sí, Harry. ¿Has pensado en ello?

—Me enteré ayer, no he tenido tiempo de pensarlo.

—Creo que deberías hacerlo, Harry. Te necesitamos aquí.

—Me alegra oírlo, sobre todo de ti, Kiz. Pensaba que era png para ti.

—¿Qué significa eso?

—Persona non grata.

—Vamos. No hay nada que el tiempo no cure. En serio, nos servirías aquí. Podrías trabajar en la unidad de Tim si quieres.

—¿Si quiero? Kiz, parece que lo único que tenga que hacer sea entrar allí y firmar en la línea de puntos. ¿Crees que todo el mundo en ese edificio va a estar allí para darme la bienvenida? ¿Van a estar en fila en el pasillo de la sexta planta para tirarme arroz mientras yo entro en el despacho del jefe?

—¿Estás hablando de Irving? A Irving lo han degradado. Dirige el departamento de planificación. Harry, te estoy llamando para decirte que si quieres volver, ya estás dentro. Es así de sencillo. Después de hablar con Tim subí a la sexta planta para mi reunión habitual de las nueve de la mañana con el jefe. Te conoce. Conoce tu trabajo.

—Pues no sé cómo, porque yo ya me había ido antes de que lo trajeran de Nueva York o Boston o de dónde viniera.

—Te conoce porque yo le he hablado de ti, Harry. Mira, no vamos a discutir sobre esto, ¿vale? No hay ningún problema. Lo único que te estoy diciendo es que te lo pienses. El reloj corre y deberías pensarlo. Puedes ayudarnos y ayudar a la ciudad, y quizás incluso ayudarte a ti mismo, depende de dónde estés en el mundo.

Esta última parte planteaba una buena pregunta. ¿Dónde estaba en el mundo? Lo pensé un momento antes de responder.

—Sí, vale, Kiz, te lo agradezco. Y gracias por hablarle de mí al jefe. Dime una cosa, ¿cuándo botaron a Irving? No me había enterado.

—Hace unos meses. Creo que el jefe pensaba que estaba metido en demasiados fregados. Lo apartó.

No pude evitar sonreír. No porque el subdirector Irvin Irving me hubiera tenido siempre con las orejas gachas, sino porque sabía que un hombre como Irving no iba a permitir que nadie lo apartara, como había dicho Kiz.

—El tío conoce todos los secretos —dije.

—Lo sé. Estamos esperando su jugada. Estaremos preparados.

—Buena suerte.

—Gracias. ¿Entonces qué, Harry?

—¿Qué? ¿Quieres que te conteste ahora? Pensaba que sólo me habías dicho que lo pensara.

—Creo que un tipo como tú ya sabe la respuesta.

Sonreí otra vez, pero no respondí. Ella estaba perdiendo el tiempo en administración. Debería volver a homicidios. Sabía cómo interpretar a la gente mejor que nadie con quien hubiera trabajado.

—Harry, ¿recuerdas lo que me dijiste cuando me pusieron de compañera tuya?

—Um, ¿mastica la comida, lávate los dientes después de cada comida?

—Hablo en serio.

—No lo sé, ¿qué?

—Todos cuentan o no cuenta nadie.

Asentí y me quedé un momento en silencio.

—¿Recuerdas?

—Sí, recuerdo.

—Es un *leitmotiv*.

—Supongo.

—Bueno, piensa en eso mientras meditas en tu vuelta.

—Si vuelvo voy a necesitar un compañero.

—¿Qué, Harry? Te estoy perdiendo.

—Voy a necesitar un compañero.

Hubo una pausa y supuse que ella también estaba sonriendo.

—Es una posibilidad. Tú... —No terminó.

Creo que sabía lo que ella iba a decir.

—Apuesto a que lo echas de menos tanto como yo —le dije.

—Harry, estás perdiendo la cobertura. Llámame cuando... no tardes.

—Vale, Kiz. Te lo haré saber.

Seguía sonriendo cuando cerré el teléfono. No hay nada como ser esperado o ser querido o ser bienvenido. Ser valorado.

Sin embargo, también me seducía la idea de volver a llevar placa para hacer lo que tenía que hacer. Pensé en Ritz de la policía metropolitana de Las Vegas y en cómo me había tratado; en cómo tenía que luchar sólo para conseguir la atención y la ayuda de alguna gente. Sabía que mucho de eso desaparecería en cuanto recuperara la placa. En los últimos dos años había aprendido que la placa no necesariamente hace al hombre, pero sin ninguna duda hace que el trabajo del hombre sea más sencillo. Y para mí se trataba de algo más que un trabajo. Sabía que, con placa o sin ella, había una cosa en este mundo que podía y debía hacer. Tenía una misión en esta vida, igual que Terry McCaleb. Haber pasado el día anterior en su tienda de los horrores flotante, examinando sus casos y su dedicación a su misión, me había hecho darme cuenta de lo que era importante y de lo que tenía que hacer. Al morir, mi compañero silencioso podía haberme salvado.

Después de cuarenta minutos de meditar sobre mi futuro y de considerar las opciones, llegué al cartel que había visto en la foto del ordenador de Terry.

ZZYZX ROAD
1 MILLA

No era el mismo cartel, lo supe por el horizonte de fondo. La foto se había tomado desde el otro lado, por alguien que se dirigía a Los Ángeles desde Las Vegas. No obstante, sentí un profundo tirón de anticipación. Todo lo que había visto, oído o leído desde que Graciela me había llamado conducía a ese lugar. Puse el intermitente y tomé la salida de la interestatal.

16

A media mañana del día posterior a la llegada de Rachel Walling, los agentes asignados a lo que había sido bautizado como el «caso de Zzyzx Road» se reunieron en persona o por videoconferencia en la sala de la tercera planta del edificio John Lawrence Bailey, en Las Vegas. La sala no tenía ventanas y estaba mal ventilada. Una fotografía de Bailey, un agente asesinado en el atraco a un banco veinte años antes, presidía la reunión.

Los agentes que asistían estaban sentados ante mesas alineadas de cara a la parte delantera de la sala. Allí se encontraba Randal Alpert y un emisor y receptor de vídeo que estaba conectado por línea telefónica con la sala de brigada de Quantico, Virginia. En pantalla, la agente Brasilia Doran estaba esperando para facilitar su informe. Rachel estaba en la segunda fila de mesas, sentada sola. Sabía cuál era su lugar y trataba de mostrarlo de forma externa.

Alpert convocó la reunión presentando cortésmente a los presentes. Rachel pensaba que era una gentileza con ella, pero no tardó en darse cuenta de que no todos los presentes en persona o los conectados de manera audiovisual conocían a todos los demás.

Alpert identificó en primer lugar a Doran, también conocida como Brass, en línea desde Quantico, donde manejaba la información recopilada y actuaba de enlace con el laboratorio nacional. A continuación el agente especial al mando pidió a todos los presentes sentados en la sala que se identificaran e informaran de su especialidad o posición. La primera era Cherie Dei, que declaró que era la agente del caso. A su lado estaba su compañero, Tom Zigo. El siguiente era John Cates, agente representante de la oficina de campo local y el único participante en la reunión que no era de raza blanca.

Las siguientes cuatro personas eran del equipo científico y Rachel había conocido a dos de ellos en la excavación el día anterior. Entre éstos se hallaba una antropóloga forense llamada Greta Coxe, que se encontraba a cargo de las exhumaciones, dos forenses llamados Harvey Richards y Douglas Sundeen, y Mary Pond, especialista en escenas del crimen. Ed Gunning, otro agente de Ciencias del Comportamiento de Quantico, pasó el turno a Rachel, que era la última.

—Agente Rachel Walling —dijo—, oficina de campo de Rapid City. Antes en Comportamiento. Tengo cierta... familiaridad con un caso como éste.

—De acuerdo, gracias, Rachel —dijo Alpert con rapidez, como si pensara que Walling podía mencionar a Robert Backus.

Este hecho llevó a Rachel a concluir que había gente en la sala que no había sido informada del hecho principal del caso. Supuso que se trataría de Cates, el agente simbólico de la oficina de campo. Se preguntó si alguien del equipo científico, o todos ellos, también estaban in albis.

—Empecemos por la parte científica —continuó Alpert—. Primero, ¿Brass? ¿Algo desde allí?

—En el aspecto científico, no. Creo que vuestra gente

de la escena del crimen lo tiene todo. Hola, Rachel. Cuanto tiempo.

—Hola, Brass —dijo Rachel con calma—. Demasiado.

Rachel miró a la pantalla y los ojos de las dos mujeres se encontraron. Walling se dio cuenta de que probablemente hacía ocho años que no veía a Doran. Parecía cansada, con las comisuras de la boca y de los ojos hacia abajo, el pelo corto en un peinado que insinuaba que no había pasado mucho tiempo con él. Rachel sabía que era una empática, y los años se estaban cobrando su peaje.

—Tienes buen aspecto —dijo Doran—. Supongo que todo ese aire fresco y campo abierto te sienta bien.

Alpert intervino y le ahorró a Rachel hacer un falso halago a cambio.

—Greta, Harvey, ¿quién quiere empezar? —preguntó, pisoteando la reunión virtual.

—Supongo que empezaré yo, porque todo empieza con la excavación —dijo Greta Coxe—. A eso de las siete de la tarde de ayer habíamos exhumado ocho cadáveres, que ya están en Nellis. Esta tarde cuando volvimos allí, estábamos empezando con el número nueve. Lo que vimos en la primera excavación se mantiene cierto con la última. Las bolsas de plástico en cada incidencia y el...

—Greta, tenemos una cinta en marcha —interrumpió Alpert—. Seamos completamente descriptivos. Como si habláramos a una audiencia no informada. No nos saltemos nada.

«Excepto cuando se trata de mencionar a Robert Backus», pensó Rachel.

—Claro, como no —dijo Coxe—. Um, los ocho cadáveres exhumados hasta ahora estaban completamente vestidos. La descomposición era extensiva. Manos y pies atados con cinta. Todos tenían bolsas de plástico sobre la cabeza, que también habían sido adheridas al cuello con cinta. No existe variación en esta metodología, ni siquiera entre las víctimas uno y dos, lo cual es inusual.

A última hora del día anterior, Rachel había visto las fotos. Había regresado a la sala de mando de la caravana y había mirado la pared de fotos. Le quedó claro que todos los hombres habían sido asfixiados. Las bolsas no eran de plástico transparente, pero incluso a través de su opacidad se distinguían las facciones de los rostros y las bocas abiertas en busca de un aire que no iba a llegar. Le recordó fotos de atrocidades de guerra, cadáveres desenterrados de fosas comunes de Yugoslavia o Irak.

—¿Por qué es inusual? —preguntó Alpert.

—Porque lo que vemos con más frecuencia es que el plan de asesinar evoluciona. A falta de una mejor manera de describirlo, el asesinato mejora. El sudes aprende cómo mejorar de víctima a víctima. Eso es lo que suele verse en los datos de que disponemos.

Rachel se fijó en que Coxe había usado el término «sudes». Sujeto desconocido. Lo más probable es que estuviera fuera del círculo escogido y no supiera que el sujeto era más que conocido para el FBI.

—Muy bien, de manera que la metodología quedó establecida desde el primer día —dijo Alpert—. ¿Algo más, Greta?

—Sólo que probablemente hayamos terminado con la excavación pasado mañana. A no ser que las sondas encuentren algo más.

—¿Seguimos sondeando?

—Sí, cuando tenemos tiempo. Pero estamos a dieciocho metros del último cadáver y las sondas no han encontrado nada. Y anoche hubo otro vuelo desde la base de Nellis. No había nada nuevo en la imagen térmica. De manera que en este momento nos sentimos bastante confiados de que los tenemos todos.

—Gracias a Dios. ¿Harvey? ¿Qué nos cuenta?

Richards se aclaró la garganta y se inclinó hacia delante para que su voz se oyera por los micrófonos electrónicos, estuvieran donde estuviesen.

—Greta tiene razón, los ocho cadáveres exhumados hasta el momento están en el depósito de Nellis. Hasta el momento el velo de confidencialidad se sostiene. Creo que la gente de allí cree que estamos llevando extraterrestres de un platillo volante accidentado en el desierto. ¡Así empiezan las leyendas urbanas!

Sólo Alpert sonrió. Richards continuó.

—Hemos llevado a cabo cuatro autopsias completas y exámenes preliminares de los otros. Al hilo de lo que ha dicho Greta, no estamos encontrando grandes diferencias entre un cadáver y otro. Este tipo es un robot. Es casi como si los asesinatos en sí no tuvieran importancia. Quizá lo que le pone a este tío sea la caza. O quizá los asesinatos forman parte de un plan más amplio que todavía desconocemos.

Rachel miró fijamente a Alpert. Odiaba que gente que estaba trabajando tan estrechamente en el caso tuviera que seguir haciéndolo sin disponer de la información fundamental, pero sabía que si decía algo pronto estaría fuera de la investigación.

—¿Tiene una pregunta, Rachel?

La había pillado con la guardia baja. Vaciló.

—¿Por qué se llevan los cadáveres a Nellis en lugar de examinarlos aquí o en Los Ángeles?

Conocía la respuesta antes de formular la pregunta, pero necesitaba decir algo para escapar del momento.

—De esta manera es más fácil mantener el secreto. Los

militares saben mantener un secreto. —Su tono sugería una pregunta final no expresada: «¿Y usted?» Volvió a mirar a Richards—. Continúe, doctor.

Rachel se fijó en la sutil diferencia. Alpert había llamado a Richards doctor, mientras que se había dirigido a Greta Coxe sencillamente por su nombre de pila. Era un rasgo característico. O bien Alpert tenía problemas con las mujeres en posiciones de poder y conocimiento o no respetaba la ciencia de la antropología. Supuso que se trataba de lo primero.

—Bueno, estamos contemplando la asfixia como la causa de la muerte —dijo Richards—. Es bastante obvio con lo que tenemos. No ha quedado mucho con lo que trabajar, pero de momento no vemos otras lesiones. El sudes los domina de alguna manera, les sujeta con cinta muñecas y tobillos y después les pone la bolsa en la cabeza. Creemos que la cinta en torno al cuello es significativa. Es indicativa de una muerte lenta. En otras palabras, el sudes no estaba sosteniendo la bolsa. Se tomaba su tiempo, ponía la bolsa en la cabeza, la sujetaba con cinta y luego retrocedía para observar.

—¿Doctor? —preguntó Rachel—. ¿La cinta se aplicó desde detrás o desde delante?

—Los extremos están en la nuca, lo cual indica que la bolsa se puso desde detrás, posiblemente con la víctima sentada, y después se fijó en su lugar.

—Así que él... el, eh, sudes... podría haber estado avergonzado o temía encararse a las víctimas cuando hacía eso.

—Es muy probable.

—¿Cómo va la identificación? —preguntó Alpert.

Richards miró a Sundeen y éste continuó.

—Hasta ahora sólo tenemos los cinco incluidos en la investigación de Las Vegas. Suponemos que el sexto de ellos estará en una de las dos exhumaciones finales. Con los otros, por el momento, estamos teniendo problemas. No disponemos de huellas útiles. Hemos enviado la ropa, lo que quedaba de ella, a Quantico y quizá Brass tenga una actualización al respecto. Entretanto...

—No, ninguna actualización —dijo Doran desde la pantalla de televisión.

—De acuerdo —dijo Sundeen—. Hoy hemos introducido los datos dentales en el ordenador. Así que tal vez obtengamos algún resultado por esta vía. Aparte de eso estamos esperando que ocurra algo.

Asintió con la cabeza al terminar su informe. Alpert retomó la dirección de la reunión.

—Quiero dejar a Brass para el final, así que hablemos del suelo.

Mary Pond intervino.

—Hemos tamizado la tierra extraída y todo ha salido limpio salvo por un elemento que obtuvimos ayer que es apasionante. En la excavación siete encontramos un trozo de chicle envuelto en papel. Juicy Fruit, según el envoltorio. Estaba enterrado a entre sesenta y setenta y cinco centímetros en una tumba de noventa centímetros. Así que creemos que está relacionado y que podría ser una pista para nosotros.

—¿Dentales? —preguntó Alpert.

—Sí, tenemos dentales. Todavía no puedo concretar nada, pero parecen tres buenas impresiones. Lo puse en una caja y se lo mandé a Brass.

—Sí, está aquí —dijo Doran desde la pantalla—. Llegó esta mañana. Lo he puesto en marcha, pero todavía no tenemos nada. Quizá más tarde. Aunque estoy de acuerdo. De lo que tenemos sacaremos al menos tres dientes. Quizás incluso ADN.

—Puede ser todo lo que necesitamos —añadió Alpert, excitado.

Aunque recordaba perfectamente que Bob Backus tenía la costumbre de mascar Juicy Fruit, Rachel no estaba excitada. El chicle de la tumba era demasiado bueno para ser cierto. Pensó que no había modo alguno de que Backus hubiera dejado una prueba tan importante. Era demasiado listo para eso, como agente y como asesino. Sin embargo, Rachel no podía expresar apropiadamente sus dudas en la reunión, debido a su acuerdo con Alpert de no sacar a relucir a Backus ante otros agentes.

—Será una trampa —dijo.

Alpert la miró un momento, sopesando el riesgo de preguntarle por qué.

—Una trampa. ¿Por qué dice eso, Rachel?

—Porque no veo que este tipo que está enterrando un cadáver en medio de ninguna parte, probablemente de noche, se tome el tiempo de dejar la pala, sacarse el chicle de la boca, envolverlo en un papel, que tiene que sacarse del bolsillo, y después tirarlo. Creo que si hubiera estado mascando chicle simplemente lo habría escupido fuera. Pero no creo que estuviera mascando chicle. Creo que cogió ese pequeño trozo de goma de mascar de alguna parte, se lo llevó a la tumba y lo dejó caer para que nos patinaran las ruedas con eso cuando decidiera llevarnos hasta los cadáveres con el truco del GPS.

Paseó la vista por la sala. La estaban mirando, pero sabía que para ellos era más una curiosidad que una colega respetada. La pantalla de televisión rompió el silencio.

—Creo que probablemente Rachel tiene razón —dijo Doran—. Nos han manipulado en esto desde el primer día. ¿Por qué no con el chicle? Parece un error increíble en una acción tan bien planeada.

Rachel se fijó en que Doran le guiñaba un ojo.

—¿Un trozo de chicle? ¿Un error en ocho tumbas? —dijo Gunning, uno de los agentes de Quantico—. No creo que sea tan poco probable. Todos sabemos que nadie ha cometido nunca el crimen perfecto. Sí, la gente se escapa, pero todos cometen errores.

—Bueno —dijo Alpert—, esperemos y veremos qué sacamos de esto antes de saltar a ninguna conclusión en un sentido o en otro. Mary, ¿algo más?

—Ahora no.

—Entonces pasemos al agente Cates, a ver cómo lo están haciendo los locales con las identificaciones.

Cates abrió una carpeta de piel que contenía un bloc de notas de tamaño folio. El hecho de que tuviera una carpeta tan bonita y cara para un bloc normal y corriente le decía a Rachel que el hombre estaba muy orgulloso de su trabajo y de lo que hacía. O bien que la persona que le había regalado la carpeta tenía esos sentimientos. En cualquier caso, a Rachel le cayó bien de inmediato. También le hizo sentir que le faltaba algo. Ella ya no sentía ese orgullo en el FBI o en su trabajo.

—Muy bien, empezamos a husmear en el caso de personas desaparecidas de la policía metropolitana de Las Vegas. Estamos coartados por la necesidad de mantener el secreto. Así que no estamos entrando a saco. Sólo hemos establecido contacto y hemos explicado que estamos interesados sólo por la cuestión interestatal, por el hecho de que haya víctimas de distintos estados e incluso una de otro país. Eso nos da acceso, pero no queremos mostrar la mano entrando a saco. Así que está previsto que hoy tengamos una reunión con ellos. En cuanto establezcamos una cabeza de puente, por decirlo así, empezaremos a ir hacia atrás examinando a esos individuos y buscando el denominador común. Hay que tener en cuenta que esos tíos llevan en el caso varias semanas y por lo que sabemos no tienen una mierda.

—Agente Cates —dijo Alpert—. La cinta.

—Oh, disculpe mi lenguaje. No tienen nada, es lo que quería decir.

—Muy bien, agente Cates. Manténgame informado.

Y a continuación no hubo más que silencio. Alpert continuó sonriendo amablemente a Cates hasta que el agente local captó el mensaje.

—Ah, eh, ¿quiere que me vaya?

—Lo quiero en la calle, trabajando sobre esas víctimas —dijo Alpert—. No tiene sentido que pierda el tiempo aquí escuchando como le damos vueltas a las cosas sin fin.

—De acuerdo.

Cates se levantó. Si hubiera sido un hombre blanco, la turbación habría sido más notable en su rostro.

—Gracias, agente Cates —dijo Alpert a su espalda cuando aquél cruzaba el umbral.

Acto seguido, Alpert volvió su atención a la mesa.

—Creo que Mary, Greta, Harvey y Doug también pueden irse. Me temo que los necesitamos de nuevo en las trincheras, y no iba con segundas.

Repitió la sonrisa administrativa.

—De hecho —dijo Mary Pond—, me gustaría quedarme y escuchar lo que Brass ha de decir. Podría ayudarme en mi trabajo sobre el terreno.

En esta ocasión Alpert perdió la sonrisa.

—No —dijo con firmeza—, no será necesario.

Un silencio incómodo envolvió la sala hasta que éste quedó finalmente puntuado por los sonidos de las sillas del equipo científico al ser separadas de las mesas. Los cuatro se levantaron y abandonaron la sala sin hablar. A

Rachel le dolió verlo. La arrogancia sin límites de los dirigentes era endémica en el FBI. No iba a cambiar nunca.

—Bueno, ¿dónde estábamos? —dijo Alpert, metarmorfoseándose con facilidad después de lo que acababa de hacerle a cinco buenas personas—. Brass, es tu turno. Estabas con el barco, la cinta y las bolsas, la ropa, el GPS, y ahora tienes el chicle, que todos sabemos que no nos llevará a ninguna parte, muchas gracias, agente Walling.

Dijo la palabra «agente» como si fuera sinónimo de «idiota». Rachel levantó las manos en ademán de rendición.

—Lo siento, no sabía que la mitad del equipo no sabe quién es el sospechoso. Es curioso, pero cuando estaba en Comportamiento nunca trabajábamos así. Compartíamos la información y el conocimiento. No nos la ocultábamos los unos a los otros.

—¿Se refiere a cuando trabajaba para el hombre al que ahora estamos buscando?

—Mire, agente Alpert, si está tratando de mancillarme con esa mierda, entonces...

—Éste es un caso clasificado, agente Walling. Es lo único que quiero transmitirle. Como le he dicho antes es *need to know*.

—Obviamente.

Alpert le dio la espalda como para borrarla de su memoria y miró la pantalla de televisión.

—Brass, puedes empezar por favor.

Alpert se aseguró de que estaba de pie entre Rachel y la pantalla, para subrayarle a la agente de Rapid City su posición de *outsider* en el caso.

—De acuerdo —dijo Doran—. Tengo algo significativo y..., bueno, extraño con lo que comenzar. Ayer les hablé del barco. El análisis inicial de huellas dactilares de superficies expuestas resultó negativo. Había estado expuesto a los elementos desde quién sabe cuánto tiempo. Así que dimos otro paso. El agente Alpert autorizó el desmontaje de la prueba y eso se hizo anoche en el hangar de Nellis. En el barco hay lugares de agarre, tiradores para mover la embarcación. En una ocasión fue una lancha de salvamento, construida a finales de los treinta y probablemente vendida como excedente militar después de la Segunda Guerra Mundial.

Mientras Doran continuaba, Dei abrió una carpeta y sacó una foto del barco. La sostuvo para que Rachel lo viera, puesto que nunca había visto el barco. Cuando ella había llegado al emplazamiento de la excavación, el barco ya estaba en Nellis. Pensó que era sorprendente y típico que el FBI pudiera acaparar tal cantidad de información sobre un barco varado en el desierto, pero tan poca en relación con el crimen con el que estaba relacionado.

—En nuestro primer análisis no pudimos llegar al interior de los agujeros de agarre. Cuando desmontamos la pieza sí lo conseguimos. Aquí es donde tuvimos suerte, porque este pequeño hueco estuvo en gran medida protegido de los elementos.

—¿Y? —preguntó Alpert, con impaciencia. Obviamente no estaba interesado en el trayecto, sólo quería saber el destino final.

—Y sacamos dos huellas de la parte de babor del agarre de proa. Esta mañana las hemos cotejado en las bases de datos y casi al momento obtuvimos un resultado. Esto va a sonar extraño, pero las huellas eran de Terry McCaleb.

—¿Cómo puede ser eso? —preguntó Dei.

Alpert no dijo nada. Su mirada bajó a la mesa que tenía ante sí. Rachel también se quedó sentada tranquilamente, con su mente ganando velocidad para procesar y entender este último fragmento de información.

—En algún momento puso la mano en el agujero de agarre del barco, es la única forma de que pasara —dijo Doran.

—Pero está muerto —dijo Alpert.

—¿Qué? —exclamó Rachel.

Todos los presentes en la sala se volvieron a mirarla. Dei asintió lentamente con la cabeza.

—Murió hace un mes. De un ataque al corazón. Supongo que la noticia no llegó a Dakota del Sur.

La voz de Doran sonó a través del altavoz.

—Rachel, lo siento mucho. Debería habértelo dicho, pero estaba tan consternada que me fui directamente a California. Lo siento. Tendría que haberte llamado.

Rachel se miró las manos. Terry McCaleb había sido su amigo y colega. Era uno de los empáticos. De repente sintió una repentina y profunda sensación de pérdida, a pesar de que no había hablado con él en años. Sus experiencias compartidas los habían unido de por vida, y ahora esa vida había terminado para él.

—Muy bien, gente, vamos a tomar un descanso —dijo Alpert—. Quince minutos y volvemos aquí. Brass, ¿puedes volver a llamar?

—Lo haré. Tengo más información.

—Ya hablaremos entonces.

Todos desfilaron en busca de café o de los lavabos. Rachel se quedó sola.

—¿Está usted bien, agente Walling? —preguntó Alpert.

Ella levantó la mirada. Lo último que iba a hacer era dejar consolarse por él.

—Estoy bien —dijo, moviendo la mirada a la pantalla en blanco de la televisión.

17

Rachel se quedó sola en la sala de conferencias. Su *shock* inicial dio paso a una oleada de culpa. Terry McCaleb había tratado de contactar con ella a lo largo de los años. Ella había recibido los mensajes, pero nunca había respondido. Sólo le había enviado una tarjeta y una nota cuando estuvo en el hospital recuperándose del trasplante. Eso había sido cinco o seis años antes. No podía recordarlo con precisión. Sí recordaba con claridad que no había puesto remite en el sobre. En ese momento se dijo a sí misma que lo hacía porque no iba a quedarse en Minot mucho tiempo. Sin embargo, entonces ya sabía que la verdadera razón era que no quería mantenerse en contacto con McCaleb. No quería las preguntas acerca de las elecciones que había hecho. No quería ese vínculo con el pasado.

Ahora ya no tenía que preocuparse, el vínculo se había perdido para siempre.

La puerta se abrió y Cherie Dei asomó la cabeza.

—Rachel, ¿quieres una botella de agua?

—Claro, muy amable. Gracias.

—¿Pañuelos?

—No, no pasa nada. No estoy llorando.

—Enseguida vuelvo. —Dei cerró la puerta.

—No lloro —dijo Rachel a nadie.

Puso los codos en la mesa y hundió la cara en sus manos. En la oscuridad vio un recuerdo. Ella y Terry en un caso. No eran compañeros, pero Backus los había puesto juntos en aquella ocasión. Se trataba del análisis de una escena del crimen. Una de las malas. Alguien había atado a una madre y su hija y las había arrojado al agua. La hija se había aferrado con tanta fuerza a un crucifijo que éste le quedó grabado en la mano. La marca todavía era visible cuando se hallaron los cadáveres. Terry estaba trabajando con las fotos y Rachel fue a la cafetería a buscar café. Cuando volvió notó que él había estado llorando. Fue entonces cuando supo que era un empático, uno de los suyos.

Dei volvió a entrar en la sala y puso una botella de agua mineral y un vaso de plástico delante de ella.

—¿Estás bien?

—Sí, bien. Gracias por el agua.

—Fue un *shock*. Yo apenas lo conocía y me quedé de piedra cuando corrió la voz.

Rachel se limitó a asentir. No quería hablar de ello. Sonó el teléfono y Rachel se estiró hacia él antes que Dei. Cogió el aparato en lugar de pulsar el botón de teleconferencia. Esta vez tuvo ocasión de hablar privadamente con Doran en primer lugar. Al menos, la parte de Doran no sería oída por todos.

—¿Brass?

—Rachel, hola, lo siento mucho, no...

—No te preocupes. No es tu trabajo mantenerme informada de todo.

—Ya lo sé, pero esto tendría que habértelo dicho.

—Probablemente estaba en alguno de los boletines y se me pasó. Resulta extraño enterarse de esta forma.

—Ya lo sé, lo siento.

—¿Fuiste al funeral?

—Al servicio, sí. Fue en la isla donde vivía, en Catalina. Fue muy bonito, y muy triste.

—¿Había muchos agentes?

—No, no demasiados. Era bastante difícil de llegar. Había que tomar un *ferry*. Pero había unos cuantos policías y familia y amigos. Estuvo Clint Eastwood. Creo que llegó en su propio helicóptero.

La puerta se abrió y entró Alpert. Parecía renovado, como si hubiera estado respirando oxígeno puro durante el receso. Los otros dos agentes, Zigo y Gunning, lo siguieron y tomaron asiento.

—Estamos listos para empezar —dijo Rachel a Doran—. Ahora voy a poneros en pantalla.

—Vale, Rachel. Hablamos después.

Rachel le pasó el teléfono a Alpert, quien lo puso en modo teleconferencia. Doran apareció en pantalla, con aspecto más cansado que antes.

—Bueno —dijo Alpert—. ¿Listos para continuar?

Después de que nadie dijera nada, él prosiguió.

—Muy bien, pues, ¿qué significan estas huellas en el barco?

—Significan que hemos de descubrir cuándo y por qué McCaleb estuvo en el desierto antes de morir —dijo Dei.

—Y significa que hemos de ir a Los Ángeles y echar un vistazo a su muerte —intervino Gunning—, sólo para asegurarnos de que su ataque al corazón fue un ataque al corazón.

—Estoy de acuerdo con eso, pero será un problema —dijo Doran—. Lo incineraron.

—Esto apesta —dijo Gunning.

—¿Hubo autopsia? —preguntó Alpert—. ¿Se recogieron sangre y tejidos?

—Eso no lo sé —dijo Doran—. Lo único que sé es que lo incineraron. Fui al funeral. La familia echó las cenizas por la borda de su barco.

Alpert miró las caras de los reunidos en la sala y se detuvo en Gunning.

—Ed, ocúpate tú. Ve allí y a ver qué puedes encontrar. Hazlo deprisa. Llamaré a la oficina de campo y les diré que os dejen la gente que necesitéis. Y, por el amor de Dios, mantened a la prensa alejada. McCaleb era una celebridad menor por la cuestión de la película. Si la prensa huele algo de esto se nos echará encima.

—Entendido.

—¿Otras ideas? ¿Sugerencias?

Nadie dijo nada al principio. Después Rachel se aclaró la garganta y habló con calma.

—¿Sabéis que Backus también fue mentor de Terry?

Hubo una pausa de silencio hasta que Doran dijo:

—Es cierto.

—Cuando empezaron el programa de formación, Terry fue el primero que eligió Backus. Yo fui la siguiente.

—¿Y cuál es el significado de eso ahora? —preguntó Alpert.

Rachel se encogió de hombros.

—¿Quién sabe? Pero Backus me llamó con el GPS. Quizá llamó a Terry antes que a mí.

Todos hicieron una pausa un momento para pensar en ello.

—Me refiero... ¿Por qué estoy aquí? ¿Por qué me envió el paquete a mí cuando sabe que ya no estoy en Comportamiento? Hay una razón. Backus tiene algún tipo de plan. Quizá Terry fue la primera parte de él.

Alpert asintió lentamente con la cabeza.

—Sé que es un ángulo que tenemos que contemplar.

—Podría estar vigilando a Rachel —dijo Doran.

—Bueno, no nos adelantemos —dijo Alpert—. Limitémonos a los hechos. Agente Walling, quiero que actúe con todas las precauciones, por supuesto. Pero comprobemos la situación de McCaleb y veamos lo que tenemos antes de empezar a dar saltos. Entretanto, Brass, ¿qué más tienes?

Esperaron mientras Doran bajaba la mirada a algunos documentos que estaban fuera de cámara y aparentemente cambiaba de marcha desde McCaleb al resto de los indicios.

—Tenemos algo que podría relacionarse con McCaleb. Pero dejad que vaya por orden y descartemos antes estas otras cosas. Ah, primero, estamos empezando con la cinta y las bolsas recuperadas en los cadáveres. Necesitamos otro día en eso para hacer un informe. Veamos, sobre la ropa, probablemente estará en la sala de secado otra semana antes de que esté lista para el análisis. Así que no hay nada por ahí. Ya hemos hablado del chicle. Pusimos el perfil dental en la base de datos y tendremos el resultado al final del día. Lo cual deja sólo el GPS.

Rachel se fijó en que todos los presentes en la sala estaban mirando intensamente a la pantalla de televisión. Era como si Doran estuviera en la sala con ellos.

—Estamos progresando bien con eso. Investigamos el número de serie y vimos que era de una tienda Big Five de Long Beach, California. Agentes de la oficina de campo de Los Ángeles fueron a la tienda ayer y obtuvieron copia de la factura de venta de este Gulliver modelo Cien a un hombre llamado Aubrey Snow. Resulta que el señor Snow es un guía de pesca y ayer estaba en el mar. Anoche, cuando finalmente regresó a puerto, fue interrogado en profundidad acerca del Gulliver. Nos dijo que perdió el dispositivo unos once meses antes en una partida de póquer con varios guías de pesca más. Era valioso porque en ese momento tenía marcados varios *waypoints* correspondientes a sus lugares favoritos, las zonas de pesca más productivas a lo largo de la costa del sur de California y México.

—¿Nos dijo el nombre del tipo que lo ganó? —preguntó rápidamente Alpert.

—Desafortunadamente, no. Fue una partida improvisada. Hacía mal tiempo y había poca actividad. Había muchos guías varados en puerto y se reunían para jugar al póquer casi todas las noches. Diferentes noches, diferentes jugadores. Mucha bebida. El señor Snow no recordaba el nombre ni apenas nada del hombre que le ganó el GPS. No creía que fuera del puerto deportivo donde el señor Snow guarda su barco porque no había vuelto a verlo desde entonces. Se suponía que la oficina de campo iba a reunirse con Snow y un dibujante hoy para tratar de hacer un retrato robot del tipo. De todas formas, aunque consiguieran un buen dibujo, esa zona está llena de puertos deportivos y hay empresas de excursiones de pesca por todas partes. Ya me han dicho que la oficina de campo sólo puede cedernos a dos agentes para esto.

—Eso lo cambiaré con una llamada —dijo Alpert—. Cuando llame para poner a Ed en la cuestión de McCaleb, conseguiré más gente para esto. Iré directo a Rusty Havershaw.

Rachel conocía el nombre, Havershaw era el agente especial a cargo de la oficina de campo de Los Ángeles.

—Eso ayudará —dijo Doran.

—Dices que esto se relaciona con McCaleb. ¿Cómo?

—Bueno, ¿viste la película?

—La verdad es que no, no fui a verla.

—Bueno, McCaleb tenía una empresa de excursiones de pesca en Catalina. No sé lo conectado que está con esa comunidad, pero existe la posibilidad de que conozca a algunos de los guías de esas partidas de póquer.

—Ya veo. Es una posibilidad remota, pero está ahí. Ed, tenlo en cuenta.

—Entendido.

Hubo una llamada a la puerta, pero Alpert no hizo caso. Cherie Dei se levantó y respondió. Rachel vio que era el agente Cates. Le susurró algo a Dei.

—¿Algo más, Brass? —preguntó Alpert.

—Por el momento no. Creo que necesitamos cambiar el énfasis a Los Ángeles y encontrar...

—Perdón —dijo Dei, introduciendo de nuevo a Cates en la sala—. Escuchen esto.

Cates levantó las manos como para decir que no había para tanto.

—Eh, acabamos de recibir una llamada desde el puesto de control del emplazamiento. Han retenido a un hombre que venía en coche. Es un detective privado de Los Ángeles. Se llama Huhromibus Bosch. Es...

—¿Quiere decir Hieronymus Bosch? —preguntó Rachel—. ¿Como el pintor?

—Sí, eso es. No conozco a ningún pintor, pero así lo dijo mi hombre. En cualquier caso, la cuestión es ésta. Lo han metido en una de las autocaravanas y han echado un vistazo a su coche sin que lo supiera. Tenía una carpeta en el asiento delantero. Hay notas y cosas, pero también hay fotos. Una de las fotos es del barco.

—¿Se refiere al barco que estaba allí fuera? —preguntó Alpert.

—Sí, el que marcaba la primera tumba. También había un artículo sobre los seis hombres desaparecidos.

Alpert miró a los otros de la sala un momento antes de hablar.

—Cherie y Tom, llamad a Nellis y que preparen un helicóptero —dijo finalmente—. En marcha. Y llevad a la agente Walling con vosotros.

18

Me metieron en una autocaravana y me dijeron que me pusiera cómodo. Había una cocina, una mesa y una zona de asientos. También tenía una ventana, pero la vista era el lateral de otra caravana. El aire acondicionado estaba en marcha y reducía en su mayor parte el olor. No habían contestado a ninguna de mis preguntas. Me dijeron que enseguida vendrían otros agentes a hablar conmigo.

Pasó una hora, y eso me dio tiempo a pensar en lo que había pisado. No cabía duda de que era un lugar de exhumación de cadáveres. El olor, ese olor inconfundible, estaba en el aire. Además había visto dos furgonetas sin marcar, sin ventanas en los laterales ni en la parte trasera: transportadores de cadáveres. Y había más de un cadáver que transportar.

Al cabo de noventa minutos estaba sentado en el sofá leyendo un viejo boletín del FBI que había cogido de una mesita de café. Oí que un helicóptero sobrevolaba la caravana. Las turbinas redujeron sus revoluciones y finalmente se detuvieron cuando el aparato aterrizó. Al cabo de cinco minutos la puerta se abrió y entraron los agentes que había estado esperando. Dos mujeres y un hombre. Reconocí a una de las mujeres, pero no logré situarla de inmediato. Estaría a punto de cumplir cuarenta; alta y atractiva, con el pelo oscuro. Tenía una mirada apagada que también había visto antes. Era agente y eso significaba que había muchos sitios en los que nuestros caminos podían haberse cruzado.

—¿Señor Bosch? —dijo la otra mujer, la que estaba al mando—. Soy la agente especial Cherie Dei. Él es mi compañero Tom Zigo, y ella la agente Walling. Gracias por esperarnos.

—Ah, ¿tenía elección? No me había dado cuenta.

—Por supuesto. Espero que no le hayan dicho que tenía que quedarse.

Dei sonrió con falsedad. Decidí no discutir sobre ese punto y empezar con mal pie.

—¿Le importa que vayamos a la cocina y nos sentemos a la mesa? —preguntó Dei—. Creo que será mejor hablar allí.

Me encogí de hombros como para decir que no importaba, aunque sabía que sí. Iban a acorralarme, con un agente sentado enfrente de mí y los otros dos uno a cada lado. Me levanté y tomé el asiento en el que sabía que me querían, el que me situaba de espaldas a la pared.

—Bueno —dijo Dei después de sentarse enfrente de mí, del otro lado de la mesa—. ¿Qué le trae al desierto, señor Bosch?

Me encogí de hombros otra vez. Estaba cogiendo práctica.

—Iba de camino a Las Vegas, y me desvié para buscar un lugar donde ocuparme de un asunto.

—¿Qué clase de asunto?

Sonreí.

—Tenía que hacer un río, agente Dei.

Ahora ella sonrió.

—Oh, y entonces vino a parar a nuestro pequeño puesto de avanzada.

—Algo así.

—Algo así.

—Es difícil pasarlo por alto. ¿Cuántos cadáveres hay ahí?

—¿Qué le hace preguntar eso? ¿Quién ha dicho nada de cadáveres?

Sonreí y negué con la cabeza. Iba a jugar de dura hasta el final.

—¿Le importa que echemos un vistazo a su coche, señor Bosch? —preguntó.

—Creo que probablemente ya lo han hecho.

—¿Y qué le hace pensar eso?

—Era policía en Los Ángeles y he trabajado antes con el FBI.

—Y por eso lo sabe todo.

—Digámoslo así, sé cómo huele una fosa común y sé que han registrado mi coche. Ahora sólo quieren mi permiso para cubrirse el culo. No se lo doy. No toquen mi coche.

Miré a Zigo y después a Walling. Fue entonces cuando la situé y de las profundidades surgió una profusión de preguntas.

—Ahora la recuerdo —dije—. Se llama Rachel, ¿no?

—¿Disculpe? —dijo Walling.

—Nos habíamos visto una vez. Hace mucho tiempo en Los Ángeles. En la División de Hollywood. Estaba persiguiendo al Poeta y pensaba que uno de los compañeros de la mesa era el siguiente objetivo. Todo el tiempo estuvo allí con el Poeta.

—¿Trabajaba en homicidios?

—Exacto.

—¿Cómo está Ed Thomas?

—Como yo, retirado. Pero Ed abrió una librería en Orange. Vende novelas de misterio, ¿puede creerlo?

—Sí.

—Usted fue la que le disparó a Backus, ¿no? En la casa de la colina.

Ella no respondió. Sus ojos fueron de los míos a los de la agente Dei. Había algo que no captaba. Walling estaba desempeñando el papel inferior, pese a que obviamente era más veterana que Dei y que Zigo, el compañero de ésta. Entonces lo entendí. Probablemente la habían degradado un peldaño o dos en el escándalo que siguió a la investigación del Poeta.

Ese salto me llevó a otro. Disparé al azar.

—Eso fue hace mucho —dije—, incluso antes de Amsterdam.

La mirada de Walling destelló una fracción de segundo y supe que le había dado a algo sólido.

—¿Cómo sabe lo de Amsterdam? —preguntó Dei con rapidez.

La miré. Recurrí otra vez a encogerme de hombros.

—Supongo que simplemente lo sé. ¿De eso se trata? ¿Lo de ahí fuera es obra del Poeta? Ha vuelto, ¿eh?

Dei miró a Zigo y le señaló la puerta. Éste se levantó y salió de la caravana. Dei se inclinó entonces hacia delante para que no entendiera mal la severidad de la situación en sus palabras.

—Queremos saber qué está haciendo aquí, señor Bosch. Y no va a ir a ninguna parte hasta que nos diga lo que queremos saber.

Yo hice espejo de su postura inclinándome hacia delante. Nuestros rostros quedaron a poco más de medio metro de distancia.

—Su chico del puesto de control me ha cogido la licencia. Estoy seguro de que le han echado un vistazo y saben lo que hago. Estoy trabajando en un caso. Y es confidencial.

Zigo volvió. Era bajo y rechoncho, apenas debía cumplir con los requisitos físicos mínimos del FBI. Llevaba un corte de pelo de estilo militar. Tenía en la mano el expediente de Terry McCaleb sobre los seis hombres desaparecidos. Sabía que en su interior estaban las fotos que había impreso en el ordenador de Terry. Zigo puso la carpeta delante de Dei, y ella la abrió. Encima estaba la foto del viejo barco. La cogió y me la pasó.

—¿De dónde ha sacado esto?

—Es confidencial.

—¿Para quién trabaja?

—Es confidencial.

Pasó las fotos y llegó a la que Terry había sacado subrepticiamente a Shandy. Me la mostró.

—¿Quién es?

—No lo sé seguro, pero estoy pensando que es el largo tiempo desaparecido Robert Backus.

—¿Qué? —exclamó Walling. Se estiró y cogió la foto de las manos de Dei. Observé que sus ojos iban y venían mientras la estudiaba—. ¡Dios mío! —susurró.

Se levantó y se acercó con la foto en la mano hasta el mostrador de la cocina. La dejó allí y la examinó un poco más.

—¿Rachel? —preguntó Dei—. No digas nada más.

Dei volvió a la carpeta. Extendió otras fotos de Shandy en la mesa. Después levantó la mirada hacia mí. Esta vez había fuego en sus ojos.

—¿Dónde hizo estas fotos?

—Yo no las hice.

—¿Quién las hizo? Y no vuelva a decir que es confidencial, Bosch, o va a ir a parar a un agujero negro y profundo hasta que deje de ser confidencial. Es su última oportunidad.

Había estado antes en uno de los agujeros negros y profundos del FBI. Sabía que si era necesario podía afrontarlo, pero lo cierto es que quería ayudar. Sabía que debía ayudar. Mi obligación era equilibrar ese deseo con lo que sería el mejor movimiento para Graciela McCaleb. Tenía una cliente y mi obligación era protegerla.

—Mire —dije—. Quiero ayudar. Y quiero que me ayuden. Déjeme hacer una llamada y ver si me puedo descargar de esa confidencialidad. ¿Qué le parece?

—¿Necesita un teléfono?

—Tengo uno, pero no sé si funciona aquí.

—Funcionará. Hemos puesto un repetidor.

—Qué detalle. Piensan en todo.

—Haga su llamada.

—Necesito hacerla en privado.

—Entonces le dejaremos aquí. Cinco minutos, señor Bosch.

Había vuelto a ser señor Bosch para ella. Era un progreso.

—De hecho preferiría que ustedes se quedaran aquí mientras yo doy un paseo por el desierto. Así es más privado.

—Como quiera. Hágalo.

Dejé a Rachel de pie junto a la encimera mirando la foto y a Dei a la mesa mirando la carpeta. Zigo salió conmigo y me escoltó hasta cerca de la zona de aterrizaje del helicóptero. Se detuvo y me permitió alejarme solo. Encendió un cigarrillo y no dejó de mirarme. Yo saqué el teléfono y comprobé la pantalla que mostraba mis diez últimas llamadas. Elegí el teléfono de Buddy Lockridge y llamé. Sabía que tenía muchas oportunidades de encontrarlo porque era un teléfono móvil.

—¿Sí?

No parecía él.

—¿Buddy?

—Sí, ¿quién es?

—Soy Bosch, ¿dónde está?

—Estoy en la cama, tío. Siempre me llama cuando estoy en la cama.

Miré el reloj. Era más de mediodía.

—Bueno, levántese. Voy a ponerle a trabajar.

Su voz inmediatamente se puso alerta.

—Estoy de pie. ¿Qué necesita que haga?

Traté de urdir un plan rápidamente. Por un lado estaba enfadado por no haber traído el ordenador de McCaleb, pero por otro lado sabía que si lo hubiera traído ya estaría en manos del FBI y no me serviría de mucho.

—Necesito que vaya al *Following Sea* lo más deprisa que pueda. De hecho, coja un helicóptero y se lo pagaré. Tiene que llegar al barco.

—No hay problema. ¿Después qué?

—Vaya al ordenador de Terry e imprima las imágenes de frente y perfil de Shandy. ¿Puede hacerlo?

—Sí, pero pensaba que ya las había impreso...

—Ya lo sé, Buddy, necesito que vuelva a hacerlo. Imprímalas, después coja uno de los archivos de encima. He olvidado qué caja es, pero una de ellas tiene una carpeta de un tipo llamado Robert Backus. Es un...

—El Poeta. Sí, ya sé cuál es.

«Por supuesto que lo sabe», estuve a punto de decir.

—Vale, bien. Coja el archivo y las fotos y llévelos a Las Vegas.

—¿Las Vegas? Pensaba que estaba en San Francisco.

Sus palabras me confundieron por un momento hasta que recordé que le había mentido para sacármelo de encima.

—Cambié de idea. Llévelo todo a Las Vegas, regístrese en un hotel y espere mi llamada. Asegúrese de que lleva el teléfono cargado. Pero no me llame, yo le llamaré.

—¿Por qué no puedo llamarle cuando llegue?

—Porque dentro de veinte minutos puede que ya no tenga este teléfono. Póngase en marcha, Buddy.

—Va a pagarme por todo esto, ¿verdad?

—Le pagaré. También le pagaré por su tiempo. El reloj corre, Buddy, así que póngase en marcha.

—Muy bien, estoy en ello. ¿Sabe?, hay un *ferry* dentro de veinte minutos. Podría cogerlo y ahorrarle una pasta.

—Coja un helicóptero. Llegará una hora antes que el *ferry*. Necesito esa hora.

—Vale, tío. Ya me voy.

—Y, Buddy, no le diga a nadie adónde va ni qué está haciendo.

—De acuerdo.

Colgó y me fijé en Zigo antes de desconectar. El agente se había puesto gafas de sol, pero daba la sensación de que me estaba observando. Simulé que había perdido la señal y grité «hola» varias veces al teléfono. Después lo cerré y volví a abrirlo y marqué el número de Graciela. Mi suerte se mantenía. Estaba en casa y respondió.

—Graciela, soy Harry. Están pasando algunas cosas y necesito su permiso para hablar con el FBI de la muerte de Terry y de mi investigación.

—¿El FBI? Harry, le dije que no podía acudir a ellos hasta que...

—Yo no he acudido a ellos. Han acudido ellos a mí.

Estoy en medio del desierto, Graciela. Cosas que encontré en la oficina de Terry me llevaron aquí y el FBI había llegado antes. Creo que es seguro hablar. Creo que la persona que están buscando aquí es el que mató a Terry. No creo que se vaya a volver contra usted. Debería hablar con ellos, decirles lo que tengo. Podría ayudar a capturar a este tipo.

—¿Quién es?

—Robert Backus. ¿Conoce el nombre? ¿Se lo mencionó Terry?

Hubo un silencio mientras ella lo pensaba.

—No lo creo. ¿Quién es?

—Un tipo con el que había trabajado.

—¿Un agente?

—Sí, era el que llamaron el Poeta. ¿Alguna vez oyó hablar a Terry del Poeta?

—Sí, hace mucho tiempo. O sea, hace tres o cuatro años. Recuerdo que estaba nervioso porque creo que supuestamente estaba muerto, pero al parecer no lo estaba. Algo así.

Debió de ser alrededor del momento en que Backus supuestamente había reaparecido en Amsterdam. Probablemente Terry acababa de recibir los informes internos sobre la investigación.

—¿Desde entonces nada?

—No, no recuerdo nada.

—Muy bien, Graciela. Entonces, ¿qué le parece? No puedo hablar con ellos a no ser que me lo permita. Creo que es lo mejor.

—Si piensa que puede ayudar, adelante.

—Eso significa que pronto irán allí. Agentes del FBI. Probablemente se llevaran el *Following Sea* al continente para revisarlo.

—¿Para qué?

—Pruebas. Ese tipo estuvo en el barco. Primero como cliente de una excursión y después se coló otra vez. Fue entonces cuando cambió los medicamentos.

—Oh.

—Y también irán a la casa. Querrán hablar con usted. Sea sincera, Graciela. Cuénteselo todo. No se reserve nada y no habrá problemas.

—¿Está seguro, Harry?

—Sí, estoy seguro. ¿Entonces está de acuerdo con esto?

—Estoy de acuerdo.

Nos despedimos y colgamos. Mientras caminaba hacia Zigo, abrí otra vez el móvil y marqué el número de mi casa. Colgué y repetí el proceso otras nueve veces para borrar todo registro de mis llamadas telefónicas a Buddy Lockridge y Graciela McCaleb. Si las cosas se torcían y Dei quería saber a quién había llamado no le sería fácil. No sacaría nada de mi teléfono. Tendría que acudir a la compañía telefónica con una orden judicial.

Cuando me aproximaba, Zigo vio lo que estaba haciendo. Sonrió y negó con la cabeza.

—¿Sabe, Bosch?, si quisiéramos tener sus números de teléfono, los habríamos cogido del aire.

—¿En serio?

—En serio, si quisiéramos.

—Guau, eso sí que es impresionante.

Zigo me miró por encima de sus gafas de sol.

—No sea gilipollas, Bosch. Al cabo de un rato cansa.

—Debería saberlo.

19

Zigo me escoltó de nuevo a la caravana sin decir una palabra más. La agente Dei me estaba esperando a la mesa. Rachel Walling seguía de pie junto a la encimera. Me senté con calma y miré a Dei.

—¿Cómo ha ido? —preguntó con voz amable.

—Ha ido bien. Mi cliente dice que puedo hablar con ustedes. Pero no va a ser una calle de un solo sentido. Hacemos un trato. Yo respondo a sus preguntas y ustedes responden a las mías.

La agente negó con la cabeza.

—No, no, así no es como funciona. Esto es una investigación del FBI. No intercambiamos información con aficionados.

—¿Me está diciendo que soy un aficionado? Les doy una foto del largo tiempo desaparecido Robert Backus y yo soy el aficionado?

Vi movimiento y miré a Rachel. Se había llevado la mano a la cara para esconder una sonrisa. Cuando vio que la miraba se volvió hacia la encimera e hizo ver que examinaba otra vez la foto de Backus.

—Ni siquiera sabemos si es Backus —dijo Dei—. Tiene un hombre con barba y gafas de sol. Podría ser cualquiera.

—Y podría ser el tipo que está supuestamente muerto, pero que de algún modo se las arregló para matar a cinco personas en Amsterdam hace varios años y ahora, ¿qué, seis hombres aquí? ¿O hay más que los seis que salen en ese artículo de periódico?

Dei me dedicó una sonrisa forzada y desagradable.

—Mire, puede que se esté impresionando usted mismo con todo esto, pero yo todavía no estoy impresionada. Todo se reduce a una cosa: si quiere salir de aquí, empiece a hablar con nosotros. Ahora ya tiene el permiso de su cliente. Le sugiero que empiece por decirnos cuál es el nombre de ese cliente.

Me recosté en la silla. Dei era una fortaleza y no creía que pudiera asaltarla, pero al menos había conseguido esa sonrisa de Rachel Walling. Eso me decía que podría tener una oportunidad de escalar con ella la barricada del FBI más adelante.

—Mi cliente es Graciela McCaleb. La mujer de Terry McCaleb. Es decir, la viuda.

Dei parpadeó, pero se recuperó rápidamente de la sorpresa. O quizá no fuera una sorpresa. Posiblemente era una confirmación de algún tipo.

—¿Y por qué le contrató?

—Porque alguien cambió el medicamento de su marido y lo mató.

Eso produjo un silencio momentáneo. Rachel lentamente se apartó de la encimera y volvió a su silla. Con pocas preguntas o instrucciones de Dei les conté cómo me había llamado Graciela, los detalles de la manipulación de los fármacos de su marido, y mi investigación hasta el punto de llegar al desierto. Empezaba a creer que no los estaba sorprendiendo con nada. Más bien daba la impresión de que les estaba confirmando algo, o al menos contándoles una historia de la cual conocían algunas partes. Cuando hube terminado, Dei me planteó algunas preguntas aclaratorias acerca de mis movimientos. Zigo y Walling no me preguntaron nada.

—Bien —dijo Dei después de que hube finalizado mi relato—. Es una historia interesante. Mucha información. ¿Por qué no la pone en contexto para nosotros? ¿Qué significa todo esto?

—¿Me lo pregunta usted? Pensaba que eso era lo que hacían en Quantico, ponerlo todo en la batidora y sacar un perfil del caso y todas las respuestas.

—No se preocupe, ya lo haremos. Pero me gustaría conocer su punto de vista.

—Bueno —dije, pero no continué. Estaba intentando formarme una idea en mi propia procesadora, añadiendo a Robert Backus como último ingrediente.

—Bueno, ¿qué?

—Lo siento, estaba tratando de ordenarlo.

—Sólo díganos qué piensa.

—¿Alguien de aquí conocía a Terry McCaleb?

—Todos lo conocíamos. ¿Qué tiene eso que ver con...?

—Me refiero a conocerlo de verdad.

—Yo lo conocí —dijo Rachel—. Trabajamos casos juntos. Pero no había mantenido el contacto. Ni siquiera sabía que había muerto hasta hoy.

—Bueno, deberían saber, y lo sabrán cuando vayan allí y registren su casa y su barco y todo lo demás que seguía trabajando en casos. No podía dejarlo. Investigaba algunos de sus propios casos no resueltos y trabajaba en otros nuevos. Leía los diarios y veía la televisión. Hacía llamadas a policías sobre casos que le interesaban y ofrecía su ayuda.

—¿Y por eso lo mataron? —preguntó Dei.

Asentí con la cabeza.

—Finalmente. Creo que sí. En enero, el *Los Angeles Times* publicó ese artículo que estaba en la carpeta que tienen ahí. Terry lo leyó y se interesó. Llamó a la policía metropolitana de Las Vegas y ofreció sus servicios. Lo mandaron al cuerno, no les interesaba. Pero no olvidaron dejar caer su nombre al periódico local cuando iban a publicar un artículo de seguimiento sobre los hombres desaparecidos.

—¿Cuándo fue eso?

—Principios de febrero. Estoy seguro de que pueden comprobarlo. En cualquier caso, ese artículo, su nombre en ese artículo, atrajo al Poeta hacia él.

—Mire, no vamos a confirmar nada sobre el Poeta. ¿Lo entiende?

—Claro, como quiera. Puede tomar todo esto como hipotético si lo prefiere.

—Continúe.

—Alguien estaba secuestrando a esos hombres, y ahora sabemos que los enterraba en el desierto. Como todos los buenos asesinos en serie mantenía un ojo en los medios para ver si alguien ataba cabos y se le acercaba. Vio el artículo de seguimiento y reparó en el nombre de McCaleb. Es un viejo colega. Mi hipótesis es que conocía a McCaleb. De Quantico, de antes de que Terry saliera de Ciencias del Comportamiento a su destino en Los Ángeles. Antes de que tuviera su primer ataque al corazón.

—De hecho, Terry fue el primer agente del que Backus fue mentor en la unidad —dijo Walling.

Dei la miró como si hubiera traicionado su confianza. Walling no le hizo caso, y eso me gustó.

—Ahí está —dije—. Tenían esa conexión. Backus ve su nombre en el periódico y, una de dos: o lo toma como un desafío o sabe que McCaleb es irreductible y que va a seguir insistiendo, a pesar de la aparente falta de interés en él por parte de la policía de Las Vegas.

—Así que fue a por McCaleb.

—Exacto.

—Y tenía que eliminarlo de forma que no planteara preguntas —agregó Rachel.

—Exacto.

Miré a Zigo. Era hora de que interviniera, pero no dijo nada.

—Así que fue allí para asegurarse —continué—. Llevaba la barba, el sombrero y las gafas de sol, probablemente un poco de cirugía estética. Contrató a Terry para que lo llevara de pesca.

—Y Terry no sabía que era él —dijo Rachel.

—Terry sospechó de algo, pero no estoy seguro de qué. Esas fotos forman parte de una serie. Terry sabía que había algo extraño en ese tipo y por eso hizo más fotos. Pero creo que si entonces hubiera sabido que el tipo era Backus habría hecho algo más. No lo hizo, y eso me hace pensar que no estaba seguro de lo que tenía o de quién era el tipo. —Miré a Rachel—. Ha estudiado la foto. ¿Puede saber si es él? Me refiero, de manera hipotética.

—No puedo decirlo ni hipotéticamente ni de ninguna manera. No le veo los ojos ni la mayor parte de la cara. Si es él, hay mucho bisturí. La nariz es diferente y los pómulos también.

—Es fácil de cambiar —dije—. Venga un día a Los Ángeles. Le llevaré a un tipo de Hollywood que trabaja para las putas de lujo. Tiene algunas fotos del antes y el después que le harían rendirse a las maravillas de la ciencia médica.

—Estoy segura —dijo Dei, aunque yo estaba hablando con Rachel—. Entonces, ¿qué? ¿Cuándo cambió los medicamentos de McCaleb?

Quería consultar mi cronología, pero tenía la libreta en el bolsillo de la chaqueta. Todavía no me habían registrado, así que quería mantener mis notas al margen, y con un poco de suerte salir de allí con ellas.

—Um, unas dos semanas después de la excursión de pesca entraron en el barco de Terry. El que lo hizo se llevó un GPS, pero creo que sólo era una tapadera por si Terry se daba cuenta de que alguien había... ¿Qué pasa?

Había observado sus reacciones. El GPS significaba algo.

—¿Qué clase de GPS era? —preguntó Rachel.

—Rachel —le interrumpió Dei con rapidez—. Recuerda que eres una observadora.

—Un Gulliver —dije—. No recuerdo el modelo exacto. La denuncia al sheriff está en el barco. De hecho, no era de Terry, sino de su socio.

—¿Conoce el nombre de su socio? —preguntó Dei.

—Sí, Buddy Lockridge. ¿No lo recuerda de la película?

—No la vi. ¿Sabe algo más de la historia de este GPS?

—Buddy me dijo que lo ganó en una partida de póquer. Tenía buenos lugares de pesca marcados. Se cabreó mucho cuando se lo robaron, pensó que había sido otro guía de pesca.

Por sus reacciones supe que estaba dándolas todas. El GPS era importante. No se lo habían llevado simplemente como una tapadera. En eso me había equivocado. Tardé un momento en comprenderlo.

—Ya lo entiendo —dije—. Así es como encontraron este sitio, ¿no? Backus les mandó el GPS con este sitio marcado. Les llevó aquí como hizo con Terry.

—No se trata de nosotros —dijo Dei—, sino de usted.

Pero yo miré a Rachel y vi la confirmación en sus ojos. Di el siguiente salto y supuse que se lo había enviado a ella. Por eso estaba allí como observadora. Backus la había convocado, igual que había convocado a Terry.

—Ha dicho que Terry fue el primer agente del que Backus fue mentor en la unidad. ¿Quién fue el segundo?

—Sigamos —dijo Dei.

Rachel no respondió, pero me ofreció esa leve sonrisa que parecía tan triste con aquellos ojos apagados. Me estaba diciendo que no me equivocaba. Ella había seguido a Terry McCaleb en el programa de formación.

—Espero que esté tomando las precauciones apropiadas —dije en voz baja.

Dei abrió la carpeta en la mesa.

—De hecho, no es asunto suyo —dijo ésta—. Veamos, hay algunas cosas en sus notas sobre las que queremos preguntarle. En primer lugar, ¿quién es William Bing?

Miré a Dei. Ella pensaba que eran mi carpeta y mis notas.

—No lo sé. Sólo un nombre con el que me he cruzado.

—¿Dónde?

—Creo que Terry lo escribió. Todavía no he averiguado quién es.

—Y esta referencia a la teoría del triángulo, ¿qué significa?

—¿Qué significa para usted?

—Señor Bosch, no me irrite. No se haga el listo.

—¿Cherie? —intervino Rachel.

—¿Qué?

—Creo que probablemente son notas de Terry.

Dei miró la carpeta y se dio cuenta de que Rachel tenía razón. Miré a Rachel como si me sintiera dolido porque me hubiera delatado. Dei cerró la carpeta abruptamente.

—Claro, por supuesto. —Me miró—. ¿Sabe lo que significa eso?

—No, pero creo que usted me lo va a decir.

—Significa que a partir de aquí nos ocuparemos nosotros. Ya puede volver a Los Ángeles.

—No voy a Los Ángeles, voy a Las Vegas. Tengo una casa allí.

—Puede ir a donde quiera, pero manténgase alejado de esta investigación. La estamos asumiendo oficialmente.

—¿Sabe?, no trabajo para ningún departamento de policía, agente Dei. No puede quitarme nada a no ser que yo quiera. Soy un investigador privado.

Ella asintió con la cabeza como si me entendiera.

—Está bien, señor Bosch, hablaremos después con su cliente y dejará de tener cliente antes de anochecer.

—Sólo intento ganarme la vida.

—Yo sólo intento capturar a un asesino. Así que, entiéndame, sus servicios ya no se requieren. Apártese de esto. Está fuera. Ha terminado. ¿Puedo ser más clara?

—¿Cree que podría ponérmelo por escrito?

—¿Sabe qué? Creo que debería salir de aquí e irse a casa mientras todavía puede. Tom, ¿puedes devolverle la licencia y las llaves al señor Bosch y escoltarlo hasta su coche?

—Encantado —dijo Zigo, en lo que fueron sus primeras palabras en el interior de la caravana.

Me estiré a recoger la carpeta, pero ella la apartó de mi alcance.

—Y nos quedaremos esto.

—Claro. Buena caza, agente Dei.

—Gracias.

Seguí a Zigo hacia la puerta. Miré atrás y saludé a Rachel con la cabeza. Ella me devolvió el saludo. Creo que vi un rastro de luz entrando en sus ojos.

20

Los agentes continuaban hablando de Bosch cuando el helicóptero se elevó del suelo del desierto e iniciaron el trayecto de cuarenta y cinco minutos hasta Las Vegas. Los tres llevaban auriculares para poder comunicarse a pesar del ruido del rotor. Dei continuaba claramente molesta con el detective privado y Rachel pensó que tal vez Cherie sentía que de alguna manera Bosch la había superado. A Rachel la situación le divertía. Sabía que volverían a oír hablar de Bosch. Tenía aquella mirada de haberlo visto todo antes y ese saludo con la cabeza antes de salir dejaba claro que no iba a limitarse a hacer las maletas e irse a casa.

—¿Y la teoría del triángulo? —preguntó Dei.

Rachel esperó a que Zigo empezara, pero éste, como de costumbre, no dijo nada.

—Creo que Terry estaba en algo —dijo ella—. Alguien tendría que trabajar en ello.

—En este momento no sé si tenemos personal suficiente para seguir con todo esto. Le preguntaré a Brass si tiene a alguien. Y este William Bing... El nombre no había salido antes.

—Supongo que es un médico. Terry iba a venir aquí y probablemente quería tener un nombre por si algo iba mal.

—Rachel, cuando volvamos, ¿puedes comprobarlo? Ya sé lo que ha dicho Alpert, que eres una observadora y eso, pero si no es más que un cabo suelto estaría bien asegurarse.

—No hay problema. Puedo hacerlo desde mi habitación de hotel si no queréis que me vea hablando por teléfono.

—No, quédate en la oficina de campo. Si Alpert no te ve, va a empezar a preguntarse en qué estás metida.

Dei, que estaba en el asiento de delante, junto al piloto, se volvió hacia Rachel, sentada tras él.

—¿Qué pasaba con vosotros dos, por cierto?

—¿Qué quieres decir?

—Ya sabes qué quiero decir. Tú y Bosch. Todas las miradas, las sonrisas. «Espero que esté tomando las precauciones apropiadas.» ¿Qué pasa con eso, Rachel?

—Mira, él estaba en minoría. Es natural que eligiera a uno de nosotros de aliado. Habla de eso en el manual de técnicas y tendencias de interrogación. Míralo alguna vez.

—¿Y tú? ¿Te estás aliando con él? ¿Eso también está en el manual?

Rachel sacudió la cabeza como para pasar de toda la discusión.

—Simplemente me gusta su estilo. Actúa como si todavía llevara placa. No renunció ante nosotros y creo que eso está bien.

—Has estado mucho tiempo en el culo del mundo, Rachel, o no dirías eso. No nos gusta la gente que no renuncia ante nosotros.

—Tal vez a mí sí.

—Entonces, ¿crees que va a ser un problema?

—Definitivamente —dijo Zigo.

—Probablemente —añadió Rachel.

Dei negó con la cabeza.

—No tengo gente suficiente para todo esto. No puedo perder mi tiempo vigilando a este tío.

—¿Quieres que lo vigile yo? —dijo Rachel.

—¿Te estás presentando voluntaria?

—Estoy buscando algo que hacer. Así que, sí, me presento voluntaria.

—¿Sabes? Antes del 11-S y de la Seguridad Nacional solíamos tener todo lo que necesitábamos. El FBI tenía sus mejores titulares cuando detenía a asesinos múltiples. Ahora se trata del terrorismo veinticuatro horas al día siete días a la semana, y ni siquiera podemos hacer horas extra.

Rachel se fijó en que Dei deliberadamente no dijo si quería que vigilara a Bosch o no. Una bonita manera de tener la opción de negarlo si algo iba mal. Decidió que una vez en la oficina de campo se pondría a comprobar si Bosch tenía de verdad una casa en Las Vegas. Trataría de averiguar qué se proponía y mantendría una vigilancia desde lejos.

Miró por la ventana hacia la cinta de asfalto que atravesaba el desierto. Estaban siguiendo la interestatal hasta Las Vegas. En ese mismo momento vio un Mercedes Benz que iba en la misma dirección. Estaba sucio por circular fuera de carreteras en el desierto. Entonces se fijó en el dibujo en el techo del Mercedes. Bosch había usado un trapo o algo para pintar una cara sonriente en el polvo blanco del techo. El dibujo la hizo sonreír también a ella.

La voz de Dei llegó a través de los auriculares.

—¿Qué pasa, Rachel? ¿De qué sonríes?

—De nada. Estaba pensando en una cosa.

—Sí, ojalá yo pudiera sonreír sabiendo que hay un agente psicópata que quiere ponerme una bolsa de plástico en la cabeza.

Rachel, molesta por semejante comentario malicioso y brutal, miró a Dei, quien aparentemente percibió algo en sus ojos.

—Lo siento. Pero creo que sería mejor que empezaras a tomarte esto más en serio.

Rachel la miró hasta que Dei tuvo que apartar la vista.

—¿De verdad crees que no me tomo esto en serio?

—Sé que sí lo haces, no debería haber dicho nada.

Rachel miró a la I-15. Hacía rato que habían pasado al Mercedes negro. Bosch se había quedado muy atrás.

Examinó el terreno un rato. Era tan diferente y a la vez todo lo mismo. Una alfombra de paisaje lunar de rocas y arena. Ella sabía que estaba lleno de vida, pero toda la vida permanecía oculta. Los depredadores acechaban bajo tierra, esperando para salir por la noche.

—Señoras y caballeros —dijo la voz del piloto en el oído—. Cambien al canal tres. Tenemos una llamada entrante.

Rachel tuvo que quitarse el casco para averiguar cómo cambiar de frecuencia. Pensó que los cascos tenían un diseño estúpido.

Cuando volvió a ponerse los auriculares oyó la voz de Brass Doran. Estaba hablando como una ametralladora, de la manera en que, como recordaba Rachel, lo hacía siempre que surgía algo grande.

—... ciento de integridad. Definitivamente era suyo.

—¿Qué? —dijo Rachel—. No he oído nada de eso.

—Brass —dijo Dei—, vuelve a empezar.

—He dicho que hemos obtenido en la base de datos una concordancia de la marca de los dientes en el chicle. Tiene un noventa y cinco por ciento de integridad, que es una de las mayores que he visto nunca.

—¿Quién? —preguntó Rachel.

—Rach, te va a encantar. Ted Bundy. Ese chicle lo
mascó Ted Bundy.

—Eso es imposible —dijo Dei—. En primer lugar,
Bundy llevaba años muerto antes de que desapareciera
ninguno de estos hombres. Y además, nunca se supo que
estuviera en Nevada o en California ni que sus objetivos
fueran hombres. Hay algún fallo en la base de datos,
Brass. Tiene que ser una mala lectura o...

—Lo comprobamos dos veces. Las dos veces salió
Bundy.

—No —dijo Rachel—. Es correcto.

Dei se volvió y miró de nuevo a su compañera. Rachel
estaba pensando en Bundy. El asesino en serie por anto-
nomasia. Atractivo, inteligente y despiadado. También
mascaba chicle. Había sido el único que le había puesto
carne de gallina. Por los demás sólo había sentido despre-
cio y asco.

—¿Cómo sabes que es correcto, Rachel?

—Sólo lo sé. Hace veinticinco años Backus ayudó a
montar la base de datos del Programa de Detención de
Criminales Violentos. Brass lo recuerda. En los ocho años
siguientes se recopiló información. Enviaron a agentes de
la unidad a entrevistar a todos los asesinos en serie y vio-
ladores que había encarcelados en el país. Eso fue antes de
que yo llegara, pero incluso después, cuando estaba yo,
seguíamos haciendo entrevistas para añadir a la base de
datos. A Bundy lo entrevistamos varias veces, sobre todo
Bob. Justo antes de su ejecución llamó a Bob a Raiford y
yo fui con él. Pasamos tres horas entrevistándolo. Recuerdo que Ted le iba pidiendo chicles a Bob. Era Juicy
Fruit, el preferido de Bob.

—¿Entonces qué? ¿Lo escupió en la mano de Bob?
—preguntó Zigo con incredulidad.

—No, lo tiraría en la papelera. Lo entrevistamos en el corredor de la muerte, en el despacho del capitán. Había una papelera. Cuando terminábamos cada día, sacaban a Bundy. Hubo muchas ocasiones en que Bob se quedó solo en aquel despacho. Simplemente podía haberse llevado el chicle de la papelera.

—¿O sea que estás diciendo que Bob más o menos revolvió entre la basura para coger el chicle de Ted Bundy y se lo guardó para poder ponerlo en una tumba tantos años después?

—Estoy diciendo que sacó el chicle de esa prisión, sabiendo que tenía las marcas de los dientes de Bundy. Quizás entonces era sólo un *souvenir*. Pero después se convirtió en otra cosa, algo con lo que burlarse de nosotros.

—¿Y dónde lo guardó, en el congelador?

—Quizás. Allí es donde yo lo habría guardado.

Dei se volvió en su asiento.

—¿Qué opinas, Brass? —preguntó.

—Creo que tendría que haberlo pensado yo misma. Opino que Rachel está en lo cierto. Creo que Bob y Ted de hecho se entendían. Fue muchas veces a hablar con él. A veces solo. Pudo haberse quedado con el chicle en una de esas ocasiones.

Rachel vio que Dei asentía con la cabeza.

Zigo se aclaró la garganta y habló.

—Entonces ésta era sólo otra forma de decirnos que lo hizo él y lo listo que era. De burlarse de nosotros. Primero el GPS con las huellas y ahora el chicle.

—Eso diría yo —coincidió Doran.

Rachel sabía que no era tan sencillo. Inconscientemente negó con la cabeza y Zigo, que estaba sentado a su lado, se fijó.

—¿No está de acuerdo, agente Walling?

Se fijó en que Zigo debía de haber asistido a la escuela de Alpert de construir relaciones entre colegas.

—Sólo creo que no es tan sencillo como eso. Lo estamos examinando desde el ángulo equivocado. Recuerda que el GPS y sus huellas nos llegaron, pero el chicle estaba en la tumba desde antes. Quizás había pretendido que el chicle se encontrara primero. Antes de que hubiera ninguna conexión directa con él.

—En ese caso, ¿qué estaba haciendo? —preguntó Dei.

—No lo sé. No tengo la respuesta. Sólo estoy diciendo que no asumamos en este punto que conocemos cuál era el plan ni tampoco la secuencia.

—Rachel, ya sabes que siempre mantenemos una mentalidad abierta en las cosas. Tomamos las cosas como vienen y nunca paramos de mirarlas desde todos los ángulos.

Parecía una frase colgada en la pared en el despacho de relaciones con los medios de Quantico, donde los agentes siempre tenían una política sucinta y declaraciones de procedimiento para expresar por teléfono a los periodistas.

Rachel decidió retroceder y no discutir con Dei por eso. Tenía que esmerarse en no abusar de su bienvenida y sentía que se estaba acercando a ese punto con la que había sido su pupila.

—Sí, lo sé —dijo.

—De acuerdo, Brass, ¿alguna otra novedad? —preguntó Dei.

—Eso era todo. Era suficiente.

—Vale. Hasta la próxima.

Se refería a la próxima sesión en la sala de conferencias. Doran se despidió y colgó, y después el enlace de comunicación de a bordo permaneció en silencio cuando el helicóptero cruzaba el límite entre la zona árida y el inicio de la periferia de Las Vegas. Al mirar abajo Rachel supo que estaban cambiando una forma de desierto por otra. Allí, bajo las tejas y los tejados de gravilla, los depredadores también esperaban para salir de noche y encontrar a sus víctimas.

21

El Executive Extended Stay Motel estaba cerca del extremo sur del Strip. No tenía luces de neón centelleando delante ni casino ni espectáculo de planta. De hecho, ningún ejecutivo se hospedaba allí. Era un lugar poblado por los moradores de los márgenes de la sociedad de Las Vegas. Los ludópatas, los estafadores, las trabajadoras del sexo, la clase de gente que no puede irse de la ciudad, pero que tampoco puede echar raíces de manera permanente.

Gente como yo. Con frecuencia cuando te encontrabas con un compañero inquilino del Double X, como lo llamaban los veteranos, te preguntaban cuánto tiempo llevabas y cuánto ibas a quedarte, como si estuvieras cumpliendo condena. Creía que muchos de los inquilinos del motel habían pasado por la experiencia real de la cárcel y había elegido el lugar por dos razones. Una era que todavía tenía que pagar una hipoteca en Los Ángeles y no podía permitirme quedarme mucho tiempo en un lugar como el Bellagio o el Mandalay Bay, o incluso el Riviera. Y la segunda era que no quería sentirme cómodo en Las Vegas. No quería nada que me hiciera sentir a gusto, porque cuando llegara el momento de irme, sólo quería devolver la llave y marcharme.

Llegué a Las Vegas a las tres y sabía que mi hija ya habría vuelto de la guardería y que podía ir a casa de mi ex mujer a verla. Quería hacerlo, pero también quería esperar. Tenía a Buddy Lockridge en camino y cosas que hacer. El FBI me había dejado salir de la autocaravana con la libreta todavía en el bolsillo y con el mapa de carreteras de Terry McCaleb todavía en mi coche. Quería usarlos antes de que la agente Dei pudiera darse cuenta de su error y venir a buscarme. Quería ver si podía dar el siguiente paso en el caso antes de que lo hiciera ella.

Me metí en el Double X y aparqué en mi sitio habitual, cerca de la valla que separaba el motel de los hangares de *jets* privados del aeropuerto McCarran. Me fijé en que un Gulfstream 9 que estaba estacionado allí cuando me había ido de Las Vegas tres días antes seguía en el mismo sitio. A su lado había un *jet* más pequeño, pero de aspecto más elegante. No sabía qué tipo de *jet* era, sólo que tenía el mismo aspecto que el dinero. Bajé del coche y subí por la escalera hasta mi apartamento de una habitación del primer piso. Era limpio y funcional y trataba de pasar allí el menor tiempo posible. Lo mejor era que la sala daba a un pequeño balcón. En los folletos de la inmobiliaria lo llamaban «balcón para fumadores». Era demasiado pequeño para poner una silla, pero podía quedarme apoyado en la alta barandilla y contemplar el aterrizaje de los *jets* de los multimillonarios. Y lo hacía con frecuencia. Me quedaba allí de pie e incluso lamentaba haber dejado de fumar. En ocasiones algún vecino salía a fumar al balcón mientras yo estaba allí. En un lado tenía un jugador que contaba las cartas —o un «jugador aventajado» como se autodenominaba—, y en el otro a una mujer de medios de ingresos indeterminados. Mis conversaciones con ellos eran superficiales, pues nadie quería formular ni responder a demasiadas preguntas en un lugar como aquél.

Las dos últimas ediciones del *Sun* estaban en la gastada alfombrilla de mi puerta. No había cancelado la suscripción porque sabía que a la mujer que vivía en el apartamento de al lado le gustaba leer el periódico a hurtadillas, después de lo cual volvía a doblarlo y lo metía en su bolsa de plástico. No sabía que yo lo sabía.

En el interior del apartamento dejé los periódicos en el suelo y puse el mapa de carreteras de McCaleb en la mesa del comedor. Saqué la libreta del bolsillo y también la dejé allí. Me acerqué a la puerta corredera y la abrí para ventilar un poco el ambiente. Quien había ocupado el apartamento antes que yo no usaba el balcón para fumadores y el sitio parecía impregnado de un olor a nicotina permanente.

Después de conectar mi móvil en el cargador de la pared, debajo de la mesa de comedor, marqué el número de Buddy Lockridge, pero la llamada fue al buzón de voz. Colgué antes de dejar un mensaje. A continuación llamé al número de Graciela McCaleb y le pregunté si ya había aparecido el FBI.

—Acaban de irse —dijo—. Han revisado un montón de cosas aquí y después han bajado al barco. Tenía razón, van a llevarse el barco. No sé cuándo lo recuperaré.

—¿Ha visto a Buddy por ahí hoy?

—¿Buddy? No, ¿se supone que tenía que venir hoy?

—No, sólo me lo preguntaba.

—¿Sigue con el FBI?

—No, me han dejado ir hace un par de horas. Estoy en mi casa de Las Vegas. Voy a seguir trabajando en el caso, Graciela.

—¿Por qué? Parece... Los agentes me han dicho que ahora es una investigación prioritaria. Creen que ese agente cambió sus medicamentos. Backus.

Lo que me estaba preguntando era qué podía hacer yo

que no pudieran hacer los augustos poderes del FBI. La respuesta, por supuesto, era que nada. Pero recordé lo que Terry le había dicho de mí a Graciela. Que me querría a mí en el caso si algo le ocurría a él. Eso me impedía marcharme.

—Porque es lo que quería Terry —dije—, pero no se preocupe, si encuentro algo que el FBI no tiene, se lo daré. Como hoy. No trato de competir con ellos. Sólo estoy trabajando en el caso, Graciela.

—De acuerdo.

—Pero ya sabe que no ha de decirles esto si se lo preguntan. No creo que les hiciera ninguna gracia.

—Ya lo sé.

—Gracias, Graciela. La llamaré si hay novedades.

—Gracias, Harry, buena suerte.

—Probablemente la necesitaré.

Después de colgar, traté de llamar una vez más a Buddy Lockridge, pero de nuevo me salió el buzón de voz. Supuse que tal vez estaba en un avión con el móvil apagado. Al menos, eso esperaba. Esperaba que hubiera logrado entrar y salir del barco antes de que los agentes lo vieran. Dejé el teléfono y fui a la nevera. Me hice un sándwich de queso de máquina y pan blanco. Tenía las dos cosas en el frigorífico por si mi hija quería un sándwich caliente cuando me visitaba. Era uno de sus artículos de primera necesidad. Me salté la plancha y, de pie ante la encimera, me limité a comer rápidamente el sándwich insípido para llenar el vacío que tenía en el estómago. Después me senté en la mesa y abrí mi libreta por una página en blanco. Recurrí a un par de ejercicios de relajación que había aprendido años antes en mis clases de hipnosis. En mi mente vi una pizarra. Enseguida cogí la tiza y empecé a escribir en blanco sobre la superficie negra. Recreé lo mejor que pude las notas de Terry McCaleb del expediente del caso de los hombres desaparecidos: las notas que el FBI me había quitado. Cuando tuve todo lo que pude recordar en la pizarra empecé a reescribirlo en mi libreta. Pensé que tenía la mayor parte, salvo los números de teléfono, y eso no me importaba demasiado porque podía recuperarlos simplemente llamando a información.

A través del balcón abierto oí el agudo gañido de los motores de reacción. Otro avión estaba aparcando allí. Oí que los motores se apagaban y retornó el silencio.

Abrí el libro de mapas de carretera de McCaleb. Revisé cada una de las páginas y no vi ninguna otra anotación a mano aparte de las de la página que ilustraba el sur de Nevada y las secciones contiguas de California y Arizona. Una vez más observé lo que había hecho McCaleb. Había destacado con un círculo la zona de la reserva del Mojave, la cual incluía la salida de Zzyzx Road y la localización de la excavación de la escena del crimen del FBI. En el margen externo, había escrito una columna de números y los había sumado. El resultado era 138. Debajo había trazado una línea y había escrito: «Real: 148.»

Mi suposición era que esos números correspondían a kilómetros. Miré el mapa y descubrí que indicaba las distancias entre dos puntos cualesquiera de todas las carreteras significativas. En cuestión de segundos encontré números que coincidían con los que McCaleb había anotado en el margen de la página. Había sumado los totales entre Las Vegas y un lugar en la I-15, en medio del Mojave. Zzyzx Road era demasiado pequeño e inconsecuente para que su nombre apareciera en el mapa. Pero mi hipótesis era que ése era el lugar sin nombre de la interestatal 15 desde el que McCaleb había empezado a sumar kilometraje.

Anoté y sumé yo mismo los números en mi libreta. McCaleb tenía razón: 138 kilómetros, según el mapa. Pero después Terry había estado en desacuerdo o había trazado una ruta diferente, llegando al resultado de 148 kilómetros. Mi suposición era que había realizado el trayecto él mismo y había obtenido un resultado diferente al del mapa en el cuentakilómetros de su vehículo. La diferencia se debería a su localización en Las Vegas. El kilometraje del mapa debía haber usado un punto de partida diferente en la ciudad.

Desconocía el destino de McCaleb. No tenía ni idea de cuándo había hecho las anotaciones en el mapa ni de si éstas estaban relacionadas con el caso, pero creía que sí lo estaban porque empezaban a contar en Zzyzx Road. Eso no podía ser una coincidencia. Las coincidencias no existen.

Oí una tos procedente del exterior. Sabía que era la mujer de al lado que estaba fumando en su balcón. Me resultaba muy curiosa y estaba pendiente de ella cuando estaba en el Double X. No fumaba mucho y parecía salir al balcón sólo cuando llegaba un *jet* privado. Claro que a mucha gente le gusta observar los aviones. Pero yo pensaba que ella tramaba algo, y eso me daba más curiosidad. Pensaba que tal vez estaba localizando objetivos para los casinos o quizá para otros jugadores.

Me levanté y salí al balcón. Al hacerlo miré a la derecha y vi que mi vecina arrojaba algo al interior de su apartamento. Algo que no quería que yo viera.

—Jane, ¿qué tal?

—Bien, Harry. No te había visto últimamente.

—He estado fuera un par de días. ¿Qué tenemos aquí?

Miré al asfalto a través del aparcamiento. Otro *jet* de color negro brillante había estacionado junto a su hermano gemelo y una limusina negra aguardaba cerca de la escalerilla del avión. Un hombre con traje, gafas de sol y un turbante granate estaba bajando del aparato. Me di cuenta de que estaba echando por tierra la vigilancia de Jane si era una cámara o unos binoculares lo que había lanzado a su apartamento al verme.

—El sultán del swing —dije, sólo por decir algo.

Dio una calada al cigarrillo y volvió a toser. Sabía que Jane no era fumadora. Fumaba para que resultara plausible que estuviera en el balcón observando a hombres ricos y sus aviones. Tampoco tenía ojos marrones —la había visto en el balcón un día en que había olvidado ponerse las lentes de contacto tintadas— y el negro probablemente no era el color natural de su cabello.

Quería preguntarle qué tramaba, cuál era el juego o la estafa o el plan, pero también me gustaban nuestras conversaciones de balcón a balcón, y ya no era poli. Y lo cierto era que si Jane —no conocía su apellido— estaba metida en el negocio de separar a aquellos hombres ricos de parte de su fortuna, en el fondo no podía enfadarme demasiado. Toda la ciudad estaba construida sobre ese mismo principio. Echas los dados en la ciudad del deseo y obtienes lo que mereces.

Sentía que había algo intrínsecamente bueno en ella. Herido, pero bueno. Una vez que llevé a mi hija al apartamento nos topamos con Jane en la escalera y ella se detuvo para hablar con Maddie. A la mañana siguiente encontré una pantera de peluche en el felpudo, junto a mi periódico.

—¿Cómo está tu hija? —preguntó ella, como si conociera mis pensamientos.

—Está bien. La otra noche me preguntó si el Rey de la Selva y la Reina de los Mares estaban casados.

Jane sonrió y yo vi otra vez la tristeza en sus ojos. Sabía que tenía que ver con niños. Le pregunté algo en lo que había estado pensando durante mucho tiempo.

—¿Tienes hijos?

—Uno. Una niña un poco mayor que la tuya. Pero ya no está conmigo. Vive en Francia.

Fue lo único que dijo y yo lo dejé así, sintiéndome culpable por lo que tenía en mi vida y porque sabía antes de hacer la pregunta que estaba tentando el dolor en ella. Pero mi pregunta provocó que Jane asimismo me hiciera otra que probablemente había estado pensando durante mucho tiempo.

—¿Eres poli, Harry?

Negué con la cabeza.

—Lo fui. En Los Ángeles. ¿Cómo lo sabes?

—Sólo intuición. Creo que fue por la forma en que bajaste del coche con tu hija, como si estuvieras preparado para saltar sobre cualquier cosa que se moviera.

Me encogí de hombros. Me había calado.

—Pensé que era bonito —añadió—. ¿Qué haces ahora?

—En realidad nada. Me lo estoy pensando, ¿sabes?

—Sí.

De repente nos estábamos convirtiendo en algo más que vecinos que intercambian información superficial.

—¿Y tú? —pregunté.

—¿Yo? Estoy esperando algo.

Y punto. Sabía que era el final de la conversación en ese sentido. Le di la espalda y observé que otro sultán o jeque empezaba a bajar por la escalerilla del *jet*. La limusina estaba esperando con la puerta abierta. Me pareció que el chófer llevaba algo bajo la chaqueta, algo que podía sacar si las cosas se ponían feas en el trayecto. Miré a Jane.

—Nos vemos, Jane.

—Vale, Harry. Salúdala de mi parte.

—Lo haré. Ten cuidado.

—Tú también.

De nuevo en la sala, traté de llamar a Buddy Lockridge con el mismo resultado. Nada. Cogí el boli y tamborileé impacientemente en la libreta con él. Ya tendría que haber contestado. No me estaba preocupando. Me estaba enfadando. Los informes sobre Buddy eran que no era fiable. No tenía tiempo para eso.

Me levanté y fui a la *kitchenette* y saqué una cerveza de la nevera que había debajo de la encimera. Había un abridor en la puerta. Destapé la botella y eché un buen trago. La cerveza tenía buen sabor al bajar por mi garganta irritada por el polvo del desierto. Supuse que me la merecía.

Volví a la puerta del balcón, pero no salí. No quería volver a asustar a Jane. Miré desde dentro y vi que la limusina se había ido y que el nuevo *jet* estaba completamente cerrado. Me incliné para ver el balcón de Jane. Se había ido. Me fijé en que en el cenicero que había encima de la barandilla había apagado el pitillo después de fumarse menos de una cuarta parte. Alguien debería decirle que eso la delataba.

Al cabo de unos minutos, la cerveza se había acabado y yo había vuelto a la sala a mirar mis notas y el libro de mapas de McCaleb. Sabía que me estaba perdiendo algo, pero se me escapaba. Estaba allí, cerca. Pero todavía no podía alcanzarlo.

Sonó mi teléfono móvil. Finalmente era Buddy Lockridge.

—¿Acaba de llamarme?

—Sí, pero le había dicho que no me llamara a este número.

—Ya lo sé, pero acaba de llamarme. Pensaba que eso significaba que era seguro.

—¿Y si no hubiera sido yo?

—Tengo identificador de llamadas. Sabía que era usted.

—Sí, pero ¿cómo sabe que era yo? ¿Y si hubiera sido algún otro con mi teléfono?

—Ah.

—Sí, eso, «ah». Mire, Buddy, si va a trabajar para mí tiene que escuchar lo que le digo.

—Muy bien, muy bien, entendido.

—Bueno, ¿dónde está?

—En Las Vegas, tío. Como me ha dicho.

—¿Sacó el material del barco?

—Sí.

—¿Nada del FBI?

—Nada, tío. Todo bien.

—¿Dónde está ahora mismo?

Mientras hablaba me fijé en mis notas y recordé algo del artículo del *Times* sobre los seis hombres desaparecidos. Más bien, recordé el círculo que Terry había trazado en el artículo del diario.

—Estoy en el B —dijo Lockridge.

—¿El B? ¿Dónde está el B?

—El gran B, tío.

—Buddy, ¿de qué está hablando? ¿Dónde está?

Susurró su respuesta.

—Pensaba que estábamos hablando en secreto, tío. Como si estuvieran escuchando.

—Buddy, no me importa si están escuchando. Déjese de códigos. ¿Qué es el gran B?

—El Bellagio, es un código simple, tío.

—Un código simple para una mente simple. ¿Me está diciendo que se ha registrado en el Bellagio a mi costa?

—Eso es.

—Bueno, pues cancele.

—¿Qué quiere decir? Acabo de llegar.

—No voy a pagar el Bellagio. Cancele, venga aquí y pídase una habitación donde yo estoy. Si pudiera permitirme ponerle en el Bellagio estaría allí yo mismo.

—No hay cuenta de gastos, ¿eh?

—No.

—De acuerdo. ¿Dónde está?

Le di el nombre y la dirección del Double X y enseguida supo que estaba en un lugar marginal.

—¿Hay *pay-per-view*?

—No hay nada. Venga aquí.

—Bueno, mire, yo ya me he registrado aquí. No van a devolverme el dinero. Ya han hecho el cargo en mi tarjeta y, además, ya he cagado en el lavabo. Eso es como tomar posesión de la habitación, ¿no? Me quedaré aquí una noche y mañana iré allí.

«Sólo va a haber una noche», pensé, pero no lo dije.

—Entonces todo lo que exceda de lo que cuesta este agujero lo va a pagar usted. No le dije que se registrara en el sitio más caro del Strip.

—Muy bien, muy bien, bájeme el sueldo si quiere. Sea así. No me importa.

—Muy bien, lo haré. ¿Tiene coche?

—No, he venido en taxi.

—Muy bien, baje en el ascensor y pida uno, y tráigame ese material.

—¿Puedo ir antes a que me den un masaje?

—Buddy, por el amor de Dios, si no...

—Era broma. ¡Era broma! ¿No entiende un chiste, Harry? Voy para allí.

—Bueno, estoy esperando.

Colgué sin decir adiós e inmediatamente borré la conversación del radar de mi atención. Estaba acelerado. Continué. Pensé que había resuelto de manera inexplicable uno de los misterios. Miré mi recreación de la carpeta con notas de McCaleb a una línea en concreto.

Teoría del triángulo. 1 punto da 3.

En el artículo del diario McCaleb también había marcado la palabra «círculo» en la cita del detective de la Metro acerca de que el kilometraje en el coche de alquiler de uno de los hombres desaparecidos daba a la investigación un amplio círculo en el cual buscar pistas sobre lo ocurrido a los seis hombres.

Ahora pensé que McCaleb había marcado la palabra porque creía que estaba mal. La zona de búsqueda no era un círculo. Era un triángulo, lo cual significaba que los kilómetros del coche de alquiler formaban un triángulo. El punto uno era el aeropuerto, el origen. El coche de alquiler había sido sacado del aeropuerto y dejado en el punto dos. El punto dos era el lugar donde la víctima cruzó su camino con el secuestrador. Y el punto tres era el lugar donde el secuestrador se llevó a su víctima. Después, el coche fue devuelto al punto uno completándose así el triángulo.

Cuando McCaleb había escrito sus notas todavía no conocía Zzyzx Road. Tenía un punto: el lugar de devolución del coche en el aeropuerto. Por eso escribió: «1 punto da 3», porque sabía que si identificaba otro punto del triángulo, conduciría también a la localización del punto restante.

—Un punto más del triángulo significa que podemos averiguar los tres —dije en voz alta, traduciendo la nota de McCaleb del resumen.

Me levanté y empecé a pasear. Estaba acelerado y pensaba que me estaba acercando. Era cierto que el secuestrador podía haber hecho cualquier número de paradas con el coche de alquiler, dejando inservible de esta manera la teoría del triángulo. Pero si no lo había hecho, si había evitado distracciones y con determinación se había dedicado a lo que le ocupaba, entonces la teoría del triángulo se sostendría. Su meticulosidad podía contener su debilidad. Eso convertiría Zzyzx Road en el punto tres del triángulo, porque ésa habría sido la última parada del coche antes de ser devuelto al aeropuerto. Y eso hacía del punto dos el interrogante último. Era la intersección. El lugar donde el depredador había hallado a su presa. Su localización no era conocida en ese momento, pero gracias a mi compañero silencioso sabía cómo encontrarlo.

22

Backus vio salir a Rachel del aparcamiento lateral del edificio del FBI en un Crown Victoria azul oscuro. Dobló a la izquierda por Charleston y se dirigió a Las Vegas Boulevard.

Se quedó atrás. Estaba sentado al volante de un Ford Mustang de 1997 con matrícula de Utah. Le había cogido el coche a un hombre llamado Elijah Willows, que no iba a necesitarlo más. Sus ojos se apartaron del automóvil de Rachel y se fijaron en la escena de la calle, observando el movimiento.

Un Grand Am con dos hombres se incorporó al tráfico desde el edificio de oficinas contiguo al del FBI. Iba en la misma dirección que el coche de Rachel.

«Aquí va uno», se dijo Backus.

Esperó y después observó un gran todoterreno azul oscuro con antenas triples que salía del aparcamiento del FBI y doblaba a la derecha por Charleston, yendo en dirección opuesta a la de Rachel. Otro Grand Am salió detrás de él y lo siguió.

«Allí van el dos y el tres.»

Backus sabía que era lo que se llamaba una vigilancia «a vuelo de pájaro». Un coche para mantener una vigilancia visual relajada mientras el sujeto era rastreado por satélite. A Rachel, tanto si ella lo sabía como si no, le habían dado un coche con un repetidor GPS.

Nada de eso preocupaba a Backus. Sabía que todavía podía ir tras ella. Lo único que tenía que hacer era no perder de vista al coche que la seguía y llegaría al destino de todos modos.

Arrancó el Mustang. Antes de salir a Charleston para seguir al Grand Am y de este modo a Rachel, se estiró y abrió la guantera. Llevaba guantes de látex de cirujano, de la talla pequeña, para que le quedaran más ajustados y fueran casi imperceptibles desde la distancia.

Backus sonrió. En la guantera había una pequeña pistola de dos balas que complementaría a la perfección su propia arma. Sabía que había calibrado a la perfección a Elijah Willows cuando lo había visto por primera vez saliendo del Slots-o-Fun en el lado sur del Strip. Sí, era lo que había estado buscando físicamente —misma talla y complexión—, pero también había sentido cierta soledad en el hombre. Era una persona solitaria y que vivía en el filo. La pistola en la guantera parecía probarlo y le dio a Backus confianza en su elección.

Pisó el acelerador y salió sonoramente a Charleston. Lo hizo a propósito. Sabía que en el caso poco probable de que hubiera un cuarto vehículo de seguimiento el coche que encontrarían menos sospechoso sería aquél en el que el conductor atraía descaradamente la atención hacia sí mismo.

23

Todo se reducía a geometría de escuela primaria. Tenía dos de los tres vértices de un triángulo y necesitaba el tercero. Era así de fácil y así de difícil al mismo tiempo. Para llegar a ese punto contaba con el perímetro del triángulo. Me senté, abrí la libreta por una página en blanco y me puse a trabajar con el mapa de McCaleb.

Recordaba del artículo del *Times* que el kilometraje registrado en el coche de alquiler de uno de los hombres desaparecidos era de 528 kilómetros. Siguiendo la que creía que era la teoría de McCaleb, esa distancia equivaldría al total de los tres lados del triángulo. Ya sabía, gracias a las anotaciones en el mapa, que un lado del triángulo —de Zzyzx al aeropuerto de Las Vegas— medía 148 kilómetros. Eso dejaba 380 kilómetros para los dos lados restantes. Esa cifra podía repartirse de diversas maneras, situando el lado restante del triángulo en infinidad de posibles situaciones en el mapa. Lo que necesitaba era un compás para trazar con precisión el triángulo, pero tendría que apañarme con lo que tenía.

Según la leyenda del mapa, un centímetro equivalía a 30 kilómetros de terreno. Saqué mi billetera y extraje mi licencia de conducir. Colocando uno de sus lados cortos en la escala determiné que el lado del carnet equivalía a 150 kilómetros en el mapa. Sobre esa base, compuse varios triángulos cuyos dos últimos lados sumaban los 380 kilómetros restantes. Tracé puntos tanto al norte como al sur de la línea de base que había dibujado desde Zzyzx Road a Las Vegas. Pasé veinte minutos estudiando las posibilidades, y mi dibujo llevó el tercer posible vértice del triángulo hasta el Gran Cañón, en el otro extremo de Arizona, o bien al norte, hacia la zona militar vedada bajo el comando de la base de la fuerza aérea en Nellis. No tardé en frustrarme, al darme cuenta de que las posibilidades eran inacabables y que ya podía haber identificado el vértice faltante del triángulo y ni siquiera me habría dado cuenta.

Me levanté y fui a buscar otra cerveza a la media nevera. Todavía enfadado conmigo mismo abrí el móvil y llamé a Buddy Lockridge. La llamada fue al buzón de voz sin que la contestara.

—Buddy, ¿dónde diablos está?

Cerré el móvil de golpe. No era que necesitara a Buddy en ese momento, sólo necesitaba gritarle a alguien y él era el objetivo más fácil.

Salí al balcón y busqué a Jane. No estaba allí y me sentí levemente decepcionado. Mi vecina era un misterio y me gustaba hablar con ella. Barrí con la mirada el aparcamiento y los *jets* que había al otro lado de la valla y capté la figura de un hombre en el extremo más alejado del aparcamiento. Llevaba una gorra negra con letras doradas que no podía leer. Estaba bien afeitado y llevaba gafas de espejo y camisa blanca. Su mitad inferior quedaba oculta por el coche tras el cual se hallaba. Parecía estar mirándome directamente a mí.

El hombre de la gorra no se movió durante al menos dos minutos y yo tampoco lo hice. Estuve tentado de salir del apartamento y bajar al aparcamiento, pero temía que si perdía de vista al hombre, aunque fuera por unos segundos, éste desaparecería.

Nos quedamos paralizados en nuestras respectivas miradas hasta que el hombre de repente cambió de posición y empezó a cruzar el aparcamiento. Al pasar por detrás del coche vi que llevaba pantalones cortos de color negro y una especie de cinturón de herramientas. También fue entonces cuando alcancé a leer la palabra «Seguridad» en su camisa y me di cuenta de que aparentemente trabajaba para el Double X. Se metió en el pasaje que separaba los dos edificios que formaban el Double X y desapareció de mi vista.

Lo dejé estar. Era la primera vez que veía un vigilante de seguridad en los apartamentos a la luz del día, pero tampoco era tan sospechoso. Comprobé otra vez el balcón de al lado en busca de Jane —no había señal de ella— y volví a entrar.

Esta vez abordé la geometría desde un punto de vista diferente. Me olvidé de los kilómetros y simplemente miré el mapa. Mi ejercicio anterior me había proporcionado una idea general de lo largo y ancho que podía ser el triángulo en el mapa. Empecé a estudiar las carreteras y localidades de esa zona. Cada vez que una localidad me interesaba medía las distancias para tratar de conseguir un triángulo de aproximadamente 528 kilómetros.

Había medido casi dos docenas de localizaciones, sin llegar siquiera a acercarme en la aproximación de kilometraje cuando me topé con una localidad situada justo al norte de la base del triángulo. Era tan pequeña que estaba marcada sólo por un punto negro, la demarcación más pequeña de un centro de población según la leyenda del mapa. Era una localidad llamada Clear. Conocía el lugar y me entusiasmé de repente, porque en un instante de lucidez comprendí que encajaba con el perfil del Poeta.

Utilizando mi licencia de conducir medí las distancias. Clear estaba aproximadamente a 120 kilómetros al norte de Las Vegas por la autopista Blue Diamond. Después había otros 250 kilómetros aproximadamente por rutas rurales a través de la frontera de California y al sur a través del valle de Sandy hasta la interestatal 15 y el tercer punto del triángulo en Zzyzx. Si sumaba el kilometraje de la base del triángulo entre Zzyzx y el aeropuerto de Las Vegas, obtenía un perímetro de aproximadamente 518 kilómetros, sólo diez menos que el total registrado en el coche alquilado por uno de los hombres desaparecidos.

Estaba empezando a bullirme la sangre. Clear, Nevada. Nunca había estado allí, pero sabía que era una población de burdeles y de los servicios que se derivan de tales negocios. Lo sabía porque más de una vez en mi carrera de policía había seguido la pista de sospechosos a través de Clear, Nevada. En más de una ocasión un sospechoso que se había entregado voluntariamente en Los Ángeles me contó que había pasado sus últimas noches de libertad con las damas de Clear, Nevada.

Era un lugar al que los hombres iban en privado, poniendo esmero en no dejar pistas que revelaran que se habían hundido en semejantes aguas turbias de la moral. Hombres casados. Hombres de éxito y piedad religiosa. Tenía muchas similitudes con el distrito rojo de Amsterdam, el lugar donde el Poeta había encontrado a sus víctimas con anterioridad.

Buena parte del trabajo policial se basa en el instinto y las corazonadas. Uno vive y muere por los hechos y las pruebas. Eso es innegable. Pero es tu instinto el que con frecuencia te proporciona esa información crucial y después la une como la cola. Y yo estaba siguiendo el instinto. Tenía una corazonada acerca de Clear. Sabía que podía sentarme en la mesa del comedor y trazar triángulos y puntos en el mapa durante horas si quería. Pero el triángulo que había trazado con la ciudad de Clear en el vértice superior me dejó parado al mismo tiempo que la adrenalina me fluía en la sangre. Creía que había trazado el triángulo de McCaleb. No, más que creerlo. Lo sabía. Mi compañero silencioso. Usando sus crípticas notas como guía, ahora sabía adónde iba. Añadí dos líneas al mapa valiéndome de mi licencia de conducir a modo de regla y completé el triángulo. Golpeé cada uno de los vértices en el mapa y me levanté.

El reloj de la pared de la cocina decía que eran casi las cinco. Concluí que era demasiado tarde para ir hacia el norte esa noche. Podía llegar casi a oscuras y eso podía ser peligroso. Rápidamente puse en marcha un plan para salir al alba y tendría casi un día entero para hacer lo que necesitaba hacer en Clear.

Estaba pensando en lo que necesitaría para el viaje cuando una llamada a la puerta me sobresaltó, aunque la estaba esperando. Me levanté para ir a abrir a Buddy Lockridge.

24

Harry Bosch abrió la puerta y Rachel se dio cuenta de que estaba enfadado. Iba a decir algo cuando vio que era ella y se contuvo. Rachel comprendió que Harry Bosch estaba esperando a alguien y que ese alguien se estaba retrasando.

—Agente Walling.

—¿Esperaba a alguien?

—Ah, no, en realidad no.

Rachel vio que Bosch miraba por encima de ella al aparcamiento de la parte de atrás.

—¿Puedo pasar?

—Perdón, claro, pase.

Dio un paso atrás y le sostuvo la puerta. Rachel entró en un pequeño apartamento, triste y escasamente amueblado. En la izquierda había una mesa de comedor que sería de la década de 1960 y Rachel vio una botella de cerveza, una libreta y un atlas de carreteras abierto por un mapa de Nevada. Bosch se acercó con rapidez a la mesa. Cerró el atlas y su libreta y los apiló uno encima de otro. Ella se fijó entonces en que su licencia de conducir también estaba sobre la mesa.

—Bueno, ¿qué le trae a este lugar de ensueño? —preguntó Bosch.

—Sólo quería ver en qué anda —dijo ella, eliminando la sospecha de su voz—. Espero que nuestro recibimiento en la caravana no haya sido demasiado duro para usted hoy.

—No. Gajes del oficio.

—Sin duda.

—¿Cómo me ha encontrado?

Ella se adentró en la sala.

—Paga este sitio con tarjeta de crédito.

Bosch asintió con la cabeza, pero no se mostró sorprendido por la rapidez o la cuestionable legalidad de la investigación que ella había llevado a cabo. Rachel continuó, señalando con el mentón el libro de mapas que descansaba sobre la mesa del comedor.

—¿Planeando unas pequeñas vacaciones? Ahora que ya no está trabajando en el caso.

—Un viaje por carretera, sí.

—¿Adónde?

—Todavía no estoy seguro.

Ella sonrió y se volvió hacia la puerta abierta del balcón. Vio un *jet* negro de aspecto caro sobre el asfalto, más allá del aparcamiento del motel.

—Según los registros de su tarjeta de crédito hace casi nueve meses que alquila este sitio. De manera intermitente, pero sobre todo aquí.

—Sí, me hacen un descuento por larga estancia. Resulta a veinte dólares por día, más o menos.

—Probablemente es demasiado.

Bosch se volvió y examinó el apartamento como si lo viera por primera vez.

—Sí.

Los dos continuaban de pie. Rachel sabía que él no quería que se sentara ni que se quedara por el visitante al que estaba esperando. Así que decidió forzar la situación y se sentó en el sofá raído sin que la invitaran.

—¿Por qué ha alquilado este sitio nueve meses?

Bosch apartó una silla de la mesa del comedor y se sentó.

—No tiene nada que ver con esto, si es lo que quiere decir.

—No, no pensaba eso. Simple curiosidad. No tiene pinta de jugador, al menos de jugador de casino. Y esto parece un sitio para ludópatas.

Bosch asintió con la cabeza.

—Lo es. Eso y gente con otras adicciones. Estoy aquí porque mi hija vive en la ciudad. Con su madre. Yo estoy intentando conocerla. Supongo que ella es mi adicción.

—¿Qué edad tiene?

—Pronto cumplirá seis.

—Qué bien. Y su madre es Eleanor Wish, la antigua agente del FBI.

—La misma. ¿Qué puedo hacer por usted, agente Walling?

Ella sonrió. Le gustaba Bosch. Iba al grano. Al parecer, no dejaba que nada ni nadie lo intimidara. Se preguntó por el origen de esa actitud. ¿Era por haber llevado placa o por otra cosa?

—Para empezar puedes llamarme Rachel, pero creo que se trata más de lo que yo puedo hacer por ti. Querías que contactara contigo, ¿no?

Él rió, pero sin el menor atisbo de humor.

—¿De qué estás hablando?

—De la entrevista. Las miradas, las señas, las sonrisas, todo eso. Me has elegido como una especie de aliada. Tratabas de conectar. Supongo que querías equilibrar la situación de tres contra uno.

Bosch se encogió de hombros y miró por el balcón.

—Era un palo de ciego. Yo..., no sé, simplemente pensé que no te estaban tratando demasiado bien ahí, nada más. Y supongo que sé lo que es eso.

—Hace ocho años que el FBI no me trata muy bien.

Bosch la miró.

—¿Todo por Backus?

—Eso y otras cosas. Cometí algunos errores y el FBI nunca perdona.

—Yo también sé cómo es eso. —Se levantó—. Me estoy tomando una cerveza —dijo—. ¿Quieres una, o es una visita de servicio?

—Puedo tomarme una, de servicio o no.

Bosch se levantó, cogió la botella abierta de la mesa del comedor y fue a la pequeña cocina del apartamento. Puso la botella en el fregadero y sacó otras dos de la nevera. Las abrió y se las llevó a la sala. Rachel sabía que debía tener cuidado y estar alerta. La línea entre quién jugaba con quién en ese tipo de situaciones era muy fina.

—Hay vasos del apartamento en los armarios, pero no me fiaría de ellos —dijo, pasándole una botella.

—La botella está bien.

Rachel cogió la suya y la hizo sonar con la de Bosch antes de tomar un pequeño trago. Sierra Nevada, estaba buena. Sabía que él estaba observando si bebía realmente. Se limpió la boca con el dorso de la mano, aunque no tenía que hacerlo.

—Está buena.

—Mucho. Entonces, ¿qué parte de esto te están dejando a ti? ¿O sólo tienes que quedarte mirando y en silencio, como el agente Zigo?

Rachel se rió.

—Sí, creo que todavía no le he oído farfullar una frase

entera. Aunque yo sólo llevo aquí un par de días. Básicamente, me trajeron porque no tenían mucha elección. Yo tenía mi propia historia con Bob Backus y el GPS me lo mandó a mí a Quantico, aunque yo no había puesto los pies allí en ocho años. Como te has dado cuenta en la caravana, esto podría tratarse de mí. Tal vez, tal vez no, pero me da un papel.

—¿Y de dónde te trajeron?

—De Rapid City.

Bosch hizo una mueca.

—No, no está tan mal —dijo ella—. Antes estuve en Minot, Dakota del Norte. Una oficina de un solo agente. Creo que en mi segundo año allí hubo una primavera de verdad.

—¡Qué putada! En Los Ángeles lo que hacen cuando quieren sacarte de en medio es lo que llaman «terapia de autovía», te transfieren a la división que está más lejos de donde tú vives para que tengas que tragarte los embotellamientos todos los días. Un par de años de dos horas diarias de cola y los tipos entregan las placas.

—¿Es lo que te ocurrió a ti?

—No, pero probablemente ya sabes lo que me ocurrió.

Rachel no respondió, y cambió rápidamente de tema.

—En el FBI tienen todo el país y más. No lo llaman «terapia de autovía», sino «condiciones rigurosas». Te mandan a donde no quiere ir nadie. Y hay un montón de sitios así, lugares donde pueden enterrar a un agente cuando quieren. En Minot todo era asunto de la reserva india y en la reserva no se tomaban muy bien lo de la persuasión del FBI. Rapid City es sólo un pequeño progreso. Al menos hay otros agentes en la oficina. Mis compañeros desclasados. En realidad, lo pasamos bien porque no hay presión, ¿entiendes?

—Sí. ¿Cuánto tiempo has estado allí?

—Ocho años en total.

—Joder.

Rachel sacudió la mano que tenía libre de manera desdeñosa, como si todo fuera agua pasada. Sabía que lo estaba atrayendo. Exponerse haría que él confiara en ella y necesitaba esa confianza.

—Cuéntame —dijo Bosch—. ¿Fue porque tú eras la mensajera? ¿Porque disparaste a Backus? ¿O porque se escapó?

—Por todo eso y por otras cosas. Confraternizar con el enemigo, mascar chicle en clase, lo habitual.

Él asintió.

—¿Por qué no lo dejaste, Rachel?

—Bueno, Harry, porque no quería que ganaran ellos.

Bosch asintió otra vez y ella vio un brillo en sus ojos. Había conectado en esa respuesta. Lo sabía, lo percibía, y se sentía bien.

—¿Puedo decirte algo *off the record*, Harry?

—Claro.

—Mi cometido ahora mismo es vigilarte.

—¿A mí? ¿Por qué? No sé si estabas escuchando en esa oficina de campo rodante antes, pero me han echado del caso de una patada.

—Sí, y estoy segura de que tú has hecho las maletas y lo has dejado.

Rachel se volvió y miró el libro de mapas y la libreta que estaban en la mesa. Después se volvió hacia él y habló en un tono severo pero mesurado.

—Mi misión es vigilarte y pararte los pies sin contemplaciones si te acercas a esta investigación.

—Mire, agente Walling, no creo que...

—No te pongas formal de repente.

—Vale, Rachel, pues. Si esto es algún tipo de amenaza, de acuerdo, mensaje recibido. Entendido. Pero no creo que tú...

—No te estoy amenazando. He venido para decirte que no pienso cumplir con mi cometido.

Bosch se detuvo y la observó durante un largo momento.

—¿Qué quieres decir?

—Quiero decir que te he investigado. Tenías razón en eso. Te conozco y sé qué clase de poli eras. Sé lo que ha pasado contigo y con el FBI en el pasado. Sé todo eso y sé que no eres un tipo común. Y mi apuesta es que estás metido en algo, que hoy nos has dicho lo justo para salir de una pieza de esa autocaravana.

Rachel se detuvo y esperó, y finalmente Bosch respondió.

—Eh, mira, si todo eso es un cumplido, entonces lo acepto. Pero ¿adónde quieres llegar?

—Quiero llegar a que yo también tengo una historia. Y no voy a sentarme en un lado mientras van detrás de Backus y me dejan en la oficina de campo haciendo café. Esta vez no. Quiero llegar allí antes, y como ésta es una ciudad de apuestas, yo apuesto por ti.

Bosch no se movió ni dijo nada durante un largo momento. Rachel observó los ojos oscuros del ex policía mientras reflexionaba sobre todo lo que ella misma había dicho. Sabía que estaba corriendo un riesgo increíble con Bosch. Pero ocho años en las Badlands habían logrado que contemplara el riesgo de un modo muy distinto a como lo hacía cuando estaba en Quantico.

—Deja que te pregunte algo —dijo él finalmente—. ¿Cómo es que no te tienen en una habitación de hotel con dos vigilantes en la puerta? Por si aparece Backus. Como bien has dicho, podría tratarse de ti. Primero Terry McCaleb, después tú.

Ella negó con la cabeza, rechazando la idea.

—Porque tal vez me estén utilizando. Quizá yo sea el cebo.

—¿Tú crees?

Rachel se encogió de hombros.

—No lo sé. No conozco todo lo que pasa en esta investigación. En cualquier caso, no importa. Si va a venir a por mí, dejemos que venga. No voy a esconderme en una habitación de hotel. No cuando él está ahí fuera y no mientras lleve a mis colegas Sig y Glock conmigo.

—Vaya, una agente con dos pistolas. Es interesante. La mayoría de los polis con dos pistolas que he conocido tenían demasiada testosterona además de las balas extras. No me gustaba trabajar con esos tipos.

Lo dijo con una especie de sonrisa en la voz. Ella sabía que estaba a punto de morder el anzuelo.

—No las llevo las dos al mismo tiempo. Una es la del trabajo y la otra no. Y estás tratando de cambiar de tema.

—¿Cuál es el tema?

—Tu siguiente movimiento. Mira, ¿sabes cómo lo dicen en las películas? Podemos hacerlo a la manera dura o podemos...

—Darte en la cara con el listín de teléfonos.

—Exactamente. Tú estás trabajando solo, a contrapelo, pero obviamente tienes instinto y probablemente sabes cosas que nosotros todavía no conocemos. ¿Por qué no trabajar juntos?

—¿Y qué pasará cuando la agente Dei y el resto del FBI se enteren?

—Correré el riesgo, asumiré la caída. Pero no será muy dura. ¿Qué van a hacerme? ¿Enviarme otra vez a Minot?

Bosch asintió con la cabeza. Ella lo observó y trató de ver a través de aquellos ojos oscuros para descifrar cómo trabajaba su mente. Su idea de Bosch era que ponía el caso por encima de la vanidad y las mezquindades. Reflexionaría y al final se daría cuenta de que era la forma de proceder.

Bosch finalmente asintió de nuevo y habló.

—¿Qué haces mañana por la mañana?

—Vigilarte, ¿por qué?

—¿Dónde te alojas?

—En el Embassy Suites de Paradise, cerca de Harmon.

—Te recogeré a las ocho.

—¿Y adónde vamos?

—Al vértice del triángulo.

—¿Qué quieres decir? ¿Adónde?

—Te lo explicaré mañana. Estoy pensando que puedo confiar en ti, Rachel. Pero vayamos paso a paso. ¿Vas a venir conmigo?

—Muy bien, Bosch. Iré contigo.

—Ahora te estás poniendo formal tú.

—Ha sido un resbalón. No quiero ponerme formal contigo.

Rachel sonrió y se fijó en que él trataba de interpretar la sonrisa.

—Muy bien, entonces te veré mañana —dijo Bosch—. Ahora he de prepararme para ir a ver a mi hija.

Se levantó y lo mismo hizo ella. Rachel echó otro trago de cerveza y la dejó a medias en la mesa del comedor.

—A las ocho en punto mañana —dijo—. ¿Me recogerás?

—Sí.

—¿Estás seguro de que no quieres que conduzca yo? El tío Sam paga la gasolina.

—No importa. ¿Puedes traer las fotos de los desaparecidos? Las tenía en el artículo del diario, pero la agente Dei me las quitó.

—Veré qué puedo hacer. Probablemente hay una copia que no echarán en falta en la oficina de campo.

—Y otra cosa, lleva a tus dos amigos.

—¿Qué amigos?

—Sig y Glock.

Ella sonrió y negó con la cabeza.

—Ahora no puedes llevar arma, ¿no? Legalmente, quiero decir.

—No, no puedo y no llevo.

—Debes de sentirte desnudo.

—Sí, es una manera de decirlo.

Ella le dedicó otra sonrisa.

—Bueno, yo no voy a darte un arma, Harry. De ninguna manera.

Él se encogió de hombros.

—Tenía que preguntarlo.

Bosch abrió la puerta y su visitante salió. Después de cerrar, Rachel Walling bajó por la escalera hasta el aparcamiento y miró de nuevo a la puerta. Se preguntó si la estaría observando a través de la mirilla. Se metió en el Crown Vic que se había llevado del parque móvil. Sabía que estaba cerca del filo del problema. Lo que había revelado a Bosch y acordado hacer al día siguiente con él garantizaba la etapa final de la destrucción de su carrera si las cosas se torcían. Pero a ella no le importaba. Estaba en la ciudad del juego. Rachel se fiaba de Bosch y se fiaba de sí misma. No permitiría que los vencieran.

Al salir marcha atrás en el Crown Vic se fijó en que un taxi se detenía en el aparcamiento. Un hombre regordete, con el pelo aclarado por el sol y una camisa hawaiana chillona salió y examinó los números de las puertas de los apartamentos. Llevaba un sobre grueso y una carpeta que parecía amarillenta y vieja. Rachel observó mientras él subía por la escalera y caminaba hasta el número 22, la puerta de Bosch. La puerta se abrió antes de que el hombre llamara.

Rachel retrocedió y salió a Koval Lane. Rodeó la manzana y aparcó en un lugar que le daba una buena perspectiva de las salidas del aparcamiento del cochambroso motel de Bosch. Estaba segura de que Bosch tramaba algo y ella iba a descubrir qué era.

25

Backus apenas había atisbado al hombre que abrió la puerta de la habitación del motel cuando llamó Rachel Walling, pero pensó que lo había reconocido de muchos años atrás. Sintió que se le aceleraba el pulso. Si no se equivocaba con el hombre con el que ella se había reunido en la habitación 22, entonces las apuestas habían subido considerablemente.

Examinó el motel y su situación. Había localizado los tres vehículos de vigilancia del FBI. Los agentes se mantenían a la expectativa. Habían desplegado a un agente que se hallaba sentado en el banco de un autobús, al otro lado de Koval. Parecía fuera de lugar, vestido con un traje gris y supuestamente esperando el autobús. Era el estilo del FBI.

Eso dejaba el motel libre para que Backus se moviera. Tenía forma de ele, con aparcamientos en todos los costados. Se dio cuenta de que desde el otro lado del edificio podría atisbar de nuevo al hombre con el que estaba Rachel a través de la ventana de atrás o el balcón.

Decidió no arriesgarse a mover el coche desde el aparcamiento delantero al trasero. Eso podría atraer la atención del calientabancos del otro lado de la calle. Entreabrió la puerta y se escurrió del coche. Tenía la luz interior apagada, de manera que no había riesgo de exposición. Caminó hacia atrás entre otros dos coches y se enderezó, poniéndose una gorra de béisbol y bajando la visera cuando él apareció. La gorra llevaba las siglas de la Universidad de Nevada en Las Vegas.

Backus atravesó el pasadizo de la planta baja del motel de dos pisos. Pasó junto a las máquinas de refrescos y golosinas y salió al otro lado como si estuviera buscando su coche. Levantó la mirada al balcón iluminado que creía que correspondía a la puerta de la habitación 22, donde había visto entrar a Rachel. Vio que la puerta corredera estaba abierta.

Simulando que buscaba su coche, Backus vio que el ángulo visual del agente del banco no le permitía vigilar el aparcamiento de atrás. Nadie lo estaba viendo allí. Como si tal cosa, se trasladó a una posición situada justo debajo del balcón de la habitación 22. Trató de escuchar cualquier fragmento de conversación que pudiera salir por la puerta corredera abierta. Oyó la voz de Rachel, pero no pudo discernir las palabras hasta que dijo «debes de sentirte desnudo».

Esto lo confundió y lo intrigó. Estaba pensando en subir a la otra planta para poder oír la conversación de la habitación 22. El sonido de una puerta que se cerraba puso fin a esa idea. Supuso que Rachel acababa de irse. Backus volvió al pasadizo y se escondió detrás de la máquina de Coca-Cola cuando oyó el motor de un coche que arrancaba. Aguardó y escuchó. Detectó el sonido de otro coche que entraba. Caminó desde la máquina de Coca-Cola hasta la esquina y miró: un hombre estaba bajando de un taxi. Backus también lo reconoció. Era el compañero de pesca de Terry McCaleb. No había duda. Backus sentía que acababa de toparse con todo un tesoro de intriga y misterio. ¿Qué tramaba Rachel? ¿Cómo había conectado tan pronto con el socio de las excursiones de pesca? ¿Y qué estaba haciendo allí el Departamento de Policía de Los Ángeles?

Miró más allá del taxi y vio que el Crown Victoria de Rachel salía a la calle y se alejaba. Esperó un momento y fue testigo de que uno de los Grand Am se detenía, recogía al hombre del banco y arrancaba de nuevo. Backus volvió a bajarse la visera de la gorra y salió del pasadizo. Se encaminó a su coche.

26

Estaba observando a través de la mirilla, pensando en la agente Walling y asombrándome de que ni la actitud despiadada del FBI ni las Dakotas le habían arrebatado la pasión ni el sentido del humor. Ella me gustaba por eso y sentía una conexión. Estaba considerando la posibilidad de confiar en Rachel Walling, al mismo tiempo que pensaba que una profesional había jugado conmigo. Estaba seguro de que no me había dicho todo lo que pretendía, nadie lo hace nunca, pero me había dicho lo suficiente. Queríamos lo mismo, quizá por razones diferentes. En cualquier caso, no me estaba replanteando mi decisión de llevar un pasajero por la mañana.

El campo de visión a través de la mirilla se llenó de repente con la imagen cóncava de Buddy Lockridge. Abrí la puerta antes de que él llamara y lo metí rápidamente en el apartamento. Me pregunté si Walling lo había visto llegar.

—Justo a tiempo, Buddy. ¿Alguien ha hablado con usted o le ha parado ahí fuera?

—¿Dónde, aquí?

—Sí, aquí.

—No, acabo de bajar del taxi.

—Muy bien, ¿entonces dónde ha estado?

Lockridge explicó su retraso argumentando que no había taxis en el Bellagio. No me lo creí. Vi uno de los bolsillos de sus vaqueros abultado cuando le cogí las dos carpetas que llevaba.

—Eso no se lo cree nadie, Buddy. A veces es difícil encontrar taxi en esta ciudad, pero no en el Bellagio. Allí siempre hay taxis.

Me estiré hacia él y le di una palmada en su bolsillo lleno.

—Ha parado a jugar, ¿no? Tiene el bolsillo lleno de fichas.

—Mire, he parado a echar dos partidas rápidas de *blackjack* antes de venir. Pero tuve suerte, tío. No perdía nunca. Mire. —Metió la mano en el bolsillo y la sacó con un puñado de fichas de cinco dólares—. Estaba en racha. Y no puedes irte cuando tienes buena suerte.

—Sí, genial. Eso le ayudará a pagar la habitación del hotel.

Buddy se fijó en mi apartamento, valorándolo. A través del balcón abierto llegaba el sonido del tráfico y de los *jets*.

—Por suerte —dijo—, no voy a quedarme aquí.

Casi me reí, teniendo en cuenta lo que había visto de su barco.

—Bueno, puede quedarse donde quiera porque no le necesito más. Gracias por traerme las carpetas.

Sus ojos se abrieron.

—¿Qué?

—Tengo un nuevo compañero. El FBI. Así que puede volver a Los Ángeles en cuanto quiera o puede jugar al *blackjack* hasta que sea dueño del Bellagio. Yo le pagaré el avión, como le dije, y el vuelo en helicóptero a la isla y cuarenta pavos por la habitación. Eso es lo que cuesta un día aquí. —Levanté las carpetas—. Añadiré un par de cientos por su tiempo en ir a buscar esto y traérmelo aquí.

—Ni hablar, tío. He venido hasta aquí, joder. Todavía puedo ayudar. He trabajado con agentes antes, cuando Terry y yo investigamos un caso.

—Eso fue entonces, Buddy, esto es ahora. Vamos. Le acompañaré a su hotel. He oído que hay pocos taxis, y de todos modos voy en esa dirección.

Después de cerrar la puerta del balcón saqué a Lockridge del apartamento y cerré. Me llevé las carpetas para leerlas después. Mientras bajábamos por la escalera hacia el aparcamiento, busqué al vigilante de seguridad, pero no lo vi. También busqué a Rachel Walling, pero tampoco la vi. En cambio, vi a mi vecina Jane metiendo una caja de zapatos en el maletero del coche, un Monte Carlo blanco. Desde mi ángulo en la escalera me fijé en que el maletero estaba lleno de otras cajas más grandes.

—Le irá mejor conmigo —dijo Buddy, todavía con la protesta tintineando en su voz—. No puede fiarse del FBI, tío. Terry trabajaba allí y ni siquiera se fiaba él mismo.

—Ya lo sé, Buddy. He tratado con el FBI durante treinta años.

Lockridge simplemente negó con la cabeza. Observé que Jane se metía en el coche y volvía a salir. Me pregunté si sería la última vez que la veía. Me pregunté si el hecho de decirle que era poli la había asustado y había provocado su marcha. Tal vez había escuchado parte de mi conversación con la agente Walling a través de los finos tabiques.

Los comentarios de Buddy acerca del FBI me recordaron algo.

—Por cierto, cuando vuelva van a querer hablar con usted.

—¿De qué?

—Del GPS. Lo han encontrado.

—Vaya, genial. ¿Quiere decir que no fue Finder? ¿Fue Shandy?

—Eso creo, pero la noticia no es tan buena, Buddy.

—¿Por qué no?

Abrí el Mercedes y entramos. Miré a Buddy mientras arrancaba.

—Todos los *waypoints* están borrados. Ahora sólo tiene uno y allí no va a pescar nada.

—Ah, mierda. Tendría que habérmelo imaginado.

—La cuestión es que van a interrogarle a fondo sobre eso y sobre Terry y el último crucero, lo mismo que hice yo.

—Así que le van detrás, ¿eh? Lleva ventaja. Es el mejor, Harry.

—No crea.

Sabía lo que me esperaba. Buddy se volvió en el asiento y se inclinó hacia mí.

—Déjeme acompañarle, Harry. Le digo que puedo ayudar. Soy listo, puedo averiguar cosas.

—Póngase el cinturón, Buddy.

Metí la marcha atrás antes de que él tuviera oportunidad de abrocharse el cinturón y casi se dio con el salpicadero.

Nos dirigimos al Strip y lentamente nos abrimos camino hacia el Bellagio. Empezaba a ponerse el sol y las aceras se estaban enfriando y comenzaban a poblarse. El neón de las fachadas convertían el anochecer en una puesta de sol brillante. Casi. Buddy continuó presionándome para que le dejara participar en la investigación, pero yo lo rechacé una y otra vez. Después de rodear una enorme fuente y detenerme ante la gigantesca entrada con pórtico del casino, le dije al aparcacoches que sólo íbamos a recoger a alguien. Me indicó que me detuviera junto al bordillo y me advirtió que no dejara el coche solo.

—¿A quién vamos a recoger? —preguntó Buddy, con nueva vida en su voz.

—A nadie. Lo he dicho por decir. ¿Sabe qué? ¿Quiere trabajar conmigo, Buddy? Entonces quédese aquí en el coche para que no se lo lleve la grúa. Tengo que entrar ahí un momento.

—¿Para qué?

—Para ver si hay alguien.

—¿Quién?

Salí del coche y cerré la puerta sin responder a la pregunta, porque sabía que con Buddy cada respuesta conducía a otra pregunta y después a otra, y no tenía tiempo para eso.

Conocía el Bellagio como conocía las curvas de Mulholland Drive. Allí era donde Eleanor Wish, mi ex mujer, se ganaba la vida, y donde yo la había visto jugar en más de una ocasión. Rápidamente me abrí paso a través del lujoso casino, atravesé el bosque de máquinas tragaperras y llegué hasta la sala de póquer.

Sólo había actividad en dos de las mesas. Era muy temprano. Rápidamente observé a los trece jugadores y no vi a Eleanor. Me fijé en el podio y vi que el director de juego era un hombre al que conocía por venir con Eleanor y después por quedarme observando mientras ella jugaba. Me acerqué.

—Freddy, ¿hay movimiento?

—Sí, movimiento de culos.

—Está bien. Te da algo que mirar.

—No me quejo.

—¿Sabes si va a venir Eleanor?

Eleanor tenía la costumbre de comunicar a los directores de mesa si iba a ir a jugar en una noche en concreto. A veces reservaban lugares en las mesas a jugadores que apostaban fuerte o a aquellos especialmente hábiles. Incluso organizaban partidas privadas. En cierto modo, mi ex era una atracción secreta de Las Vegas. Era una mujer atractiva y extraordinaria jugando al póquer. Eso representaba un desafío para determinado tipo de hombres. Los responsables listos de los casinos lo sabían y jugaban con ello. A Eleanor siempre la trataban bien en el Bellagio. Si necesitaba algo —desde una bebida a una suite, pasando por que echaran de la mesa a un jugador rudo— se lo proporcionaban. Sin preguntas. Y por eso normalmente optaba por ese casino las noches que jugaba.

—Sí, va a venir —me dijo Freddy—. No tengo nada para ella todavía, pero se pasará.

Esperé antes de lanzarle otra pregunta. Tenía que actuar con astucia. Me incliné en la barandilla y casualmente observé al crupier de la mesa de *hold'em poker* servir la última carta de la mano, raspando con los naipes el tapete azul en un leve susurro. Cinco jugadores habían aguantado hasta el final. Observé un par de sus rostros cuando miraron la última carta. Estaba buscando algo que los delatara, pero no lo vi.

Eleanor me había dicho una vez que los verdaderos jugadores de *hold'em* llaman a la última carta «el río» porque te da la vida o te la quita. Si has jugado la mano hasta la séptima carta, todo depende de ésta.

Tres de los cinco jugadores se retiraron enseguida. Los dos restantes fueron subiendo las apuestas hasta que uno de ellos se llevó el bote con un trío de sietes.

—¿A qué hora dijo que vendría? —le pregunté a Freddy.

—Ah, dijo que a la hora habitual. Alrededor de las ocho.

A pesar de mi intento de que pareciera una conversación fortuita, me di cuenta de que Freddy empezaba a mostrarse vacilante, dándose cuenta de que le debía lealtad a Eleanor y no a su ex marido. Tenía lo que necesitaba, así que le di las gracias y me fui. Eleanor estaba pensando en acostar a nuestra hija y después ir a trabajar. Maddie se quedaría al cuidado de la niñera que dormía en la casa.

Cuando volví a la entrada del casino, mi coche estaba vacío. Busqué a Buddy y lo localicé hablando con uno de los aparcacoches. Lo llamé y le dije adiós, pero él llegó corriendo y me pilló en la puerta del Mercedes.

—¿Se va?

—Sí, se lo había dicho. Sólo he entrado un par de minutos. Gracias por quedarse en el coche como le pedí.

No lo captó.

—No hay problema —dijo—. ¿Lo ha encontrado?

—¿A quién?

—Al que haya entrado a ver.

—Sí, Buddy, lo he encontrado. Le veré...

—Vamos, tío, hagamos esto juntos. Terry también era mi amigo.

Eso me detuvo.

—Buddy, lo entiendo. Pero lo mejor que puede hacer ahora si quiere hacer algo por Terry es volver a casa, esperar que los agentes se presenten y decirles todo lo que sabe. No se reserve nada.

—¿Ni siquiera que me mandó al barco para robar la carpeta y traer las fotos?

Lockridge sólo estaba tratando de provocarme porque se había dado cuenta finalmente de que estaba fuera.

—No me importa que se lo cuente —le dije—. Le he dicho que trabajo con ellos. Lo sabrán antes de que vayan a verle. Pero sólo para que le quede claro, yo no le he pedido que robara nada. Trabajo para Graciela. Ese barco y todo lo que contiene le pertenece a ella. Incluidos esos archivos y esas fotografías. —Le empujé con fuerza en el pecho—. ¿Entendido, Buddy?

Él retrocedió físicamente.

—Sí, entendido. Sólo...

—Bien.

Entonces le tendí la mano. Nos las estrechamos, pero no fue un apretón amistoso.

—Nos vemos, Buddy.

Él soltó la mano y yo entré y cerré la puerta. Arranqué y me alejé. En el espejo observé que se metía en las puertas giratorias y supe que perdería todo el dinero antes de que terminara la noche. Tenía razón. Nunca hay que darle la espalda a la suerte.

Miré el reloj del salpicadero: Eleanor no saldría de casa para ir al trabajo nocturno hasta al cabo de otros noventa minutos. Podía dirigirme a su casa, pero prefería esperar. Quería ver a mi hija, pero no a mi ex mujer. Eleanor, y eso siempre se lo agradecería, había sido lo bastante amable para permitirme privilegios plenos cuando ella estaba trabajando. Así que eso no sería un problema. Y no me importaba que Maddie estuviera despierta o no. Sólo quería verla, oír su respiración y tocarle el pelo. Sin embargo, parecía que cada vez que Eleanor y yo nos encontrábamos chocábamos de frente y la rabia de ambos gobernaba el momento. Sabía que era mejor de este modo, ir a la casa cuando ella no estuviera.

Podía haber vuelto al Double X para dedicar una hora a leer el expediente del Poeta, pero decidí conducir. Paradise Road estaba mucho menos congestionado que el Strip. Siempre es así. Enfilé Harmon y después giré hacia el norte y casi de inmediato me metí en el aparcamiento del Embassy Suites. Pensé que tal vez Rachel Walling querría tomar una taza de café y recibir una explicación más completa de la excursión del día siguiente.

Recorrí el aparcamiento a escasa velocidad buscando un coche del FBI que pudiera resultarme obvio por los tapacubos baratos y la matrícula federal. Pero no vi ninguno. Saqué el móvil, llamé a información y obtuve el número del Embassy Suites. Marqué, pregunté por la habitación de Rachel Walling y me pasaron. El teléfono sonó repetidamente, pero nadie respondió. Colgué y pensé un momento. Entonces reabrí el teléfono y llamé al número de móvil que ella me había dado. Me contestó al momento.

—Hola, soy Bosch, ¿en qué estás? —dije de la manera más despreocupada que pude.

—Nada, por aquí.

—¿Estás en el hotel?

—Sí, por qué, ¿qué pasa?

—Nada, sólo pensaba que quizá te apetecería una taza de café o algo. Estoy fuera y tengo un rato. Puedo estar en tu hotel en un par de minutos.

—Oh, gracias, pero creo que esta noche no voy a salir.

«Claro que no puedes salir, ni siquiera estás ahí.»

—Tengo bastante *jet-lag*, a decir verdad. Siempre me afecta el segundo día. Además, mañana hemos de empezar temprano.

—Entiendo.

—No, no es que no quiera, quizá mañana, ¿vale?

—Vale. ¿Sigue en pie a las ocho?

—Allí estaré.

Colgamos y sentí el primer peso de la duda en mi estómago. Ella tramaba algo, estaba jugando conmigo de algún modo.

Enseguida traté de descartarlo. Su misión era vigilarme. Había sido clara en eso. Quizá me estaba poniendo paranoico.

Hice otro circuito por el aparcamiento, buscando un Crown Vic o un LTD, pero no vi ninguno. Rápidamente salí y volví a meterme en Paradise Road. En Flamingo doblé al oeste, volví a cruzar el Strip y pasé por encima de la autovía. Aparqué en el estacionamiento de un *steakhouse* cerca de Palms, el casino favorito de muchos de los residentes en Las Vegas porque estaba apartado del Strip y atraía a un montón de celebridades. La última vez que Eleanor y yo habíamos hablado civilizadamente me dijo que estaba pensando en cambiar su fidelidad al Bellagio por el Palms. El Bellagio seguía siendo el sitio donde iba el dinero, pero las cantidades más grandes se jugaban en el bacará, el *pai gow* o el *crap*. Al póquer le correspondía un estilo diferente, por ser el único juego donde no compites contra la casa. Ella había oído comentar que todas las celebridades y deportistas que venían de Los Ángeles al Palms estaban jugando al póquer y perdiendo enormes sumas en su proceso de aprendizaje.

En la barra del *steakhouse* pedí un filete y una patata asada. La camarera trató de convencerme de que no pidiera la carne bastante hecha, pero me mantuve firme. En los sitios donde había crecido nunca vi ninguna comida que estuviera rosada en el centro y no podía empezar a disfrutarlo ahora.

Después de que ella se alejó, pensé en una cocina del ejército en la que había estado una vez en Fort Benning. Había costillares completos de buey hervidos en una docena de cubas enormes. Un tipo con una pala estaba espumando aceite de la superficie de una de las cubas. Esa cocina era lo peor que había olido hasta que al cabo de unos meses me metí en los túneles y una vez entré reptando en un lugar donde el Vietcong escondía sus cadáveres de los estadísticos del ejército.

Abrí el archivo del Poeta, y estaba enfrascado en una cuidadosa lectura cuando sonó mi móvil. Contesté sin fijarme en la pantalla de identificación.

—¿Hola?

—Harry, soy Rachel. ¿Todavía te apetece el café? He cambiado de idea.

Supuse que había vuelto a toda prisa al Embassy Suites para que no la pillara en una mentira.

—Um, acabo de pedir la cena en la otra punta de la ciudad.

—Mierda, lo siento. Bueno, así aprenderé. ¿Estás solo?

—Sí, tengo algunas cosas de trabajo aquí.

—Bueno, ya sé cómo es eso. Yo ceno sola todas las noches.

—Sí, yo también, cuando ceno.

—¿En serio? ¿Y tu niña?

Ya no estaba cómodo ni confiado hablando con ella. No sabía qué estaba tramando. Y no tenía ganas de hablar de mi triste experiencia conyugal o como padre.

—Ah, escucha, me están mirando mal. Creo que los móviles van contra las reglas.

—Bueno, no queremos romper las reglas. Te veo mañana a las ocho, entonces.

—Vale, Eleanor, adiós.

Estaba a punto de colgar el teléfono cuando oí su voz.

—¿Harry?

—¿Qué?

—Yo no soy Eleanor.

—¿Qué?

—Acabas de llamarme Eleanor.

—Oh, me he equivocado. Lo siento.

—¿Te recuerdo a ella?

—Puede. Más o menos. No ahora, sino de hace un tiempo.

—Oh, bueno, espero que no sea de hace demasiado tiempo.

Ella se estaba refiriendo a la caída en desgracia de Eleanor en el FBI. Una caída tan mala que ni siquiera se contempló la posibilidad de darle un destino en condiciones rigurosas en Minot.

—Te veo mañana, Rachel.

—Buenas noches, Harry.

Cerré el teléfono y pensé en mi error. Había salido directo del inconsciente, pero una vez al descubierto resultaba obvio. No quería pensar en eso. Quería refugiarme en el archivo que tenía delante. Sabía que estaría más cómodo estudiando la sangre y la locura de otra persona y otro tiempo.

27

A las ocho y media llamé a la puerta de la casa de Eleanor Wish y salió a abrirme la mujer salvadoreña que vivía allí y cuidaba de mi hija. Marisol tenía una cara amable aunque envejecida. A sus cincuenta y tantos, parecía mucho mayor. Su historia de supervivencia era demoledora y cuando pensaba en ella me sentía afortunado de mi propia biografía. Desde el primer día, cuando me había presentado de manera inesperada en aquella casa y había descubierto que tenía una hija, Marisol me había tratado con amabilidad. Nunca me había visto como una amenaza y siempre era completamente cordial y respetuosa de mi posición de padre y *outsider*. Se echó atrás y me dejó pasar.

—Está durmiendo —dijo.

Levanté la carpeta que llevaba.

—No importa. Tengo trabajo. Sólo quería sentarme un rato a su lado. ¿Cómo estás, Marisol?

—Oh, yo estoy bien.

—¿Eleanor ha ido al casino?

—Sí, ha ido.

—¿Y cómo se ha portado Maddie esta noche?

—Maddie es una buena niña. Ella juega.

Marisol siempre mantenía sus informes escuetos. Había intentado hablar con ella en castellano en otras ocasiones, creyendo que la razón de que hablara tan poco era su desconocimiento del inglés. Sin embargo, ella me dijo poco más en su lengua nativa, prefiriendo mantener sus informes sobre la vida y las actividades de mi hija en unas pocas palabras en cualquier idioma.

—Bueno, gracias —dije—. Si quieres acostarte, ya me iré luego yo solo. Me aseguraré de cerrar la puerta.

No tenía llave de la casa, pero la puerta de la calle se cerraba de golpe.

—Sí, bueno.

La saludé con la cabeza y enfilé el pasillo hacia la izquierda. Entré en la habitación de Maddie y cerré la puerta. Había una lámpara de noche enchufada en la pared del fondo que emitía un brillo azul en la habitación. Me abrí camino hasta uno de los laterales de la cama y encendí la luz de la mesilla. Sabía por experiencia que a Maddie no le molestaba la luz. Su sueño de niña de cinco años era tan profundo que al parecer podía dormir con cualquier cosa, incluso con una final de los Lakers en televisión o con un terremoto de cinco grados en la escala de Richter.

La luz reveló una cabellera de pelo negro enmarañado sobre la almohada. La cara quedaba oculta a mi vista. Le aparté los rizos del rostro y me incliné para besarla en la mejilla. Me coloqué de lado, para que mi oreja quedara más cerca de ella. Escuché el sonido de su respiración y eso me recompensó, liberándome de un instante de miedo infundado.

Me acerqué a la cómoda y apagué el escucha bebés, la otra parte del cual sabía que estaba en la sala de televisión o en el dormitorio de Marisol. Ya no había necesidad de él.

Maddie dormía en una cama *queen size*, con toda clase de gatos en el estampado de la colcha. El cuerpecito de mi hija ocupaba tan poco espacio en la cama que quedaba mucho sitio para que yo apoyara la segunda almohada contra el cabezal y me recostara a su lado. Pasé la mano bajo las mantas y la apoyé suavemente en su espalda. Esperé hasta que percibí el leve subir y bajar de su respiración. Con la otra mano abrí el expediente del Poeta y empecé a leer.

En la cena había revisado casi todo el expediente. Éste incluía el perfil del sospechoso, realizado en parte por la agente Walling, así como los informes de investigación y las fotos de la escena del crimen que se acumularon cuando la investigación estaba en curso y el FBI mantuvo una persecución del asesino conocido como el Poeta a lo largo y ancho del país. Eso había sido ocho años antes, cuando el Poeta asesinó a ocho detectives de homicidios, viajando de este a oeste, antes de que su carrera llegara a su fin en Los Ángeles.

En casa de Eleanor, con mi hija durmiendo a mi lado, empecé con los informes que llegaron después de que el agente especial del FBI Robert Backus hubiera sido identificado como el sospechoso. Después de que Rachel Walling le disparara y desapareciera.

El informe de la autopsia de un cadáver hallado por un inspector del Departamento de Aguas y Energía en un túnel de alcantarillado de Laurel Canyon formaba parte del expediente. El cadáver fue hallado casi tres meses después de que, tras recibir un disparo, Backus cayera a través de la ventana de una casa en voladizo y desapareciera en la oscuridad y los matorrales que había debajo. En el cadáver se encontraron las credenciales del FBI y una placa pertenecientes a Robert Backus. La ropa, deteriorada, también era suya: un traje hecho a mano para Backus en Italia cuando había sido enviado a Milán como asesor en la investigación de un asesino en serie.

Sin embargo, la identificación científica del cadáver no era concluyente. Los restos estaban muy descompuestos, con lo cual el análisis de las huellas dactilares resultaba imposible. E incluso faltaban partes del cuerpo. Inicialmente se supuso que habían sido devoradas por las ratas y otros animales que habitaban en los túneles. No se halló la mandíbula ni el maxilar superior, lo que impedía una comparación con los registros dentales de Robert Backus.

La causa de la muerte tampoco pudo determinarse, aunque el cadáver presentaba una herida de bala en el abdomen superior, el lugar donde la agente Rachel Walling dijo haber impactado y había una costilla fracturada, posiblemente por la fuerza del disparo. Sin embargo, no se recuperaron fragmentos de bala, lo cual apuntaba a que el proyectil atravesó el cuerpo, y por tanto no fue posible realizar una comparación balística con el arma de Walling.

Nunca se llevó a cabo una comparación o identificación por medio del ADN. Después del disparo —cuando se pensó que Backus podría seguir con vida y fugitivo—, los agentes fueron a la casa y el despacho del agente. Pero estaban buscando pruebas de los crímenes que había cometido y pistas de por qué lo había hecho. No pensaron en la posibilidad de que un día podrían necesitarlo para identificar sus restos putrefactos. A causa de una metedura de pata que acecharía la investigación y dejaría al FBI expuesto a posteriores acusaciones de negligencia y encubrimiento, no se recogieron potenciales contenedores de ADN: pelo y piel del desagüe de la ducha, saliva del cepillo de dientes, fragmentos de uñas recortadas de las papeleras, caspa y pelo del respaldo de la silla del despacho. Y tres meses después, cuando se encontró el cadáver en el túnel de alcantarillado, era demasiado tarde. Esos contenedores estaban comprometidos o ya no existían. El edificio donde Backus poseía un apartamento se incendió misteriosamente tres semanas después de que el FBI hubiera acabado con él. Y la oficina de Backus había sido heredada y completamente renovada y redecorada por un agente llamado Randal Alpert, que ocupó su puesto en la unidad de Ciencias del Comportamiento.

La búsqueda de muestras de sangre perteneciente a Backus resultó inútil y de nuevo supuso una situación embarazosa para el FBI. Cuando la agente Walling disparó a Backus en la casa de Los Ángeles una pequeña cantidad de sangre salpicó el suelo. Se recogió una muestra, pero luego ésta fue destruida inadvertidamente en el laboratorio de Los Ángeles cuando eliminaron los residuos médicos.

Una búsqueda de sangre que pudiera haberse extraído a Backus durante las revisiones médicas o como donaciones a bancos de sangre resultó infructuosa. Gracias a su astuta planificación y a una buena dosis de suerte y negligencia burocrática, Backus había desaparecido sin dejar el menor rastro.

La búsqueda de Backus terminó oficialmente con el hallazgo del cadáver en el túnel de alcantarillado. Pese a que nunca llegó a confirmarse científicamente la identidad, las credenciales, la placa y el traje italiano bastaron a las autoridades del FBI para actuar con celeridad y anunciar el cierre de un caso que había acaparado la atención de los medios y había minado severamente la ya maltrecha imagen de la agencia federal.

Sin embargo, entretanto, continuó una investigación callada del historial psicológico del agente asesino. Ésos eran los informes que ahora estaba leyendo. La investigación, conducida por la Sección de Ciencias del Comportamiento —la misma unidad en la que había trabajado Backus—, parecía más preocupada con la cuestión del porqué de sus crímenes que por la pregunta de cómo había podido llevarlos a cabo bajo las mismas narices de los máximos expertos en criminología. Esta vía de la investigación era probablemente una medida de protección. Miraban al sospechoso, no al sistema. El archivo estaba repleto de informes sobre la primera infancia, adolescencia y educación del agente Backus. A pesar de la cantidad de observaciones, especulaciones y resúmenes escritos con esmero, había poca cosa. Sólo unas cuantas hebras desenmarañadas del complejo tejido de la personalidad. Backus seguía siendo un enigma, y su patología un secreto. En última instancia, él era el caso que los profesionales mejores y más brillantes no podían descifrar.

Repasé las hebras. Backus era el hijo de un padre perfeccionista —un agente del FBI, nada menos— y una madre que nunca conoció. Se informó de que el padre había sido físicamente brutal con el niño, al que posiblemente culpaba de que la madre hubiera abandonado a la familia, y lo castigaba con severidad por infracciones como mojar la cama y burlarse de las mascotas de los vecinos. Un informe se debía a un compañero de clase de séptimo grado que informó de que Robert Backus le había confiado que cuando era más pequeño su padre le castigaba por mojar la cama esposándolo al toallero que había dentro de la mampara de la ducha. Otro ex compañero de clase explicó que Backus, según le había confesado en una ocasión, dormía todas las noches con una almohada y una manta en la bañera porque temía el castigo que podían infligirle por mojar la cama. Un vecino de infancia informó de la sospecha de que había sido Backus quien había matado a un perro salchicha cortándolo por la mitad y dejando sus partes en un descampado.

De adulto, Backus exhibió tendencias obsesivo-compulsivas. Tenía fijaciones con la limpieza y el orden. Muchos testimonios en este sentido provenían de agentes compañeros suyos en Ciencias del Comportamiento. Backus era bien conocido en la unidad por retrasar durante muchos minutos reuniones programadas mientras estaba lavándose las manos. Nadie lo vio comer nada en la cafetería de Quantico salvo sándwiches calientes de queso. Día tras día, un sándwich caliente de queso. También mascaba chicle de manera compulsiva y ponía mucho esmero en asegurarse de que nunca se quedaba sin Juicy Fruit, su marca preferida. Un agente describió su masticación como mesurada, lo que significaba que creía que Backus incluso contaba las veces que mascaba cada chicle y, cuando alcanzaba una cifra concreta, tiraba el chicle y empezaba con otro.

Había un informe de una entrevista con una antigua novia. La mujer le dijo al agente entrevistador que Backus le exigía que se duchara con frecuencia y a conciencia, particularmente antes y después de hacer el amor. Explicó que cuando buscaban casa antes de la boda, Backus le dijo que él quería disponer de su propio dormitorio y cuarto de baño. Ella renunció a los planes de boda y puso fin a la relación cuando en una ocasión Backus la llamó cerda porque se había quitado los zapatos de tacón de una patada en su propia sala de estar.

Los informes eran meros atisbos de una psique maltrecha. De hecho, no eran ningún tipo de pista. Por extraños que fueran los hábitos de Backus, no explicaban por qué empezó a matar gente. Miles de personas sufren formas benignas ó severas de trastornos obsesivo-compulsivos, pero no añaden el asesinato a la lista de sus tics. Miles de personas sufrieron abusos de niños y eso no los convierte a todos ellos en maltratadores.

McCaleb había recopilado muchos menos informes sobre la reaparición cuatro años después del Poeta —Backus— en Amsterdam. Todo lo que contenía la carpeta era un informe resumen de nueve páginas en el que se relataban las particularidades de los asesinatos y los hallazgos forenses. Había mirado por encima este informe, pero esta vez lo leí con atención y encontré aspectos que encajaban con la teoría que estaba formulando sobre la población de Clear.

En Amsterdam, las cinco víctimas conocidas eran turistas varones que viajaban solos. Eso los colocaba en el mismo perfil que las víctimas de las que se sabía que habían sido enterradas en Zzyzx, con la excepción de un hombre que se encontraba en Las Vegas con su mujer, pero que se separó de ella cuando ésta pasó el día en el balneario del hotel.

En Amsterdam, los hombres fueron vistos por última vez en el Rosse Buurt de la ciudad, donde la prostitución legalizada se lleva a cabo en pequeñas habitaciones, detrás de ventanas con marco de neón donde las mujeres vestidas con ropa provocativa se ofrecen a los paseantes. En dos de los incidentes los investigadores holandeses localizaron a prostitutas que informaron de que habían estado con las víctimas la noche anterior a que éstas aparecieran flotando en el vecino río Amstel.

Aunque los cadáveres fueron hallados en distintos puntos del río, según los informes se creía que las cinco víctimas habían sido arrojadas al agua en torno a la casa Six. Esta localización era propiedad de una importante familia de la historia de Amsterdam. Encontré este hecho interesante, en parte porque Six y Zzyzx me sonaban parecido. Pero también por la cuestión de si el asesino había escogido la casa de Jan Six al azar o en un intento de alardear de sus crímenes ante la autoridad al elegir una estructura que la simbolizaba.

Los detectives holandeses no llegaron mucho más lejos en la investigación. Nunca descubrieron los mecanismos mediante los cuales el asesino establecía contacto con los hombres, los controlaba y los mataba. Backus ni siquiera habría aparecido en su radar si él mismo no lo hubiera querido así. Él mandó las notas a la policía y preguntó por Rachel Walling y condujo a su identidad. Las notas, según el informe resumen, contenían información acerca de las víctimas y los crímenes que aparentemente sólo el asesino podía conocer. Una nota incluía el pasaporte de la última víctima.

Para mí la conexión entre Rosse Buurt, en Amsterdam, y Clear, Nevada, era obvia. Ambos eran lugares donde el sexo se intercambiaba por dinero de manera legal. Y lo que era más importante, eran lugares donde los hombres iban sin decírselo a nadie, donde incluso podrían tomar medidas para evitar dejar pistas. En cierto modo, eso los convertía en objetivos perfectos para un asesino y en víctimas perfectas. Añadía un grado adicional de seguridad para el asesino.

Finalicé mi revisión del expediente de McCaleb sobre el Poeta y empecé por el principio una vez más, con la esperanza de que me hubiera dejado algo, quizás un simple detalle que pusiera toda la imagen en foco. A veces ocurre así: un pormenor que se ha pasado por alto o se ha entendido mal se convierte en la clave del rompecabezas.

Pero no encontré ese pormenor en la segunda pasada y enseguida los informes empezaron a resultarme repetitivos y tediosos. Me cansé y de alguna manera terminé pensando en ese niño esposado en la ducha. Seguí imaginando esa escena y me sentí mal por el chico y furioso con el padre que le hizo eso y con la madre que nunca se preocupó por saberlo.

¿Significaba eso que sentía compasión por un asesino? No lo creía así. Backus había transformado sus propias torturas y las había convertido en otra cosa y después se había tornado contra el mundo. Entendía el proceso y sentía compasión por el niño que había sido, pero no sentía nada por Backus el hombre, salvo la fría resolución de darle caza y hacerle pagar por lo que había hecho.

28

El sitio apestaba, pero Backus sabía que podía soportarlo. Lo que más asco le daba eran las moscas. Estaban por todas partes, vivas y muertas. Transportando gérmenes, enfermedad y suciedad. Acurrucado bajo la manta, con las rodillas levantadas, podía oírlas zumbar en la oscuridad, volando a ciegas, golpeándose con los mosquiteros y las paredes. Estaban fuera, en todas partes. Se dio cuenta de que tendría que haber sabido que vendrían, que eran parte del plan.

Trató de aislarse de sus sonidos. Trató de pensar y concentrarse en el plan. Era su último día allí. Hora de moverse. Hora de mostrarse. Deseaba poder quedarse a observar, ser testigo del evento, pero sabía que tenía mucho trabajo por delante.

Dejó de respirar. Ahora podía sentirlas. Las moscas lo habían descubierto y estaban reptando por la manta, buscando una vía de entrada, una forma de llegar a él. Él les había dado vida, pero ahora ellas querían alcanzarlo y devorarlo. Su risa sonó con fuerza desde debajo de la manta y las moscas que se habían posado en ella se dispersaron. Se dio cuenta de que no era distinto de las moscas. Él también se había vuelto contra el dador de vida. Se rió otra vez y sintió algo en su garganta.

—¡Aaaag!

Le entraron arcadas. Tosió. Trató de expulsarla. Una mosca. Se había tragado una mosca.

Backus dio un salto y casi tropezó al salir. Corrió a la puerta y se internó en la noche. Se metió un dedo en la garganta hasta vomitarlo todo. Se hincó de rodillas, se provocó arcadas y lo escupió todo. Después sacó la linterna del bolsillo y examinó su vertido con el foco. Vio la mosca en la bilis verde amarillenta. Todavía estaba viva, y sus alas y patas trataban de moverse en el pantano de desecho humano.

Backus se levantó. Pisó la mosca y asintió para sí. Se limpió la suela del zapato en la tierra roja. Miró la silueta del afloramiento rocoso que se alzaba treinta metros por encima de él. En ese momento bloqueaba la visión de la luna. Pero no importaba, así las estrellas brillaban más.

29

Puse la gruesa carpeta a un lado y estudié el rostro de mi hija. Me pregunté con qué estaría soñando. Había tenido muy pocas experiencias en su vida, ¿qué inspiraba sus sueños? Estaba seguro de que sólo había cosas buenas esperándola en ese mundo secreto y deseé que pudiera ser siempre así.

Me cansé cada vez más y no tardé en cerrar los ojos para descansar unos minutos. Y pronto, yo también, soñé. Pero en mi sueño aparecían figuras en sombras y voces airadas, había movimientos bruscos y repentinos en la oscuridad. No sabía dónde estaba ni adónde me dirigía. Y de repente unas manos que no veía me atraparon y me sacaron de allí, de vuelta hacia la luz.

—Harry, ¿qué estás haciendo?

Abrí los ojos y Eleanor estaba tirando del cuello de mi chaqueta.

—Eh... Eleanor... ¿qué...?

Por alguna razón traté de sonreírle, pero todavía estaba demasiado desorientado para saber por qué.

—¿Qué estás haciendo? Mira todo eso en el suelo.

Estaba empezando a registrar que estaba enfadada. Me incorporé y miré por el borde de la cama. El expediente del Poeta se había escurrido de la colcha y se había desparramado por el suelo. Las fotos de la escena del crimen estaban dispersas por todas partes. Tres fotos de un detective de la policía de Denver que había sido asesinado por Backus en su coche estaban prominentemente expuestas. La parte posterior del cráneo de la víctima había quedado destrozada y había sangre y tejido cerebral en todo el asiento. Había otras fotos de cadáveres flotando en canales, fotos de otro detective cuya cabeza fue arrancada por un disparo de escopeta.

—Oh, ¡mierda!

—¡No puedes hacer esto! —dijo Eleanor en voz alta—. ¿Y si se despierta y lo ve? Tendría pesadillas el resto de su vida.

—Se va a despertar si no bajas la voz, Eleanor. Lo siento, ¿vale? No pensaba quedarme dormido.

Bajé de la cama y me arrodillé en el suelo para recoger rápidamente el contenido de la carpeta. Al hacerlo, miré mi reloj y vi que eran casi las cinco de la mañana. Había dormido durante horas. No era de extrañar que estuviera tan desorientado.

Al ver la hora también comprendí que Eleanor había vuelto a casa tarde. Normalmente no jugaba tanto. Probablemente había tenido una mala noche y había tratado de mitigar sus pérdidas: una mala estrategia. Guardé con rapidez las fotos y los informes en la carpeta y me levanté.

—Lo siento —dije otra vez.

—Maldita sea, no es lo que necesito encontrar cuando llego a casa.

No dije nada, sabía que no tenía opción de ganar en esa situación.

Me volví y miré la cama. Maddie continuaba durmiendo, con sus rizos castaños otra vez sobre la cara. Si podía dormir en cualquier situación, esperaba que pudiera dormir con el silencio atronador de la rabia que sus padres se arrojaban el uno al otro.

Eleanor salió rápidamente de la habitación y yo la seguí al cabo de un momento. La encontré en la cocina, recostada en la encimera con los brazos cruzados con fuerza delante de ella.

—¿Una mala noche?

—No culpes mi reacción a esto a la clase de noche que he tenido.

Levanté las manos en ademán de rendición.

—No lo hago. Me culpo a mí. La he cagado. Sólo quería sentarme un rato a su lado y me he quedado dormido.

—Quizá no tendrías que volver a hacerlo.

—¿Qué, venir a visitarla por la noche?

—No lo sé.

Ella se acercó a la nevera y sacó una botella de agua mineral. Se sirvió un vaso y luego me tendió a mí la botella. Le dije que no quería agua.

—De todos modos, ¿qué es esa carpeta? —preguntó ella—. ¿Estás trabajando en un caso?

—Sí. Un asesinato. Empezó en Los Ángeles y me ha llevado aquí. Hoy tengo que ir al desierto.

—¡Qué oportuno! Por el camino podías pasarte por aquí y asustar a tu hija.

—Vamos, Eleanor, ha sido una estupidez y yo soy un idiota, pero al menos no ha visto nada.

—Podría haberlo visto. Tal vez lo ha hecho. Tal vez se ha despertado y ha visto esas fotos horribles y después se ha vuelto a dormir. Probablemente está teniendo una pesadilla horrible.

—Mira, no se ha movido en toda la noche. Seguro. Estaba dormida como un tronco. No volverá a pasar, ¿podemos dejarlo así?

—Claro, perfecto.

—Mira, Eleanor, ¿por qué no me hablas de tu noche?

—No, no quiero hablar de eso. Sólo quiero irme a la cama.

—Entonces yo te contaré algo.

—¿Qué?

No había pensado sacarlo a relucir, pero la situación se había convertido en una bola de nieve y sabía que tenía que decírselo.

—Estoy pensando en volver a mi trabajo.

—¿A qué te refieres, al caso?

—No, a la policía. El departamento tiene un programa. Los viejos tipos como yo pueden volver a ingresar. Están buscando experiencia. Si lo hago ahora no tendré que volver a pasar por la academia.

Ella dio un trago largo de agua y no respondió.

—¿Qué piensas de eso, Eleanor?

Mi ex mujer se encogió de hombros como si no le importara.

—Haz lo que quieras, Harry. Pero no verás tanto a tu hija. Estarás metido en casos y... ya sabes cómo va eso.

Asentí con la cabeza.

—Puede ser.

—Y puede ser que no importe. Ella no te ha tenido cerca la mayor parte de su vida.

—¿Y quién tiene la culpa?

—Mira, no volvamos a abrir la caja de los truenos.

—Si hubiera sabido que existía, habría estado aquí. No lo sabía.

—Ya lo sé, ya lo sé. Es culpa mía.

—No estoy diciendo eso. Estoy...

—Ya sé lo que estás diciendo. Ni siquiera tienes que decirlo.

Los dos nos quedamos un momento en silencio, dejando que la rabia refluyera. Miré al suelo.

—Tal vez ella también podría venir —dije.

—¿De qué estás hablando?

—De lo que hablamos antes. De esta ciudad. De que crezca aquí.

Ella sacudió la cabeza pausadamente.

—Y no he cambiado de idea sobre eso. ¿Qué crees, que vas a educarla tú solo? Tú, con tus llamadas en medio de la noche, jornadas interminables, largas investigaciones, pistolas en la casa, fotos de la escena del crimen esparcidas por el suelo. ¿Es eso lo que quieres para ella? ¿Crees que eso es mejor que Las Vegas?

—No, estaba pensando que quizá tú también podías ir a Los Ángeles.

—Olvídalo, Harry. No voy a volver a hablar de esto. Voy a quedarme aquí, y Madeline también. Tú toma la decisión que sea mejor para ti, pero no lo hagas por mí y por Maddie.

Antes de que pudiera responder, Marisol entró en la cocina, con los ojos arrugados por el sueño. Llevaba una bata blanca con la palabra «Bellagio» escrita en letra cursiva en el bolsillo.

—Muy alto —dijo.

—Tienes razón, Marisol —dijo Eleanor—. Lo siento.

Marisol se acercó a la nevera y sacó la botella de agua. Se sirvió un vaso y la guardó. Salió de la cocina sin decir otra palabra.

—Creo que deberías irte —me dijo Eleanor—. Estoy demasiado cansada para hablar de esto ahora.

—Muy bien. Iré a ver a la niña y decirle adiós.

—No la despiertes.

—No me digas.

Volví a la habitación de mi hija. Habíamos dejado la luz encendida. Me senté en el borde de la cama, cerca de ella, y simplemente la miré durante unos momentos. Después la peiné y la besé en la mejilla. Olí el aroma de champú infantil en su pelo. La besé otra vez y le susurré las buenas noches. Apagué la luz y después me quedé allí sentado durante otro par de minutos, observando y esperando sin saber bien qué. Supuse que tal vez esperaba que Eleanor entrara y se sentara en la cama, que tal vez podríamos ver dormir a nuestra hija juntos.

Después de un rato, me levanté y encendí de nuevo el escucha bebés. Salí de la habitación. La casa estaba en silencio cuando yo caminaba hacia la puerta. No vi a Eleanor. Se había ido a acostar, no necesitaba volver a verme. Cerré la puerta de la calle y me aseguré de que quedaba bien cerrada al salir.

El fuerte clic de acero contra acero tenía en sí una irrevocabilidad que rebotó en mi interior como una bala.

30

A las ocho de la mañana estaba en mi Mercedes enfrente de la entrada del vestíbulo del Embassy Suites, en Paradise Road. Tenía dos cafés grandes de Starbucks en los portavasos y una bolsa de donuts. Acababa de ducharme y afeitarme. Me había cambiado la ropa con la que había dormido. Había llenado el depósito de gasolina y agotado mi límite de retirada de efectivo en el cajero automático. Estaba preparado para un día en el desierto, pero Rachel Walling no salió por las puertas de cristal. Había esperado cinco minutos y ya estaba a punto de llamarla cuando sonó mi teléfono. Era ella.

—Dame cinco minutos.

—¿Dónde estás?

—He tenido que ir a una reunión en la oficina de campo. Estoy en camino.

—¿Qué reunión?

—Te lo diré cuando nos veamos. Ahora estoy en Paradise.

—Vale.

Cerré el teléfono y esperé, mirando el cartel de la parte posterior de un taxi que estaba parado delante de mí. Era un anuncio de un espectáculo en el Riviera. Mostraba los traseros espléndidamente proporcionados de una docena de mujeres desnudas. Me hizo pensar en la naturaleza cambiante de Las Vegas y en lo que había mencionado el artículo del *Times* sobre los seis hombres desaparecidos. Pensé en toda la gente que se había trasladado a Las Vegas por la oferta familiar sólo para encontrarse con un millar de anuncios similares al que acababa de ver al llegar a la ciudad.

Un clásico vehículo federal —un Crown Victoria— llegó desde la otra dirección y se detuvo a mi lado. Rachel bajó la ventanilla.

—¿Vamos en mi coche?

—No, quiero conducir —dije, pensando que eso me proporcionaría una leve ventaja en el control de la situación.

Ella no discutió. Aparcó el Crown Vic en un hueco y entró en mi coche.

Yo no me moví del Mercedes.

—¿Vas a tomarte esos dos cafés? —me preguntó.

—No, uno es para ti. Hay azúcar en la bolsa. No tenían nata.

—Lo tomo así.

Rachel levantó uno de los cafés y lo probó. Miré adelante a través del parabrisas y después por el retrovisor. Y esperé.

—Bueno —dijo ella al fin—, ¿nos vamos?

—No lo sé. Creo que tendríamos que hablar antes.

—¿De qué?

—De lo que está pasando.

—¿A qué te refieres?

—¿Qué estabas haciendo tan temprano en la oficina de campo? ¿Qué está pasando, agente Walling?

Ella dejó escapar el aire, enfadada.

—Mira, Harry, te estás olvidando de algo. Esto es una

investigación de gran importancia para el FBI. El director está implicado personalmente.

—¿Y?

—Y cuando quiere una reunión a las diez de la mañana, eso significa que los agentes de Quantico y los que están sobre el terreno se reúnen a las nueve para tener claro qué le van a decir y asegurarse de que no les va a salir el tiro por la culata.

Asentí. Lo había entendido.

—Y las nueve de la mañana en Quantico son las seis de la mañana en Las Vegas.

—Exacto.

—¿Y qué pasó a las diez hora de Quantico? ¿Qué le habéis dicho al director?

—Eso es asunto del FBI.

La miré y ella me estaba esperando con una sonrisa.

—Pero te lo voy a decir porque tú también vas a contarme todos tus secretos. El director va a hacerlo público. Es demasiado arriesgado no hacerlo. Parecería una tapadera si después la información salta de forma incontrolada. Todo es cuestión de controlar el momento, Harry.

Puse la marcha y me dirigí hacia la salida del aparcamiento. Ya había trazado mi ruta. Tomaría por Flamingo hasta la 15 y seguiría hasta la autopista Blue Diamond. Desde allí el camino era directo hasta Clear.

—¿Qué va a decir?

—Ha convocado una conferencia de prensa para última hora de la tarde. Anunciará que al parecer Backus está vivo y que lo estamos buscando. Mostrará la foto que Terry McCaleb le hizo al hombre que se hacía llamar Shandy.

—¿Ya han comprobado todo eso?

—Sí. No hay ninguna pista de Shandy, probablemente sólo es un nombre que le dio a Terry. Pero ahora mismo se están haciendo análisis fotográficos y comparaciones de las fotos que sacó Terry con fotos de Backus. El informe preliminar es que va a haber coincidencia. Era Backus.

—Y Terry no lo reconoció.

—Bueno, obviamente reconoció algo. Hizo las fotos, así que algo sospechaba. Pero el tipo llevaba barba, gorra y gafas. El técnico dice que también se ha cambiado la nariz y los dientes, y tal vez lleva implantes en las mejillas. Hay muchas cosas que puede haberse hecho, incluso podría haberse cambiado la voz mediante cirugía. Mira, yo me fijé bien en las fotos y no lo vi seguro, y trabajé para Backus cinco años, mucho más que Terry. A Terry lo trasladaron a Los Ángeles para llevar el puesto de avanzada de Ciencias del Comportamiento.

—¿Alguna idea de dónde se hizo todo eso?

—Estamos casi seguros. Hace seis años aparecieron los cadáveres de un cirujano y su esposa en su vivienda quemada de Praga. La casa tenía un quirófano y el médico era objeto de un informe de inteligencia de la Interpol. La mujer era su enfermera. La policía sospechaba que cambiaba la cara a delincuentes. La hipótesis de trabajo era que alguien a quien operó lo había asesinado a él y a su esposa para cubrir la pista. Todos los registros que pudiera tener sobre las caras que había cambiado se perdieron en el incendio. Se consideró un incendio provocado.

—¿Qué conectaba a Backus con él?

—Nada a ciencia cierta. Pero como puedes imaginar, todo lo que Backus hizo o tocó como agente fue examinado. Su historial de casos completo se investigó todo lo posible. Hizo muchas asesorías en casos del extranjero: parte de la maquinaria de imagen del FBI. Fue a lugares como Polonia, Yugoslavia, Italia, Francia, lo que quieras.

—¿Estuvo en Praga?

Rachel asintió.

—Fue a Praga en un caso. Como asesor. Mujeres jóvenes que desaparecieron y terminaron en el río. Prostitutas. El cirujano fue interrogado porque había aumentado los pechos de tres de las víctimas. Backus estuvo allí. Participó en el interrogatorio del médico.

—Y pudieron haberle hablado de la presunta actividad complementaria del médico.

—Exactamente. Creemos que lo sabía y creemos que fue allí a cambiarse la cara.

—Eso no le resultaría fácil. Su cara real estaba entonces en todos los periódicos y revistas.

—Mira, Bob Backus es un asesino psicópata, pero es un psicópata muy listo. Aparte de los personajes de los libros y las novelas, no ha habido nadie más listo en esto. Ni siquiera Bundy. Hemos de suponer que desde el primer momento tenía un plan de fuga. Desde el primer día. Estoy convencida de que ya tenía un plan en marcha cuando cayó por esa ventana hace ocho años. Estoy hablando de dinero, identificación, lo que le hiciera falta para reinventarse y huir. Probablemente lo llevaba encima. Suponemos que desde Los Ángeles se fue al este y después partió a Europa.

—Quemó su apartamento —dije.

—Sí, eso se lo atribuimos a él, lo cual lo sitúa en Virginia tres semanas después de que yo le disparara en Los Ángeles. Ése fue un movimiento astuto. Arrasó la casa y después se fue a Europa, donde podría ocultarse durante un tiempo, cambiar de cara y empezar de nuevo.

—Amsterdam.

Rachel asintió con la cabeza.

—El primer asesinato de Amsterdam ocurrió siete meses después de que el cirujano plástico muriera en Praga.

Todo parecía encajar. Entonces pensé en otra cosa.

—¿Cómo va a anunciar el director la sorpresa de que Backus está vivo cuando hace cuatro años hubo lo de Amsterdam?

—Tiene todo tipo de formas de negar eso. Lo primero y más importante es que entonces había otro director. Así que puede cargarle con todo lo que necesite. Eso es tradición del FBI. Además, era otro país y no era una investigación dirigida por nosotros. Y nunca se confirmó de manera absoluta. Teníamos análisis grafológicos, pero en realidad eso era todo, y cuando se trata de confirmar una identidad esas pruebas no son equiparables a las huellas dactilares o al ADN. Así que el director simplemente puede decir que no estaba seguro de que se tratara de Backus en Amsterdam. En cualquier caso, está a salvo. Sólo tiene que preocuparse por el aquí y ahora.

—Control del momento.

—El abecé del FBI.

—¿Y vosotros estabais de acuerdo con que lo hiciera público?

—No. Le pedimos una semana. Nos ha dado un día. La conferencia de prensa es a las seis de la tarde hora del este.

—Como si hoy fuera a ocurrir algo.

—Sí, lo sabemos. Nos ha jodido.

—Backus probablemente se esconderá, cambiará de cara otra vez y no volverá a aparecer en otros cuatro años.

—Probablemente, pero al director no le salpicará. Él estará a salvo.

Nos quedamos unos segundos reflexionando en silencio. Podía entender la decisión del director, pero ciertamente le ayudaba más a él de lo que ayudaba a la investigación.

Estábamos en la interestatal 15 y yo estaba metiéndome en el carril de salida para la autopista Blue Diamond.

—¿Qué ha ocurrido antes de la reunión con el director?

—La ronda habitual. Actualizaciones de cada agente.

—¿Y?

—Y no hay grandes novedades, algunos detalles. Básicamente hablamos de ti. Confío en ti, Harry.

—¿Para qué?

—Para una nueva pista. ¿Adónde vamos?

—¿Saben que vienes conmigo, o se supone que me estás vigilando?

—Creo que preferirían esto último; de hecho, lo sé. Pero eso sería aburrido y además ¿qué van a hacerme si descubren que voy en el coche contigo, enviarme a Minot? Gran cosa, ya me gusta ese sitio.

—Minot podría no ser gran cosa, pero quizá te manden a otro sitio. ¿No tienen oficinas del FBI en Guam y en sitios así?

—Sí, pero todo es relativo. He oído que Guam no está tan mal: mucha cosa de terrorismo que es lo que hace furor. Y después de ocho años en Minot y Rapid City un cambio podría no estar tan mal, no importa de qué trate la investigación.

—¿Qué dijeron de mí en la reunión?

—Sobre todo hablé yo, porque es mi misión. Les dije que te investigué a través de la oficina de campo de Los Ángeles y que obtuve tu expediente. Les dije eso y también que estuviste detrás del muro el año pasado.

—¿Qué quieres decir, que me retiré?

—No, Seguridad Nacional. Los enredaste, fuiste detrás del muro y volviste a salir. Eso impresionó a Cherie Dei. Le hizo apostar por que te dejáramos un poco de cuerda.

—He estado pensando en eso.

De hecho, me había estado preguntando por qué la agente Dei no me había puesto simplemente el cepo.

—¿Y las notas de Terry McCaleb? —pregunté.

—¿Qué pasa con ellas?

—Mentes mejores que la mía deben de haberse puesto a trabajar con eso. ¿Qué han descubierto? ¿Cuál era su opinión sobre la teoría del triángulo?

—Es un modelo establecido con los asesinos en serie que cometen «crímenes en triángulo». Lo vemos con frecuencia. Es decir, la víctima puede ser rastreada a través de los tres vértices de un triángulo. Está el punto de origen o entrada: su casa, o en este caso el aeropuerto. Después está lo que llamamos el punto de presa: el lugar donde el asesino y la víctima establecen contacto, donde sus caminos se cruzan. Y después está el lugar donde el asesino se deshace del cadáver. Con los asesinos en serie los tres puntos nunca son el mismo porque es la mejor forma de evitar ser detectados. Eso es lo que vio Terry cuando leyó el artículo del periódico. Lo marcó porque el policía de la metropolitana estaba abordando mal el asunto. Él no estaba pensando en un triángulo, sino en un círculo.

—Así que ahora el FBI está trabajando en el triángulo.

—Por supuesto, aunque algunas cosas llevan su tiempo. Ahora mismo se pone un mayor énfasis en el análisis de la escena del crimen. Pero tenemos a alguien en Quantico trabajando con el triángulo. El FBI es eficaz, pero a veces es lento, Harry. Estoy segura de que ya lo sabes.

—Claro.

—Es una carrera de la liebre y la tortuga. Nosotros somos la tortuga, tú eres la liebre.

—¿De qué estás hablando?

—Avanzas más deprisa que nosotros, Harry. Algo me

dice que ya has entendido la teoría del triángulo y estás adivinando el punto faltante. El punto de presa.

Asentí con la cabeza. Tanto si me estaban utilizando como si no, me estaban permitiendo participar en la caza, y eso era lo importante para mí.

—Empiezas con el aeropuerto y terminas con Zzyzx. Eso deja un punto más, la intersección del depredador con la presa, y creo que lo tengo. Vamos allí.

—Entonces dímelo.

—Antes dime una cosa más de las notas de McCaleb.

—Creo que ya te lo he dicho todo. Todavía las están estudiando.

—¿Quién es William Bing?

Ella vaciló, pero sólo un instante.

—Un cabo suelto, no lleva a ninguna parte.

—¿Cómo es eso?

—William Bing es un paciente trasplantado de corazón que estuvo en el Vegas Memorial haciéndose unas pruebas. Creemos que Terry lo conocía y que cuando estuvo aquí lo visitó en el hospital.

—¿Ya habéis hablado con Bing?

—Todavía no. Estamos tratando de encontrarlo.

—Parece extraño.

—¿Qué? ¿Que visite a un tipo?

—No, eso no. Me refiero a por qué escribió su nombre en el archivo si no estaba relacionado con el caso.

—Terry apuntaba cosas. Es bastante obvio por sus archivos y libretas que apuntaba cosas. Si iba a venir aquí a trabajar en esto, entonces tal vez también anotó el nombre de Bing y el número del hospital para no olvidar ir a visitarlo o llamarlo. Puede haber un montón de razones.

No respondí. Todavía me costaba verlo de ese modo.

—¿De qué conocía al tipo?

—No lo sabemos. Tal vez por la película. Terry recibió cientos de cartas de personas trasplantadas después del estreno de la película. Era una especie de héroe para mucha gente que estaba en el mismo barco que él.

Mientras nos dirigíamos al norte por Blue Diamond vi un cartel de un área de descanso de Travel America y me acordé del recibo que había encontrado en el coche de Terry McCaleb. Me metí, aunque había llenado el depósito del Mercedes después de salir de la casa de Eleanor esa mañana. Detuve el coche y simplemente miré al complejo.

—¿Qué pasa? ¿Has de poner gasolina?

—No, ya he puesto. Es sólo que... Terry McCaleb estuvo aquí.

—¿Qué? ¿Tienes una conexión psíquica o qué?

—No, encontré un recibo en su coche. Me pregunto si eso significa que fue a Clear.

—¿Adónde?

—A Clear, es la ciudad adonde vamos.

—Bueno, puede que nunca lo sepamos a no ser que vayamos allí y hagamos algunas preguntas.

Asentí, volví a meterme en la autopista y me dirigí de nuevo hacia el norte. Por el camino le conté a Rachel mi idea sobre la teoría. Es decir, mi concepción del triángulo de McCaleb y cómo Clear encajaba en él. Me di cuenta de que mi narración captaba su interés. Rachel compartía mi percepción de las víctimas y con cómo y por qué podía haberlas elegido. Estaba de acuerdo en que se correspondía con la «victimología» —según el término de Rachel— de Amsterdam.

Debatimos durante una hora sobre ello y después nos quedamos en silencio cuando empezábamos a acercarnos. El paisaje estéril y alfombrado estaba dando paso a puestos de avanzada de humanidad y empezamos a ver carteles que anunciaban los burdeles que nos aguardaban un poco más adelante.

—¿Has estado alguna vez en uno? —me preguntó Rachel.

—No.

Pensé en las tiendas de masajes de Vietnam, pero no las saqué a colación.

—No me refiero a como cliente, sino como policía.

—Tampoco. Pero seguí la pista de alguna gente a través de ellos. Por tarjetas de crédito y otros medios. No vamos a encontrarnos con gente muy cooperante. Al menos nunca lo fueron por teléfono. Y llamar a un sheriff local es un chiste. El estado cobra impuestos de esos antros. Una buena parte de ello va al condado.

—Entiendo. Entonces, ¿cómo lo manejamos?

Casi sonriendo porque ella había usado el plural, le devolví la pregunta.

—No lo sé —dijo Rachel—. Supongo que simplemente entrando por la puerta.

Lo que significaba que iríamos de frente y simplemente entraríamos y haríamos preguntas. No estaba seguro de que fuera la forma adecuada de proceder, pero ella tenía placa y yo no.

Pasamos la localidad de Pahrump y al cabo de quince kilómetros llegamos a una intersección donde había un letrero que ponía «Clear» y una flecha a la izquierda. Doblé y el asfalto enseguida dio paso a una carretera de gravilla que levantaba una nube de polvo detrás del coche. La población de Clear podía vernos venir desde un kilómetro de distancia.

Si nos estaban buscando, claro. Pero la localidad de Clear, Nevada, resultó ser poco más que un parque de caravanas. La carretera de gravilla nos llevó a otro cruce y otro cartel con una flecha. Doblamos de nuevo al norte y enseguida llegamos a un descampado donde había un viejo remolque con óxido en los remaches. Un cartel situado en el borde superior del remolque decía: «Bienvenidos a Clear. Bar abierto. Se alquilan habitaciones.» No había coches aparcados en el descampado de delante del bar.

Continué conduciendo y la nueva carretera se curvó para adentrarse en un barrio de caravanas que se recalentaban como latas de cerveza al sol. Había pocas que estuvieran en mejor estado que la del cartel de bienvenida. Finalmente llegamos a una estructura permanente que parecía ser un ayuntamiento, así como la ubicación del manantial que daba nombre a la localidad. Proseguimos la marcha y nos vimos recompensados por otra flecha y otro cartel. Éste decía simplemente «Burdeles».

Nevada autoriza más de treinta burdeles en todo el estado. En esos lugares la prostitución es legal, controlada y monitorizada. Encontramos tres de esos establecimientos con licencia estatal al final de la carretera de Clear. La carretera de gravilla se ensanchaba en una gran rotonda donde había tres burdeles de diseño similar esperando a los clientes. Se llamaban Sheila's Front Porch, Tawny's High Five Ranch y Miss Delilah's House of Holies.

—Bonito —dijo Rachel—. ¿Por qué estos sitios siempre llevan nombre de mujer, como si las mujeres fueran las dueñas?

—Me has pillado. Supongo que Mister Dave's House of Holies no funcionaría demasiado bien con los tíos.

Rachel sonrió.

—Tienes razón. Supongo que es sensato. Llamas a un lugar de degradación y esclavitud de mujeres con nombre de mujer y no suena tan mal, ¿no? Es el envoltorio.

—¿Esclavitud? Lo último que sabía era que estas mujeres eran voluntarias. Se supone que algunas son amas de casa que vienen de Las Vegas.

—Si crees eso, eres un ingenuo, Bosch. Que puedas entrar y salir no significa que no seas un esclavo.

Asentí pensativamente, porque no quería entrar con ella en un debate acerca de ese tema, ya que sabía que me llevaría a examinar y cuestionar aspectos de mi propio pasado.

Rachel aparentemente también quería dejarlo ahí.

—Bueno, ¿con cuál quieres empezar? —preguntó ella.

Detuve el coche enfrente de Tawny's High Five Ranch. No se parecía demasiado a un rancho. Era un conglomerado de tres o cuatro caravanas que estaban conectadas por pasarelas cubiertas. Miré a mi izquierda y vi que el Sheila's Front Porch era de diseño y configuración similar y que no tenía porche delantero. Miss Delilah's, a mi derecha, era tres cuartos de lo mismo y tuve la impresión de que los burdeles aparentemente separados no eran competidores, sino ramas del mismo árbol.

—No lo sé —dije—. Tanto monta, monta tanto.

Rachel entreabrió la puerta del coche.

—Espera un segundo —dije—. Tengo esto.

Le pasé la carpeta de fotos que Buddy Lockridge me había traído el día anterior. Rachel la abrió y vio las fotos de frente y perfil del hombre conocido como Shandy, pero que presumiblemente era Robert Backus.

—Ni siquiera voy a preguntarte de dónde las has sacado.

—Perfecto. Pero cógelas. Tendrán más peso si las llevas tú, que eres la que lleva placa.

—Al menos por el momento.

—¿Has traído las fotos de los hombres desaparecidos?

—Sí, las tengo aquí.

—Bien.

Ella cogió la carpeta y salió del coche. Yo hice lo mismo. Ambos rodeamos la parte delantera del Mercedes, donde nos detuvimos un instante para examinar otra vez los tres burdeles. Había varios coches aparcados delante de cada uno de ellos. Había asimismo cuatro Harleys alineadas como una fila de cromo amenazador enfrente de Miss Delilah's House of Holies. En el depósito de una de las motos, pintada con aerosol, se veía una calavera fumándose un porro y un halo de humo encima.

—Dejemos el Delilah's para el final —dije—. Quizá tendremos suerte antes de que necesitemos entrar ahí.

—¿Por las motos?

—Sí, por las motos. Son Road Saints. Yo diría que mejor no meterse.

—Por mí perfecto.

Abriendo camino, Rachel marchó hacia la puerta de entrada de Sheila's. No me esperó porque sabía que iba a seguir su estela.

31

En el interior de Sheila's nos recibió el enfermizo olor dulce del perfume mezclado con un exceso de incienso. También nos recibió una mujer sonriente vestida con un quimono que no parecía en modo alguno sorprendida ni ofendida por el hecho de que una pareja entrara en el burdel. Su boca dibujó un gesto severo y afilado como una guillotina cuando vio que Rachel abría la cartera y mostraba las credenciales del FBI.

—Muy bonito —dijo ella con una nota de falsa amabilidad en la voz—. Ahora déjenme ver la orden.

—Hoy no tenemos orden —replicó Rachel tranquila—. Sólo queremos hacer unas cuantas preguntas.

—Yo no tengo que hablar con ustedes a no ser que haya una orden judicial que me obligue a ello. Regento un establecimiento legal y con todos los permisos.

Me fijé en dos mujeres que estaban sentadas en un sofá y que parecían salidas de una página del catálogo de Victoria's Secret. Estaban mirando una telenovela y mostraron escaso interés en la refriega verbal que se dirimía en la puerta del local. Ambas eran en cierto modo atractivas, pero la vida les había dejado su huella en torno a los ojos y en las comisuras de la boca. La escena me recordó de pronto a mi madre y algunas de sus amigas. La forma en que me miraban cuando yo era niño y observaba cómo se preparaban para salir de noche a trabajar. De repente, me sentí completamente incómodo en aquel lugar y deseé irme. Incluso esperaba que la mujer del quimono tuviera éxito y consiguiera echarnos.

—Nadie duda de la legalidad de su establecimiento —dijo Rachel—. Simplemente necesitamos hacerle unas preguntas a usted y a... su personal, y después nos iremos.

—Traiga la orden judicial y lo haremos encantadas.

—¿Es usted Sheila?

—Puede llamarme así. Puede llamarme como quiera siempre que me esté diciendo adiós al hacerlo.

Rachel subió la apuesta al cambiar a su tono de voz de pocos amigos.

—Si voy a por esa orden, primero llamaré a una unidad del sheriff y pondré un coche patrulla enfrente de esta caravana hasta que me vaya. Puede que regente un establecimiento legal, Sheila, pero ¿cuál de estos sitios van a elegir los tíos cuando vean al sheriff en la puerta de éste? Calculo dos horas hasta Las Vegas, varias horas esperando a entrar a ver al juez y después otras dos horas de vuelta. Termino a las cinco, así que probablemente no volveré hasta mañana. ¿Le parece bien?

Sheila volvió a golpear con dureza y velocidad.

—Si llama al sheriff, pídale que mande a Dennis o a Tommy. Conocen bien el sitio y además son clientes.

Hizo una mueca a Rachel y se mantuvo firme. No se había tragado su farol, y a Rachel no le quedaba nada más. Simplemente se miraron la una a la otra mientras transcurrían los segundos. Estaba a punto de intervenir y decir algo cuando una de las mujeres del sofá se me adelantó.

—¿Shei? —dijo la que estaba más cerca de nosotros—. Terminemos con esto.

Sheila apartó la mirada de Rachel y miró a la mujer del sofá. Accedió a la propuesta, pero su furia se mantenía a flor de piel. No estoy seguro de que hubiera otra forma de manejarlo, una vez que Sheila nos había tratado de este modo, pero para mí estaba claro que las poses y las amenazas no iban a servir de nada.

Nos reunimos en el pequeño despacho de Sheila y entrevistamos a las mujeres una por una, empezando por Sheila y terminando con las dos jóvenes que estaban trabajando cuando nosotros entramos en el establecimiento. Rachel nunca me presentó a nadie, de modo que el problema de mi papel en la investigación ni siquiera se planteó. Uniformemente las mujeres no pudieron o no quisieron identificar a ninguno de los hombres desaparecidos que terminaron enterrados en Zzyzx, y lo mismo ocurrió con las fotografías de Shandy en el barco de McCaleb.

Al cabo de media hora habíamos salido de allí sin más recompensa para mí que un intenso dolor de cabeza causado por el incienso y con la tensión dejando su huella en el aspecto de Rachel.

—Asqueroso —dijo mientras caminábamos por la acera rosa hasta mi coche.

—¿Qué?

—Este sitio. No sé cómo alguien puede hacer esto.

—Creía que habías dicho que eran esclavas.

—Mira, no necesito que me rebotes todo lo que digo.

—Bueno.

—¿Por qué estás tan nervioso? No les has dicho nada ahí dentro. Menuda ayuda.

—Es porque yo no lo hubiera hecho de esta manera. A los dos minutos de entrar ya sabía que no íbamos a sacar nada.

—Oh, y tú sí lo habrías sacado.

—No, no estoy diciendo eso. Te digo que estos sitios son como el desierto, es difícil extraer agua. Y sacar a relucir al sheriff fue decididamente una mala manera de abordarlo. Te dije que probablemente la mitad de su sueldo proviene de los burdeles que hay en su territorio.

—Así que sólo quieres criticar y no ofrecer ninguna solución.

—Mira, Rachel, apunta a otro sitio, ¿quieres? No es conmigo con quien estás enfadada. Si quieres probar algo diferente en el siguiente sitio, puedo intentarlo.

—Adelante.

—Muy bien, dame las fotos y espera en el coche.

—¿De qué estás hablando? Yo voy a entrar.

—Éste no es lugar para la pompa y la circunstancia, Rachel. Tendría que haberme dado cuenta de eso cuando te invité. Pero no creía que fueras a hacerles tragar la placa en cuanto entráramos.

—O sea que tú vas a entrar y te las vas a ingeniar.

—No estoy seguro de llamarlo ingenio. Sólo voy a hacerlo a la antigua.

—¿Eso significa quitarte la ropa?

—No, eso significa sacar la cartera.

—El FBI no compra información de testigos potenciales.

—Eso es. Yo no soy del FBI. Si encuentro a un testigo, el FBI no tendrá que pagar nada.

Puse la mano en la espalda de Rachel y suavemente la dirigí al Mercedes. Le abrí la puerta, la invité a entrar y le dejé las llaves.

—Enciende el aire acondicionado. Para bien o para mal, no tardaré mucho.

Enrollé la carpeta con las fotos y me la puse en el bolsillo de atrás, debajo de la chaqueta.

La acera que conducía a la puerta de Tawny's High Five también era de cemento rosa y yo estaba empezando a considerarlo muy apropiado. Las mujeres que habíamos encontrado en Sheila's eran huesos duros de roer con revestimiento rosa. Y lo mismo Rachel. Estaba empezando a sentir que tenía los pies en cubos de cemento rosa.

Llamé al timbre y me hizo pasar una mujer vestida con tejanos cortados y un top que apenas contenía sus pechos siliconados.

—Pasa. Soy Tammy.

—Gracias.

Entré en la sala delantera de la caravana, donde había dos sofás, uno enfrente del otro. Las tres mujeres que estaban sentadas en los sofás me miraron con sonrisas ensayadas.

—Ellas son Georgette, Gloria y Mecca —dijo Tammy—. Y yo soy Tammy. Puedes elegir a una de nosotras o esperar a Tawny, que está atrás con un cliente.

Miré a Tammy. Parecía la más ansiosa. Era bajita y tenía el pelo castaño cortado corto. Algunos hombres la considerarían atractiva, pero no lo era para mí. Le dije que ella me servía y me condujo a la parte de atrás a través de un pasillo que doblaba a la derecha y se metía en otra caravana. Había tres habitaciones privadas en la izquierda y Tammy se dirigió a la tercera y la abrió utilizando una llave. Entramos y ella cerró la puerta de golpe. Apenas había espacio para estar de pie, pues una cama *king-size* ocupaba todo el espacio.

Tammy se sentó en la cama y dio unos golpecitos para que me sentara a su lado. Lo hice y ella se estiró hacia un estante lleno de novelas de misterio gastadas y sacó lo que parecía un menú de restaurante. Me lo dio. Era una carpeta fina con una caricatura en la parte delantera que mostraba a una mujer desnuda apoyada en manos y rodillas, volviendo la cara hacia el hombre que la penetraba desde atrás y guiñando el ojo. El hombre también estaba desnudo, salvo por un sombrero de vaquero y las pistolas de seis balas enfundadas en el cinto. El vaquero sostenía un lazo en el aire. La soga se alzaba sobre la pareja y formaba las palabras: «Tawny's High Five.»

—Vendemos camisetas con este dibujo —me informó Tammy—. Veinte pavos.

—Genial —dije, al tiempo que abría la carpeta.

Resultó que era un curioso menú, personalizado para Tammy. Contenía una única hoja de papel con dos columnas. Una consignaba los actos sexuales que ella estaba dispuesta a realizar y la duración de cada sesión, y la otra detallaba los precios que estos servicios iban a costarle al cliente. Detrás de dos de los actos sexuales había asteriscos. En la parte inferior se explicaba que los asteriscos eran una especialidad personal.

—Bueno —dije, mirando las columnas—. Creo que voy a necesitar un traductor para algunos de éstos.

—Yo te ayudaré. ¿Cuáles?

—¿Cuánto cuesta sólo hablar?

—¿Qué quieres decir que tú me digas guarradas, o que yo te diga guarradas?

—No, sólo hablar. Quiero preguntarte por un hombre al que estoy buscando. Es de por aquí.

Su postura cambió. Enderezó la espalda, y al hacerlo puso unos centímetros más de distancia entre nosotros, lo cual no me molestó porque su perfume me estaba perforando unas fosas nasales ya irritadas por el incienso.

—Creo que es mejor que hables con Tawny cuando termine.

—Quiero hablar contigo, Tammy. Tengo cien dólares

por cinco minutos. Lo doblaré si me das una pista sobre este tío.

Ella vaciló mientras se lo pensaba. Doscientos dólares ni siquiera equivalía a una hora de trabajo, según el menú, pero tenía la sensación de que los precios del menú eran negociables y, además, no había gente haciendo cola sobre el cemento rosa para entrar en el local.

—Alguien se va a llevar mi dinero aquí —dije—. Podrías ser tú.

—Vale, pero ha de ser rápido. Si Tawny descubre que no eres un cliente de pago te va a echar de una patada y me pondrá la última de la lista.

Entendí que había abierto la puerta porque le tocaba a ella. Yo podía haber elegido a cualquiera de las mujeres del sofá, pero Tammy tenía la primera opción sobre mí.

Hurgué en mi bolsillo y le di un billete de cien. El resto me lo quedé en la mano mientras sacaba la carpeta y la abría. Rachel había cometido un error al preguntar a la mujer de Sheila's si reconocían a los hombres de las fotos. La razón era que le faltaba la confianza que tenía yo. Yo estaba más seguro de mi teoría y no cometí ese error con Tammy.

La primera foto que le mostré era la imagen frontal de Shandy en el barco de Terry McCaleb.

—¿Cuándo fue la última vez que lo viste por aquí? —le pregunté.

Tammy miró la foto durante varios segundos. No la cogió, aunque se la había dado para que ella la sostuviera. Después de lo que pareció un momento interminable, cuando ya pensaba que se abriría la puerta y la mujer llamada Tawny me pediría que me fuera, ella habló finalmente.

—No lo sé... un mes, al menos, puede que más. No he vuelto a verle.

Tenía ganas de subirme a la cama y ponerme a dar botes, pero mantuve la calma. Quería que creyera que sabía todo lo que ella me estaba diciendo. Así se sentiría más cómoda y sería más comunicativa.

—¿Recuerdas dónde lo viste?

—Aquí enfrente. Acompañé a un cliente a la puerta y Tom estaba allí esperando.

—Ajá. ¿Te dijo algo?

—No, nunca dice nada. De hecho ni siquiera me conoce.

—¿Qué ocurrió entonces?

—No ocurrió nada. Mi cliente se metió en el coche y se fueron.

Estaba empezando a formarme una idea. Tom tenía un coche, era chófer.

—¿Quién lo llamó? Lo llamaste tú o ya lo había hecho el cliente antes.

—Probablemente Tawny, no lo recuerdo.

—Porque pasaba siempre.

—Sí.

—Pero no ha estado por aquí en, ¿cuánto?, ¿un mes?

—Sí, quizá más. ¿Es suficiente pista? ¿Qué quieres?

Ella estaba mirando el segundo billete que tenía yo en la mano.

—Dos cosas. ¿Conocías el apellido de Tom?

—No.

—Bueno, ¿cómo contactaba con él alguien que necesitara un viaje?

—Lo llamaba, supongo.

—¿Puedes darme el número?

—Vete al bar, desde allí lo llamábamos. No me sé el número de memoria. Está apuntado allí, al lado del teléfono.

—En el bar, de acuerdo. —No le di el dinero—. Una última cosa.

—Eso ya lo has dicho.

—Ya lo sé, pero esta vez es en serio.

Le mostré las seis fotos de los hombres desaparecidos que había traído Rachel. Eran mejores y mucho más claras que las que acompañaban el artículo de periódico. Eran cándidos retratos en color que sus familias habían entregado a la policía de Las Vegas y después habían sido entregadas como cortesía al FBI.

—¿Algunos de estos tipos eran clientes tuyos?

—Mira, aquí no hablamos de clientes. Somos muy discretas y no damos esa clase de información.

—Están muertos, Tammy. No importa.

Sus ojos se abrieron como platos y después bajaron a las fotos que tenía yo en la mano. Éstas las cogió y las miró como si fueran una mano de naipes. Por la manera en que sus ojos brillaron me di cuenta de que le había servido un as.

—¿Qué?

—Bueno, este tipo se parece a uno que estuvo aquí. Estuvo con Mecca, creo. Puedes preguntárselo a ella.

Oí que sonaba dos veces un claxon. Sabía que era el de mi coche. Rachel se estaba impacientando.

—Ve a buscar a Mecca. Entonces te daré el segundo billete. Dile que también tengo dinero para ella. No le digas lo que quiero, sólo dile que quiero dos chicas a la vez.

—Vale, pero nada más. Me pagarás.

—Lo haré.

Ella salió de la habitación y yo me quedé sentado en la cama y eché un vistazo a mi alrededor mientras esperaba. Las paredes tenían paneles de madera de cerezo falsa. Había una ventana con una cortina de volantes. Me estiré sobre la cama y descorrí la cortina. No se veía otra cosa que desierto estéril. La cama y la caravana bien podrían haber estado en la luna.

La puerta se abrió y yo me volví, preparado para darle a Tammy el resto del dinero y para buscar en mi bolsillo la parte de Mecca. Pero en el umbral no había dos mujeres, sino dos hombres. Eran grandes —sobre todo uno— y los brazos que asomaban por debajo de las camisetas negras estaban completamente grabados con tatuajes carcelarios. En el bíceps del hombre más grande había una calavera con un halo que me informó de quiénes eran.

—¿Qué pasa, Doc? —dijo el más grande.

—Tú debes de ser Tawny —dije.

Sin decir palabra, se agachó y me agarró por la chaqueta con ambos puños. Me levantó de la cama de un tirón y me arrojó al pasillo a los brazos del compañero que esperaba. Éste me empujó por el pasillo en dirección contraria a la que había venido al entrar. Me di cuenta de que el bocinazo de Rachel había sido una advertencia, no una señal de impaciencia. Lamenté no haberlo entendido cuando Gran y Pequeño Esteroide me empujaron al terreno rocoso del desierto a través de una puerta trasera.

Caí sobre las manos y rodillas, y me estaba recuperando y levantándome cuando uno de ellos me puso la bota en la cadera y me derribó de nuevo. Traté de levantarme una vez más, y en esta ocasión me lo permitieron.

—He dicho, ¿qué pasa, Doc? ¿Tienes un negocio aquí?

—Sólo estaba haciendo preguntas y pensaba pagar por las respuestas. No creía que eso fuera un problema.

—Bueno, socio, resulta que sí es un problema.

Estaban avanzando hacia mí, el más grande delante. Era tan robusto que ni siquiera podía ver a su hermano pequeño detrás. Yo iba dando un paso atrás por cada uno que ellos daban hacia delante. Y tenía la mala premonición de que era eso lo que querían. Me estaban obligando a retroceder hacia algo, quizás un agujero en el suelo de arena y roca.

—¿Quién eres, chico?

—Soy detective privado de Los Ángeles, sólo estoy buscando a un hombre desaparecido, nada más.

—Sí, bueno, a la gente que está aquí no les gusta que los busquen.

—Ahora ya lo entiendo. Me voy a ir y no...

—Disculpen.

Todos nos detuvimos. Era la voz de Rachel. El hombre más grande se volvió hacia la caravana y su hombro bajó unos centímetros. Vi que Rachel salía por la puerta de atrás de la caravana. Tenía las manos a los costados.

—¿Qué es esto? ¿Has venido con tu mamá? —dijo Gran Esteroide.

—Más o menos.

Mientras aquel mastodonte estaba mirando a Rachel, yo uní las manos y le descargué un mazazo en la nuca. Trastabilló y casi cayó encima de su compañero. Pero el golpe no era más que un ataque por sorpresa. El motero no llegó a caer, se volvió hacia mí y empezó a acercarse cerrando los puños como dos martillos. Vi que Rachel metía el brazo debajo del *blazer* y buscaba la pistola, pero la mano se le enganchó en la tela y tardó en alcanzar el arma.

—¡Quietos! —gritó.

Los chicos Esteroides no se detuvieron. Me agaché ante el primer puñetazo del más grande, pero cuando surgí estaba justo delante del hermano pequeño. Éste me agarró en un abrazo de oso y me levantó del suelo. Por alguna razón en ese punto me di cuenta de que había tres mujeres observando desde las ventanas traseras del último remolque. Había atraído público a mi propia destrucción.

Tenía los brazos inmovilizados por mi agresor y sentía una fuerte presión en la espalda al tiempo que el aire salía de mis pulmones. Justo entonces Rachel por fin liberó su arma y disparó dos veces al aire.

Me dejaron caer al suelo y observé que Rachel retrocedía del remolque para asegurarse de que nadie se le acercaba por detrás.

—FBI —gritó—. Al suelo. Los dos al suelo.

Los dos hombres obedecieron. En cuanto pude meter un poco de aire en mis pulmones me levanté. Traté de sacudirme parte del polvo de la ropa, pero lo único que hice fue levantar una nube. Miré a Rachel y le comuniqué que estaba bien con un gesto. Ella mantuvo la distancia con los dos hombres del suelo y me señaló con el dedo.

—¿Qué ha pasado?

—Estaba hablando con una de las chicas y le pedí que trajera a otra. Pero entonces aparecieron estos tipos y me sacaron aquí. Gracias por la advertencia.

—Traté de avisarte. Toqué el claxon.

—Ya lo sé, Rachel. Cálmate. Por eso te doy las gracias. Lo interpreté mal.

—Bueno, ¿qué hacemos?

—Estos tipos no me importan, suéltalos. Pero hay dos mujeres dentro, Tammy y Mecca, hemos de llevárnoslas. Una conoce a Shandy y creo que la otra puede identificar a uno de los desaparecidos como cliente.

Rachel computó la información y se limitó a asentir.

—Bien. ¿Shandy es un cliente?

—No, es una especie de chófer. Hemos de ir al bar y preguntar allí.

—Entonces no podemos soltar a estos dos. Podrían

venir a vernos allí. Además había cuatro motos fuera. ¿Dónde están los otros dos?

—No lo sé.

—Eh, ¡vamos! —gritó Gran Esteroide—. Estamos respirando polvo.

Rachel se acercó a los dos tipos que estaban en el suelo.

—Muy bien, levantaos.

Ella esperó hasta que estuvieron en pie y mirándola con ojos malevolentes. Bajó la pistola a un costado y les habló con calma, como si ésa fuera la forma que tenía de conocer a la gente.

—¿De dónde sois?

—¿Por qué?

—¿Por qué? Porque quiero conoceros. Estoy decidiendo si os detengo o no.

—¿Por qué? Ha empezado él.

—Eso no es lo que yo he visto. He visto a dos tipos grandes asaltando a uno más pequeño.

—Estaba entrando sin autorización.

—La última vez que lo comprobé, entrar sin autorización no era una justificación válida para la agresión. Si quieres ver si me equivoco entonces...

—Pahrump

—¿Qué?

—De Pahrump.

—¿Y sois los dueños de esto?

—No, servicio de seguridad.

—Ya veo. Bueno, os diré el qué. Si encontráis a los dueños de las otras dos motos y os volvéis a Pahrump, dejaré que los fugados se fuguen.

—Eso no es justo. Él estaba allí dentro preguntando...

—Soy del FBI, no me interesa lo que es justo. Tomadlo o dejadlo.

Después de un momento el más grande cambió de posición y empezó a caminar hacia el remolque. El más pequeño lo siguió.

—¿Adónde vais? —espetó Rachel.

—Nos vamos, como nos has dicho.

—Bien. No olviden ponerse el casco, caballeros.

Sin mirar atrás el hombre más grande levantó un brazo musculoso y alzó el dedo corazón. El más pequeño lo vio e hizo lo mismo.

Rachel me miró y dijo:

—Espero que esto funcione.

32

Las mujeres del asiento de atrás estaban furiosas, pero a Rachel no le importaba. Era lo más cerca que había estado —lo más cerca que nadie había estado— de Backus desde aquella noche en Los Ángeles. La noche en que Rachel lo había visto caer de espaldas a través del cristal a un vacío que pareció tragárselo sin dejar ningún rastro.

Hasta ahora. Y lo último que iba a dejar que le importunara eran las protestas de las dos prostitutas que estaban en el asiento de atrás del coche de Bosch. Lo único que le preocupaba era su decisión de dejar conducir a Bosch. Tenían dos mujeres bajo custodia y las estaban trasladando en un coche privado. Era una cuestión de seguridad y ella todavía no había decidido cómo iba a manejar la parada en el bar.

—Ya sé lo que haremos —dijo Bosch mientras conducía alejándose de los tres burdeles situados al final de la carretera.

—Yo también —dijo Rachel—. Tú te quedas con ellas mientras yo entro.

—No, eso no funcionará. Necesitarás ayuda. Acabamos de comprobar que no podemos separarnos.

—Entonces, ¿qué?

—Pongo el cierre de niños en las puertas de atrás y no podrán abrir.

—¿Y qué les va a impedir saltar a la parte de delante y salir?

—Mira, ¿adónde van a ir? No tienen elección, ¿verdad, señoras? —Bosch miró por el espejo retrovisor.

—Que te den por culo —dijo la que respondía al nombre de Mecca—. No puedes hacernos esto. Nosotras no hemos cometido ningún crimen.

—De hecho, como he explicado antes, podemos —dijo Rachel con tono aburrido—. Han sido tomadas en custodia federal como testigos materiales en una investigación criminal. Serán interrogadas formalmente y después puestas en libertad.

—Bueno, pues hazlo ahora y terminemos de una vez.

Rachel se había sorprendido al mirar la licencia de conducir de la mujer y ver que Mecca era su verdadero nombre. Mecca McIntyre. Menudo nombre.

—Bueno, Mecca, no podemos. Ya se lo he explicado.

Bosch aparcó en el estacionamiento de gravilla que había delante del bar. No había ningún otro coche. Bajó un par de centímetros las ventanillas y cerró el Mercedes.

—Voy a poner la alarma —dijo—. Si saltáis y abrís la puerta, se disparará la alarma. Entonces saldremos y os atraparemos. Así que no os molestéis, ¿de acuerdo? No tardaremos mucho.

Rachel salió y cerró la puerta. Miró de nuevo su teléfono móvil y comprobó que todavía no tenía cobertura. Vio que Bosch se fijaba en el suyo y negaba con la cabeza. Decidió que si había un teléfono en el bar llamaría a la oficina de campo de Las Vegas para informar de lo ocurrido. Suponía que Cherie Dei estaría enfadada y agradecida al mismo tiempo.

—Por cierto —dijo Bosch, mientras enfilaban la rampa que conducía a la puerta del remolque—, ¿llevas un cargador extra para tu Sig?

—Claro.

—¿Dónde, en el cinturón?

—Sí, ¿por qué?

—Por nada, antes he visto que detrás de la caravana se te ha enganchado la mano en la chaqueta.

—No se me ha enganchado, sólo... ¿A qué viene esto?

—Nada, sólo iba a decir que yo siempre llevo mi cargador extra en el bolsillo de la chaqueta. Le da un poco de peso extra, ¿sabes? Así, cuando has de sacar el arma, la tela está estirada y no se engancha.

—Gracias por el consejo —dijo sin cambiar la voz—. ¿Podemos concentrarnos en esto ahora?

—Claro, Rachel. ¿Vas a llevar la voz cantante tú?

—Si no te importa.

—En absoluto.

Bosch la siguió por la rampa. A Rachel le pareció ver una sonrisa en el rostro de él en el reflejo del cristal de la puerta del remolque. La abrió, activando un timbre que anunció su llegada.

Entraron en un bar pequeño y vacío. A la derecha había una mesa de billar, con su fieltro verde desteñido por el tiempo y manchado con salpicaduras de bebida. Era una mesa pequeña, pero aun así no quedaba suficiente espacio para jugar con un mínimo de condiciones. Incluso abrir el juego requeriría sostener el taco en un ángulo de cuarenta y cinco grados.

A la izquierda de la puerta había una barra con seis taburetes, con tres estantes de vasos y veneno a elegir detrás. No había nadie en la barra, pero antes de que Rachel o Bosch pudieran decir hola, se abrieron unas cortinas negras a la izquierda de la barra y salió un hombre, con los ojos arrugados por el sueño aunque casi era mediodía.

—¿Puedo ayudarles? Es muy temprano, ¿no?

Rachel respondió mostrando sus credenciales y eso pareció abrirle un poco más los ojos. Tendría sesenta y pocos, calculó ella, aunque el cabello descuidado y la barba canosa de varios días podrían haber desviado su estimación.

El hombre asintió como si hubiera resuelto algún tipo de misterio interno.

—Usted es la hermana, ¿no?

—Disculpe.

—Usted es la hermana de Tom, ¿no? Dijo que vendría.

—¿Qué Tom?

—Tom Walling, ¿quién creía?

—Estamos buscando a un hombre llamado Tom que lleva a los clientes de los burdeles. ¿Es ése Tom Walling?

—Es lo que le estoy diciendo. Tom Walling era mi chófer. Me dijo que a lo mejor un día vendría su hermana a buscarlo. No me dijo que fuera usted agente del FBI.

Rachel asintió, tratando de ocultar la impresión. No era necesariamente la sorpresa lo que la sacudió, sino la audacia y el profundo significado y magnitud del plan de Backus.

—¿Cuál es su nombre, señor?

—Billings Rett. Soy el dueño de este local y también el alcalde.

—El alcalde de Clear.

—Eso es.

Rachel sintió que algo le golpeaba el brazo y al bajar la mirada se encontró con el archivo que contenía las fotos. Bosch se lo estaba dando, pero permanecía en la retaguardia. Parecía saber que de repente las cosas habían dado un bandazo. Se trataba más de ella que de Terry McCaleb o de él mismo. Rachel cogió la carpeta y extrajo una de las fotografías que McCaleb había sacado del cliente de la excursión de pesca conocido por él como Jordan Shandy. Se la mostró a Billings Rett.

—¿Éste es el hombre al que conocía como Tom Walling?

Rett sólo pasó unos segundos mirando la foto.

—Es él. Incluida la gorra de los Dodgers. Veíamos todos los partidos en la parabólica, y Tom era de los Dodgers hasta la médula.

—¿Conducía un coche para usted?

—El único coche. No es un negocio tan grande.

—¿Y le dijo que vendría su hermana?

—No, dijo que a lo mejor vendría. Y me dio algo.

El hombre se volvió y miró los estantes que había detrás de la barra. Encontró lo que estaba buscando y estiró el brazo hasta el estante superior. Bajó un sobre y se lo tendió a Rachel. El sobre dejó un rectángulo en el estante de cristal. Llevaba un tiempo allí.

Ponía el nombre completo de Rachel. Ella giró ligeramente el cuerpo como para ocultarse de Bosch y empezó a abrirlo.

—Rachel —dijo Bosch—, ¿no deberías procesarlo antes?

—No importa. Sé que es de él.

La agente rasgó el sobre y sacó una tarjeta de ocho por doce. Empezó a leer la nota manuscrita.

Querida Rachel:

Si como espero eres la primera en leer esto, es que te he enseñado bien. Espero encontrarte con buena salud y buen ánimo. Sobre todo, espero que esto signifique que has sobrevivido a tu confinamiento en el FBI y estás otra vez arriba. Espero que aquel que arrebata pueda también devolver. Nunca fue mi intención condenarte, Rachel. Y ahora, con este último acto, mi intención es salvarte.

Adiós, Rachel,

R.

Rachel lo releyó rápidamente y después lo pasó por encima del hombro a Bosch. Mientras él lo leía, ella continuó con Billings Rett.

—¿Cuándo se lo dio y qué le dijo exactamente?

—Fue hace un mes aproximadamente, días más o menos, y entonces fue cuando me dijo que se iba. Me pagó el alquiler, dijo que quería conservar el sitio, y me dio el sobre y dijo que era para su hermana y que seguramente pasaría a buscarlo. Y aquí está usted.

—Yo no soy su hermana —le soltó Rachel—. ¿Cuándo vino él a Clear por primera vez?

—Es difícil de recordar. Hace tres o cuatro años.

—¿Por qué vino aquí?

Rett negó con la cabeza.

—Me supera. ¿Por qué va la gente a Nueva York? Todo el mundo tiene sus razones. Y él no compartió la suya conmigo.

—¿Cómo terminó conduciendo para usted?

—Estaba un día por aquí jugando al billar y yo le pregunté si necesitaba trabajo. Él dijo que no le vendría mal, y así empezó. No era un trabajo a tiempo completo. Sólo cuando alguien llamaba pidiendo un viaje. La mayoría de la gente llega aquí en su coche.

—Y entonces, hace tres o cuatro años, le dijo que se llamaba Tom Walling.

—No, me lo dijo cuando me alquiló el remolque. Eso fue la primera vez que vino aquí.

—¿Y hace un mes? ¿Ha dicho que le pagó y se marchó?

—Sí, dijo que volvería y quería conservar el sitio. Lo alquiló hasta agosto. Pero se fue y no he vuelto a tener noticias suyas.

Fuera del bar sonó una alarma. El Mercedes. Rachel se volvió a Bosch, quien ya estaba dirigiéndose a la puerta.

—Voy —dijo.

Salió del bar dejando a Rachel sola con Rett. Ella se volvió hacia el alcalde.

—¿Alguna vez le dijo Tom Walling de dónde venía?

—No, nunca lo mencionó. No hablaba demasiado.

—Y usted nunca preguntó.

—Cielo, en un lugar como éste no se hacen preguntas. A la gente que viene aquí no le gusta contestar preguntas. A Tom le gustaba conducir y ganarse unos pavos de vez en cuando, y después venía y echaba una partida solo. No bebía, sólo mascaba chicle. Nunca se mezclaba con las putas y nunca llegaba tarde a recoger a un cliente. Para mí era perfecto. El tipo que conduce para mí ahora, siempre...

—No me importa el tipo que tiene ahora.

Sonó la campana detrás de Rachel y cuando ésta se volvió vio que Bosch estaba entrando. Él le hizo una seña con la cabeza para decirle que todo estaba en orden.

—Han tratado de abrir la puerta. Creo que el cierre para niños no funciona.

Rachel asintió con la cabeza y centró su atención nuevamente en Rett, el orgulloso alcalde de una ciudad de burdeles.

—Señor Rett, ¿dónde está el domicilio de Tom Walling?

—Tiene el remolque sencillo que hay en el risco, al oeste del pueblo. —Rett sonrió, revelando un diente podrido en la fila inferior, y continuó—: Le gustaba estar fuera del pueblo. Me dijo que no le gustaba estar cerca de toda la excitación de por aquí. Así que lo puse allí, detrás de Titanic Rock.

—¿Titanic Rock?

—Lo reconocerá cuando llegue allí, si ha visto la peli. Además, uno de esos escaladores listillos que vienen por aquí lo marcó. Ya lo verá. Coja la carretera de aquí detrás hacia el oeste, no tiene pérdida. Busque el barco que se hunde.

33

Yo me quedé en el Mercedes con las dos prostitutas. Puse el aire acondicionado y traté de enfriar también sus ánimos. Rachel seguía en el bar, hablando por teléfono con Cherie Dei y coordinando la llegada de refuerzos. Supuse que pronto llegarían los helicópteros y un ejército de agentes descendería sobre Clear, Nevada. La pista estaba fresca. Estaban cerca.

Traté de hablar con las dos chicas. Me resultaba difícil pensar en ellas como mujeres, a pesar de su forma de ganarse la vida y aunque tenían la edad suficiente. Probablemente sabían todo lo que había que saber sobre los hombres, pero no parecían saber nada del mundo. En mi mente eran sólo niñas que habían tomado un camino equivocado o a las que habían arrebatado su derecho de ser mujeres. Empezaba a entender lo que Rachel había dicho antes.

—¿Alguna vez fue Tom Walling al remolque para estar con alguna de las chicas? —pregunté.

—Yo no lo vi —dijo Tammy.

—Decían que seguramente era marica —añadió Mecca.

—¿Por qué decían eso?

—Porque vivía como un ermitaño —replicó Mecca—. Y nunca quería ningún conejito, aunque Tawny le habría dejado a alguna chica de la casa como a los otros chóferes.

—¿Hay muchos chóferes?

—Él era el único de por aquí —dijo Tammy con rapidez, pues al parecer no le gustaba que Mecca llevara la voz cantante—. Los otros vienen de Las Vegas. Algunos trabajan para los casinos.

—Si hay chóferes en Las Vegas, ¿cómo es que alguien contrata a Tom para que vaya a buscarlos allí?

—No lo hacen —dijo Mecca.

—A veces lo hacen —la corrigió Tammy.

—Bueno, a veces. Los tontos. Pero sobre todo llamábamos a Tom cuando alguien se quedaba aquí un tiempo y alquilaba uno de los remolques del viejo Billings y después necesitaba que lo llevaran porque su chófer se había ido. Los chóferes de los casinos no esperan demasiado. A no ser que seas uno de esos jugadores de mucha pasta, y aun así probablemente...

—¿Y entonces qué?

—Entonces para empezar no vendrías a Clear.

—Hay chicas más guapas en Pahrump —dijo Tammy como si tal cosa, como si fuera una desventaja estrictamente laboral y no algo que le preocupara personalmente.

—Y está un poco más cerca, y el polvo es más caro —dijo Mecca—, así que lo que tenemos aquí son los clientes preocupados por el precio.

Hablaba como una auténtica experta en estudios de mercado. Traté de volver a orientar la conversación.

—Así que, sobre todo, Tom Walling venía y llevaba a los clientes a Las Vegas o a donde fuera.

—Exacto.

—Exacto.

—Y esos tipos, esos clientes, podían ser completamente anónimos. No pedís identificaciones, ¿verdad? Los clientes pueden usar cualquier nombre que se les ocurre.

—Ajá. A no ser que parezca que todavía no tienen veintiuno.

—Exacto, pedimos la identificación de los jóvenes.

Entendí perfectamente el modus operandi, cómo Backus podía haber escogido a los clientes del burdel como víctimas. Si habían tomado medidas de seguridad para salvaguardar sus identidades y ocultado que habían hecho el viaje a Clear, entonces inadvertidamente se habían convertido en las víctimas perfectas. También encajaba con lo que se conocía de los demonios que gobernaban su furia asesina. El perfil en el expediente del Poeta indicaba que la patología de Backus estaba entretejida con la relación con su padre, un hombre que por fuera alardeaba de su imagen de agente del FBI, pero que abusaba de su mujer e hijo hasta el extremo de que una se había ido de casa mientras pudo, mientras que el que no podía irse tuvo que refugiarse en un mundo de fantasías entre las que estaba matar a quien abusaba de él.

Me di cuenta de que faltaba algo. Lloyd Rockland, la víctima que había alquilado el coche. ¿Cómo encajaba con el hecho de que necesitara un chófer?

Abrí la carpeta que Rachel había dejado en el coche y saqué la foto de Rockland. Se la mostré a las mujeres.

—¿Alguna de vosotras reconoce a este tipo? Se llamaba Lloyd.

—¿Se llamaba? —preguntó Mecca.

—Sí, eso es, se llamaba. Lloyd Rockland. Está muerto. ¿Lo reconocéis?

Ninguna de ellas lo hizo. Sabía que era una posibilidad remota. Rockland había desaparecido en 2002. Traté de buscar una explicación que permitiera que Rockland encajara en la teoría.

—Vendéis alcohol en el local, ¿verdad?

—Si el cliente lo quiere, podemos dárselo —dijo Mecca—. Tenemos licencia.

—Muy bien, ¿qué pasa cuando un cliente viene conduciendo desde Las Vegas y está demasiado borracho para conducir de vuelta?

—Puede dormir la mona —respondió ella—. Puede usar una habitación si paga por ella.

—¿Y si quiere volver? ¿Y si necesita volver?

—Puede llamar aquí, y el alcalde se ocupa de él. El chófer lo lleva en el coche del cliente y después vuelve en uno de los coches de los casinos o se busca la vida.

Asentí con la cabeza. También funcionaba con mi teoría. Rockland podía haberse emborrachado y haber sido llevado por el chófer, Backus. Sólo que no lo llevó a Las Vegas.

—Señor, ¿vamos a tener que quedarnos todo el día? —preguntó Mecca.

—No lo sé —dije mientras levantaba la mirada a la puerta del remolque.

Rachel trataba de no levantar la voz, porque en el otro extremo de la barra Billings Rett estaba simulando que hacía un crucigrama mientras trataba de escuchar la conversación del teléfono.

—¿Cuánto tiempo?

—Estaremos en el aire dentro de veinte minutos y después otros veinte minutos para llegar hasta ahí —dijo Cherie Dei—. Así que quédate tranquila, Rachel.

—Entendido.

—Y Rachel, te conozco. Sé lo que querrías hacer. Aléjate del remolque del sospechoso hasta que lleguemos allí con un ERP. Deja que ellos hagan su trabajo.

Rachel casi le dijo a Dei que el hecho era que no la conocía, que no tenía la menor idea de cómo era ella. Pero no lo hizo.

—Entendido —dijo en cambio.

—¿Y Bosch? —preguntó Dei a continuación.

—¿Qué pasa con él?

—Quiero que lo mantengas apartado de esto.

—Eso será bastante difícil porque él descubrió el sitio. Estamos aquí gracias a él.

—Eso lo entiendo, pero tarde o temprano habríamos llegado. Siempre lo hacemos. Le daremos las gracias, pero hemos de barrerlo después de eso.

—Bueno, eso se lo dirás tú.

—Lo haré. ¿Estamos a punto? Tengo que ir a Nellis.

—Todo listo, te veo en menos de una hora.

—Rachel, una última cosa, ¿por qué no condujiste tú?

—Era la corazonada de Bosch, y él quería conducir. ¿Qué diferencia hay?

—Le estabas dando el control de la situación, eso es todo.

—Eso es repensarlo a posteriori. Pensábamos que podíamos encontrar una pista sobre los hombres desaparecidos, no que iríamos directos a...

—Está bien, Rachel, no debería haberlo sacado a relucir. Tengo que irme.

Dei colgó en su lado. Rachel no podía colgar porque el teléfono se extendía desde la pared de atrás y por encima de la barra. Levantó el auricular para que Rett lo viera. Éste dejó el lápiz y se acercó a cogerlo para colgar.

—Gracias, señor Rett. Dentro de aproximadamente una hora aterrizarán aquí un par de helicópteros. Probablemente justo delante de este remolque. Los agentes querrán hablar con usted. Más formalmente que yo. Probablemente hablarán con un montón de gente de este pueblo.

—No es bueno para el negocio.

—Probablemente no, pero cuanto más deprisa coopere la gente, más deprisa se irán.

Rachel no mencionó nada sobre la horda de medios de comunicación que probablemente también descenderían en la localidad en cuanto se revelara públicamente que la pequeña ciudad de los burdeles del desierto era el sitio donde el Poeta se había ocultado durante todos esos años y donde había elegido a sus últimas víctimas.

—Si los agentes preguntan dónde estoy, dígales que he ido al remolque de Tom Walling, ¿de acuerdo?

—Me había parecido que le decían que no fuera allí.

—Señor Rett, simplemente dígales lo que le he pedido que les diga.

—Lo haré.

—Por cierto, ¿ha estado allí desde que él vino y le dijo que se iba durante un tiempo?

—No, todavía no he tenido tiempo de ir. Él pagó el alquiler, así que no creo que sea asunto mío ir a cotillear en sus cosas. En Clear no somos así.

Rachel asintió con la cabeza.

—Muy bien, señor Rett, gracias por su cooperación.

Él se encogió de hombros, o bien para expresar que no tenía elección, o bien para decir que su cooperación había sido mínima.

Rachel dio la espalda a la barra y se dirigió a la puerta, pero vaciló al llegar al umbral. Metió la mano en el *blazer* y sacó el cargador extra de la Sig Sauer del cinturón. Lo sopesó un momento y después se lo metió en el bolsillo del *blazer*. Salió del bar y se sentó al lado de Bosch en el Mercedes.

—¿Y? —dijo él—. ¿La agente Dei está furiosa?

—No. Acabamos de darle la mejor pista del caso, ¿cómo iba a estar furiosa?

—No lo sé. Alguna gente tiene la capacidad de ponerse furiosa sin importar qué les des.

—¿Vamos a quedarnos aquí sentados todo el día? —preguntó Mecca desde el asiento de atrás.

Rachel se volvió hacia las dos mujeres.

—Vamos a ir al risco del oeste para echar un vistazo a un remolque. Pueden venir con nosotros y quedarse en el coche o pueden entrar en el bar y esperar. Hay más agentes en camino. Probablemente las podrán entrevistar aquí y no tendrán que ir a Las Vegas.

—Gracias a Dios —dijo Mecca—. Yo esperaré aquí.

—Yo también —dijo Tammy.

Bosch las dejó salir del coche.

—Esperen aquí —les gritó Rachel—. Si vuelven a su caravana o a cualquier otro sitio no irán muy lejos y sólo conseguirán que se pongan furiosos.

Ellas no acusaron recibo de la advertencia. Rachel observó que subían la rampa y entraban en el bar. Bosch volvió a meterse en el coche y puso la marcha atrás.

—¿Estás segura de esto? —preguntó—. Apuesto a que la agente Dei te ha dicho que esperes hasta que lleguen aquí los refuerzos.

—También ha dicho que una de las primeras cosas que iba a hacer era enviarte a casa. ¿Quieres esperarla o quieres ir a ver ese remolque?

—No te preocupes, iré. No soy yo el que se juega la carrera.

—Menuda carrera.

Seguimos la carretera polvorienta que Billings Rett nos había indicado, y ésta conducía hacia el oeste desde la población de Clear y subía una loma de algo más de un kilómetro. La carretera se allanaba entonces y describía una curva por detrás de un afloramiento rocoso que era tal cual lo había descrito Rett. Parecía la popa del famoso barco de pasajeros cuando ésta se alzaba del agua en un ángulo de sesenta grados poco antes de desaparecer en el océano. Según la película, al menos. El escalador del que Rett había hecho mención había escalado hasta el lugar apropiado de la cima y había escrito «Titanic» con pintura blanca en la superficie de la roca.

No nos detuvimos a apreciar la roca ni la obra pictórica. La rodeé con el Mercedes y enseguida llegamos a un claro donde vimos un pequeño remolque posado en bloques de hormigón. Junto a él había un coche abandonado con las cuatro ruedas sin aire y un bidón de aceite que se utilizaba para quemar basura. En el otro lado había un depósito de fuel de grandes dimensiones y un generador eléctrico.

Para preservar posibles pruebas de escena del crimen, me detuve justo antes del descampado y apagué el motor. Me fijé en que el generador estaba en silencio. Había una calma en el conjunto de la escena que me pareció ominosa en cierto modo. Tenía la clara sensación de que había llegado al fin del mundo, a un lugar de oscuridad. Me pregunté si era allí donde Backus había llevado a sus víctimas, si éste era el fin del mundo para ellas. Probablemente, concluí. Era un lugar donde esperaba el mal.

Rachel quebró el silencio.

—Bueno, ¿vamos a quedarnos mirando desde aquí o vamos a entrar?

—Estaba esperando que dieras el primer paso.

Ella abrió su puerta y a continuación yo abrí la mía. Nos reunimos delante del coche. Fue entonces cuando me fijé en que todas las ventanas del remolque estaban abiertas; no era lo que uno esperaría de alguien que se ausenta de una casa durante un largo periodo. Después de reparar en eso llegó el olor.

—¿Hueles eso?

Rachel asintió. La muerte estaba en el aire. Era mucho peor, mucho más intenso que en Zzyzx. Instintivamente supe que lo que íbamos a encontrar allí no eran los secretos enterrados del asesino. Esta vez no. Había un cadáver en la caravana —al menos uno— que estaba al aire libre y en proceso de descomposición.

—Con mi último acto —dijo Rachel.

—¿Qué? Lo que escribió en la tarjeta.

Asentí. Rachel estaba pensando en el suicidio.

—¿Tú crees?

—No lo sé. Vamos a verlo.

Caminamos lentamente hacia el remolque, sin que ninguno de los dos volviera a decir ni una palabra. El olor se hizo más intenso y los dos supimos que quien estuviera muerto en el interior de la caravana llevaba bastante tiempo cociéndose allí dentro.

Me aparté de Rachel y me acerqué hasta un conjunto de ventanas situado a la izquierda de la puerta del remolque. Ahuecando las manos en el mosquitero, traté de distinguir algo en el oscuro interior. En cuanto toqué la tela metálica, las moscas empezaron a zumbar alarmadas en el interior de la caravana. Rebotaban contra el mosquitero y trataban de salir como si la escena y el olor del interior fueran demasiado incluso para ellas.

No había cortina en la ventana, pero no podía ver gran cosa desde aquel ángulo, al menos no podía ver un cadáver ni indicación de que lo hubiera. Parecía una pequeña sala de estar, con un sofá y una silla. Había una mesa con dos pilas de libros de tapa dura. Detrás de la silla había una estantería llena de libros.

—Nada —dije.

Retrocedí de la ventana y miré a lo largo del remolque. Vi que los ojos de Rachel se centraban en la puerta y en el pomo. Entonces entendí algo, algo que no encajaba.

—Rachel, ¿por qué te dejó la nota en el bar?

—¿Qué?

—La nota. La dejó en el bar. ¿Por qué allí? ¿Por qué no aquí?

—Supongo que quería asegurarse de que la recibía.

—Si no la hubiera dejado en el bar, de todos modos habrías venido aquí. La habrías encontrado aquí.

Ella negó con la cabeza.

—¿Qué estás diciendo? No...

—No intentes abrir la puerta, Rachel. Esperemos.

—¿De qué estás hablando?

—No me gusta esto.

—¿Por qué no miras por la parte de atrás a ver si hay otra ventana desde la que puedas ver algo?

—Lo haré. Tú espera.

Ella no me respondió. Rodeé el remolque por la parte izquierda, pasé por encima del enganche y me dirigí hacia el otro lado. Pero entonces me detuve y caminé hasta el bidón de basura.

El bidón estaba lleno de restos calcinados hasta una tercera parte. Había un mango de escoba quemado por un extremo. Lo cogí y revolví entre las cenizas del bidón, como estaba seguro que habría hecho Backus cuando el fuego estaba ardiendo. Había querido asegurarse de que todo se quemaba.

Al parecer lo que había destruido eran sobre todo papeles y libros. No había nada reconocible hasta que encontré una tarjeta de crédito ennegrecida y fundida. Supuse que los expertos forenses quizá podrían identificarla como la de una de las víctimas. Continué hurgando y vi trozos de plástico negro fundido. Entonces me fijé en un libro con las tapas quemadas, pero que todavía conservaba parcialmente intactas algunas páginas del interior. Lo levanté con los dedos y lo abrí con cautela. Parecía poesía, aunque era difícil estar seguro puesto que todas las páginas estaban parcialmente quemadas. Entre dos de estas páginas encontré un recibo medio quemado del libro. En la parte superior se leía «Book Car», pero el resto estaba quemado.

—Bosch, ¿dónde estás?

Era Rachel. Yo estaba fuera de su campo visual. Coloqué el libro de nuevo en el bidón y metí también el mango de la escoba. Me dirigí de nuevo hacia la parte posterior de la caravana. Vi otra ventana abierta.

—Espera un momento.

Rachel aguardó. Se estaba impacientando. Estaba esperando el sonido distante de los helicópteros que cruzaban el desierto. Sabía que en cuanto lo oyera sus oportunidades se agotarían. La apartarían y probablemente incluso la sancionarían por la forma en que había manejado a Bosch.

Miró de nuevo al pomo. Pensó en Backus y en si ésa podía ser su última jugada. ¿Había tenido bastante con cuatro años en el desierto? ¿Había matado a Terry McCaleb y les había enviado el GPS sólo para conducirlos finalmente a aquello? Pensó en la nota que él había dejado, en que le había dicho que le había enseñado bien. La rabia se hinchó en su interior, una rabia que le pedía a gritos que echara la puerta abajo y...

—¡Tenemos un cadáver!

Era Bosch, que llamaba desde el otro lado de la caravana.

—¿Qué? ¿Dónde?

—Da la vuelta, desde aquí se ve una cama y un cadáver. De hace dos o tres días. No puedo ver la cara.

—Bien, ¿algo más?

Ella esperó. Bosch no dijo nada. Rachel puso la mano en el pomo. Lo giró.

—No está cerrado con llave.

—Rachel, no abras —gritó Bosch—. Creo... creo que hay gas. Huelo algo además del cadáver. Algo además de lo obvio. Como por debajo.

Rachel vaciló, pero luego giró el pomo completamente y entreabrió la puerta un par de centímetros.

No ocurrió nada.

Lentamente, Rachel abrió la puerta del todo. Nada. Las moscas vieron la abertura y salieron zumbando a la luz pasando a su lado. Ella ahuyentó las que se le ponían ante los ojos.

—Bosch, voy a entrar.

Entró en la caravana. Más moscas. Las había por todas partes. El olor la golpeó de lleno, invadiéndola y tensándole el estómago.

En cuanto sus ojos se adaptaron a la penumbra después del brillo del exterior, Rachel vio las fotos. Estaban apiladas en las mesas y adheridas a las paredes y a la nevera. Fotos de las víctimas, vivas y muertas, llorando, implorando, lastimeras. La mesa de la cocina del remolque había sido convertida en puesto de trabajo. Había un portátil conectado a una impresora en un lado y tres pilas de fotos separadas. Ella cogió la pila más grande y empezó a ojearlas, reconociendo de nuevo a varios de los hombres desaparecidos cuyos retratos se había llevado consigo a Clear. Pero éstas no eran las clásicas fotos de familia que ella había llevado. Eran fotos de un asesino y sus víctimas. Hombres cuyos ojos imploraban a la cámara, rogando perdón y clemencia. Rachel se fijó en que todas las fotos estaban tomadas desde arriba, con el fotógrafo —Backus— en la posición dominante, enfocando a sus víctimas mientras éstas imploraban por sus vidas.

Cuando ya no pudo seguir mirándolas, dejó las fotos y cogió la segunda pila. Había menos fotografías en ésta y sobre todo estaban centradas en una mujer y dos niños que recorrían un centro comercial. Las dejó y estaba a punto de coger la cámara que estaba sobre la tercera pila de fotos cuando Bosch entró en la caravana.

—Rachel, ¿qué estamos haciendo?

—No te preocupes. Tenemos cinco, quizá diez minutos. Saldremos en cuanto escuchemos los helicópteros y dejaremos que se ocupe el equipo de recuperación de pruebas. Sólo quería ver si...

—No estoy hablando de ganarles de mano a otros agentes. No me gusta esto... La puerta abierta. Algo no...

Se detuvo cuando reparó en las fotos.

Rachel se volvió hacia la mesa y levantó la cámara que descansaba encima de la última pila de fotos. Miró una foto de ella misma. Tardó un momento en situarla, pero enseguida supo dónde había sido tomada.

—Ha estado conmigo todo el tiempo —dijo.

—¿De qué estás hablando? —preguntó Bosch.

—Esto es O'Hare. Mi escala. Backus estuvo allí vigilándome.

Rachel pasó rápidamente las fotos. Había seis, todas ellas imágenes suyas en el día de su viaje. En la última foto ella y Cherie Dei se saludaban en la zona de recogida de equipaje, y Cherie sostenía en un costado un cartel que ponía «Bob Backus».

—Ha estado vigilándome.

—Como vigiló a Terry.

Bosch se estiró hacia la bandeja de la impresora y con un dedo fue levantando las fotos por los bordes para no dejar ninguna huella. Aparentemente era la última imagen que Backus había impreso allí. Mostraba la fachada de un edificio de dos plantas sin ningún diseño particular. En el sendero de entrada había una furgoneta. Un hombre mayor estaba de pie junto a la puerta del conductor, mirando un llavero como si buscara la llave para abrir el coche.

Bosch le tendió la foto a Rachel.

—¿Quién es?

Ella la miró unos segundos.

—No lo sé.

—¿Y la casa?

—Nunca la había visto.

Bosch, cuidadosamente, volvió a dejar la foto en la bandeja para que fuera descubierta en su posición original por el equipo de recuperación de pruebas.

Rachel se situó detrás de él y recorrió el pasillo hacia una puerta cerrada. Antes de llegar al final del corredor entró en el cuarto de baño. Estaba limpio a no ser por las moscas muertas que cubrían todas las superficies. En la bañera vio dos almohadas y una manta dispuestas como para dormir. Recordó los informes recopilados sobre Backus y sintió que la repulsión física crecía en su pecho.

Salió del cuarto de baño y fue a la puerta cerrada situada al final del pasillo.

—¿Es aquí donde lo has visto? —preguntó.

Bosch se volvió y observó que la agente del FBI se acercaba a la puerta.

—Rachel...

Rachel no se detuvo. Giró el pomo y abrió la puerta. Oí con claridad un sonido metálico que mi mente no asoció con ninguna cerradura de puerta. Rachel detuvo su movimiento y su postura se tensó.

—¿Harry?

Empecé a acercarme.

—¿Qué pasa?

—¡Harry!

Ella se volvió hacia mí en los confines del pasillo de paneles de madera. Miré más allá de su rostro y vi el cadáver en la cama. Un hombre tendido boca arriba, con un sombrero vaquero inclinado sobre el rostro. Tenía una pistola en la mano derecha y una herida de bala en la parte superior del pecho izquierdo.

Las moscas zumbaban a nuestro alrededor. Oí un sonido más alto y siseante. Pasé al lado de Rachel y vi la mecha en el suelo. Reconocí que era una mecha química, unos cables trenzados tratados con productos químicos que arderían en cualquier sitio y en cualquier condición, incluso bajo el agua.

La mecha se consumía deprisa. No podíamos detenerla. Había quizás un metro y veinte centímetros de mecha enrollada en el suelo y luego desaparecía debajo de la cama. Rachel se inclinó y se agachó para tirar de ella.

—No lo hagas. Podría activarlo. No podemos... Hemos de salir de aquí.

—¡No! ¡No podemos perder esta escena! Hemos de...

—Rachel, no hay tiempo. ¡Vámonos! ¡Corre! ¡Ya!

La empujé hacia el pasillo y le bloqueé el paso para evitar cualquier posible intento de ella de entrar de nuevo en la habitación. Empecé a avanzar de espaldas, con la mirada fija en la figura de la cama. Cuando pensé que Rachel se había rendido, me volví y vi que estaba esperando. Me apartó para pasar.

—¡Necesitamos ADN! —gritó.

Observé que entraba en la habitación y saltaba a la cama. Su mano se alzó y agarró el sombrero de la cabeza del cadáver, revelando una cara que estaba distorsionada y gris por la descomposición. Rápidamente retrocedió hacia el pasillo.

Incluso en ese momento admiré su idea y cómo la había llevado a cabo. Casi con toda seguridad el borde del sombrero tendría células dérmicas que contendrían el ADN de la víctima. Rachel pasó corriendo con el sombrero hacia la puerta. Yo bajé la mirada y vi que el punto encendido de la mecha desaparecía bajo la cama. Eché a correr detrás de ella.

—¿Era él? —gritó por encima del hombro.

Sabía qué quería decir. ¿Era el cadáver del hombre que yacía en la cama el del hombre que apareció en el barco de Terry McCaleb? ¿Era Backus?

—No lo sé. ¡Corre! ¡Vámonos!

Llegué a la puerta dos segundos después que Rachel. Ella ya estaba en el suelo, alejándose en dirección a Titanic Rock. Yo la seguí. Había dado unos cinco pasos cuando la explosión desgarró el aire detrás de mí. Me golpeó el impacto pleno de la ensordecedora sacudida y me caí de bruces al suelo. Recordé del entrenamiento básico la maniobra de hacerme un ovillo y rodar, y eso me sirvió para alejarme unos pocos metros más de la explosión.

El tiempo se volvió inconexo y lento. En un momento estaba corriendo. Al siguiente estaba sobre mis manos y rodillas, con los ojos abiertos y tratando de levantar la cabeza. Algo eclipsó el sol momentáneamente y no sé bien cómo logré mirar hacia arriba y vi la carcasa de la caravana a diez metros de altura, paredes y techo intactos. Parecía flotar, casi suspendida en el aire. Entonces cayó diez metros delante de mí, con los laterales de aluminio astillados tan afilados como cuchillas. Hizo un sonido como si cinco coches apilados cayeran al suelo.

Miré al cielo por si venía algo más y vi que estaba a salvo. Me volví hacia la ubicación original de la caravana: un fuego intenso y un espeso humo negro subía en forma de nube hacia el cielo. No había nada reconocible en la casa remolque. Todo se había consumido por la explosión y el fuego. La cama y el hombre habían desaparecido. Backus lo había planeado a la perfección.

Me puse en pie, pero no tenía estabilidad porque mis tímpanos todavía estaban reaccionando y había perdido el sentido del equilibrio. Oía un zumbido como si estuviera caminando a través de un túnel con trenes acelerando junto a mí a ambos lados. Quería poner las manos encima de mis oídos, pero sabía que eso no me aliviaría. El sonido estaba reverberando desde dentro.

Rachel estaba a sólo un par de metros de mí antes de la explosión, pero en ese momento ya no la veía. Trastabillé en el humo y empecé a temer que estuviera debajo de la carcasa de la caravana.

Finalmente la encontré en el suelo a la izquierda de los restos del remolque. Estaba tumbada sobre el polvo y las rocas, sin moverse. El sombrero negro permanecía en el suelo a su lado, como un signo de muerte. Me acerqué a ella lo más deprisa que pude.

—¿Rachel?

Me puse a cuatro patas y en primer lugar la examiné sin tocarla. Estaba tumbada boca abajo, y el pelo caído hacia delante contribuía a ocultarme sus ojos. De repente me acordé de mi hija al apartarle suavemente el pelo. Entonces vi sangre en el dorso de mi mano y por primera vez me di cuenta de que yo tenía una pequeña herida. Ya me ocuparía de eso después.

—¿Rachel?

No sabía si respiraba o no. Mis sentidos parecían afectados por un efecto dominó. Con mi oído perdido al menos temporalmente, la coordinación del resto de mis sentidos no funcionaba. Le di un golpecito en la mejilla.

—Vamos, Rachel, despierta.

No quería darle la vuelta por si tenía heridas no visibles que pudieran agravarse. Le di otra vez golpecitos en la mejilla, esta vez con más fuerza. Le puse una mano en la espalda, esperando que sentiría, como con mi hija, el subir y bajar de su respiración.

Nada. Puse la oreja en su espalda en un acto ridículo considerando mi estado. Mi instinto estaba funcionando al margen de la lógica. Me dije que no tenía elección y ya iba a darle la vuelta cuando vi que cerraba los dedos de la mano derecha para formar un puño.

Rachel de repente levantó la cabeza del suelo y gimió. Lo hizo con la fuerza suficiente para que yo lo oyera.

—Rachel, ¿estás bien?

—Yo... estoy... hay pruebas en el remolque. Las necesitamos.

—Rachel, ya no hay remolque.

Ella pugnó por darse la vuelta y sentarse. Abrió los ojos y vio los restos en llamas de lo que había sido el remolque. Vi que tenía las pupilas dilatadas. Tenía una conmoción.

—¿Qué has hecho? —me preguntó en tono acusatorio.

—No he sido yo. Era una trampa. Cuando abriste la puerta del dormitorio...

—Oh.

Ella movió la cabeza atrás y adelante como si tuviera el cuello agarrotado. Vio el sombrero vaquero negro en el suelo a su lado.

—¿Qué es eso?

—Su sombrero. Lo cogiste al salir.

—¿ADN?

—Con suerte, pero no sé para qué servirá.

Ella miró de nuevo al suelo en llamas de la caravana. Estábamos demasiado cerca. Sentía el calor del fuego, pero todavía no estaba seguro de si debía moverla.

—Rachel, ¿por qué no vuelves a tumbarte? Creo que tienes una conmoción. Podrías tener otras heridas.

—Sí, creo que es una buena idea.

Rachel apoyó la cabeza en el suelo y se quedó mirando al cielo. Decidí que no era una posición mala e hice lo mismo. Era como estar en la playa. Si hubiera sido de noche podríamos haber contado las estrellas.

Antes de oírlos llegar sentí que se aproximaban los helicópteros. Una profunda vibración en el pecho me hizo mirar al cielo por el lado sur y vi los dos helicópteros de la fuerza aérea aterrizando en Titanic Rock. Levanté débilmente un brazo para saludarlos.

34

—¿Qué diablos ha pasado?

El rostro del agente especial Randal Alpert estaba rígido y casi amoratado. Los había estado esperando en el hangar de Nellis cuando aterrizó el helicóptero. Su instinto político, al parecer, le había aconsejado no acudir en persona a la escena. Tenía que distanciarse a toda costa de la onda expansiva de la explosión en el desierto, que amenazaba con llegar hasta Washington.

Rachel Walling y Cherie Dei estaban de pie en el enorme hangar y se preparaban para la arremetida. Rachel no respondió a su pregunta porque pensaba que sólo era el preludio de una parrafada. Estaba reaccionando con lentitud, porque seguía un poco aturdida por la explosión.

—Agente Walling, le he hecho una pregunta.

—Había puesto explosivos en la caravana —dijo Cherie Dei—. Sabía que ella...

—Le he preguntado a ella no a ti —espetó Alpert—. Quiero que la agente Walling me diga exactamente por qué no pudo acatar las órdenes y cómo todo este asunto se ha torcido tanto que resulta irreconocible.

Rachel levantó las manos como para dar a entender que no había nada que pudiera haber hecho sobre lo ocurrido en el desierto.

—Íbamos a esperar al equipo de recuperación de pruebas —dijo ella—, como nos había instruido la agente Dei. Estábamos en la periferia del objetivo y fue entonces cuando nos dimos cuenta de que olía como si hubiera un cadáver y pensamos que podría haber alguien vivo allí dentro. Algún herido.

—¿Y cómo diablos tuvieron esa idea simplemente porque olieron un cadáver?

—A Bosch le pareció que había oído algo.

—Oh, ya estamos, el viejo cuento del grito de ayuda.

—No, oyó algo. Pero supongo que fue el viento. Allí se arremolina. Las ventanas estaban abiertas. Debió de crear un sonido que él oyó.

—¿Y usted? ¿Usted lo oyó?

—No, yo no.

Alpert miró a Dei y después de nuevo a Rachel. La agente de Rapid City sentía que la mirada del jefe la quemaba, pero sabía que era una buena historia y no iba a parpadear. Ella y Bosch la habían preparado. Bosch estaba fuera del alcance de Alpert. Tampoco podían culparla a ella si había actuado siguiendo la alarma de Bosch. Alpert podía despotricar todo lo que quisiera, pero nada más.

—¿Sabe cuál es el problema de su historia? El problema está en su primera palabra «íbamos». Íbamos. Ha dicho «íbamos». No había ningún plural. Se le ordenó vigilar a Bosch, no unirse a él en la investigación. No meterse en su coche e ir hasta allí. No que interrogaran juntos a testigos ni que entraran juntos en esa caravana.

—Eso lo entiendo, pero dadas las circunstancias decidí que por el bien de la investigación era preferible que uniéramos nuestros conocimientos y recursos. Sinceramente, agente Alpert, Bosch fue quien encontró ese sitio. No tendríamos lo que tenemos ahora de no ser por él.

—No se engañe, agente Walling. Habríamos llegado allí.

—Lo sé, pero la velocidad era determinante. Lo dijo usted mismo después de la reunión de la mañana. El director iba a ponerse ante las cámaras. Yo quería avanzar en el caso para que él dispusiera de la máxima información posible.

—Bueno, pues olvídese de eso. Ahora no sabemos lo que tenemos. Ha pospuesto la conferencia de prensa y nos ha dado hasta mañana al mediodía para que entendamos qué tenemos allí.

Cherie Dei se aclaró la garganta y se arriesgó a entrometerse de nuevo.

—Eso es imposible —dijo—. El cuerpo está hecho picadillo. Están usando varias bolsas para sacarlo. Tardaremos semanas en hacer la identificación y conocer la causa de la muerte, si es que lo conseguimos. Por suerte, parece que la agente Walling pudo obtener una muestra de ADN del cadáver y eso aceleraría las cosas, pero no tenemos pruebas comparativas. Vamos...

—Tal vez no estabas escuchando hace diez segundos —dijo Alpert—, pero no disponemos de semanas. Tenemos menos de veinticuatro horas.

Alpert dio la espalda a las dos mujeres y puso los brazos en jarras, adoptando una pose que mostraba el peso que le había caído encima por ser el único agente inteligente y sagaz que quedaba en el planeta.

—Entonces déjenos volver allí —dijo Rachel—. Tal vez entre los escombros encontremos algo que...

—¡No! —gritó Alpert. Se volvió de nuevo—. Eso no será necesario, agente Walling. Ya ha hecho bastante.

—Conozco a Backus y conozco el caso. Debería estar trabajando.

—Yo decidiré quién trabajará en este caso y quién no. Quiero que vuelva usted a la oficina de campo y que se ponga con la documentación de este fiasco. Lo quiero en mi escritorio mañana a las ocho de la mañana. Quiero una lista detallada de todo lo que vio en el interior de esa caravana.

Alpert esperó para ver si ella discutía la orden. Rachel permaneció en silencio y eso pareció complacer al agente especial al mando.

—Ahora tengo a los medios encima con esto. ¿Qué podemos hacer público que no nos desmonte la parada y que no eclipse al director mañana?

Dei se encogió de hombros.

—Nada. Dígales que el director se dirigirá a ellos mañana, fin de la historia.

—Eso no funcionará. Hemos de darles algo.

—No les dé a Backus —dijo Rachel—. Dígales que los agentes querían hablar con un hombre llamado Thomas Walling acerca del caso de las personas desaparecidas. Pero Walling había colocado explosivos en su remolque y éste explotó cuando llegaron los agentes.

Alpert asintió. Le sonaba bien.

—¿Y Bosch?

—Yo lo dejaría al margen. No tenemos ningún control sobre él. Si un periodista se dirige a él, podría revelarlo todo.

—Y el cadáver. ¿Decimos que era Walling?

—Diremos que no lo sabemos, porque no lo sabemos. Esperamos la identificación y tal y tal. Eso debería bastar.

—Si los periodistas van a los burdeles conocerán toda la historia.

—No, nunca le contamos a nadie toda la historia.

—Por cierto, ¿qué ha pasado con Bosch?

Dei respondió a la pregunta.

—Le tomé declaración y lo puse en libertad. Lo último que vi es que iba de camino a Las Vegas.

—¿Mantendrá la boca cerrada?

Dei miró a Rachel y después a Alpert.

—Digámoslo de este modo, no va a ir a buscar a nadie para hablar de esto. Y mientras no lo mencionemos, no habrá ninguna razón para que nadie vaya a buscarlo a él.

Alpert asintió. Hundió una mano en uno de sus bolsillos y la sacó con un teléfono móvil.

—Cuando hayamos terminado aquí he de hacer una llamada a Washington. ¿Cuál es su reacción instintiva? ¿Era Backus el de la caravana?

Rachel vaciló, porque no quería responder en primer lugar.

—En este momento no hay forma de saberlo —dijo Dei—. Si me está preguntando si debe decirle al director que lo tenemos, mi respuesta ahora mismo es que no, no le diga eso al director. Podía ser cualquiera el de la caravana. Por lo que sabemos es una undécima víctima y puede que nunca sepamos quién era. Sólo alguien que fue a uno de los burdeles y fue interceptado por Backus.

Alpert miró a Rachel, esperando su opinión.

—La mecha —dijo ella.

—¿Qué pasa con la mecha?

—Era demasiado larga. Era como si quisiera que viera el cadáver, pero sin que me acercara demasiado. Pero también quería que saliera de allí.

—¿Y?

—En el cadáver había un sombrero negro. Recuerdo que había un hombre en mi vuelo de Rapid City con un sombrero vaquero negro.

—Por el amor de Dios, volaba desde Dakota del Sur. ¿Acaso no lleva todo el mundo sombrero allí?

—Pero él estaba allí, conmigo. Creo que todo este asunto era una trampa. La nota en el bar, la mecha larga, las fotos en la caravana y el sombrero negro. Quería que yo saliera de allí a tiempo para decirle al mundo que había muerto.

Alpert no respondió. Miró al teléfono que sostenía.

—Hay demasiadas cosas que todavía no sabemos, Randal —propuso Dei.

Alpert volvió a guardarse el teléfono en el bolsillo.

—Muy bien, Cherie, ¿tienes el coche aquí?

—Sí.

—Lleva ahora a la agente Walling a la oficina de campo.

Alpert las dejó salir, pero no sin mirar una última vez a Rachel y dedicarle una mueca más.

—Recuerde, agente Walling, en mi escritorio a las ocho.

—Lo tendrá —dijo Rachel.

35

Eleanor Wish salió a abrirme, y eso me sorprendió. Dio un paso atrás para dejarme pasar.

—No me mires así, Harry —dijo ella—. Tienes la impresión de que nunca estoy aquí y de que salgo todas las noches y dejo a Maddie con Marisol. No es así. Trabajo tres o cuatro noches por semana y normalmente eso es todo.

Levanté las manos en ademán de rendición y ella vio la venda en torno a la palma de mi mano derecha.

—¿Qué te ha pasado?

—Me corté con un trozo de metal.

—¿Qué metal?

—Es una historia larga.

—¿Esa movida del desierto de hoy?

Asentí con la cabeza.

—Debería haberlo sabido. ¿Te va a impedir tocar el saxofón?

Aburrido con mi jubilación, había empezado a tomar lecciones el año anterior de un *jazzman* retirado con el que me había cruzado en un caso. Una noche, cuando las cosas estaban bien entre Eleanor y yo, me había llevado el instrumento y había tocado una canción llamada *Lullaby*. A ella le gustó.

—De hecho, tampoco he estado tocando.

—¿Cómo es eso?

No quería decirle que mi maestro había muerto y que la música había desaparecido temporalmente de mi vida.

—Mi maestro quería que cambiara del alto al tenor, más bien al «temor» de tener que escucharme.

Ella sonrió ante mi lamentable chiste y dejamos el tema. La había seguido a lo largo de la casa hasta la cocina, donde la mesa era de hecho una mesa de póquer de fieltro, con manchas de cereales que había dejado Maddie. Eleanor había jugado seis manos descubiertas para practicar. Se sentó y empezó a recoger las cartas.

—Por mí, no lo dejes —dije—. Sólo he venido para ver si podía acostar a Maddie. ¿Dónde está?

—Marisol la está bañando. Pero contaba con acostarla yo esta noche. He trabajado las últimas tres noches.

—Oh, bueno, no importa. Entonces sólo le diré hola. Y adiós. Me vuelvo hoy.

—Entonces, ¿por qué no te ocupas tú? Tengo un libro nuevo para leerle. Está en el mostrador.

—No, Eleanor, quiero que lo hagas tú. Sólo quiero verla porque no sé cuándo voy a volver.

—¿Sigues trabajando en un caso?

—No, eso más o menos ha terminado en el desierto.

—Las noticias de la tele no decían gran cosa cuando las he visto. ¿Qué es?

—Es una larga historia.

No tenía ganas de contarla de nuevo. Me acerqué a la encimera para mirar el libro que ella había comprado. Se llamaba *Billy's Big Day* y en la cubierta se veía a un mono de pie en el peldaño más alto de una ceremonia de entrega de premios al estilo de los Juegos Olímpicos. Estaban colgando la medalla de oro del cuello del mono. Un león recibía la medalla de plata y un elefante la de bronce.

—¿Vas a volver al departamento?

Estaba a punto de abrir el libro, pero lo dejé y miré a Eleanor.

—Todavía me lo estoy pensando, pero eso parece.

Ella asintió con la cabeza.

—¿Alguna opinión nueva?

—No, Harry. Quiero que hagas lo que tú quieras.

Me pregunté por qué cuando la gente te dice que hagas lo que quieras, siempre lo dice con sospecha y críticas a posteriori. ¿De verdad quería Eleanor que hiciera lo que quisiera? ¿O lo estaba diciendo como una forma de minar todo el planteamiento?

Antes de que pudiera decir nada, mi hija entró en la cocina y se quedó de pie para que la contempláramos. Llevaba un pijama a rayas azules y naranjas y tenía el pelo húmedo y peinado hacia atrás.

—Se presenta una pequeña dama —dijo.

Eleanor y yo sonreímos al unísono y simultáneamente abrimos los brazos para recibirla. Maddie fue primero hacia su madre. Yo no tenía problema con eso, pero me sentí un poco como cuando tiendes la mano y el otro no hace el menor caso. Bajé los brazos y al cabo de unos momentos Eleanor acudió en mi ayuda.

—Ve a darle un abrazo a papá.

Maddie vino hacia mí y yo la levanté en un abrazo. Pesaba apenas dieciocho kilos. Es asombroso poder sostener todo lo que es importante para ti con un solo brazo. Mi hija puso su cabeza mojada en mi pecho y no me importó en absoluto que me estuviera mojando la camisa.

—¿Cómo estás, peque?

—Estoy bien. Hoy te he dibujado

—¿De verdad? ¿Puedo verlo?

—Bájame.

Hice lo que me pidió y ella salió de la cocina corriendo descalza por el suelo de baldosas hacia su habitación. Miré a Eleanor y sonreí. Los dos conocíamos el secreto. No importaba lo que tuviéramos o dejáramos de tener el uno para el otro, siempre tendríamos a Madeline y eso podría ser suficiente.

La carrera de los pies descalzos se hizo de nuevo audible y Maddie enseguida estuvo de vuelta en la cocina, arrastrando un trozo de papel que sostenía en alto como una cometa. Lo cogí y lo estudié. Mostraba la figura de un hombre con bigote y ojos oscuros. Tenía las manos extendidas y en una de ellas empuñaba una pistola. En el otro lado de la hoja había otra figura. Ésta, dibujada en rojos y naranjas, tenía las cejas unidas en una severa uve negra para indicar que era uno de los malos.

Me agaché hasta la altura de mi hija para mirar el dibujo con ella.

—¿Yo soy el de la pistola?

—Sí, porque eras policía.

—¿Y quién es este hombre tan peligroso?

Maddie señaló con el dedo la otra figura del dibujo.

—Es el señor Demonio.

Sonreí.

—¿Quién es el señor Demonio?

—Es un luchador. Mamá dice que tú luchas contra los demonios, y él es el jefe.

—Ya veo.

Miré por encima de la cabecita a Eleanor y sonreí. No estaba enfadado con nada. Simplemente estaba enamorado de mi hija y de su forma de ver el mundo: la forma literal en que lo interpretaba y lo elaboraba todo. Sabía que no duraría demasiado, así que atesoraba cada momento en que la veía y la escuchaba.

—¿Me puedo quedar este dibujo?

—¿Por qué?

—Porque es precioso y quiero guardarlo siempre. He de irme durante un tiempo y me gustaría poder verlo cuando quiera. Me recordará a ti.

—¿Adónde vas?

—Voy a volver al sitio que llaman la Ciudad de Los Ángeles.

Ella sonrió.

—Es una tontería. Los ángeles no se pueden ver.

—Ya lo sé, pero mira, mamá tiene un libro nuevo para leerte de un mono que se llama Billy. Así que yo te voy a decir buenas noches ahora y volveré a verte en cuanto pueda. ¿Te parece bien, peque?

—Vale, papá.

La besé en ambas mejillas y la abracé con fuerza. Después la besé en el pelo y la solté. Me levanté con el dibujo y le di el libro que Eleanor iba a leerle.

—¿Marisol? —llamó Eleanor.

Marisol apareció al cabo de unos segundos, como si hubiera estado esperando en la sala de estar vecina su momento de entrar en escena. Yo sonreí y la saludé con la cabeza mientras ella recibía las instrucciones.

—¿Por qué no llevas a Maddie a la habitación? Yo iré en cuanto le diga buenas noches a su padre.

Observé cómo mi hija salía con su niñera.

—Lo siento —dijo Eleanor.

—¿Qué, el dibujo? No te preocupes. Me gusta. Lo voy a poner en la nevera.

—No sé dónde lo oyó. No le he dicho directamente a ella que tú luchas con los demonios. Debe de haberme escuchado al teléfono o algo.

En cierto modo habría preferido que se lo hubiera dicho directamente a nuestra hija. La idea de que Eleanor estuviera hablando de mí de ese modo con alguien más —alguien al que no mencionó— me molestó. Traté de disimularlo.

—No pasa nada —dije—. Míralo de esta forma, cuando vaya a la escuela y los niños digan que su papá es abogado o bombero, ella tendrá el comodín. Dirá que su padre lucha contra los demonios.

Eleanor se echó a reír, pero se interrumpió al pensar en algo.

—Me pregunto qué dirá que hace su madre.

No podía responder a eso, así que cambié de tema.

—Me gusta porque su visión del mundo está despejada de significados más profundos —dije mientras volvía a mirar el dibujo—. Es tan inocente...

Negué con la cabeza y recordé una historia.

—Cuando era niño y todavía vivía con mi madre, hubo una vez en que teníamos coche. Un Plymouth Belvedere de dos colores con transmisión automática. Creo que se lo dejó su abogado durante un par de años. El caso es que ella de repente decidió que quería recorrer el país de vacaciones. Así que cargamos el coche y simplemente nos fuimos. Ella y yo.

»Bueno, en algún sitio del sur, no recuerdo dónde, paramos a echar gasolina y había dos fuentes de agua al lado de la estación de servicio. Había dos carteles. Uno decía "Blancos" y el otro "De color". Y el caso es que yo fui al que ponía "De color" porque quería saber de qué color sería el agua. Antes de hacerlo, mi madre me agarró y me explicó algunas cosas.

»Recuerdo eso y la verdad es que me habría gustado que me hubiera dejado ver el agua sin explicarme nada.

Eleanor sonrió.

—¿Qué edad tenías?

—No lo sé. Unos ocho.

Ella se levantó entonces y se me acercó. Me besó en la mejilla y yo dejé que lo hiciera. La enlacé suavemente por la cintura.

—Buena suerte con tus demonios, Harry.

—Sí.

—Si alguna vez cambias de idea, estoy aquí. Estamos aquí.

Asentí.

—Ella hará que tú cambies de idea, Eleanor. Espera y verás.

Eleanor sonrió, pero de manera triste, y me acarició la barbilla con suavidad.

—Asegúrate de que la puerta queda bien cerrada.

—Claro.

La solté y vi que caminaba hacia la cocina. Después miré el dibujo del hombre que peleaba con su demonio. Mi hija me había puesto una sonrisa en el rostro.

36

Antes de ir a mi apartamento en el Double X, me detuve en la oficina y comuniqué al señor Gupta, el vigilante nocturno, que dejaba el apartamento. Él me explicó que, como había alquilado el apartamento por semanas, ya me habían cargado la semana en la tarjeta de crédito. Le dije que muy bien, pero que de todos modos me iba. Le aseguré que dejaría la llave en la mesa del salón después de recoger mis pertenencias. Estaba a punto de salir de la oficina cuando dudé y le pregunté por mi vecina Jane.

—Sí, también se ha ido. Lo mismo.

—¿Qué quiere decir lo mismo?

—Le cobramos una semana, pero no se quedó una semana.

—Eh, ¿le importa que le pregunte? ¿Cuál es su nombre completo?

—Se llama Jane Davis. ¿Le gusta?

—Sí, era simpática. Habíamos hablado desde los balcones. No tuve ocasión de despedirme. No ha dejado alguna dirección o algo parecido, ¿no?

Gupta sonrió ante esa posibilidad. Tenía unas encías muy rosadas para una persona de piel tan oscura.

—Ninguna dirección —dijo—. Ella no.

Hice un asentimiento con la cabeza para darle las gracias por la información que me había proporcionado. Salí de la oficina, subí por la escalera y recorrí el pasillo hasta mi apartamento.

Tardé menos de cinco minutos en recoger mis cosas. Tenía algunas camisas y pantalones en perchas. Después saqué del armario la misma caja en la que había traído todo y la llené con el resto de mis pertenencias y un par de juguetes que guardaba allí para Maddie. Buddy Lockridge se había aproximado mucho al llamarme *Maleta* Harry, aunque *Caja de Cervezas* Harry habría sido más preciso.

Antes de irme miré en la nevera y vi que quedaba una botella. La saqué y la destapé. Supuse que una cerveza para el camino no me haría ningún daño. Había hecho cosas peores en el pasado antes de ponerme al volante. Pensé en prepararme otro sándwich de queso, pero lo olvidé cuando me acordé de la rutina de Backus de comer sándwiches calientes de queso a diario en Quantico. Salí al balcón con la cerveza para echar un último vistazo a los *jets* de los millonarios. Era un atardecer frío y seco. Las luces azules en la lejana pista centelleaban como zafiros.

Los dos *jets* negros ya no estaban: sus propietarios eran o bien ganadores rápidos o perdedores rápidos. El gran Gulfstream permanecía en su lugar, con tapones de protección rojos sobre las turbinas de sus motores de reacción. Iba a quedarse un tiempo. Me pregunté qué relación podía haber entre los *jets* y la estancia de Jane Davis en el Double X.

Miré al balcón vacío de Jane a poco más de un metro del mío. El cenicero seguía en la barandilla y estaba lleno de cigarrillos a medio fumar. Todavía no habían limpiado su apartamento.

Y eso me dio una idea. Miré alrededor y al aparcamiento. No vi movimiento humano alguno salvo en Koval, donde el tráfico estaba detenido ante un semáforo. No vi ninguna señal del vigilante de seguridad nocturno ni de nadie más en el aparcamiento. Rápidamente me alcé hasta la barandilla y estaba a punto de saltar al balcón de al lado cuando oí que llamaban a mi puerta. Volví a bajar. Entré en el apartamento y fui a abrir.

Era Rachel Walling.

—¿Rachel? Hola. ¿Pasa algo?

—No, nada que atrapar a Backus no pueda curar. ¿Puedo entrar?

—Claro.

Retrocedí para dejarla pasar. Vio la caja con mis pertenencias apiladas. Yo hablé antes que ella.

—¿Cómo ha ido hoy cuando has vuelto a la ciudad?

—Bueno, he recibido la esperada azotaina verbal del agente especial al mando.

—¿Me lo has cargado todo a mí?

—Como lo planeamos. Se puso hecho una furia, pero ¿qué va a hacer? Ahora mismo no quiero hablar de él.

—¿Entonces qué?

—Bueno, para empezar, ¿tienes otra de ésas?

Se refería a la cerveza.

—No. Estaba terminándome ésta e iba a largarme.

—Entonces me alegro de haberte pillado.

—¿Quieres compartirla? Te traeré un vaso.

—Dijiste que no te fiabas de los vasos de aquí.

—Bueno, puedo lavarlo...

Ella se estiró a coger la botella y le dio un trago. Me la devolvió, sin apartar sus ojos de los míos. Después se volvió y señaló la caja.

—Así que te vas.

—Sí, vuelvo a Los Ángeles una temporada.

—Supongo que echarás de menos a tu hija.

—Mucho.

—¿Vendrás a verla?

—Con tanta frecuencia como pueda.

—Eso es bonito. ¿Algo más?

—¿A qué te refieres? —pregunté, aunque pensaba que sabía lo que ella quería decir.

—¿Vas a venir por algo más?

—No, sólo por mi hija.

Nos quedamos allí de pie mirándonos durante un largo rato. Sostuve la cerveza para ofrecérsela, pero cuando ella se adelantó lo hizo por mí. Me besó en los labios y rápidamente nos abrazamos.

Sabía que tenía algo que ver con el remolque, con el hecho de que habíamos estado a punto de morir juntos en el desierto. Eso hizo que nos apretáramos fuerte el uno contra el otro y nos moviéramos hacia la cama, eso hizo que dejara la cerveza en la mesa para poder usar las dos manos mientras nos quitábamos la ropa mutuamente.

Caímos en la cama e hicimos el amor como los supervivientes. Fue rápido y hasta cierto punto incluso brutal, por ambas partes. Pero por encima de todo satisfizo el instinto primario que los dos teníamos de luchar con la vida contra la muerte.

Cuando terminamos estábamos entrelazados sobre las mantas de la cama, ella encima de mí, mis puños todavía enredados en su pelo.

Rachel se inclinó hacia la izquierda y cogió la botella de cerveza, derribándola antes y vertiendo la mayor parte de lo que quedaba en la mesa y el suelo.

—Ahí se va mi depósito de seguridad.

Quedaba lo bastante en la botella para que ella tomara un trago y después me la pasara.

—Eso ha sido por hoy —dijo ella mientras yo bebía.

Le di el resto.

—¿Qué quieres decir?

—Después de lo que pasó en el desierto teníamos que hacerlo.

—Sí.

—Es amor de gladiadores. Para eso he venido. Para cazarte.

Sonreí al recordar un chiste de gladiadores de una vieja peli que me gustaba, pero no se lo conté. Rachel probablemente pensó que sonreía por sus palabras. Se inclinó y puso su cabeza en mi pecho. Yo levanté parte de su pelo, esta vez con más suavidad, para mirar las puntas chamuscadas. Después bajé las manos y le acaricié la espalda, pensando que era extraño que estuviéramos siendo tan amables el uno con el otro, momentos después de haber sido gladiadores.

—Supongo que no te interesa abrir una nueva rama de tu despacho de investigaciones privadas en Dakota del Sur, ¿verdad?

Sonreí y contuve una carcajada.

—¿Y en Dakota del Norte? —preguntó—. Puede que yo también vuelva allí.

—Hace falta un árbol para tener una rama.

Rachel me golpeó con el puño en el pecho, en broma.

—No lo creo.

Moví el cuerpo de manera que salí de ella. Ella protestó, pero se quedó encima de mí.

—¿Significa esto que quieres que me levante y me vaya?

—No, Rachel, en absoluto.

Miré por encima del hombro de Rachel y vi que la puerta no estaba cerrada. Imaginé al señor Gupta subiendo para ver si todavía no me había ido y descubriendo al monstruo de dos espaldas en la cama del apartamento supuestamente vacío. Sonreí. No me importaba.

Ella levantó la cara para mirarme.

—¿Qué?

—Nada. Hemos dejado la puerta abierta. Podría entrar alguien.

—Tú la has dejado abierta. Es tu apartamento.

La besé y me di cuenta de que no la había besado en los labios al hacer el amor. Otra cosa extraña.

—¿Sabes qué, Bosch?

—¿Qué?

—Eres bueno en esto.

Sonreí y le dije que gracias. Una mujer puede usar esa carta siempre que quiera y siempre consigue la misma respuesta.

—Lo digo en serio.

Rachel me clavó las uñas en el pecho para subrayar su tesis. Con un brazo la apreté contra mi cuerpo y rodamos. Calculaba que al menos le llevaba diez años, pero no me preocupaba. Volví a besarla y me levanté, recogiendo mi ropa del suelo y caminando hasta la puerta para cerrarla.

—Creo que queda una última toalla limpia —dije—. Puedes usarla.

Rachel insistió en que yo me duchara primero, y lo hice. Después, mientras ella estaba en el cuarto de baño, salí del apartamento y me acerqué a una tienda abierta las veinticuatro horas de Koval Lane para comprar otras dos cervezas. Iba a limitarlo a esa cantidad porque tenía que conducir esa noche y no quería que el alcohol me enlenteciera en llegar a la carretera o una vez en ella. Estaba sentado en el salón cuando ella salió del cuarto de baño completamente vestida y sonrió al ver las dos botellas.

—Sabía que servirías de algo.

Rachel se sentó y entrechocamos las botellas.

—Por el amor de gladiadores —dijo ella.

Bebimos y nos quedamos unos momentos en silencio. Estaba intentando descubrir qué significaba la última hora para mí y para nosotros.

—¿En qué estás pensando? —preguntó ella.

—En cómo se puede complicar esto.

—No tiene por qué. Simplemente podemos esperar a ver qué pasa.

Eso no me parecía lo mismo a que me pidiera que me mudara a Dakota del Sur.

—Vale.

—Será mejor que me vaya.

—¿Adónde?

—Supongo que vuelvo a la oficina de campo. A ver qué se mueve.

—¿Te has enterado de qué ha pasado con el bidón de basura después de la explosión? Olvidé mirar.

—No, ¿por qué?

—Miré dentro cuando estuvimos allí. Sólo un minuto. Parecía que había estado quemando tarjetas de crédito y tal vez documentos de identidad.

—¿De las víctimas?

—Probablemente. También quemó libros.

—¿Libros? ¿Por qué crees que lo hizo?

—No lo sé, pero es extraño. Dentro del remolque tenía libros por todas partes. O sea que quemó unos, y otros no. Eso parece extraño.

—Bueno, si queda algo del bidón, el equipo de recuperación de pruebas lo encontrará. ¿Por qué no lo mencionaste antes, cuando te entrevistaron allí?

—Supongo que porque me zumbaba la cabeza y me olvidé.

—Pérdida de memoria inmediata asociada a una conmoción.

—Yo no tengo una conmoción.

—Me refiero a la explosión. ¿Sabes qué libros había allí?

—La verdad es que no. No tuve tiempo. Elegí uno. Era el menos quemado de los que vi. Parecía poesía. Creo.

Ella me miró y asintió con la cabeza, pero no dijo nada.

—Lo que no entiendo es por qué quemó los libros. Preparó el remolque para que saltara por los aires, pero se tomó el tiempo de ir al bidón y quemar algunos libros. Casi como...

Paré de hablar y traté de ordenar la información.

—¿Casi como qué, Harry?

—No lo sé. Como si no quisiera dejar el remolque al azar. Quería asegurarse de que esos libros se destruían.

—Estás suponiendo que ambas cosas están relacionadas. Quien sabe, quizá quemó los libros hace seis meses. No puedes relacionar dos cosas porque sí.

Asentí con la cabeza. Tenía razón en eso, pero la incongruencia seguía molestándome.

—El libro que encontré estaba cerca de la parte superior del bidón —dije—. Se quemó la última vez que se usó el bidón. También había un recibo. Medio quemado. Pero quizá puedan rastrearlo.

—Cuando vuelva lo comprobaré, pero no recuerdo haber visto el bidón después de la explosión.

Me encogí de hombros.

—Yo tampoco.

Ella se levantó y yo hice lo mismo.

—Hay algo más —dije al tiempo que metía la mano en el bolsillo interior de mi chaqueta. Saqué la foto y se la tendí a ella.

—Debí cogerla mientras estaba en la caravana y me olvidé de ella. La encontré en mi bolsillo.

Era la foto que había cogido de la bandeja de la impresora. La vivienda de dos plantas con el anciano en la fachada junto a la furgoneta.

—Genial, Harry. ¿Cómo voy a explicar esto?

—No lo sé, pero pensaba que querrías intentar identificar la casa o al anciano.

—¿Y ahora qué diferencia hay?

—Vamos, Rachel, sabes que no ha terminado.

—No, no lo sé.

Me molestaba que no quisiera hablar conmigo después de la intimidad que habíamos compartido sólo unos minutos antes.

—Vale. —Cogí mi caja y las perchas con ropa.

—Espera un momento, Harry. ¿Vas a irte así? ¿Qué quieres decir con que no ha terminado?

—Quiero decir que los dos sabemos que no era Backus el que estaba allí. Si a ti y al FBI no os interesa, me parece bien. Pero no me andes con chorradas, Rachel. No después de lo que hemos pasado hoy y no después de lo que acabamos de hacer.

Ella transigió.

—Mira, Harry, no está en mis manos, ¿vale? Ahora mismo estamos esperando los resultados forenses. Probablemente hasta que el director comparezca mañana en rueda de prensa no se formulará la posición oficial del FBI.

—No me interesa la posición oficial del FBI. Estaba hablando contigo.

—Harry, ¿qué quieres que diga?

—Quiero que digas que vas a coger a este tío, diga lo que diga mañana el director.

Me dirigí a la puerta y ella me siguió. Salimos del apartamento y ella cerró la puerta por mí.

—¿Dónde tienes el coche? —pregunté—. Te acompañaré.

Ella señaló el camino y bajamos por la escalera hasta su coche, aparcado cerca de la oficina del Double X. Después de que ella abrió la puerta nos volvimos y nos miramos a los ojos.

—Quiero coger a este tío —dijo ella—. Más de lo que te imaginas.

—Muy bien, bien. Estaremos en contacto.

—Bueno, ¿tú qué vas a hacer?

—No lo sé. Cuando lo sepa te lo diré.

—De acuerdo. Nos vemos, Bosch.

—Adiós, Rachel.

Ella me besó y se metió en el coche. Yo caminé hasta mi Mercedes, metiéndome entre los dos edificios que formaban el Double X para llegar hasta el otro aparcamiento. Estaba convencido de que no sería la última vez que veía a Rachel Walling.

37

En mi camino de salida de la ciudad podría haber evitado el tráfico del Strip, pero decidí no hacerlo. Pensé que las luces podrían animarme. Sabía que estaba dejando atrás a mi hija. Iba a Los Ángeles para reincorporarme al departamento. Volvería a ver a mi hija, pero no podría pasar con ella todo el tiempo que yo necesitaba y quería. Me marchaba para unirme a las depresivas legiones de padres de fin de semana, los hombres que tenían que comprimir su amor y su deber en estancias de veinticuatro horas con sus hijos. La idea levantó un pavor oscuro en mi pecho que mil millones de kilowatios no iban a poder atravesar. Sin lugar a dudas abandonaba Las Vegas como perdedor.

Una vez que dejé atrás las luces y los límites de la ciudad, el tráfico se hizo más ligero y el cielo más oscuro. Traté de no darle importancia a la depresión que mi decisión me había acarreado. Opté por trabajar en el caso mientras conducía, siguiendo la lógica de los movimientos desde la perspectiva de Backus, moliéndolo todo hasta que la historia quedó reducida a un polvo suave y sólo me quedaron preguntas sin responder. Lo vi de la misma forma en que lo hizo el FBI. Backus, tras adoptar el nombre de Tom Walling, se estableció en Clear y tomó como presas a los clientes de los burdeles a los que transportaba. Operó durante años con impunidad porque eligió a las víctimas perfectas. Eso fue hasta que las cifras se tornaron contra él e investigadores de Las Vegas empezaron a ver un patrón y elaboraron la lista de los seis hombres desaparecidos. Backus probablemente sabía que era sólo cuestión de tiempo antes de que se estableciera la conexión con Clear. Posiblemente supo que ese tiempo sería incluso más corto cuando vio el nombre de McCaleb en el periódico. Quizás incluso se enteró de que McCaleb había ido a Las Vegas. Quizá McCaleb había llegado hasta Clear. ¿Quién sabe? La mayoría de las respuestas murieron con McCaleb y después en aquel remolque en el desierto.

Había demasiados datos desconocidos en la historia, pero lo que parecía obvio desde este punto de vista es que Backus había cerrado el ciclo. Hizo planes para acabar su fuga en el desierto en un estallido de gloria: eliminar a sus dos protegidos, McCaleb y Rachel, en una manifestación de patológica maestría, y dejar atrás en un remolque un cadáver calcinado y destrozado que plantearía la cuestión de si estaba vivo o muerto. En años recientes Saddam Hussein y Osama Bin Laden habían recorrido largos trechos dejando tras ellos idéntica cuestión. Quizá Backus se veía a sí mismo en el mismo nivel.

Los libros en el bidón de basura eran lo que más me preocupaba. A pesar de que Rachel les hubiera restado importancia porque se desconocían las circunstancias de su incineración, me seguían pareciendo una pieza importante del caso. El libro quemado daba una indicación de una parte del plan del Poeta que nadie conocía todavía.

Al recordar el fragmento de recibo que había visto en el libro abrí mi teléfono móvil, comprobé que tenía cobertura y marqué el número de información de Las Vegas. Pregunté si constaba un negocio llamado Book Car, pero la operadora me dijo que no. Estaba a punto de colgar cuando ella me dijo que, sin embargo, había una tienda llamada Book Caravan en Industry Road. Le dije que lo probaría y ella me pasó.

Supuse que la tienda estaría cerrada porque era tarde. Esperaba que me saliera una grabación en la que pudiera pedirle al propietario que me llamara por la mañana. Pero al cabo de dos tonos una voz áspera contestó la llamada.

—¿Está abierto?

—Veinticuatro horas. ¿Qué desea?

Me hice una idea de la clase de tienda que era por el horario. Lo intenté de todos modos.

—No venden libros de poesía, ¿no?

El hombre de voz áspera se rió.

—Muy gracioso —dijo—. Ya que lo dices, garrulo, sí que tengo poesía, que te den por el culo.

Volvió a reírse y me colgó. Cerré el teléfono y no pude evitar reírme de la improvisada rima fácil.

Book Caravan parecía una pista falsa, pero llamaría a Rachel por la mañana y le diría que podría valer la pena buscar conexiones con Backus...

La luz de mis faros hizo surgir un cartel verde de entre la oscuridad.

ZZYZX ROAD

1 MILLA

Pensé en salir y enfilar la carretera bacheada del desierto en la oscuridad. Me pregunté si todavía habría un equipo forense trabajando en la fosa común. Pero ¿cuál sería el sentido de recorrer esa carretera salvo atraer a los fantasmas de los muertos? Pasé de largo el desvío y seguí conduciendo, dejando en paz a los fantasmas.

La cerveza y media que me había tomado con Rachel demostró ser un error. En Victorville empecé a sentirme cansado por el exceso de cavilaciones con el añadido del alcohol. Paré a comprar café en un McDonald's que todavía permanecía abierto y que estaba diseñado para parecer una estación de tren. Compré dos cafés y dos galletas dulces y me senté en un reservado, en un viejo vagón de tren, a leer el archivo de Terry McCaleb sobre la investigación del Poeta. Empezaba a conocer de memoria el orden de los informes y sus resúmenes.

Después de una taza de café, no se me ocurrió nada y cerré el archivo. Necesitaba algo nuevo. Necesitaba o bien dejarlo estar y confiar y esperar en que el FBI haría su trabajo o encontrar un nuevo ángulo a seguir.

No estoy en contra del FBI. Mi opinión es que es la agencia policial más concienzuda, bien equipada e implacable del mundo. Su problema radica en su tamaño y en las muchas grietas en las comunicaciones entre oficinas, brigadas y etcétera etcétera hasta llegar a los propios agentes. Sólo hacía falta una debacle como la del 11-S para que al mundo le quedara claro lo que la mayoría de la gente del mundillo policial, incluidos agentes del FBI, ya sabía.

Como institución se cuida en demasía de su reputación y la política tiene un peso excesivo desde los tiempos de J. Edgar Hoover.

Eleanor Wish conoció a un agente que había estado asignado al cuartel general de Washington en la época en que lo dirigía J. Edgar. Decía que la ley no escrita era que si un agente estaba en el ascensor y entraba el director, al agente no se le permitía dirigirse a él, ni siquiera decirle hola, y se le pedía que bajara de inmediato para que el gran hombre pudiera subir solo y sopesar su gran responsabilidad. La anécdota siempre me impactó por alguna razón. Creo que porque reflejaba la arrogancia absoluta del FBI.

El resumen era que no quería llamar a Graciela McCaleb y decirle que el asesino de su marido seguía en libertad y que el FBI se ocuparía de ello. Quería ocuparme yo. Se lo debía a ella y a Terry, y yo siempre pago lo que debo.

Otra vez en la carretera, el café y el azúcar me pusieron de nuevo en marcha y aceleré hacia la Ciudad de los Ángeles. Cuando llegué a la autovía 10 me recibió la lluvia y el tráfico se enlenteció. Busqué en el dial la KFWB y me enteré de que había llovido todo el día y no se esperaba que dejara de hacerlo hasta el fin de semana. Estaban emitiendo un reportaje en directo desde Topanga Canyon, donde los residentes estaban poniendo sacos de arena en puertas y garajes en espera de lo peor. Los peligros eran los corrimientos de barro y las inundaciones. Los incendios catastróficos que habían asolado las colinas el año anterior habían dejado poco suelo para absorber la lluvia. Todo bajaba.

Sabía que con semejante clima tardaría una hora más en llegar a casa. Miré mi reloj. Apenas pasaba de medianoche. Había planeado esperar hasta llegar a casa para llamar a Kiz Rider, pero decidí que entonces podría ser demasiado tarde. Abrí mi teléfono y marqué el número de su casa. Ella contestó de inmediato.

—Kiz, soy Harry. ¿Estás levantada?

—Claro, Harry. No puedo dormir cuando llueve.

—Ya te entiendo.

—Bueno, ¿cuál es la buena noticia?

—Todos cuentan o no cuenta nadie.

—¿Qué significa?

—Acepto si tú aceptas.

—Vamos, Harry, no me lo cuelgues a mí.

—Acepto si tú aceptas.

—Vamos tío, yo ya he aceptado.

—Ya sabes lo que quiero decir. Ésta es tu salvación, Kiz. Nos hemos desviado del camino. Ya es hora de que volvamos a él.

Esperé. Hubo un largo silencio hasta que ella habló finalmente.

—El jefe se va a poner hecho una furia. Me ha puesto en muchas cosas.

—Si es el hombre que dices que es lo entenderá. Tú harás que lo entienda.

Más silencio.

—Vale, Harry, vale, acepto.

—Muy bien. Me pasaré mañana y firmaré.

—Perfecto, Harry, te veo entonces.

—Sabías que llamaría, ¿verdad?

—Ponlo de esta manera, los papeles que tienes que firmar los tengo encima de mi escritorio.

—Siempre fuiste demasiado lista para mí.

—Lo digo en serio que te necesitamos. Ése es el resumen. Pero tampoco creo que hubieras aguantado mucho por tu cuenta. Conozco a tíos que entregaron la placa y siguieron el camino de la investigación privada, o que venden casas, coches, electrodomésticos, incluso libros. Funciona para la mayoría de ellos, pero no para ti, Harry. Supongo que tú también lo sabías.

Yo no dije nada. Estaba mirando en la oscuridad que se hallaba más allá del alcance de mis luces. Algo que Kiz había dicho había provocado la avalancha.

—Harry, ¿sigues ahí?

—Sí, escucha, Kiz, acabas de decir libros. Conocías a un tipo que se retiró y vende libros. ¿Es Ed Thomas?

—Sí, llegué a Hollywood seis meses antes de que él

presentara sus papeles. Él lo dejó y abrió una librería en Orange.

—Ya lo sé. ¿Has estado alguna vez?

—Sí, una vez estuvo Dean Koontz firmando libros allí. Lo vi en el periódico. Es mi favorito y no firma en muchos sitios. Así que fui. La cola llegaba hasta la puerta y seguía por la acera, pero en cuanto Ed me vio me invitó a entrar y me lo presentó. Conseguí mi libro firmado. De hecho, fue incómodo.

—¿Cómo se llama?

—Um, creo que era *Strange Highways*.

Eso me planchó. Pensaba que estaba a punto de dar un salto en mi razonamiento y establecer una conexión.

—No, de hecho, fue después —dijo Kiz—. Era *Sole Survivor*, la historia del accidente aéreo.

Me di cuenta de lo que ella estaba diciendo y cómo no nos habíamos entendido.

—No, Kiz, ¿cuál es el nombre de la librería de Ed?

—Ah, se llama Book Carnival. Creo que ya se llamaba así cuando él compró el negocio. Si no lo habría llamado de otra manera, algo misterioso, porque sobre todo vende libros de misterio.

Book Car como en Book Carnival. Involuntariamente pisé más a fondo el acelerador.

—Kiz, he de colgar. Te llamaré después.

Cerré el teléfono sin esperar a que ella me dijera adiós. Mirando entre la carretera y la pantalla del móvil revisé mi lista de llamadas recientes y marqué el botón de conectar después de seleccionar el número de móvil de Rachel Walling. Ella contestó incluso antes de que yo oyera el tono.

—Rachel, soy Harry. Siento llamar tan tarde, pero es importante.

—Estoy en medio de algo —susurró.

—¿Todavía estás en la oficina de campo?

—Exacto.

Traté de pensar en qué la mantenía allí después de medianoche en un día que había empezado tan temprano.

—¿Es el bidón de basura? ¿El libro quemado?

—No, todavía no hemos llegado a eso. Es otra cosa. He de colgar.

Su voz era sombría y como no había usado mi nombre entendí que había otros agentes presentes y que aquello en lo que estaba metida no era bueno.

—Rachel, escucha, tengo algo. Tienes que venir a Los Ángeles.

El tono de ella cambió. Creo que supo por la urgencia en mi voz que se trataba de algo importante.

—¿Qué es?

—Conozco el próximo movimiento del Poeta.

38

—Te llamaré yo.

Rachel cerró el teléfono y se lo metió en el bolsillo del *blazer*. Las palabras de Bosch hacían eco en su corazón.

—Agente Walling, le agradecería que se mantuviera en nuestra conversación.

Rachel miró a Alpert.

—Lo siento.

Más allá del agente especial al mando, Rachel vio la pantalla de telecomunicación donde la cara de Brass Doran era más grande que en vivo. Estaba sonriendo.

—Brass, continúa —dijo Alpert.

—De hecho, he terminado. Es todo lo que tenemos en este momento. Podemos confirmar por las huellas que Robert Backus estuvo en ese remolque. No podemos confirmar que estuviera en su interior cuando explotó.

—¿Y el ADN?

—Las pruebas de ADN recogidas por la agente Walling, corriendo un gran riesgo, debo añadir, y después por el equipo de recuperación de pruebas sólo serán útiles si tenemos con qué compararlas. Esto es, si de alguna manera encontramos una fuente del ADN de Robert Backus. O si lo usamos para identificar el cadáver del remolque como el de otra persona.

—¿Y los padres de Backus? ¿Podemos extraer ADN de...?

—Hemos seguido esa senda antes. Su padre estaba muerto e incinerado antes de que pensáramos en ello, la ciencia no había llegado tan lejos entonces, y su madre nunca fue localizada. Se cree que pudo haber sido su primera víctima. Desapareció hace algunos años sin dejar rastro.

—Este tío pensaba en todo.

—En el caso de su madre, probablemente se trataba más bien de una venganza por su abandono. Cuesta creer que entonces ya hiciera algo para prevenir una posterior extracción de ADN.

—Lo único que quiero decir es que estamos bien jodidos.

—Lo siento, Randal, pero la ciencia no puede llegar más lejos.

—Ya lo sé, Brass. ¿Puedes decirme alguna cosa más? ¿Algo nuevo?

—Creo que no.

—Fantástico. Entonces, iré a decirle sólo esto al director. Que sabemos que Backus estuvo en ese remolque: tenemos pruebas forenses y relatos de testigos que lo atestiguan. Pero en este momento no podemos dar el siguiente paso y decir que está muerto y adiós y buen viaje.

—¿No hay ninguna manera de que podamos convencer al director para que mantenga el silencio y nos dé más tiempo para solucionarlo todo? Por el bien de la investigación.

Rachel casi rió. Sabía que el bien de la investigación siempre estaría supeditado a las consideraciones políticas en el edificio Hoover de la capital federal.

—Ya lo he intentado —dijo Alpert—. La respuesta es

no. Hay demasiado en juego. Ha saltado la liebre, gracias a la explosión en el desierto. Si fue Backus el que saltó por los aires, entonces bien, finalmente lo confirmaremos y todo estará en orden. Si no era Backus y tiene en mente otra jugada, el director tiene que salir a la luz con esto ahora o las consecuencias de la onda expansiva serían fatales. Así que va a salir a la luz con lo que ahora sabemos: Backus estuvo allí, Backus es el sospechoso en los asesinatos en el desierto, Backus podría estar muerto o no. No hay nada que pueda disuadirlo en este momento.

Alpert le había echado una mirada a Rachel cuando dijo que había saltado la liebre, como si la considerara responsable de todo. Ella pensó en revelar lo que Bosch acababa de decirle, pero en ese instante decidió no hacerlo. Todavía no. No hasta que supiera más.

—De acuerdo, gente, es todo —anunció Alpert abruptamente—. Brass, te veremos en la pantalla gigante mañana por la mañana. Agente Walling, ¿puede quedarse un momento?

Rachel observó que Brass desaparecía de la pantalla y acto seguido ésta se puso negra, la transmisión terminó. Alpert después se acercó a la mesa en la que estaba sentada Rachel.

—¿Agente Walling?

—¿Sí?

—Su trabajo aquí ha terminado.

—¿Disculpe?

—Ha terminado. Vuelva a su hotel y haga las maletas.

—Todavía hay mucho por hacer aquí. Quiero...

—No me importa lo que quiera usted. Yo la quiero fuera de aquí. Ha socavado la investigación desde que llegó. Mañana por la mañana quiero que coja el primer avión y vuelva al sitio del que ha venido. ¿Entendido?

—Está cometiendo un error. Yo debería ser parte de...

—Usted está cometiendo un error al discutir conmigo de esto. No puedo dejárselo más claro. La quiero fuera de aquí. Devuelva su documentación y súbase a un avión.

Ella lo miró, tratando de comunicarle toda la ira que había tras sus ojos. Él levantó la mano como para protegerse de algo.

—Tenga cuidado con lo que dice, podría volverse contra usted.

Rachel se tragó su rabia. Habló con voz tranquila y controlada.

—No me voy a ninguna parte.

Los ojos de Alpert amenazaban con salirse de sus órbitas. Se volvió e hizo una señal a Dei para que abandonara la sala. Después se volvió hacia Rachel y esperó a oír el sonido de la puerta al cerrarse.

—¿Disculpe? ¿Qué acaba de decir?

—He dicho que no me voy a ninguna parte. Me quedo en el caso. Porque si me pone en un avión, no volveré a Dakota del Sur. Iré al cuartel general de Washington y directamente a la Oficina de Responsabilidad Profesional para denunciarle.

—¿Por qué? ¿Qué va a denunciar?

—Me ha usado de cebo desde el principio. Sin mi conocimiento ni consentimiento.

—No sabe de qué está hablando. Adelante. Vaya a la ORP. Se le reirán y volverán a mandarla otros diez años a las Badlands.

—Cherie cometió un error, y después usted también lo hizo. Cuando llamé desde Clear me preguntó por qué habíamos cogido el coche de Bosch. Después en el hangar usted hizo lo mismo. Sabía que había ido allí en el coche de Bosch. Empecé a pensar en ello y después averigüé por qué. Pusieron un repetidor GPS en mi coche. Esta noche me he metido debajo de la carrocería y lo he encontrado. Un dispositivo estándar del FBI, incluso lleva la etiqueta con el código. Habrá un registro de quién lo retiró.

—No tengo ni idea de lo que está hablando.

—Bueno, estoy segura de que la ORP podrá entenderlo. Supongo que Cherie les ayudará. Me refiero a que yo en su caso no ligaría mi carrera a la suya. Diría la verdad. Que me trajo aquí como cebo, que pensaba que yo haría salir a Backus a la superficie. Apuesto a que tuvo un equipo en la sombra detrás de mí todo el tiempo. También habrá un registro de eso. ¿Y mi teléfono y mi habitación de hotel? ¿También puso micrófonos?

Rachel vio que la expresión de Alpert cambiaba. Era una expresión de introspección. Su mente ya no estaba devorada por las acusaciones de Rachel, sino por las futuras consecuencias de una demanda sobre ética y una investigación. Rachel vio que reconocía su propia perdición. Un agente poniendo micros y siguiendo a otro agente, usándolo como cebo involuntario en una partida de apuestas muy altas. En el clima de escrutinio de los medios de comunicación y la filosofía extendida en todo el FBI de evitar cualquier controversia, sus actos no se sostendrían. Sería él quien caería, no ella. Rápidamente y en silencio se ocuparían de él. Quizá, si era afortunado, terminaría trabajando codo con codo con Rachel en la oficina de Rapid City.

—Las Badlands son muy bonitas en verano —dijo Rachel.

Se levantó y se dirigió a la puerta.

—¿Agente Walling? —dijo Alpert a su espalda—. Espere un segundo.

39

El avión de Rachel aterrizó con media hora de retraso en Burbank debido a la lluvia y el viento. No había despejado en toda la noche y la ciudad estaba envuelta en una mortaja gris. Era el tipo de lluvia que paralizaba la metrópoli. El tráfico avanzaba con exasperante lentitud en todas las calles y autovías. Las carreteras no estaban preparadas para ello. Y la ciudad tampoco. Al amanecer las alcantarillas se estaban desbordando, los túneles estaban al límite de su capacidad y las aguas que fluían hacia el río Los Ángeles habían convertido el canal de hormigón que serpenteaba por la ciudad hasta el océano en unos rápidos atronadores. Era agua muy oscura, que arrastraba las cenizas de los incendios que habían ennegrecido las colinas el año anterior. El panorama transmitía una sensación de fin del mundo. La ciudad que había sido puesta a prueba por el fuego se enfrentaba en ese momento al agua. A veces viviendo en Los Ángeles uno sentía que viajaba como guardia armado del diablo hacia el Apocalipsis. La expresión en la mirada de la gente que vi esa mañana era la del que se pregunta qué será lo siguiente. ¿Un terremoto? ¿Un tsunami? ¿O quizás un desastre obra del hombre? Una docena de años antes, el fuego y la lluvia habían sido el presagio de un levantamiento tanto tectónico como social de la Ciudad de Los Ángeles. No creía que nadie en la ciudad pusiera en duda que podía ocurrir de nuevo. Si estamos condenados a repetirnos a nosotros mismos en nuestras locuras y errores, entonces es fácil pensar en el equilibrio natural operando según el mismo ciclo.

Pensé en ello mientras esperaba a Rachel fuera de la terminal. La lluvia golpeaba en el parabrisas, tornándolo traslúcido y opaco. El viento balanceaba el coche en su suspensión. Pensaba en volver a incorporarme al departamento, y ya estaba replanteándome mi decisión y preguntándome si sería repetirme a mí mismo en la locura o si esta vez tendría una oportunidad de salvarme.

No vi a Rachel entre la lluvia hasta que golpeó en la ventanilla del lado del pasajero. Abrió la puerta del maletero y echó la bolsa. Llevaba una parka verde con capucha. Le habría servido para enfrentarse a los elementos en las dos Dakotas, pero se veía demasiado voluminosa en Los Ángeles.

—Será mejor que esto sea bueno, Bosch —dijo ella al subir al coche y dejarse caer, empapada, en el asiento del pasajero.

No mostró ningún signo de afecto, y yo tampoco. Era uno de los acuerdos a los que habíamos llegado por teléfono. Íbamos a actuar como profesionales hasta que termináramos de investigar mi corazonada.

—¿Por qué? ¿Tenías alternativas?

—No, pero anoche lo puse todo en juego con Alpert. Estoy a una cagada de quedarme con un puesto permanente en Dakota del Sur, donde, por cierto, el clima suele ser más benigno que éste.

—Bueno, bienvenida a Los Ángeles.

—Pensaba que esto era Burbank.

—Técnicamente.

Después de salir del aeropuerto me metí en la 134 y tomé hacia el este por la 5. Entre la lluvia y la hora punta de la mañana nuestro avance fue lento al rodear Griffith Park y dirigirnos al sur. Todavía no tenía la cabeza para empezar a preocuparme por el tiempo, pero estaba acercándome.

Durante mucho rato circulamos en silencio porque la combinación de lluvia y tráfico hacía la conducción intensa, probablemente más todavía para Rachel que tenía que quedarse sentada sin hacer nada mientras yo controlaba el volante. Finalmente ella habló, aunque sólo fuera para desviar parte de la tensión en el coche.

—Bueno, ¿vas a contarme este gran plan tuyo?

—No es ningún plan, sólo una corazonada.

—No, dijiste que «conocías» su próximo movimiento, Bosch.

Me fijé en que desde que habíamos hecho el amor en mi apartamento había empezado a llamarme por mi apellido. Me preguntaba si eso era parte del acuerdo de actuar como profesionales o alguna forma de revertir el cariño al llamar a alguien con quien has estado en una situación tan íntima con su nombre menos íntimo.

—Tenía que traerte aquí, Rachel.

—Bueno, muy bien. Aquí estoy. Dímelo.

—Es el Poeta el que tiene el gran plan. Backus.

—¿Qué va a hacer?

—¿Recuerdas los libros de los que te hablé ayer, los libros en el bidón y el que saqué?

—Sí.

—Creo que he descubierto qué significa todo.

Le hablé del recibo parcialmente quemado y le expliqué que pensaba que «Book Car» era parte de «Book Carnival», la librería que regentaba el detective de policía retirado Ed Thomas, el último objetivo del Poeta ocho años antes.

—Crees por este libro del bidón que él está aquí y va a cometer el asesinato que le impedimos cometer hace ocho años.

—Exactamente.

—Eso está cogido por los pelos, Bosch. Ojalá me lo hubieras contado todo antes de que me jugara el culo viajando hasta aquí.

—No existen las coincidencias, y menos como ésta.

—Muy bien, explícame la historia, pues. Muéstrame el perfil del Poeta y su gran plan.

—Bueno, es cosa del FBI hacer perfiles de crímenes. Yo sólo te explicaré lo que creo que está haciendo. Creo que el remolque y la explosión estaban preparados para ser el gran final. Y entonces, en cuanto el director se plante delante de las cámaras y diga que cree que lo tenemos, él va a matar a Ed Thomas. El simbolismo sería perfecto. Es el gran gesto, la forma definitiva de decir «que os den por el culo». Es el jaque mate, Rachel. Mientras el FBI se enorgullece de sí mismo, él actúa justo delante de sus narices y elimina al tipo con el que el FBI se dio tanta pompa por haberlo salvado la última vez.

—¿Y por qué los libros del bidón? ¿Cómo encaja todo eso?

—Creo que eran libros que le compró a Ed Thomas. De Book Carnival, por correo o incluso en persona. Quizás estaban marcados de algún modo o podían ser rastreados hasta la librería. Tenía que evitarlo y por eso los quemó. No podía arriesgarse a que sobrevivieran a la explosión de la caravana.

»Y además, en el otro extremo, después de que Ed Thomas hubiera muerto y Backus hubiera huido, los agentes encontrarían la relación con la tienda y empezarían a entender cuánto tiempo y con cuánta perfección había estado planeándolo. Ayudaría a mostrar su genio. Eso es lo que quiere, ¿no? En fin, tú eres la *profiler*. Dime si me equivoco.

—Yo era la *profiler*. Ahora mismo me ocupo de los delitos en las reservas de las Dakotas.

El tráfico estaba empezando a despejarse al pasar por el centro, las torres del distrito financiero desaparecían entre la niebla alta de la tormenta. La ciudad siempre me parecía inquietante cuando llovía. Había una sensación premonitoria en todo ello que siempre me deprimía, que siempre me hacía sentir como si algo se hubiera desprendido en el mundo.

—Sólo hay un problema con todo eso, Bosch.

—¿Cuál?

—El director va a dar una conferencia de prensa hoy, pero no va a anunciar que hemos acabado con el Poeta. Igual que tú, no creemos que fuera Backus el que estaba en ese remolque.

—Bueno, Backus no lo sabe. Lo verá en la CNN como todos los demás. Pero no cambiará su plan. De una forma o de otra, matará a Ed Thomas hoy. De una forma o de otra querrá dejar claro su mensaje: «Soy mejor y más listo que vosotros.»

Rachel asintió con la cabeza y lo pensó durante un largo momento.

—Muy bien —dijo ella finalmente—. ¿Y si me lo creo? ¿Cuál es nuestro plan? ¿Has llamado a Ed Thomas?

—No sé todavía cuál es nuestro plan y no he llamado a Ed Thomas. Vamos a su librería ahora. Está en Orange y abre a las once. He llamado y decía el horario en el contestador.

—¿Por qué a su librería? Todos los otros polis que Backus mató estaban en sus casas o en el coche.

—Porque en este momento no sé dónde vive Ed Thomas y por el libro. Mi hipótesis es que Backus actuará en la librería. Si me equivoco y Ed no aparece en la tienda, entonces averiguaremos dónde vive e iremos allí.

Rachel asintió con la cabeza, de acuerdo con el plan.

—Se publicaron tres libros diferentes sobre el caso del Poeta. Los leí todos y todos tenían epílogos sobre los protagonistas. Decían que Thomas se había retirado y había abierto una librería. Creo que uno incluso nombraba la tienda.

—Ahí lo tienes.

Ella miró su reloj.

—¿Vamos a llegar antes de que abra?

—Llegaremos. ¿Han puesto una hora para la conferencia de prensa del director?

—Tres en punto, hora de Washington.

Miré el reloj del salpicadero. Eran las diez de la mañana. Teníamos una hora antes de que Ed Thomas abriera su librería y dos horas antes de la conferencia de prensa. Si mi teoría y mi corazonada eran correctas muy pronto estaríamos en presencia del Poeta. Estaba preparado y excitado. Sentía un combustible de alto octanaje en la sangre. Por un viejo hábito, bajé la mano del volante y comprobé mi cadera. Tenía una Glock 27 enfundada ahí. Era ilegal que llevara un arma y si terminaba usándola podría causarme problemas, el tipo de problemas que podían impedir mi reingreso en el departamento de policía.

Sin embargo, en ocasiones los riesgos que afrontas dictan otros riesgos que debes correr, y suponía que ésa iba a ser una de esas ocasiones.

40

La lluvia dificultaba la vigilancia de la librería. Dejar el limpiaparabrisas en marcha nos habría delatado. De manera que al principio observamos a través de la oscuridad del agua sobre el cristal.

Habíamos aparcado en el estacionamiento de un centro comercial en Tustin Boulevard, en la ciudad de Orange. Book Carnival era una pequeña librería encajada entre una tienda de rock y lo que parecía un almacén vacío. Tres puertas más allá había una armería.

La librería tenía una única puerta para los clientes. Antes de ocupar nuestra posición en el aparcamiento delantero habíamos inspeccionado la parte de atrás del centro comercial y habíamos visto una puerta trasera con el nombre de la tienda. Había un timbre y un cartel que decía: «Entregas. Llamen al timbre.»

En una situación ideal nos habríamos desplegado en la parte delantera y en la trasera del establecimiento con un mínimo de cuatro pares de ojos. Backus podía entrar por ambos lados, haciéndose pasar por un cliente por la puerta de delante o por un transportista por la de detrás. Pero la situación no tenía nada de ideal ese día. Estaba lloviendo y estábamos solos Rachel y yo. Aparcamos el Mercedes a cierta distancia de la fachada de la librería, pero todavía lo bastante cerca para ver y actuar en caso de necesidad.

El mostrador principal y la caja registradora estaban justo detrás del escaparate de Book Carnival: un punto a nuestro favor. Poco después de que abriera la librería vimos que Ed Thomas ocupaba su lugar detrás del mostrador. Puso un cajón con efectivo en la caja registradora e hizo algunas llamadas. Pese a que la lluvia dificultaba la visión a través del parabrisas, podíamos mantenerlo en nuestro campo de visión siempre que permaneciera en la caja registradora. Era la parte de atrás de la tienda lo que desaparecía en la penumbra. En las ocasiones en que abandonaba su puesto y caminaba hacia los estantes y expositores de la parte trasera lo perdíamos de vista y nos atenazaba un hormigueo de pánico.

En el camino, Rachel me había hablado del descubrimiento del GPS en su coche, la confirmación de que había sido utilizada por sus compañeros como un cebo para Backus. Y ahora estábamos allí, vigilando a un antiguo colega mío, en cierto modo usándolo como el nuevo cebo. No me sentía a gusto con eso. Quería entrar y decirle a Ed que estaba en el punto de mira, que debería tomarse unas vacaciones y marcharse de la ciudad. Pero no lo hice porque sabía que si Backus estaba vigilando a Thomas y veía cualquier desviación en la norma, podríamos perder nuestra única oportunidad con él. Así que Rachel y yo actuamos de manera egoísta con la vida de Ed Thomas, y sabía que en el futuro tendría que enfrentarme al sentimiento de culpa por mi actuación. En función de cómo resultaran las cosas mi culpa sería mayor o menor.

Los primeros dos clientes del día eran mujeres. Llegaron poco después de que Thomas hubiera abierto la puerta de la calle. Y mientras ellas estaban hojeando libros, un hombre aparcó enfrente y también entró. Era demasiado joven para ser Backus, así que no nos pusimos plenamente alerta. Salió a toda prisa y sin comprar nada. Más tarde, cuando se fueron las otras dos mujeres, cargadas con bolsas de libros, yo salí del Mercedes y atravesé corriendo el aparcamiento hasta colocarme debajo de la cornisa de la armería.

Rachel y yo habíamos decidido no involucrar a Thomas en nuestra investigación, pero eso no iba a impedirme acceder a la librería en misión de reconocimiento. Decidimos que entraría en Book Carnival con una historia de tapadera, trabaría conversación con Thomas y comprobaría si ya sospechaba que estaba siendo vigilado. Así que una vez que los primeros clientes del día se hubieron marchado, hice el movimiento.

Primero me metí en la armería puesto que era la tienda más cercana al lugar donde habíamos estacionado, y habría resultado extraño para alguien que estuviera vigilando el centro comercial que aparcara en un lado y fuera directamente a la librería que estaba en el otro. Eché un vistazo somero a las brillantes armas de fuego exhibidas en el escaparate y después a las dianas de cartón de la pared del fondo. Tenían las siluetas habituales, pero también había versiones con las caras de Osama Bin Laden y Saddam Hussein. Supuse que ésas eran las que más se vendían.

Cuando un hombre que estaba al otro lado del mostrador me preguntó si necesitaba ayuda le dije que sólo estaba mirando y salí de la tienda. Caminé hacia Book Carnival, deteniéndome primero a comprobar el escaparate vacío de la puerta de al lado. A través del cristal empapado vi cajas marcadas con lo que supuse que eran títulos de libros. Me di cuenta de que Thomas estaba usando el local para almacenar libros. Había un cartel de «Se alquila» y un número de teléfono, que memoricé por si acaso me servía en un plan que podíamos desarrollar después.

Entré en Book Carnival y vi a Ed Thomas detrás del mostrador. Sonreí y él sonrió al reconocerme, aunque me di cuenta de que tardó unos segundos en situar el rostro que había reconocido.

—Harry Bosch —dijo en cuanto lo tuvo.

—Eh, Ed, ¿qué tal te va?

Nos estrechamos las manos y sus ojos, detrás de las gafas, mostraron una calidez que me gustó. Estaba casi seguro de que no lo había visto desde la fiesta de su retiro en el Sportsman Lodge, en el valle de San Fernando, seis o siete años antes. El blanco predominaba en su cabello, pero era alto y se mantenía tan delgado como lo recordaba del trabajo. En las escenas de los crímenes tenía tendencia a mantener la libreta muy cerca de la cara cuando escribía. El motivo era que sus gafas siempre estaban una dioptría o dos por debajo de lo que necesitaba. La pose con los brazos en alto le valió el mote de Mantis Religiosa en la brigada de homicidios. De repente recordé eso. Recordé que en la invitación para la fiesta de su jubilación había una caricatura de Ed como un superhéroe con una capa, una máscara y una gran M en el pecho.

—¿Cómo va el negocio de los libros?

—Va bien, Harry. ¿Qué te trae por aquí desde la ciudad del crimen? He oído que te retiraste hace un par de años.

—Sí, lo hice, pero estoy pensando en volver.

—¿Lo echas de menos?

—Sí, más o menos. Ya veremos qué pasa.

Parecía sorprendido y me di cuenta de que él no echaba nada de menos del trabajo. Él siempre había sido un lector, siempre tenía una caja de libros de bolsillo en el maletero para las vigilancias y cuando estaba sentado durante una escucha. Thomas disfrutaba de su pensión y su librería y podía pasar sin todo el horror del trabajo.

—¿Sólo pasabas por aquí?

—No, de hecho, he venido por un motivo. ¿Recuerdas a mi antigua compañera Kiz Rider?

—Sí, claro, ha venido alguna vez.

—A eso iba. Me ha estado ayudando con algo y quiero hacerle un pequeño regalo. Recuerdo que una vez me dijo que tu tienda era el único sitio de por aquí donde se consiguen libros firmados por un escritor llamado Dean Koontz. Así que me estaba preguntando si tenías aquí alguno de ésos. Me gustaría regalarle uno.

—Creo que podría tener alguno en la parte de atrás. Déjame mirar. Esos libros se venden deprisa, pero suelo guardar un remanente.

Me dejó en el mostrador y atravesó la tienda hasta una puerta situada al fondo y que parecía conducir a un almacén. Supuse que la puerta de entregas de atrás daba a ese almacén. Cuando estuvo fuera de mi vista me incliné sobre el mostrador y miré en los estantes que había debajo. Vi una pequeña pantalla de vídeo con la imagen dividida en cuatro. Había cuatro ángulos de cámara que mostraban la zona de la caja registradora, conmigo inclinado sobre el mostrador; una vista amplia de todo el local; una imagen más centrada en un grupo de estantes; y el almacén de atrás, donde vi a Thomas mirando una pantalla similar colocada en una estantería.

Me di cuenta de que me estaba mirando a mí. Me enderecé, tratando de buscar rápidamente una explicación. Un momento después Thomas volvió al mostrador con un libro.

—¿Has encontrado lo que buscabas, Harry?

—¿Qué? Ah, te refieres a cuando he mirado por encima del mostrador. Tenía curiosidad por saber si tenías algún tipo de protección allí al fondo. Siendo poli y eso. ¿Te preocupas por si viene alguien que conocías de entonces?

—Tomo precauciones, Harry. No te preocupes por eso.

Asentí con la cabeza.

—Me alegro de oírlo. ¿Es ése el libro?

—Sí, ¿lo tiene? Salió el año pasado.

Me mostró un libro llamado *The Face*. No sabía si Kiz lo tenía o no, pero iba a comprarlo de todos modos.

—No lo sé. ¿Está firmado?

—Sí, firma y fecha.

—Vale, me lo quedaré.

Mientras él marcaba la compra, traté de trabar un poco de charla intrascendente que en realidad no lo era.

—He visto la pantalla de vigilancia aquí debajo. Parece demasiado para una librería.

—Te sorprenderías. A la gente le gusta robar libros. Allá atrás tengo una sección de coleccionistas: ejemplares caros. Compro y vendo. Tengo una cámara allí y esta mañana mismo he pillado a un chico que quería meterse un ejemplar de *Nick's Trip* debajo de los pantalones. Los primeros de Pelecanos son difíciles de encontrar. Habría sido una pérdida de setecientos dólares.

Me pareció una cantidad exorbitante para un solo libro. Nunca había oído hablar del libro, pero supuse que sería de hacía cincuenta o cien años.

—¿Has llamado a la poli?

—No, sólo le he pegado una patada en el culo y le he dicho que si volvía a verlo llamaría a la poli.

—Eres un buen tipo, Ed. Debes de haberte dulcificado desde que lo dejaste, no creo que la Mantis Religiosa hubiera dejado que el chico se le escapara.

Le di dos billetes de veinte y él me dio el cambio.

—La Mantis Religiosa fue hace mucho tiempo. Y mi mujer no cree que sea tan dulce. Gracias, Harry. Y saluda a Kiz de mi parte.

—Sí, lo haré. ¿Has visto a alguien más de la brigada?

Todavía no quería irme. Necesitaba más información, así que continué con la charla. Miré encima de su cabeza y localicé dos cámaras. Estaban montadas cerca del techo, con una lente en ángulo picado sobre la caja y otra captando una vista amplia de la tienda. Había una pequeña luz roja brillando y distinguí un cablecito negro que subía desde la cámara hasta el falso techo. Mientras Thomas respondía a mi pregunta pensé en la posibilidad de que Backus hubiera estado en la tienda y lo hubiera capturado un vídeo de vigilancia.

—La verdad es que no —dijo Thomas—. Yo dejé todo eso atrás. Dices que lo echas de menos, Harry, pero yo no echo de menos nada. De veras.

Asentí como si lo entendiera, aunque no era así. Thomas había sido un buen policía y un buen detective. Se tomaba el trabajo en serio. Ésa era una razón por la que el Poeta lo había puesto en su punto de mira. Pensé que estaba defendiendo de boquilla una idea en la que en realidad no creía.

—Está bien —dije—. Eh, ¿tienes en vídeo a ese chico que has echado de aquí esta mañana? Me gustaría ver cómo trató de robarte.

—No, sólo tengo imágenes en vivo. Las cámaras están a la vista y hay un adhesivo en la puerta. Se supone que debería ser algo disuasorio, pero alguna gente es tonta. Un montaje con grabación sería demasiado caro y el mantenimiento es un incordio. Sólo tengo la instalación en vivo.

—Ya veo.

—Oye, si Kiz ya tiene el libro puede devolvérmelo. Puedo venderlo.

—No, no importa. Si ya lo tiene me lo quedaré y lo leeré yo.

—Harry, ¿cuándo fue la última vez que leíste un libro?

—Leí uno sobre Art Pepper hace un par de meses —dije con indignación—. Art y su mujer lo escribieron antes de que él muriera.

—¿No ficción?

—Sí, eran cosas de verdad.

—Estoy hablando de una novela. ¿Cuándo fue la última vez que leíste una?

Me encogí de hombros. No me acordaba.

—Lo suponía —dijo Thomas—. Si no quiere el libro, devuélvelo y conseguiré a alguien que se lo lea.

—Muy bien, Ed. Gracias.

—Ten cuidado ahí fuera, Harry.

—Sí, tú también.

Me estaba dirigiendo a la puerta cuando las piezas encajaron: lo que Thomas me había contado con la información que ya tenía del caso. Chasqué los dedos y actué como si acabara de acordarme de algo. Me volví hacia Thomas.

—Eh, tenía un amigo que vive en Nevada, pero dice que es cliente tuyo. Envíos por correo, probablemente. ¿Vendes por correo?

—Claro. ¿Cómo se llama?

—Tom Walling. Vive en Clear.

Thomas asintió con la cabeza con expresión de enfado.

—¿Es tu amigo?

Me di cuenta de que podía haber pinchado en hueso.

—Bueno, un conocido.

—Pues me debe dinero.

—¿De verdad? ¿Qué pasó?

—Es una larga historia. Le vendí algunos libros de colección y él me pagó muy deprisa. Me pagó con un giro postal y no hubo problema. Así que cuando me pidió más libros se los mandé antes de recibir el giro. Craso error. Eso fue hace tres meses y no he recibido ni un centavo. Si vuelves a ver a ese conocido tuyo, dile que quiero mi dinero.

—Lo haré, Ed. Qué pena. No sabía que el tipo era un artista del timo. ¿Qué libros te compró?

—Le interesa Poe, así que le vendí algunos libros de la colección Rodway. Antiguos. Libros muy bonitos. Después me pidió más cuando recibí otra colección. No me los pagó.

Mi frecuencia cardiaca estaba cambiando de velocidad. Lo que Thomas me estaba diciendo era una confirmación de que Backus estaba de algún modo en juego. Quería detener la charada en ese momento y decirle a Thomas lo que estaba ocurriendo y que él estaba en peligro. Pero me contuve. Necesitaba hablar antes con Rachel y formar el plan adecuado.

—Creo que vi esos libros en su casa —dije—. ¿Eran de poesía?

—La mayoría, sí. No le interesaban mucho los relatos cortos.

—¿Esos libros tenían el nombre del coleccionista original? ¿Rodman?

—No, Rodway. Y sí, llevaba el sello de la biblioteca. Eso aumentaba el precio, pero tu amigo quería los libros.

Asentí. Vi que mi teoría encajaba. Ahora era más que una teoría.

—Harry, ¿qué quieres realmente?

Miré a Thomas.

—¿Qué quieres decir?

—No sé. Estás haciendo un montón de...

Un sonido fuerte sonó en la parte de atrás de la tienda, cortando a Thomas.

—No importa, Harry —dijo—. Más libros. He de ir a recibir una entrega.

—Ah.

—Hasta luego.

—Sí.

Observé que dejaba la zona del mostrador y se dirigía a la parte de atrás. Miré el reloj. Era mediodía. El director iba a situarse ante las cámaras para hablar de la explosión en el desierto y decir que había sido el trabajo de un asesino conocido como el Poeta. ¿Podía ser éste el momento elegido por Backus para abordar a Thomas? Sentí una opresión en la garganta y en el pecho, como si el aire hubiera sido succionado de la sala. En cuanto Thomas se deslizó por el umbral al almacén, me acerqué al mostrador y me incliné para mirar el monitor de seguridad. Sabía que si Thomas comprobaba el monitor del almacén, vería que no había salido de la tienda, pero contaba con que él fuera directamente a la puerta.

En una esquina de la pantalla vi que Thomas ponía el ojo en la mirilla de la puerta de atrás. Aparentemente sin alarmarse por lo que vio, procedió a descorrer el pestillo y abrir la puerta. Miré intensamente a la pantalla, aun cuando la imagen era pequeña y estaba viéndola cabeza abajo.

Thomas retrocedió y entró un hombre. Llevaba una camisa oscura y pantalones cortos a juego. Llevaba dos cajas, una apilada encima de la otra y Thomas lo dirigió a una mesa de trabajo.

El hombre que hacía la entrega dejó las cajas, cogió una tablilla electrónica de encima de la caja superior y se la entregó a Thomas para que firmara el albarán.

Todo parecía en orden. Era una entrega de rutina. Rápidamente me aparté del mostrador y me dirigí a la puerta. Al abrirla oí un timbre electrónico, pero no me preocupé por eso. Volví al Mercedes, corriendo bajo la lluvia después de haberme guardado el libro autografiado debajo de mi impermeable.

—¿Qué hacías tumbado por encima del mostrador? —preguntó Rachel una vez que estuve de nuevo tras el volante.

—Tiene un sistema de seguridad. Hubo una entrega y quería asegurarme de que no era Backus antes de salir. Son las tres en Washington.

—Ya lo sé. Bueno, ¿qué has averiguado? ¿O sólo estabas comprando un libro?

—He averiguado mucho. Tom Walling es un cliente. O lo era, hasta que le estafó en un pedido de libros de Edgar Allan Poe. Eran pedidos por correo, como pensábamos. Nunca lo vio, sólo le enviaba los libros a Nevada.

Rachel se sentó más erguida.

—¿Estás de broma?

—No. Los libros eran de una colección que Ed estaba vendiendo. Así que estaban marcados y podían rastrearse. Por eso Backus los quemó en el bidón. No podía arriesgarse a que sobrevivieran a la explosión intactos y pudieran rastrearse hasta Thomas.

—¿Por qué?

—Porque decididamente él está en juego aquí. Thomas es su objetivo.

Arranqué el coche.

—¿Adónde vas?

—Voy a dar la vuelta para confirmar lo de la entrega. Además, es bueno cambiar de sitio de vez en cuando.

—Ah, ahora vas a darme la lección básica de la vigilancia.

Sin responder, rodeé el centro comercial por atrás y vi la furgoneta marrón de UPS aparcada junto a la puerta trasera abierta de Book Carnival. Pasamos en el coche y durante el breve atisbo que tuve de la parte de atrás de la furgoneta y la puerta abierta del almacén, vi que el hombre que había realizado la entrega empujaba varias cajas por una rampa de la parte de atrás de la furgoneta. Las devoluciones, supuse. Seguí conduciendo sin titubear.

—Todo en orden —dijo Rachel.

—Sí.

—No te has delatado con Thomas, ¿verdad?

—No. Sospechaba algo, pero digamos que me salvó la campana. Quería hablar contigo antes. Creo que hemos de decírselo.

—Harry, ya hemos hablado de esto. Si se lo decimos cambiaría su rutina y su actitud. Podía delatarse. Si Backus ha estado observándolo, cualquier pequeño cambio lo delataría.

—Y si no lo avisamos y esto falla, entonces...

No terminé. Habíamos sostenido la misma discusión dos veces antes, con cada uno de nosotros cambiando de posición alternativamente. Era un clásico conflicto de intenciones. ¿Apuntalábamos la seguridad de Thomas a riesgo de perder a Backus? ¿O arriesgábamos la seguridad de Thomas para acercarnos a Backus? Se trataba de si el fin justificaba los medios, y ninguno de los dos estaríamos satisfechos tomáramos la decisión que tomásemos.

—Supongo que eso significa que no podemos dejar que nada vaya mal —dijo ella.

—Exacto. ¿Y refuerzos?

—También creo que es demasiado arriesgado. Cuanta más gente metamos en esto, más posibilidades hay de delatar nuestra mano.

Asentí con la cabeza. Ella tenía razón. Encontré un sitio en el extremo del aparcamiento opuesto al lugar desde donde habíamos vigilado antes. Sin embargo, no me estaba engañando a mí mismo. No había muchos coches en el aparcamiento en medio de un día laborable lluvioso y éramos perceptibles. Empecé a pensar que tal vez éramos como las cámaras de Ed. Meramente un instrumento disuasorio. Tal vez Backus nos había visto y eso lo había detenido en su idea de llevar a cabo su plan. Por el momento.

—Cliente —dijo Rachel.

Miré al otro lado del aparcamiento y vi a una mujer que se dirigía a la tienda. Me sonaba familiar y la recordé del Sportman's Lodge.

—Es su mujer. La vi una vez. Creo que se llama Pat.

—¿Crees que le lleva la comida?

—Quizá. O quizá trabaja aquí.

Observamos durante un rato, pero no había rastro de Thomas ni de su mujer en la parte delantera de la tienda. Empecé a preocuparme. Saqué el móvil y llamé a la tienda, esperando que la llamada los llevara a la parte delantera, donde estaba el teléfono.

Pero una mujer contestó de inmediato y todavía no había nadie en el mostrador. Colgué rápidamente.

—Debe de haber un teléfono en el almacén.

—¿Quién ha contestado?

—La mujer.

—¿Debería entrar?

—No, si Backus está vigilando te reconocerá. No puede verte.

—Muy bien, ¿entonces qué?

—Entonces nada. Probablemente están comiendo en la mesa que vi en la parte de atrás. Ten paciencia.

—No quiero tener paciencia. No me gusta estar aquí sentada...

Se detuvo cuando vio a Ed Thomas saliendo por la puerta delantera. Llevaba un impermeable y cargaba con un paraguas y un maletín. Se metió en el coche en el que le habíamos visto llegar a la tienda esa mañana, un Ford Explorer verde. A través del escaparate de la librería vi que su mujer se sentaba en un taburete tras el mostrador.

—Allá vamos —dije.

—¿Adónde va?

—Puede que vaya a comer.

—¿Con un maletín? Seguimos con él, ¿no?

Volví a arrancar el coche.

—Sí.

Observamos mientras Thomas salía de su estacionamiento en su Ford. Se dirigió a la salida y dobló a la derecha en Tustin Boulevard. Después de que su coche quedó absorbido en el tráfico yo me dirigí a la salida y lo seguí bajo la lluvia. Saqué mi teléfono y llamé a la tienda. Respondió la mujer de Ed.

—Hola, ¿está Ed?

—No, no está. ¿Puedo ayudarle?

—¿Eres Pat?

—Sí, ¿quién es?

—Soy Bill Gilbert. Creo que nos conocimos en el Sportsman's Lodge hace un tiempo. Trabajaba con Ed en el departamento. Iba a estar por esa zona y pensaba pasarme por la librería a saludar. ¿Estará más tarde?

—Es difícil de decir. Ha ido a una tasación y ¿quién sabe?, podría pasarse el resto del día. Con esta lluvia y la distancia que ha de recorrer.

—¿Una tasación? ¿Qué quieres decir?

—De una colección de libros. Alguien quiere venderse su colección y Ed acaba de salir para ver cuánto vale. Está en el valle de San Fernando y por lo que he entendido es una colección grande. Me ha dicho que probablemente hoy tendré que cerrar yo.

—¿Es más de la colección Rodway? Me comentó algo de ella la última vez que hablamos.

—No, ésa ya está toda vendida. Éste es un hombre llamado Charles Turrentine y tiene más de seis mil libros.

—Guau, es un montón.

—Es un coleccionista conocido, pero creo que necesita el dinero porque le ha dicho a Ed que quiere venderlo todo.

—Es extraño. Un tipo se pasa tanto tiempo coleccionando y después lo vende.

—Veremos qué pasa.

—Bueno, Pat, gracias. Ya veré a Ed en otra ocasión. Y mándale un saludo.

—¿Me repites tu nombre?

—Tom Gilbert. Hasta luego.

Cerré el teléfono.

—Al principio de la conversación eras Bill Gilbert.

—Vaya.

Repetí la conversación para Rachel. Después llamé a información del código de área 818, pero no figuraba ningún Charles Turrentine. Pregunté a Rachel si tenía algún contacto en la oficina de campo del FBI en Los Ángeles que pudiera conseguirle una dirección de Turrentine y tal vez un número que no figurara en la guía.

—¿No tienes a nadie en el departamento al que podamos usar?

—En este momento creo que he usado todos los favores que me debían. Además, yo soy un *outsider*. Tú no.

—Eso no lo sé.

Rachel sacó el teléfono y se puso manos a la obra y yo me concentré en las luces de freno del Explorer de Thomas que tenía a sólo cincuenta metros en la autovía 22. Sabía que Thomas tenía una elección por delante. Podía doblar al norte en la 5 e ir por el centro de Los Ángeles o podía continuar y luego tomar la 405 hacia el norte. Ambas rutas conducían al valle de San Fernando.

Rachel recibió una llamada al cabo de cinco minutos con la información que había solicitado.

—Vive en Valerio Street, en Canoga Park. ¿Sabes dónde está?

—Sé dónde está Canoga Park. Valerio cruza de este a oeste todo el valle. ¿Tienes un número de teléfono?

Ella respondió marcando un número en su móvil. Entonces se lo llevó a la oreja y esperó. Al cabo de treinta segundos cerró el móvil.

—No contestan. Salta el contestador.

Circulamos en silencio mientras pensábamos.

Thomas pasó de largo junto a la salida 5 y continuó hacia la 405. Sabía que giraría al norte allí y enfilaría por el paso de Sepúlveda hacia el valle de San Fernando. Canoga Park estaba en el lado oeste. Con el tiempo que hacía, al menos había una hora de viaje. Con suerte.

—No lo pierdas, Bosch —dijo Rachel con calma.

Sabía lo que quería decir. Me estaba diciendo que tenía la corazonada de que esta vez era la buena. Que creía que Ed Thomas nos estaba llevando hacia el Poeta. Asentí porque yo también lo sentía, casi como un zumbido que salía de mi pecho. Sabía sin saberlo realmente que estábamos allí.

—No te preocupes —dije—. No lo perderé.

41

La implacabilidad de la lluvia estaba pudiendo con Rachel. Nunca amainaba, nunca se detenía. Simplemente caía sobre el cristal en un torrente sin fin contra el que no podían los limpiaparabrisas. Todo era borroso. Había coches aparcados en los arcenes de la autovía. Los relámpagos partían el cielo en el oeste, sobre el océano. Pasaron accidente tras accidente, y eso fue poniendo a Rachel cada vez más nerviosa. Si se veían envueltos en un accidente y perdían a Thomas, cargarían con una pesada losa de responsabilidad por lo que le ocurriera.

Temía que si apartaba la mirada de las luces de freno del Explorer de Thomas, lo perderían en un mar de rojo tembloroso. Bosch pareció adivinar lo que ella estaba pensando.

—Tranquila —dijo él—. No voy a perderlo. Y aunque lo hiciéramos, ahora sabemos adónde va.

—No, no lo sabemos. Sólo sabemos donde vive Turrentine. Eso no significa que sus libros estén allí. ¿Seis mil libros? ¿Quién guarda seis mil libros en su casa? Probablemente los tiene en algún almacén.

Rachel observó que Bosch ajustaba su agarre en el volante e incrementaba un poco la velocidad, acercándose más a Thomas.

—No habías pensado en eso, ¿no?

—La verdad es que no.

—Pues no lo pierdas.

—Ya te he dicho que no voy perderlo.

—Ya lo sé. Me ayuda decirlo. —Hizo un gesto hacia el parabrisas—. ¿Cuántas veces se pone así?

—Casi nunca —dijo Bosch—. Han dicho en las noticias que es la tormenta del siglo. Es como si algo estuviera mal, como si algo se hubiera roto. Los cañones probablemente están desaguando en Malibú. Hay desprendimientos en las Palisades y el río probablemente se sale de su cauce. El año pasado tuvimos los incendios. Este año a lo mejor es la lluvia. De una manera o de otra siempre ocurre algo. Es como si siempre tuvieras que pasar una prueba.

Bosch puso la radio para elegir un informe meteorológico, pero Rachel inmediatamente se estiró para apagarla y señaló a la carretera a través del parabrisas.

—Concéntrate en esto —ordenó ella—. No me importa el informe meteorológico.

—Vale.

—Acércate. No me importa que estés justo detrás de él. No podrá verte con esta lluvia.

—Si me pongo detrás de él podría golpearle, y entonces que le digo.

—Tú no lo...

—... pierdas. Ya lo sé.

Circularon durante la siguiente media hora sin decir una palabra. La autovía se alzaba y cruzaba por encima de las montañas. Rachel vio una gran estructura de piedra encima de la montaña. Parecía algún tipo de castillo posmoderno en el gris y la penumbra, y Bosch le dijo que era el museo Getty.

En el descenso al valle de San Fernando, Rachel vio

que se encendía la señal de intermitente en el coche de Thomas. Bosch se situó en el carril de giro tres coches por detrás.

—Va a coger la Ciento uno. Ya casi estamos.

—¿Te refieres a Canoga Park?

—Exacto. Cogerá ésta al oeste y después por el norte por las calles.

Bosch volvió a quedarse callado mientras se concentraba en la conducción y el seguimiento. Al cabo de otros quince minutos el intermitente del Explorer se encendió otra vez y Thomas salió en DeSoto Avenue y enfiló hacia el norte. Bosch y Walling lo siguieron en la rampa de salida, pero esta vez sin la cobertura de otro tráfico.

En DeSoto, Thomas se detuvo casi de inmediato en una zona en la que no se podía aparcar y Bosch tuvo que pasar de largo o la vigilancia habría resultado obvia.

—Creo que está mirando un plano —dijo Rachel—. Tenía la luz encendida y la cabeza baja.

—Vale.

Bosch se metió en una estación de servicio, rodeó los surtidores y retomó la calle. Hizo una pausa antes de salir, mirando a la izquierda hacia el Explorer de Thomas. Esperó y al cabo de medio minuto Thomas volvió a incorporarse al tráfico. Bosch esperó que pasara por delante, manteniendo el móvil en la oreja izquierda para bloquear cualquier perspectiva de su rostro por si Thomas estaba mirando y lo veía en medio de la lluvia. Dejó que pasara otro coche y salió a la calle.

—Debe de estar cerca —dijo Rachel.

—Sí.

Pero Thomas condujo durante varias travesías más antes de girar a la derecha. Bosch frenó antes de hacer lo mismo.

—Valerio —dijo Rachel, al ver el cartel de la calle en el barro—. Ésta es.

Cuando Bosch hizo el giro, ella vio las luces de freno en el coche de Thomas. Estaba parado en medio de la calle tres manzanas más adelante. Estaba en una calle sin salida.

Bosch rápidamente se detuvo detrás de un coche aparcado.

—La luz interior está encendida —dijo Rachel—. Creo que está otra vez mirando el plano.

—El río —dijo Bosch.

—¿Qué?

—Te lo he dicho, Valerio atraviesa todo el valle, pero también lo hace el río. Así que probablemente está buscando una forma de dar la vuelta. El río corta todas estas calles aquí. Probablemente ha de ir al otro lado de Valerio.

—No veo ningún río. Veo una valla y cemento.

—No es lo que considerarías un río. De hecho, técnicamente eso no es el río. Probablemente es el desagüe del cañón de Aliso o de Brown. Va al río.

Esperaron. Thomas no se movió.

—El río solía desbordarse en tormentas como ésta. Barrería un tercio de la ciudad. Así que trataron de controlarlo. Contenerlo. Alguien tuvo la idea de capturarlo en piedra, encauzarlo en hormigón. Así que eso es lo que hicieron y las casas y hogares de todo el mundo quedaron supuestamente a salvo.

—Supongo que es lo que se llama progreso.

Bosch asintió y volvió a aferrarse con fuerza al volante.

—Se está moviendo.

Thomas giró a la izquierda y, en cuanto su coche se perdió de vista, Bosch se separó del bordillo y lo siguió. Thomas condujo hacia el norte por Saticoy y después dobló a la derecha. Pasó por encima de un puente que cruzaba el curso de agua. Mientras lo seguían, Rachel miró hacia abajo y vio el impetuoso torrente en el canal de hormigón.

—Guau. Y yo que creía que vivía en Rapid City.

Bosch no respondió. Thomas giró hacia el sur en Mason y volvió hacia Valerio Street, ya del otro lado del canal de hormigón. Dobló otra vez a la derecha por Valerio.

—Eso será otra calle sin salida —dijo Bosch.

Él continuó en Mason y pasó de largo Valerio Street. Rachel miró a través de la lluvia y vio que Thomas había entrado en un sendero de entrada enfrente de una gran casa de dos pisos que era una de las cinco viviendas del callejón sin salida.

—Se ha metido en un sendero —dijo—. Dios, ¡él está allí! ¡Es la casa!

—¿Qué casa?

—La de la foto del remolque. Backus estaba tan seguro de sí mismo que nos dejó una puta foto.

Bosch aparcó junto al bordillo. Las casas de Valerio estaban fuera del campo de visión. Rachel se volvió y miró en todas las ventanas. Todas las casas de alrededor estaban a oscuras.

—Debe de haberse ido la luz por aquí.

—Debajo de tu asiento hay una linterna. Cógela.

Rachel se agachó y la cogió.

—¿Y tú?

—No me hará falta. Vamos.

Rachel empezó a abrir la puerta, pero entonces miró atrás a Bosch. Quería decir algo, pero dudó.

—¿Qué? —preguntó Bosch—. ¿Que tenga cuidado? Descuida, lo tendré.

—De hecho, sí, ten cuidado. Pero lo que iba a decir es que tengo mi segunda pistola en la bolsa. ¿Quieres...?

—Gracias, Rachel, pero esta vez me he traído la mía.

Ella asintió.

—Debería haberlo pensado. ¿Y qué piensas ahora de pedir refuerzos?

—Pide refuerzos si quieres, pero yo no pienso esperar. Allá voy.

Noté la lluvia fría en la cara al salir del Mercedes. Me subí el cuello de la chaqueta y empecé a dirigirme a Valerio. Rachel se acercó y caminó a mi lado sin decir palabra. Cuando llegamos a la esquina utilizamos la pared que rodeaba la propiedad como escudo y miramos al callejón sin salida y a la casa oscura en la que Ed Thomas había aparcado su coche. No había señal de Thomas ni de nadie. Todas las ventanas de la fachada de la casa estaban a oscuras, pero a pesar de la escasa luz me di cuenta de que Rachel tenía razón. Era la casa de la foto que Backus había dejado para nosotros.

Oía el río, pero no podía verlo. Estaba oculto detrás de las casas. Sin embargo, su potencia furiosa era casi palpable, incluso desde la distancia. En tormentas como aquélla toda la ciudad desaguaba sobre sus suaves superficies de hormigón. Serpenteaba por el valle de San Fernando y rodeaba las montañas hasta el centro de la ciudad. Y desde allí al oeste, hasta el océano.

Era un simple hilo de agua durante la mayor parte del año. Incluso un chiste municipal. Sin embargo, una tormenta podía despertar la serpiente y darle poder. Se convertía en la alcantarilla de la ciudad, millones y millones de litros golpeando contra sus gruesos muros de piedra, toneladas de agua pugnando por salir, avanzando con una terrible fuerza e inercia. Recordé un chico al que se llevó la corriente cuando yo era niño. No lo conocí, pero oí hablar de él. Cuatro décadas más tarde incluso recordaba su nombre. Billy Kinsey estaba jugando en el borde del río. Se resbaló y al cabo de un momento había desaparecido. Encontraron su cuerpo sin vida en un viaducto situado a dieciocho kilómetros.

Mi madre me había enseñado desde pequeño y con insistencia, cuando llueve...

—Mantente alejado del rabión.

—¿Qué? —susurró Rachel.

—Estaba pensando en el río. Atrapado entre esos muros. Cuando era niño lo llamábamos el rabión. Cuando llueve así el agua se mueve deprisa. Es mortal. Cuando llueve mantente alejado del rabión.

—Pero vamos a la casa.

—Lo mismo, Rachel. Ten cuidado. Mantente alejada del rabión.

Ella me miró. Parecía entender lo que quería decirle.

—De acuerdo, Bosch.

—¿Y si tú te ocupas del frente y yo voy por detrás?

—Bien.

—Prepárate para cualquier cosa.

—Tú también.

La casa objetivo estaba a tres propiedades de distancia. Caminamos con rapidez a lo largo de la pared que rodeaba la primera propiedad y después cortamos por el sendero de entrada de la siguiente. Rodeamos las fachadas delanteras de dos edificios hasta que llegamos a la casa donde estaba aparcado el coche de Thomas. Rachel me saludó por última vez con la cabeza y nos separamos, ambos desenfundando las armas al unísono. Rachel avanzó hacia la parte delantera mientras yo empezaba a recorrer el sendero de entrada hacia la parte de atrás. La penumbra y el sonido de la lluvia y el río canalizado me dieron cobertura visual y acústica. El sendero de entrada estaba flanqueado de buganvillas achaparradas que llevaban tiempo sin que nadie las podara ni se ocupara de ellas. Detrás de las ventanas, la casa estaba oscura. Alguien podía estar observándome desde detrás de cualquier ventana y no lo habría sabido.

El patio trasero estaba inundado. En medio del gran charco había los dos armazones en A de un columpio sin ningún columpio, y detrás una valla de casi dos metros de altura que separaba la propiedad del canal del río. Vi que el agua estaba cerca del borde de hormigón y que bajaba en un frenético torrente. Al final del día se desbordaría. Más arriba, donde la canalización era menos profunda, probablemente ya se habría desbordado por los costados.

Volví a centrar mi atención en la casa. Tenía un porche en la parte de atrás. No había canalones en el tejado y caía una cortina de lluvia, con tanta intensidad que lo oscurecía todo. Backus podía haber estado sentado en una mecedora en el porche y no lo habría visto. Una hilera de buganvillas cubría la barandilla del porche. Me agaché para quedar por debajo de la línea de visión de la casa y avancé con rapidez hasta los escalones. Subí los tres peldaños de golpe y quedé a resguardo de la lluvia. Mis ojos y mis oídos tardaron un momento en adaptarse y fue entonces cuando lo vi. Había un sofá de mimbre en el lado derecho del porche. En él, una manta cubría la silueta inconfundible de una persona sentada, pero derrumbada contra el brazo izquierdo. Me agaché, me acerqué y busqué la esquina de la manta en el suelo. Lentamente tiré de ella.

Era un anciano. Parecía que llevaba al menos un día muerto. Estaba empezando a oler. Tenía los ojos abiertos y casi salidos de las órbitas, la piel era del color de la pintura blanca en la habitación de un fumador. Le habían apretado una brida de plástico con demasiada fuerza en torno al cuello. Charles Turrentine, supuse. También suponía que era el anciano de la foto que Backus había sacado. Lo había matado y lo había dejado en el porche como si fuera una pila de periódicos viejos. No había tenido nada que ver con el Poeta. Sólo había sido un medio para conseguir un fin.

Levanté mi Glock y me acerqué a la puerta posterior de la casa. Quería avisar a Rachel, pero no había forma de hacerlo sin revelar mi propia posición y posiblemente poner en peligro la suya. Simplemente tenía que seguir moviéndome, avanzando en la oscuridad del lugar hasta que me topara con ella o con Backus.

La puerta estaba cerrada. Decidí volver sobre mis pasos y atrapar a Rachel desde la parte delantera, pero al volverme mis ojos se posaron otra vez en el cadáver y pensé en una posibilidad. Me acerqué hasta el sofá y golpeé los pantalones del anciano. Y obtuve mi recompensa. Oí el tintineo de unas llaves.

Rachel estaba rodeada. Pilas y pilas de libros se alineaban en cada una de las paredes del recibidor. Se quedó quieta, con la pistola en una mano y la linterna en la otra, y miró en la sala de estar que se hallaba a su derecha. Más libros. Las estanterías cubrían todas las paredes, y todos los estantes estaban al límite de su capacidad. Había libros apilados en la mesa de café y en las mesas de centro, así como en todas las superficies horizontales. De alguna manera hacía que el lugar pareciera hechizado. No era un lugar de vida, sino un lugar de condena y penumbra donde las ratas de biblioteca comían las palabras de todos los autores.

Trató de seguir avanzando sin entretenerse en sus crecientes temores. Vaciló y pensó en volver a la puerta y salir antes de ser descubierta. Pero entonces oyó voces y supo que tenía que seguir adelante.

—¿Dónde está Charles?

—He dicho que te sientes.

Las palabras le llegaron desde una dirección desconocida. El martilleo de la lluvia en el exterior, la furia del río vecino y los libros apilados en todas partes se combinaban para camuflar el origen de los sonidos. Oyó voces, pero no logró determinar su procedencia.

Le llegaron más sonidos y voces. En su mayoría murmullos y en algunos momentos una palabra reconocible, esculpida en rabia o miedo.

—Pensabas...

Rachel se agachó y dejó la linterna en el suelo. Todavía no la había usado y no podía arriesgarse a hacerlo en ese momento. Se adentró en la oscuridad más profunda del pasillo. Ya había comprobado las habitaciones delanteras y sabía que las voces procedían de algún lugar situado más al fondo de la casa.

El pasillo conducía a un vestíbulo desde el cual las puertas se abrían en tres direcciones diferentes. Al llegar allí oyó las voces de dos hombres y pensó que con seguridad procedían de un lugar situado a la derecha.

—¡Escríbelo!

—¡No veo!

Después un sonido seco y otro como de desgarro. Alguien había descorrido unas cortinas.

—¿Ahora ves? Escribe o termino ahora mismo.

—De acuerdo, de acuerdo.

—Exactamente como yo lo digo. «Una vez, al filo de una lúgubre medianoche...»

Ella sabía lo que era. Reconoció las palabras de Edgar Allan Poe. Y sabía que era Backus, aunque la voz era diferente. Estaba recurriendo otra vez a la poesía, recreando el crimen que no había conseguido cometer hacía tanto tiempo. Bosch tenía razón.

Rachel entró en la habitación de la derecha y la encontró vacía. Había una mesa de billar en el centro de la estancia, con cada centímetro cuadrado de su superficie ocupado por más pilas de libros. Entendió lo que Backus había hecho. Había atraído a Ed Thomas hasta la casa porque el hombre que vivía allí —Charles Turrentine— era un coleccionista. Sabía que Thomas iría a ver su colección.

Empezó a volverse para retirarse y descartar la siguiente habitación que daba al vestíbulo. Pero antes de que se hubiera movido más de unos centímetros sintió en el cuello el cañón frío de una pistola.

—Hola, Rachel —dijo Robert Backus con su voz modificada quirúrgicamente—. Qué sorpresa verte aquí.

Ella se quedó de piedra y en ese momento supo que no se le podía engañar de ninguna manera, que conocía todos los engaños y todos los ángulos. Sabía que sólo tenía una oportunidad: Bosch.

—Hola, Bob. Ha pasado mucho tiempo.

—Sí. ¿Quieres dejar la pistola aquí y reunirte conmigo en la biblioteca?

Rachel dejó la Sig en una de las pilas de la mesa de billar.

—Pensaba que todo este sitio era una biblioteca, Bob.

Backus no respondió. Ella sintió que la cogía por la nuca, que le apretaba la pistola en la espalda y después la empujaba en la dirección en que quería que fuera. Salieron de la habitación y entraron en la siguiente, una pequeña sala con dos sillones de madera de respaldo alto dispuestos frente a una gran chimenea de piedra. No había fuego y Rachel oyó que la lluvia goteaba por el hueco de la chimenea hasta el hogar. Vio que se estaba formando un charco. El agua de la lluvia caía por las ventanas de ambos lados de la chimenea, dejándolas traslúcidas.

—Resulta que tenemos sillones suficientes —dijo Backus—. Toma asiento.

Bruscamente la hizo girar en torno a uno de los sillones y la obligó a sentarse. La registró rápidamente en busca de otras armas y después retrocedió y dejó caer algo en el regazo de Rachel. Ésta miró en la otra butaca y vio a Ed Thomas. Todavía estaba vivo. Tenía las muñecas sujetas a los brazos del sillón mediante bridas de plástico. Habían unido otras dos bridas y después las habían utilizado para sujetarle el cuello al respaldo de la butaca. Lo habían amordazado con una servilleta de tela y tenía la cara exageradamente roja por el esfuerzo y la falta de oxígeno.

—Bob, tú puedes detener esto —dijo Rachel—. Ya has demostrado lo que querías. No puedes...

—Ponte la brida en torno a la muñeca derecha y ciérrala en el brazo del sillón.

—Bob, por favor. Deja...

—¡Hazlo!

Ella pasó la brida de plástico en torno al brazo del sillón y de su muñeca. Después pasó el extremo a través del cierre.

—Fuerte, pero no demasiado. No quiero dejarte marca.

Cuando Rachel hubo terminado, Backus le ordenó que pusiera el brazo libre en el otro reposabrazos. Entonces se acercó y le agarró el brazo para mantenerlo en su lugar mientras le pasaba otra brida y la cerraba. Retrocedió y admiró su obra.

—Ya está.

—Bob, hicimos mucho trabajo bueno juntos. ¿Por qué estás haciendo esto?

Él la miró desde arriba y sonrió.

—No lo sé. Pero hablemos de eso después. Tengo que acabar con el detective Thomas. Ha pasado mucho tiempo para él y para mí. Y sólo piensa, Rachel, que puedes observar. Qué rara oportunidad para ti.

Backus se volvió hacia Thomas. Se acercó y le quitó la mordaza de la boca. Después metió la mano en el bolsillo y sacó una navaja plegable. La abrió y en un movimiento fluido cortó la brida que mantenía el brazo derecho de Thomas sujeto a la butaca.

—Ahora, ¿dónde estábamos, detective Thomas? Era el tercer verso, ¿no?

—Yo diría que es el final.

Rachel reconoció la voz de Bosch y se volvió para verlo, pero la butaca era demasiado alta.

Mantuve la pistola firmemente, tratando de pensar en la mejor manera de manejar la situación.

—Harry —me gritó Rachel con calma—. Tiene una pistola en la izquierda y un cuchillo en la derecha. Es diestro.

Mantuve la posición y le ordené que bajara las armas. Backus obedeció sin vacilar. Eso me dio que pensar, como si hubiera pasado rápidamente al plan B. ¿Había otra arma? ¿Otro asesino en la casa?

—Rachel, Ed, ¿estáis bien?

—Estamos bien —dijo Rachel—. Túmbalo, Harry. Tiene bridas en el bolsillo.

—Rachel, ¿dónde está tu pistola?

—En la otra habitación. Túmbalo, Harry.

Di un paso más para adentrarme en la habitación, pero entonces me detuve para estudiar a Backus. Había cambiado otra vez. Ya no se parecía al hombre que se había hecho llamar Shandy. Sin barba, sin gorra sobre el pelo gris. Se había afeitado la cabeza y la cara. Tenía un aspecto completamente diferente.

Di otro paso, pero me detuve de nuevo. De repente pensé en Terry McCaleb y en su mujer y su hija y en su hijo adoptivo. Pensé en la misión compartida y en lo que se había perdido.

¿Cuántos hombres malvados andarían libres por el mundo porque Terry McCaleb había muerto? En mi interior creció una rabia más poderosa que el río. No quería poner a Backus en el suelo, esposarlo y observar cómo se lo llevaban en un coche patrulla para que viviera detrás de los barrotes una vida de celebridad, atención y fascinación. Quería quitarle todo lo que él le había quitado a mi amigo y a todos los demás.

—Tú mataste a mi amigo —dije—. Por eso...

—Harry, no —dijo Rachel.

—Lo siento —dijo Backus—, pero he estado bastante ocupado. ¿Quién vendría a ser tu amigo?

—Terry McCaleb. También era amigo tuyo y...

—De hecho, quería ocuparme de Terry. Sí, tenía el potencial de convertirse en un incordio, pero...

—¡Cállate, Bob! —gritó Rachel—. No le llegabas ni a la suela del zapato a Terry. Harry, esto es demasiado peligroso. ¡Túmbalo! ¡Ahora!

Me despejé de mi rabia y me centré en el momento presente. Terry McCaleb retrocedió en la penumbra. Me acerqué a Backus, preguntándome qué me estaba diciendo Rachel. ¿Túmbalo? ¿Quería que le disparara?

Di dos pasos más.

—¡Al suelo! —ordené—. Lejos de las armas.

—Lo que tú digas.

Se volvió como para apartarse de donde había dejado las armas y para elegir un lugar para tumbarse.

—¿Te importa?, aquí hay un charco. La chimenea gotea.

Sin esperar mi respuesta dio un paso hacia la ventana. Y de repente lo vi. Supe lo que iba a hacer.

—¡Backus, no!

Mis palabras no lo detuvieron. Plantó su pie y se lanzó de cabeza por la ventana. La ventana, con el marco maltrecho por años de luz solar y lluvias como la de ese día, cedió con la facilidad del atrezo de Hollywood. La madera se astilló y el cristal se hizo añicos al ser atravesado por el cuerpo de Backus. Corrí rápidamente al hueco de lo que había sido la ventana e inmediatamente vi el relampagueo del cañón de la segunda pistola de Backus. Plan B.

Dos disparos rápidos y oí que las balas silbaban a mi lado e impactaban en el techo por detrás de mí. Me agaché a resguardo de la pared y respondí disparando dos veces sin mirar. Después me tiré al suelo, rodé por debajo de la ventana y me levanté del otro lado. Backus se había ido. En el suelo vi una pistola de cañón corto de gran calibre de dos balas: su segunda arma. Ahora estaba desarmado, a no ser que hubiera un plan C.

—Harry, el cuchillo —me gritó Rachel desde atrás—. ¡Suéltame!

Cogí el cuchillo del suelo y rápidamente corté sus ligaduras. El plástico se cortaba con facilidad. A continuación me volví hacia Thomas y puse el cuchillo en su mano derecha para que pudiera liberarse él mismo.

—Lo siento, Ed —dije.

Podía darle el resto de la disculpa más tarde. Me volví hacia Rachel, que estaba en la ventana, mirando a través de la penumbra. Había cogido la pistola de Backus.

—¿Lo has visto?

Me uní a ella. Treinta metros a la izquierda estaba el torrente. Justo cuando miré vi que el torrente desbordado arrastraba un roble entero en su superficie. Después hubo movimiento. Vimos que Backus saltaba desde la protección de una buganvilla y empezaba a escalar la valla que mantenía a la gente alejada del río. Justo cuando estaba salvando la parte superior, Rachel alzó la pistola y disparó dos veces en rápida sucesión. Backus cayó en el arcén de gravilla contiguo al canal. Se levantó de un salto y echó a correr. Rachel había fallado.

—No puede atravesar el río —dije—. Está encerrado. Irá hacia el puente de Saticoy.

Sabía que si Backus llegaba al puente lo perderíamos. Podía cruzar y desaparecer en el barrio del lado oeste del canal o en el distrito comercial contiguo a DeSoto.

—Yo iré desde aquí —dijo Rachel—. Tú ve al coche y llega más deprisa. Lo emboscaremos en el puente.

—Entendido.

Me dirigí a la puerta, preparándome para echar a correr bajo la lluvia. Saqué el móvil del bolsillo y se lo lancé a Thomas mientras salía.

—Ed —grité por encima del hombro—. Llama a la policía. Consigue refuerzos.

42

Rachel extrajo el cargador de la pistola de Backus y descubrió que sólo faltaban las dos balas que ella había disparado. Volvió a colocarlo en su sitio y corrió a la ventana.

—¿Quieres que vaya contigo? —preguntó Ed desde atrás.

Ella se volvió. Thomas se había liberado. Estaba de pie, sosteniendo el cuchillo preparado.

—Haz lo que ha dicho Harry. Consíguenos refuerzos.

Rachel salió al alféizar y saltó, bajo la lluvia. Rápidamente avanzó junto a la buganvilla hasta que descubrió un hueco y alcanzó la valla del río. Se puso la pistola de Backus en su cartuchera y escaló y saltó al otro lado, rasgando la manga de la chaqueta al engancharse. Se dejó caer en el arcén de gravilla que estaba a sesenta centímetros del borde. Miró por encima y vio que el agua estaba a sólo un metro del límite del cauce. Se estrellaba contra las paredes de hormigón, creando el sonido atronador de la muerte. Apartó la vista y miró hacia delante. Vio que Backus corría. Estaba a medio camino del puente de Saticoy. Rachel se levantó y echó a correr. Disparó un tiro al aire para que él pensara en lo que venía detrás y no en lo que podía aguardarle en el puente.

El Mercedes patinó en el bordillo en la parte superior del puente. Salté, sin preocuparme por apagar el motor, y corrí hacia la barandilla. Vi que Rachel corría hacia mí, con la pistola levantada, por el arcén del canal. Pero no vi a Backus.

Retrocedí y miré en todas direcciones, pero seguí sin verlo. Era imposible que hubiera alcanzado el puente antes que yo. Corrí hasta la verja que flanqueaba el puente y daba acceso al arcén del canal. Estaba cerrada, pero vi que el arcén continuaba por debajo del puente. Era la única alternativa. Sabía que Backus tenía que estar escondido allí debajo.

Rápidamente salté la verja y me dejé caer en el suelo de gravilla. Salí, empuñando la pistola con ambas manos, debajo del puente.

Me agaché y avancé en la oscuridad.

El sonido del torrente hacía un eco atronador debajo del puente, sostenido por cuatro grandes soportes de hormigón. Backus podía estar oculto detrás de cualquiera de ellos.

—¡Backus! —grité—. Si quieres vivir, sal. ¡Ahora!

Nada. Sólo el sonido del agua. Entonces oí una voz a lo lejos y me volví. Era Rachel. Todavía estaba a cien metros. Estaba gritando, pero el ruido del agua oscurecía sus palabras.

Backus se agazapó en la oscuridad. Trató de conjurar todas las emociones y concentrarse en el momento. Había estado allí antes. Acorralado en la oscuridad. Había sobrevivido entonces y sobreviviría otra vez. Lo importante era concentrarse en el momento, sacar fuerzas de la oscuridad.

Oyó que su perseguidor le llamaba. Estaba cerca. Él tenía el arma, pero Backus tenía la oscuridad. La oscuridad siempre había estado de su lado. Se apretó otra vez contra el hormigón y deseó poder desaparecer en las sombras. Sería paciente y actuaría en el momento oportuno.

Aparté la mirada de la figura distante de Rachel y volví a concentrarme en el puente. Avancé, manteniéndome lo más alejado posible de los refugios de hormigón sin caer al canal. Descarté los dos primeros y miré otra vez a Rachel. Ahora estaba a cincuenta metros. Empezó a hacerme señales con el brazo izquierdo, pero no entendí el movimiento de gancho que me repetía.

De repente me di cuenta de mi error. Había dejado las llaves en el coche. Backus podía subir por el otro lado del puente y meterse en el Mercedes.

Eché a correr, deseando llegar a tiempo de disparar a los neumáticos. Pero me equivocaba con el coche. Al pasar el tercer soporte de hormigón Backus saltó sobre mí por sorpresa, golpeándome contundentemente con el hombro. Retrocedí con los brazos extendidos, con Backus encima de mí, resbalando los dos sobre la gravilla hasta el borde del canal de hormigón.

Él trataba de arrebatarme la pistola, usando ambas manos para arrancármela de las mías. Supe en un instante que si llegaba a la pistola todo habría acabado, me mataría a mí y después a Rachel. No podía dejar que se apoderara del arma.

Me clavó el codo izquierdo en la mandíbula y sentí que el arma me resbalaba. Disparé dos veces, con la esperanza de darle en un dedo o en la palma de la mano. Backus gritó de dolor, pero enseguida sentí que redoblaba su esfuerzo e intensificaba la presión, alimentado por el dolor.

Su sangre se coló entre mis dedos y debilitó mi agarre. Iba a perder la pistola. Lo sabía. Tenía una mejor posición y una fuerza animal. El arma se me escapaba. Podía intentar aguantar unos segundos hasta que llegara Rachel, pero para entonces puede que ella también estuviera corriendo a una trampa mortal.

Opté por la única alternativa que me quedaba. Clavé los talones en la gravilla e impulsé todo mi cuerpo hacia arriba. Mis hombros resbalaron sobre el borde de hormigón. Replanté los pies y lo volví a intentar. Esta vez fue suficiente. Backus pareció darse cuenta de su situación de repente. Soltó la pistola y trató de agarrarse del borde. Pero era demasiado tarde también para él.

Juntos caímos por el borde al agua negra.

Rachel los vio caer desde sólo unos pocos metros de distancia. Gritó «¡No!», como si eso pudiera detenerlos. Fue al lugar desde el que habían caído y miró hacia abajo, pero no vio nada. Corrió a lo largo del borde hasta salir de debajo del puente. No vio nada. Miró río abajo en busca de alguna señal de ellos en la rápida corriente.

Finalmente, vio que Bosch salía y movía la cabeza como para comprobar su posición. Estaba pugnando con algo debajo del agua y ella se dio cuenta de que estaba tratando de quitarse el impermeable.

Rachel buscó por el río, pero no vio por ninguna parte la cabeza de Backus. Miró de nuevo a Bosch mientras éste se alejaba. Vio que él la miraba a ella. Bosch levantó un brazo por encima del agua y señaló. Ella siguió la dirección que Bosch le indicaba y vio el Mercedes aparcado encima del puente. Vio que el limpiaparabrisas estaba en marcha y supo que las llaves seguían allí.

Echó a correr.

El agua estaba fría, más de lo que habría imaginado. Y yo ya estaba débil por la lucha con Backus. Me sentía pesado en el agua y me costaba mantener la cara sobre la superficie. El agua parecía viva, como si me estuviera agarrando y tirando de mí hacia el fondo.

Había perdido la pistola y no había rastro de Backus. Extendí los brazos y traté de maniobrar el cuerpo de manera que simplemente pudiera cabalgar los rápidos hasta que recuperara parte de la fuerza y pudiera hacer un movimiento o Rachel consiguiera ayuda. Me acordé del niño que había caído al río tantos años antes. Los bomberos, los policías, incluso los viandantes trataron de salvarlo, echando al agua mangueras, escaleras y cuerdas. Pero fallaron y el niño se ahogó. Al final, el rabión lo devoró todo.

Traté de no pensar en eso. Traté de no caer preso del pánico. Giré las palmas hacia abajo y tuve la sensación de que podía mantener la cabeza fuera del agua con más facilidad. La nueva posición incrementó mi velocidad en la corriente, pero me permitió conservar la cabeza a flote. Me dio confianza. Empecé a pensar que podía lograrlo. Durante un rato. Todo dependía de cuándo llegara la ayuda. Miré al cielo. No había helicópteros. No había bomberos. Todavía no había ayuda. Sólo el vacío gris del cielo y la lluvia que caía.

El operador del servicio de emergencias le dijo a Rachel que se mantuviera en línea, pero ella no podía conducir deprisa y con seguridad con el teléfono en la oreja. Lo soltó en el asiento del pasajero sin desconectarlo. Cuando llegó a la siguiente señal de stop frenó tan en seco que el teléfono cayó al suelo, fuera de su alcance. No le importó. Estaba acelerando por la calle mirando a su izquierda en cada cruce en busca del siguiente puente que cruzara el canal.

Cuando finalmente vio uno, aceleró hasta él y detuvo el Mercedes encima del puente, en medio de la calzada. Bajó de un salto y corrió a la barandilla.

No se veía ni a Bosch ni a Backus. Pensó que podía haberlos adelantado. Cruzó la calle. Un motorista hizo sonar la bocina, pero ella pasó a la barandilla del otro lado sin preocuparse por eso.

Examinó la superficie turbulenta durante unos segundos, hasta que vio a Bosch. Tenía la cabeza encima de la superficie e inclinada hacia atrás, con la cara hacia el cielo. Rachel sintió pánico. ¿Seguía vivo? ¿O se había ahogado y su cuerpo simplemente era arrastrado por la corriente? Entonces, casi con la misma rapidez con que el miedo la había atenazado, vio que Bosch sacudía la cabeza, como hacen con frecuencia los nadadores para apartarse el pelo y el agua de los ojos. Estaba vivo y a unos cien metros del puente. Vio que pugnaba por modificar su posición en la corriente. Rachel se inclinó hacia delante y miró al agua. Sabía lo que él estaba haciendo. Iba a intentar agarrarse a uno de los soportes del puente. Si podía agarrarse y aguantar, podrían sacarlo y salvarlo allí mismo.

Rachel corrió de nuevo al coche y abrió la puerta del maletero. Buscó en la parte de atrás algo que pudiera ayudarla. Allí estaba su bolsa y poco más. La echó al suelo de un tirón y levantó el panel de suelo alfombrado. Alguien atrapado detrás del Mercedes en la calle empezó a tocar el claxon. Ella ni siquiera se volvió a mirar.

Golpeé con tanta fuerza el pilar central del puente que me quedé sin respiración y pensé que me había roto cuatro o cinco costillas. Pero me agarré. Sabía que era mi oportunidad. Me aferré con todas las fuerzas que me quedaban.

La corriente tenía garras. Sentía miles de garras tirando de mí, tratando de devolverme al torrente oscuro. El agua me azotaba la cara. Con un brazo a cada lado del muelle, traté de trepar por el hormigón resbaladizo, pero cada vez que ganaba unos centímetros las garras me aferraban y tiraban de mí hacia abajo. Rápidamente entendí que lo mejor que podía hacer era agarrarme. Y esperar.

Al abrazarme al hormigón pensé en mi hija. Pensé en ella suplicándome que resistiera, diciéndome que tenía que hacerlo por ella. Me dijo que no importaba dónde estuviera o qué hiciera, ella todavía me necesitaba. Incluso en aquel momento supe que era una ilusión, pero me pareció reconfortante. Me proporcionó la fuerza para no soltarme.

Había herramientas y una rueda de repuesto en el compartimento, nada que sirviera. Entonces, debajo de la rueda, a través de los agujeros del diseño de la llanta, Rachel vio cables negros y rojos. Cables de batería.

Puso los dedos en los agujeros de la llanta y tiró hacia arriba. Era grande, pesada y difícil de agarrar, pero no se amilanó. Sacó la rueda de un tirón y la dejó en el suelo.

Cogió los cables y cruzó de nuevo la calle a la carrera, causando que un coche patinara de costado cuando el conductor pisó los frenos.

En la barandilla, miró al río, pero no vio a Bosch hasta que miró justo debajo y lo vio agarrado al pilar de soporte. El agua le impactaba en el rostro y tiraba de él. Tenía las manos y los dedos llenos de arañazos y sangrantes. Estaba mirándola a ella con lo que le pareció una pequeña sonrisa en el rostro, casi como si le estuviera diciendo que iba a salvarse.

Insegura de cómo iba a completar el rescate, ella tiró el extremo de uno de los cables al agua. Eran demasiado cortos.

—¡Mierda!

Había una tubería que recorría el lateral del puente. Si lograba bajar hasta la tubería quizá pudiera hacer descender los cables un metro y medio más... Eso podría bastar.

—Señora, ¿está bien?

Ella se volvió. Tenía un hombre a su lado, debajo de un paraguas. Estaba cruzando el puente.

—Hay un hombre en el río. Llame al novecientos once. ¿Tiene móvil? Llame al novecientos once.

El hombre empezó a sacar un teléfono móvil del bolsillo de la chaqueta. Rachel se volvió de nuevo hacia la barandilla y empezó a treparla.

Ésa era la parte sencilla. Pasar por encima de la barandilla y bajar por la tubería era la maniobra arriesgada. Se puso los cables en torno al cuello y lentamente bajó un pie a la tubería y luego el otro. Se dejó resbalar hasta quedar con una pierna a cada lado de la tubería, como si estuviera montando a caballo.

Esta vez sabía que el cable llegaría a Bosch. Empezó a bajarlo y él se estiró a cogerlo. Pero justo cuando la mano de Bosch lo agarró, Rachel vio un borrón de color en el agua y Bosch fue golpeado por algo y no pudo evitar desasirse del pilar de soporte. En ese momento Rachel se dio cuenta de que había sido Backus, vivo o muerto, lo que lo había soltado.

Ella no estaba preparada. Cuando Bosch se soltó, se mantuvo aferrado al cable, pero su peso y el peso de Backus y la corriente fueron demasiado para Rachel. Su extremo del cable se le escapó y cayó en el agua, bajo el puente.

—¡Ya vienen! ¡Ya vienen!

Rachel miró al hombre que estaba debajo del paraguas asomado a la barandilla.

—Es demasiado tarde —dijo ella—. Se ha soltado.

Yo estaba débil, pero Backus estaba aún más débil. Sabía que no tenía la misma fuerza que había mostrado en la confrontación al borde del río. Me había arrancado del puente porque no lo había visto venir y porque me había golpeado con todo su peso, pero se agarraba a mí como un ahogado, sólo trataba de no soltarse.

Dimos tumbos en la corriente, que nos atrajo hasta el fondo. Traté de abrir los ojos, pero el agua era demasiado oscura para ver a través de ella. Lo llevé con fuerza hasta el lecho de hormigón y me situé detrás de él. Coloqué el cable que todavía sujetaba en torno al cuello de Backus. Tiré del cable una y otra vez hasta que él me soltó y llevó las manos a su propio cuello. Me ardían los pulmones. Necesitaba aire. Me empujé en Backus para salir a la superficie. Al separarnos intentó por última vez agarrarse de mis tobillos, pero yo logré liberarme.

En los últimos momentos Backus vio a su padre. Muerto e incinerado hacía mucho tiempo, a él se le apareció vivo, con los ojos severos que Backus siempre recordaba. Tenía una mano a la espalda, como si ocultara algo. La otra mano llamaba a su hijo para que siguiera adelante. Para que fuera a casa.

Backus sonrió y después rió. El agua le entró en la boca y en los pulmones. No sintió pánico. Le dio la bienvenida. Sabía que renacería. Volvería. Sabía que el mal nunca podía ser derrotado. Sólo cambiaba de un sitio a otro y aguardaba.

Salí a la superficie y tragué aire. Me revolví en el agua buscando a Backus, pero había desaparecido. Me había librado de él, pero no del agua. Estaba exhausto. Notaba los brazos tan pesados en el agua que apenas podía sacarlos a la superficie. Pensé en el chico otra vez, en lo asustado que tuvo que estar, completamente solo y con las garras aferrándose a él.

Delante de mí, vi donde el agua se vaciaba en el canal principal del río. Estaba a cincuenta metros de distancia y sabía que allí el río sería más ancho, más llano y más violento. Pero los muros de hormigón hacían pendiente en el canal principal y sabía que podría tener una oportunidad de salir si conseguía frenar mi velocidad y encontrar un agarre.

Bajé los ojos y decidí situarme lo más cerca posible de la pared sin ser empujado con fuerza contra ella. Entonces vi una salvación más inmediata. El árbol que había visto en el canal desde la ventana de la casa de Turrentine estaba a cien metros de distancia, en el río. Debía de haberse enganchado en el puente y le había dado alcance.

Con mi última reserva de fuerzas, empecé a nadar con la corriente, cogiendo velocidad y dirigiéndome al árbol. Sabía que podía ser mi bote salvavidas. Podría llevarme hasta el Pacífico si era necesario.

Rachel perdió de vista el río. Las calles la alejaron de él y enseguida lo perdió. No podía volver. En el coche había una pantalla de GPS, pero ella no sabía cómo funcionaba y de todas formas dudaba de que dispusiera de conexión con el satélite con semejante clima. Se inclinó hacia delante y golpeó el volante con rabia con la palma de la mano. Sentía que estaba abandonando a Harry, que sería culpa suya si se ahogaba.

Entonces oyó el helicóptero. Volaba bajo y se movía con rapidez. Se inclinó hacia delante para mirar a través del parabrisas. No vio nada. Bajó del coche y giró en círculos bajo la lluvia, mirando. Todavía lo oía, pero seguía sin verlo.

Tenía que ser el rescate, pensó. Con esa lluvia, ¿quién más podía estar volando? Se metió de nuevo en el Mercedes y siguió la pista del sonido. Dobló a la derecha por la primera calle que pudo y empezó a seguir la dirección del sonido. Conducía con la ventanilla bajada y la lluvia la empapaba. Escuchó el sonido del helicóptero en la distancia.

Enseguida lo vio. Estaba volando en círculos un poco más adelante y a la derecha. Rachel continuó y cuando llegó a Reseda Boulevard giró de nuevo a la derecha y vio que, de hecho, había dos helicópteros, uno encima del otro. Los dos eran rojos con letras blancas en el lado. No eran de la televisión ni de la radio. Los dos aparatos llevaban las siglas del Departamento de Bomberos de Los Ángeles.

Había un puente delante, y Rachel vio coches detenidos y gente saliendo bajo la lluvia y corriendo hacia la barandilla. Miraban al río.

Ella detuvo el coche en medio de un carril de tráfico e hizo lo mismo. Corrió a la barandilla a tiempo de asistir al rescate. Bosch llevaba un arnés de seguridad amarillo y estaba siendo elevado en un cable desde un árbol caído que estaba encajado en la parte más baja, donde el río se ensanchaba hasta una distancia de cincuenta metros.

Mientras era alzado al helicóptero, Bosch miró la enfurecida corriente. El árbol no tardó en desencajarse y empezó a dar tumbos en los rápidos. Cogió velocidad y pasó bajo el puente, con sus ramas rompiéndose en los pilares de soporte y arrancándose.

Rachel observó que los rescatadores metían a Bosch en el helicóptero. No apartó la vista hasta que él estuvo a salvo dentro del helicóptero y éste empezó a alejarse. Y fue sólo entonces cuando otros curiosos reunidos en el puente empezaron a gritar y a señalar al río. Ella miró y vio a otro hombre en el agua. Pero para ese hombre no había rescate posible. Flotaba boca abajo, con los brazos inertes y el cuerpo sin vida. Tenía cables rojos y negros enrollados en el cuerpo y en el cuello. Su cráneo afeitado parecía la pelota perdida de un niño cabeceando en la corriente.

El segundo helicóptero siguió al cuerpo desde lo alto, esperando que se estancara como antes había hecho el árbol antes de arriesgarse a sacarlo del agua. En esta ocasión no había prisa.

Cuando la corriente se arremolinó entre los pilares del puente, el cadáver giró en el agua. Justo antes de que pasara bajo el puente, Rachel atisbó la cara de Backus.

Tenía los ojos abiertos bajo el brillo del agua, y a Rachel le pareció que la miraba justo antes de desaparecer bajo el puente.

Hace muchos años, cuando servía en el ejército en Vietnam, me hirieron en un túnel. Me sacaron de allí mis camaradas y me pusieron en un helicóptero que me devolvió al campo base. Recuerdo que, cuando el aparato se elevó y me alejó del camino del peligro, sentí una euforia que oscurecía con creces el dolor de mi herida y el cansancio que sentía.

Sentí lo mismo ese día en el río. *Déjà vu*. Lo había logrado. Había sobrevivido. Estaba a salvo. Estaba sonriendo cuando un bombero con un casco de seguridad me envolvió con una manta.

—Vamos a llevarle al USC para que le hagan un chequeo —gritó por encima del ruido del rotor y de la lluvia—. Llegaremos en diez minutos.

Me levantó el dedo pulgar y yo repetí el mismo signo. Al hacerlo me fijé en que mis dedos habían adquirido un color blanco azulado y que yo estaba temblando a causa de algo más que frío.

—Siento lo de su amigo —gritó el bombero.

Vi que estaba mirando a través del panel de cristal de la parte inferior de la puerta que acababa de cerrar. Me incliné y vi a Backus en el agua. Estaba boca arriba y se movía lánguidamente en la corriente.

—Yo no lo siento —dije, pero no lo bastante alto para que me oyera.

Me recosté en el asiento en el que me habían colocado. Cerré los ojos y saludé con la cabeza a la imagen conjurada de mi compañero silencioso, Terry McCaleb, sonriendo y de pie en la popa de su barco.

43

El cielo se despejó un par de días después y la ciudad empezó a secarse y a salir de los escombros. Se habían producido deslizamientos de tierra en Malibú y Topanga. La autopista de la costa había quedado reducida a dos carriles para el futuro inmediato. En las colinas de Hollywood se habían registrado inundaciones en las calles bajas. Una casa de Fareholm Drive había sido arrastrada por la corriente, dejando a una anciana estrella de Hollywood sin hogar.

Dos muertes fueron atribuidas a la tormenta, la de un golfista que inexplicablemente había decidido hacer unos hoyos en plena tormenta y que recibió el impacto de un rayo cuando intentaba conectar un *swing*, y Robert Backus, el asesino en serie fugitivo. El Poeta estaba muerto, dijeron los titulares y los presentadores de noticias. El cuerpo de Backus fue rescatado del río en la presa de Sepúlveda. Causa de la muerte: ahogamiento.

El mar también estaba en calma y, por la mañana, yo tomé un transbordador a Catalina para ver a Graciela McCaleb. Alquilé un cochecito de golf y subí hasta la casa, donde ella me abrió la puerta y me recibió con su familia. Conocí a Raymond, el hijo adoptado, y a Cielo, la niña de la que Terry me había hablado. Encontrarlos me hizo echar de menos a mi propia hija y me recordó la nueva vulnerabilidad que pronto tendría en mi vida.

La casa estaba llena de cajas, y Graciela me explicó que la tormenta había retrasado su traslado al continente. Al día siguiente sus pertenencias serían transportadas a una barcaza y después cruzarían al puerto de Cabrillo, donde las esperaría un camión de mudanzas. Era complicado y caro, pero no se arrepentía de la decisión. Quería abandonar la isla y los recuerdos que albergaba.

Fuimos a la mesa que estaba en el porche para poder hablar sin que nos oyeran los niños. Era un lugar bonito con una vista de toda la bahía de Avalon. Hacía difícil creer que pudiera desear irse. Vi el *Following Sea* en el puerto y me fijé en que había alguien en la popa y en que una de las trampillas de cubierta estaba levantada.

—¿Es Buddy el de allí abajo?

—Sí, se está preparando para trasladar el barco. El FBI lo devolvió ayer sin avisar antes. Les habría dicho que lo llevaran a Cabrillo. Ahora tiene que hacerlo Buddy.

—¿Qué va a hacer con él?

—Va a continuar con el negocio. Llevará las excursiones de pesca desde allí y me pagará un alquiler por el barco.

Asentí. Parecía un trato decente.

—Vender el barco no reportaría tanto. Y, no sé, Terry trabajó tanto con ese barco... No me gusta venderlo a un desconocido.

—Entiendo.

—¿Sabe?, podría volver con Buddy en lugar de esperar al transbordador. Si quiere. Si no está harto de Buddy.

—No, Buddy me cae bien.

Nos quedamos un buen rato sentados en silencio. No sentía que necesitara explicarle nada del caso. Habíamos hablado por teléfono —porque quería contarle algunas cosas antes de que se enterara por los medios— y la historia había copado los periódicos y la televisión. Graciela conocía los detalles, grandes y pequeños. Quedaba poco por decir, pero pensaba que necesitaba visitarla en persona por última vez. Todo había empezado con ella. Supuse que también tenía que terminar con ella.

—Gracias por lo que hizo —dijo Graciela—. ¿Está bien?

—Estoy bien. Sólo unos pocos arañazos y moretones del río. Fue como montar en un rodeo. —Sonreí. Las únicas heridas visibles eran arañazos en mis manos y uno encima de mi ceja izquierda—. Pero gracias por llamarme. Me alegro de haber tenido la oportunidad. Para eso he venido, para darle las gracias y desearle buena suerte con todo.

La puerta corredera se abrió y la niña pequeña apareció con un libro.

—Mamá, ¿me lo lees?

—Ahora estoy con el señor Bosch. Dentro de un rato, ¿vale?

—No, quiero que me lo leas ahora.

La niña lo planteaba como si fuera una cuestión de vida o muerte, y su cara se tensó, lista para llorar.

—No importa —dije—. Mi hija es igual. Puede leérselo.

—Es su libro favorito. Terry se lo leía casi todas las noches.

Ella se puso a la niña en el regazo y preparó el libro para leerlo. Vi que era el mismo libro que Eleanor acababa de comprarle a mi hija, *Billy's Big Day*, con el mono recibiendo la medalla de oro en la cubierta. El ejemplar de Cielo estaba gastado por los bordes de leerlo y releerlo. La cubierta se veía rasgada en dos lugares y después enganchada.

Graciela lo abrió y empezó a leerlo.

—«Un brillante día de verano el circo olímpico de los animales se celebraba bajo la gran carpa de Ringlingville. Todos los animales tenían el día libre en todos los circos para poder participar en las distintas competiciones.»

Me fijé en que Graciela había cambiado la voz y estaba leyendo la historia con una inflexión de nerviosismo y anticipación.

—«Todos los animales se apuntaron en el tablero que estaba en el exterior del despacho del señor Farnsworth. La lista de competiciones estaba anotada en el tablero. Había carreras de relevos y muchas otras competiciones. Los animales grandes se acercaron tanto al tablero que los demás no podían verlo. Un monito se coló entre las piernas de un elefante y después se subió al tronco del paquidermo para poder ver la lista. Billy Bing sonrió cuando por fin la vio. Había una carrera de cien metros y sabía que él era muy bueno en salir corriendo.»

Después de eso ya no escuché el resto del cuento. Me levanté, fui a la balaustrada y miré al puerto. Pero tampoco vi a nadie allí. Mi mente estaba demasiado ocupada para el mundo externo. Estaba desbordado con ideas y emociones. De repente supe que William Bing, el nombre que Terry McCaleb había anotado en la solapa de su archivo, pertenecía a un mono. Y de repente supe que la historia no había terminado, ni mucho menos.

44

Rachel vino a verme a mi casa al día siguiente. Acababa de llegar después de presentar mis papeles con Kiz Rider en el Parker Center y estaba escuchando un mensaje en el teléfono de Ed Thomas. Me daba las gracias por haberle salvado la vida cuando era yo quien le debía una disculpa por no haberle avisado cuando debía. Me sentía culpable por eso y estaba pensando en llamarle a la librería cuando llegó Rachel. La invité a pasar y fuimos a la terraza de atrás.

—Guau, menuda vista.

—Sí, me gusta.

Señalé a la izquierda, donde se veía un pequeño tramo del río detrás de los estudios de sonido de la Warner Brothers.

—Allí está, el poderoso río Los Ángeles.

Ella entrecerró los ojos y buscó hasta que lo encontró.

—El rabión. Parece bastante débil ahora mismo.

—Está descansando. En la próxima tormenta volverá.

—¿Cómo te sientes, Harry?

—Bien. Mejor. He dormido mucho. Me sorprende que sigas en la ciudad.

—Bueno, me he tomado unos días libres. De hecho estoy buscando apartamento.

—¿En serio? —Me volví y puse la espalda en la barandilla para mirarla sólo a ella.

—Estoy bastante segura de que esta historia será mi billete de salida de Dakota del Sur. No sé en qué brigada me van a poner, pero voy a pedir Los Ángeles. O iba a hacerlo, hasta que vi el precio de los apartamentos. En Rapid City pago quinientos cincuenta al mes por un sitio francamente bonito y seguro.

—Puedo conseguirte uno aquí por quinientos cincuenta, aunque probablemente no te gustará la ubicación. Y probablemente tendrás que aprender otro idioma.

—No, gracias. Estoy en ello. Bueno, ¿qué has estado haciendo?

—Acabo de volver del Parker Center. He presentado los papeles. Vuelvo al trabajo.

—Entonces supongo que se acabó lo nuestro. He oído que el FBI y el departamento de policía no se hablan.

—Sí, hay un muro ahí. Pero se sabe que cae de cuando en cuando. Lo creas o no, tengo algunos amigos en el FBI.

—Lo creo, Harry.

Me fijé en que había vuelto a llamarme por mi nombre de pila. Me pregunté si eso significaba que la relación había terminado.

—Bueno —dije—, ¿cuándo supiste lo de McCaleb?

—¿Qué quieres decir? ¿Saber qué?

—Quiero decir que cuándo supiste que Backus no lo mató. Que se suicidó.

Ella puso ambas manos en la barandilla y miró al arroyo. Pero en realidad no estaba mirando nada.

—Harry, ¿de qué estás hablando?

—Descubrí quién es William Bing. Es un mono de las páginas del libro favorito de su hija.

—¿Y? ¿Qué significa eso?

—Significa que se registró en el hospital de Las Vegas con nombre falso. Tenía algún problema, Rachel. Algo dentro. —Toqué el centro de mi pecho—. Quizás estaba investigando el caso, quizá no. Pero sabía que algo iba mal y fue al hospital para que le hicieran un chequeo y mantenerlo en secreto. No quería que su mujer y su familia lo supieran. Y le hicieron las pruebas y le dieron la mala noticia. Su segundo corazón iba por el camino del primero. Cardio... mio... como se llame. El resumen es que se estaba muriendo. Necesitaba otro corazón o se iba a morir.

Rachel negó con la cabeza, como si yo estuviera loco.

—No sé cómo crees que sabes todo esto, pero no puedes...

—Mira, sé lo que sé. Y sé que ya se había consumido su seguro médico y que si iba a tener que esperar otro corazón, lo perdería todo: la casa, el barco, todo. Todo por otro corazón.

Hice una pausa y continué en voz más calmada.

—No quería eso. Tampoco quería que su familia viera cómo se consumía y moría, en el subsidio público. Y no le gustaba la idea de que otra persona muriera para que él viviera. Además, ya había pasado por eso.

Me detuve allí para ver si protestaba otra vez y trataba de disuadirme. Esta vez ella permaneció en silencio.

—Las únicas cosas que le quedaban eran su seguro de vida y su pensión. Quería que ellos las conservaran. Así que fue él quien cambió sus pastillas. Había un recibo de una tienda de alimentos de salud debajo del asiento de su coche. He llamado esta mañana para ver si vendían polvo de cartílago de tiburón. Lo venden.

»Cambió sus pastillas y siguió tomándolas. Supuso que siempre que las tomara con ostentación no habría autopsia y todo funcionaría.

—Pero no fue así, ¿no?

—No, pero tenía un plan alternativo para eso. Por eso esperó a un crucero largo. Quería morir en el barco. Quería que fuera en aguas bajo jurisdicción federal. Su esperanza era que si algo se torcía, sus amigos del FBI se ocuparían de todo por él.

»El único problema con este gran plan al completo era que no tenía ni idea del Poeta. No tenía idea de que su mujer acudiría a mí o que unas líneas garabateadas en una carpeta conducirían a todo lo que ocurrió. —Negué con la cabeza—. Debería haberlo visto. El cambio de medicamentos no era el estilo de Backus. Demasiado complicado. Los complicados suelen ser trabajos internos.

—¿Y la amenaza a su familia? Tanto si sabía que era Backus como si no, sabía que alguien había amenazado a su familia. Recibió esas fotografías de alguien vigilando a su familia. ¿Estás diciendo que abandonó y dejó a su mujer y sus hijos en riesgo? Ése no es el Terry McCaleb que yo conocía.

—Quizá pensó que estaba acabando con el riesgo. La amenaza a su familia estaba dirigida a él. Si él desaparecía, también desaparecía la amenaza.

Rachel asintió, pero no era ningún tipo de confirmación.

—Como mínimo tu cadena de hechos es interesante, Harry. Eso te lo concedo. Pero ¿qué te hace pensar que lo sabíamos, que yo lo sabía?

—Oh, tú lo sabías. La forma en que despreciaste mis preguntas sobre William Bing por un lado. Y después lo que hiciste en la casa el otro día. Cuándo estaba apuntando a Backus, él estaba a punto de decir algo sobre Terry y tú lo cortaste. Saltaste sobre lo que estaba a punto de decir. Creo que iba a decir que no mató a Terry.

—Ah, claro, un asesino negando a una de sus víctimas. ¡Qué raro!

Su sarcasmo me sonó defensivo.

—Esta vez lo habría sido. Ya no se estaba escondiendo. Estaba al descubierto y habría tomado crédito si se le debía dar crédito. Lo sabías y por eso lo cortaste. Sabías que iba a negarlo.

Rachel se apartó de la barandilla y se plantó delante de mí.

—Vale, Harry, crees que lo has resuelto todo. Has encontrado un pequeño suicidio triste entre todos los asesinatos. ¿Qué vas a hacer? ¿Vas a salir y anunciarlo al mundo? La única cosa que conseguirías es quitarle el dinero a la familia. ¿Es eso lo que quieres? Quizá puedes ganarte la recompensa del chivato.

Ahora fui yo quien le dio la espalda y se apoyó en la barandilla.

—No, no es eso lo que quiero. Simplemente no me gusta que me mientan.

—Ah, ya lo entiendo. En realidad no se trata de Terry. Se trata de ti y de mí, ¿no?

—No sé de qué se trata, Rachel.

—Bueno, cuando lo sepas, cuando lo resuelvas todo, dímelo, ¿vale?

Ella de repente se me acercó y me besó con fuerza en la mejilla.

—Adiós, Bosch. Quizá nos veamos cuando llegue mi traslado.

No me volví para verla marchar. Escuché sus pasos airados que atravesaban la terraza y después el suelo de arce del interior. Escuché el portazo de la puerta de la calle con una irrevocabilidad que reverberó en mi interior. Era otra vez esa bala que rebota.

45

Me quedé de pie en el porche, con los codos en la barandilla durante un buen rato después de que Rachel se fue. Mi apuesta era que no iba a volver a verla, tanto si la transferían a Los Ángeles como si no. Sentía una pérdida. Sentía como si me hubieran quitado algo bueno antes de saber cuánto de bueno podía ser.

Traté de apartarla de mi mente durante un rato. A Terry McCaleb también. Miré la ciudad y pensé que era hermosa. La lluvia había limpiado el cielo y mi vista alcanzaba hasta las montañas de San Gabriel y los picos cubiertos de nieve, más atrás. El aire parecía tan limpio y puro como el que respiraban los gabrieleños y los padres fundadores tantos años antes. Vi lo que ellos habían visto en el lugar. Era la clase de día en que sentías que podías construir un futuro.

Agradecimientos

El autor quisiera dar las gracias a muchas personas que me ayudaron en la redacción de este libro. Entre ellos Michael Pietsch, Jane Wood, Pamela Marshall, Perdita Burlingame, Jane Davis, Terry Hansen, Terrill Lee Lankford, Ed Thomas, Frederike Leffelaar, Jerry Hooten y la investigadora Carolyn Chriss. También fueron de gran ayuda para el autor Philip Spitzer, Joel Gotler, Shannon Byrne, Sophie Cottrell, John Houghton, Mario Pulice, Mary Capps, Ken Delavigne, Patricia y George Companioni, y todo el personal de Little, Brown and Company, así como del grupo Time Warner Book.

Dos libros muy útiles para el autor fueron: *Zzyzx: History of an Oasis*, de Anne Q. Duffield-Stoll, y *Rio L. A.: Tales from the Los Angeles River*, de Patt Morrison, con fotografías de Mark Lamonica.

Mi agradecimiento especial al jefe William Bratton y al detective Tim Marcia del Departamento de Policía de Los Ángeles y a los agentes especiales Gayle Jacobs y Nina Roesberry de la oficina de campo del FBI en Las Vegas.

OTROS TÍTULOS
DE LA COLECCIÓN

EL LOBO DE SIBERIA

James Patterson

Alex Cross, que ha abandonado el cuerpo de policía de Washington para convertirse en agente del FBI, se esfrenta a uno de los casos más complejos de su carrera. En numerosos lugares de Estados Unidos hombres y mujeres son secuestrados a la luz del día sin dejar rastro. Cross comienza a indagar y descubre que no han sido capturados con la intención de exigir un rescate por ellos, sino que son víctimas de un siniestro mercado de compra y venta de seres humanos. A medida que avanza en su investigación, Cross tiene la creciente sospecha de que detrás de todo ello pueda hallarse la siniestra figura de El Lobo, uno de los cerebros del crimen organizado más temido por la policía.

Exasperado por la lentitud con la que considera que se mueve el FBI, el investigador decide ir por su cuenta tras los pasos de El Lobo con la intención de liberar a aquellas víctimas que puedan seguir con vida.

A nivel personal, las cosas tampoco son fáciles para Cross: su ex mujer ha regresado a su vida, pero no por las razones por las que él hubiera deseado que lo hiciera.

«La obra de Patterson es adictiva.» Stephen King

EL FINAL DEL CÍRCULO

Tom Egeland

El descubrimiento de un cofre oculto durante ochocientos años. Un manuscrito que podría cambiar el curso de la Historia. La lucha de un arqueólogo por preservarlos.

Contratado por la universidad de Oslo para supervisar unas excavaciones arqueológicas que se están llevando a cabo en el monasterio de Vaerne, Bjorn Belto es testigo de un hallazgo único. Se trata de un cofre de más de dos mil años de antigüedad que contendría un manuscrito que podría cambiar el curso de la Historia. Belto, queriendo evitar que el cofre caiga en las manos innobles de personas que se escudan en una fachada académica, huirá de Noruega; su periplo le llevará de Londres a Oriente Medio, para culminar en Rennes le-Château, Francia.